AF797517

बिरू

इतिहास के साथ विचार-यात्रा

डॉ. वीरेन्द्र कुमार शेखर

आई पी एस (सेवानिवृत्त)

डायमंड बुक्स

www.diamondbooks.in

© लेखकाधीन

प्रकाशक : डायमंड पॉकेट बुक्स (प्रा.) लि.
X-30 ओखला इंडस्ट्रियल एरिया, फेस -II
नई दिल्ली- 110020
फोन : 011-40712200
ई-मेल : wecare@diamondbooks.in
वेबसाइ : www.diamondbooks.in
संस्करण : 2025
मुद्रक : (रेप्रो इंडिया)

बिरू : इतिहास के साथ विचार-यात्रा
Biroo : Itihas Ke Sath Vichar-Yatra
by : *Dr. V. K. Shekhar*

आमुख

बीसवीं शताब्दी के अंतिम चतुर्थांश से लेकर इक्कीसवीं सदी के प्रारम्भ के वर्षों की कालावधि में भारत में जो हुआ वो इससे पहले कभी नहीं हुआ था। इतिहास का पहिया इस समय-अवधि में जितनी तेजी से घूमा उतनी तेजी से इससे पहले कभी नहीं घूमा था। इस तेजी से बदलते हुए इतिहास के एक साक्षी और कर्मयोगी के माध्यम से इस परिवर्तन की दिशा, दशा और इंसानी दायित्व को समझने का प्रयास मैंने अपनी रचना 'बिरू – इतिहास के साथ विचार-यात्रा' में करने का प्रयास किया है।

उपन्यास के प्रमुख पात्र बिरू का जन्म २० वीं सदी के अंतिम चतुरांश में भारत के उत्तराखंड के एक सामान्य ग़रीब परिवार में हुआ। पिता की असामयिक हुई मृत्यु के बाद उनकी विधवा माँ ने उन्हें पाला। आर्थिक कारणों से उन्हें औपचारिक शिक्षा बहुत कम मिल सकी परन्तु जीवन जीने के प्रयासों के मध्य परिस्थितियों एवं लोगों से सीखते रहने के उनके प्रयासों ने उन्हें न केवल भौतिक जीवन के उच्च शिखर पर पहुँचाया वरन बौद्धिक एवं आध्यात्मिक स्तर पर भी उनको संतुष्टि दिलाई।

उन्होंने अपने जीवन में जीविकोपार्जन हेतु प्रत्येक तरह के श्रम को किया-- सेना में भर्ती हुए, अध्यापक रहे, राजस्व विभाग में अमीन रहे, आटाचक्की लगाई, स्थानीय स्तर के कुछ सीमित-से व्यापार किए और अपने सभी छः बच्चों को उच्च-शिक्षा दिलाते हुए उच्च श्रेणी का सरकारी अधिकारी बनाया।

उनका सबसे बड़ा बेटा एम बी बी एस करके राज्य सरकार में चिकित्सक बना, उससे छोटा बेटा आई आई टी दिल्ली से इंजीनिअरिंग करके आई पी एस अधिकारी बना, उससे छोटी बेटी भारतीय कृषि अनुसंधान परिषद में प्रधान वैज्ञानिक बनी, उससे छोटा बेटा आई आई टी कानपुर से इंजीनियरिंग करके आस्ट्रेलिया में साफ्टवेयर इंजिनीयर बना, उससे छोटा बेटा बैंक में मैनेज़र बना और सबसे छोटा बेटा आई आई टी कानपुर से इंजीनियरिंग करके रेल विभाग में उच्च श्रेणी का इंजीनियर बना।

बिरू के परिवार की यह उपलब्धियां बिरू के जीवन जीने के तरीके, उनकी प्राथमिकताओं के निर्धारण और पारिवारिक विकास हेतु उनके प्रयासों के परिणाम हैं।

जीवन की कठिनाइयों और चुनौतियों के परिप्रेक्ष्य में उनके प्रयासों की सफलताओं को देखकर विश्वास होता है कि विकास हेतु मानव की क्षमता अपार होती है और मानव शून्य से संसार रच सकता है। उनकी परिस्थितियाँ बहुत विपरीत थीं जिनके बावजूद उन्होंने अपने परिवार को भौतिक जगत के उच्च शिखरों तक पहुँचाया। उपन्यास में देशकाल की पृष्ठभूमि में उनके जीवन-श्रम के अध्ययन के माध्यम से जीवन-विकास के अंतरजाल, इसकी क्लिष्टता और उचित मार्ग को समझने का प्रयास किया गया है।

जब कभी हमें ख़ुशी का अनुभव होता है तो हम चाहते हैं कि हम अपने मित्रों से अपनी ख़ुशी को बाँटें। जब हम दुखी होते हैं तो हमारा मन करता है कि कोई हमारे दुःख में हमें हिम्मत बँधाए। हमें जब किसी क्षेत्र में कोई उपलब्धि होती है तो हम चाहते हैं कि औरों को भी हम अपनी उपलब्धि के बारे में अवगत कराएं। समाज से अलग हम अधिक दिन तक सुखपूर्वक रह नहीं सकते। अलग होने के भाव (Alienation) से बड़ा कोई दुःख नहीं होता है।

यद्यपि, प्रत्येक समाज में ग़रीबी रेखा स्थानीय मानकों से तय की जाती है परन्तु प्रत्येक समाज में अमीर (सामर्थ्यवान) और ग़रीब (अपेक्षाकृत बहुत कम सामर्थ्यवान) दोनों तरह के लोग होते हैं और प्राय: प्रत्येक समाज में अमीर लोग संख्या में कम होते हैं और ग़रीब, लोग बहुत अधिक। समाज के व्यक्तियों में अमीरी और ग़रीबी, परिस्थितियोंवश होती है। परिस्थितियों के बदलने से जो अमीर होते हैं वो ग़रीब हो सकते हैं और जो ग़रीब होते हैं वो अमीर हो सकते हैं।

आर्थिक असमानताओं की तरह ही कई अन्य समानताएं समाज में विद्यमान होती हैं। समय के साथ समाज में असमानताएं स्वाभाविक रूप से बढ़ती हैं। सामाजिक असमानताओं को कम करने हेतु नागरिकों को सोच-विचार कर लगातार कार्य करने होते हैं अन्यथा यह बढ़ती ही रहती हैं।

बिना कार्य किए कोई जागृत व्यक्ति एक पल को भी नहीं रह सकता। शरीर यदि निष्क्रिय कर भी दिया जाए तो उसका मष्तिष्क सक्रिय रहता है, और कार्य करता रहता है। कार्य का प्रारंभ विचार से होता है। मन सबसे अच्छा सेवक होता है और सबसे हानिकारक स्वामी। आवश्यक है कि मन को अपना स्वामी न बनने दिया जाए और उसे विवेक के वश में रखा जाए। यदि व्यक्ति की विचार-यात्रा ठीक होगी, तो अवश्यम्भावी है कि उसकी विकास-यात्रा भी ठीक होगी।

प्रत्येक व्यक्ति में स्वार्थ और निस्वार्थ दोनों भावनाएं सदैव विद्यमान रहती हैं। समय के साथ व्यक्ति की सोच में स्वार्थ की भावना स्वयं बढ़ती है, जबकि निस्वार्थ बने रहने के लिए व्यक्ति को कोशिश करनी होती है, और यह कोशिश लगातार करनी होती है। स्वार्थ

की भावना के अंतर्गत व्यक्ति अन्य व्यक्तियों का शोषण करता है और निस्वार्थ भावना के कारण वह अन्य व्यक्तियों से सहयोग करता है।

समाज में जब हम अपने को औरों से अलग, श्रेष्ठ और विशिष्ट मानते हैं तब सामाजिक समस्याएँ प्रारंभ हो जाती हैं। यदि हम सबको अपने सामान मान लें और उसी तरह से सबसे व्यवहार करें तो हमें सारी समस्याओं का हल बहुत आसानी से मिल जाते हैं। समाज के सन्दर्भ में व्यक्ति के लिए परहित से बड़ा कोई धर्म नहीं होता और पर पीड़ा से बड़ा कोई अधर्म नहीं होता है।

प्रत्येक व्यक्ति में कार्य और विकास हेतु अपार संभावनाएं होती हैं। नैतिक दृष्टि से किसी एक व्यक्ति का विकास किसी अन्य व्यक्ति की क़ीमत पर नहीं होना चाहिए, इसलिए विकास के मार्ग पर चलते समय उसको अन्य लोगों से बंधुता कायम रखनी चाहिए। अत: उचित यही है कि हम जो भी कार्य करें उसके आधार में समानता, स्वतन्त्रता और बंधुत्व की त्रिवेणी के भाव हों।

राज्य की उत्पत्ति दैवीय नहीं है। राज्य को मनुष्यों ने अपनी सुविधा के लिए बनाया है। और जबतक राज्य जनता के हित को सुनिश्चित करता है, उसके बने रहने का औचित्य होता है। इसी से राज्य के कल्याणकारी विचार की उत्पत्ति हुई।

आज दुनिया आधुनिकता के मकड़जाल में बुरी तरह फँस गयी है। शब्दों के अर्थ बड़ी तेजी से बदल रहे हैं। कई अन्य शब्दों की तरह ही प्रजातंत्र शब्द के भी अनेक अर्थ हो गए हैं। अत: व्यक्ति, समाज और देश की प्रगति को अगर समझना है तो इसे विभिन्न सन्दर्भों में समझना होगा, तभी हम अपने दायित्वों का निर्वाह सही ढंग से करते हुए अपने सबसे अच्छे स्वरूप की कल्पना को साकार कर सकेंगे।

अँगरेज़ लोग अपने को उच्च सभ्यता का व्यक्ति कहते थे, परन्तु किस क्रूरता और धोखेबाजी के द्वारा उन्होंने भारत में अपना शासन स्थापित किया, शासन को किस क्रूरता से चलाते हुए भारत के संसाधनों को लूटा और जाते वक़्त कितनी समस्याएँ रचित करते गए यह जगविदित है। भारत में भी समय-समय पर कई तरह की सामजिक कुरीतियों का पालन समाज के लोग बिना किसी सोच-विचार के, उनके प्रति नैतिक ज़िम्मेदारी न रखते हुए सैकड़ों सालों से करते आ रहे हैं।

समाज में 'आसुरी बुराई' (Evil) हमेशा किसी विलक्षण व्यक्ति या शैतानी शक्ति से नहीं आती, बल्कि यह एक साधारण व्यक्ति के द्वारा भी की जा सकती है, जो मशीन की तरह, बगैर इंसानी भावना और संवेदनशीलता के साथ केवल आदेशों, परम्पराओं और सामाजिक कुरीतियों का पालन आत्म-प्रतिक्रिया के बिना (Without self-assessment) करता है।

कभी-कभी लाखों लोग सिर्फ एक व्यवस्था (System) या परंपरा विशेष का हिस्सा बनकर क्रूरता करने में शामिल हो जाते हैं। जब लोग बिना सोच-समझे और बिना किसी नैतिक जिम्मेदारी के काम करते हैं, तो उन्हें वह 'आसुरी बुराई' सामान्य-सी लगने लगती है। भारत की कतिपय 'आसुरी सामाजिक बुराइयों' के प्रति समाज के कुछ व्यक्तियों का विचलित न होना, सहज रह जाना, अथवा इनका समर्थन करना इसके उदाहरण हैं।

स्वतंत्रता संग्राम के दौरान कुछ ऐसी 'आसुरी बुराइयों' के विरुद्ध जनआन्दोलन हुए और कुछ 'आसुरी बुराइयों' को हम समाज से दूर करने में सफल हो पाए हैं परन्तु कुछ 'आसुरी बुराइयां' अभी भी प्रचलन में हैं और कुछ कम हो चुकी आसुरी बुराइयां समय-समय पर अपना भद्दा चेहरा दिखाती रहती हैं इनके समाप्त करने के लिए हमें सतर्क रहकर सतत प्रयत्न करते रहने होंगे।

स्वतंत्रता का अर्थ सिर्फ बाहरी रुकावटों से मुक्ति नहीं है, बल्कि यह एक सक्रिय और रचनात्मक जीवन जीने की लगन एवं क्षमता होती है। स्वतंत्रता एक राजनीतिक गुण है जिसका संबंध केवल व्यक्तिगत स्वतंत्रता से नहीं, बल्कि सार्वजनिक क्षेत्र में सक्रिय रूप से भाग लेने से होता है। स्वतंत्रता तब अधिक प्रभावी होती है जब लोग सामूहिक रूप से सार्वजनिक जीवन में भाग लेते हैं और अपनी स्वतंत्रता को एक दूसरे के साथ साझा करते हैं। स्वतंत्रता एक ऐसी शक्ति है जो केवल व्यक्तित्व या व्यक्तिगत अधिकारों के संदर्भ में नहीं, बल्कि सामूहिक कार्रवाई के जरिए समाज में परिवर्तन और विकास की दिशा में उपयोग होती है। स्वतन्त्रता का वास्तविक अनुभव राजनीति में सक्रिय रूप से भागीदारी करने से होता है, न कि केवल बाहरी बाधाओं से मुक्ति पाने से।

राजनीति का असली अर्थ सार्वजनिक जीवन में सक्रिय भागीदारी और साझा निर्णय-निर्माण है। राजनीति का मूल तत्व है "सार्वजनिक क्षेत्र में सक्रिय भागीदारी" (Active Participation in the Public Realm)। केवल सत्ता या सरकार के द्वारा नियंत्रित कार्यों के माध्यम से नहीं, बल्कि व्यक्ति की सक्रिय भागीदारी से ही वास्तविक राजनीति संभव है।

सार्वजनिक जीवन का उद्देश्य न केवल सत्ता में भागीदारी को प्राप्त करना है, बल्कि यह नागरिकों को एक-दूसरे के साथ मिलकर एक साझा जीवन जीने का अवसर प्राप्त करना है। राजनीति केवल प्रशासन और सत्ता के खेल से नहीं जुड़ी होती, बल्कि यह मानव अस्तित्व के उन पहलुओं को भी सामने लाती है जो स्वतंत्रता, समानता और बंधुत्व से जुड़े होते हैं।

सर्वसत्तावाद (Totalitarianism) वैश्विक सन्दर्भ में वर्तमान सदी का सबसे गंभीर राजनीतिक संकट है। यह एक ऐसी व्यवस्था है जो न केवल राज्य की शक्ति का केंद्रीकरण करती है, बल्कि यह व्यक्ति की स्वतंत्रता और उसके अधिकारों को पूरी तरह से नष्ट

कर देती है। सर्वसत्तावाद में आतंक का कोई उद्देश्य नहीं होता वरन आतंक के द्वारा भय फैलाना ही इसका उद्देश्य होता है। इसमें 'आक्रामक प्रचार' (Propaganda) के द्वारा सत्य (Truth) को अवधारणा (Perception) और अवधारणा को सत्य बना कर जनता का शोषण किया जाता है।

सर्वसत्तावाद का जन्म पूरी तरह से निरंकुशता, आतंक और शासन तंत्र के द्वारा जनसाधारण पर निरंतर दबाव बनाने से होता है। यह शासन, समाज के सभी अंगों में घुसपैठ करता है और व्यक्तिगत स्वतंत्रता को नष्ट कर देता है। सर्वसत्तावाद के अंतर्गत आदमी मशीन के एक पुर्जे जैसा बन जाता है और उसमें इंसानियत ख़त्म-सी हो जाती है।

इसमें सम्बंधित अवधारणा और वस्तु को बहुत बड़े पैमाने पर (On Mass scale) निर्मित करने या नष्ट करने का स्वप्न दिखाया जाता है और इनके निर्मित होने या नष्ट होने के बहुत बड़े स्वप्न के मध्य व्यक्ति गुम हो जाता है, अपने को परिवेश से एकदम अजनबी एवं अलग (Alienated) महसूस करता है।

जर्मनी का नाज़ीवादी शासन और इटली का फासीवादी शासन इनके निकृष्ट उदाहरण हैं। परन्तु सर्वसत्तावाद की प्रवृत्तियाँ कम या अधिक रूप से प्रत्येक शासन-व्यवस्था में मौजूद रहती हैं। अंग्रेजों के शासन काल में भी इन प्रवृत्तियों के विभिन्न रूप दिखाई पड़े। आपातकाल में भी इनकी झलक मिली। इंसान को इन प्रवृत्तियों के प्रति सजग रहना चाहिए और यह कोशिशें लगातार करते रहना चाहिए कि यह प्रवृत्तियाँ मजबूत न हो पाएं।

बिरू भले ही स्पष्ट रूप से इतना कुछ न जानते रहे हों, परन्तु अपने जीवन के कर्तव्यों के निर्वहन के दौरान उन्होंने स्वाभाविक रूप से समाज की नकारात्मक शक्तियों और परम्पराओं का विरोध अपने स्तर से किया और सर्वजन हिताय की उदात्त भावना से काम करते रहे और शून्य से अपने आश्चर्यजनक सुखद संसार को सृजित किया। यह संभव है, और प्रत्येक व्यक्ति अपनी जागरूकता, विवेक, लगन एवं परिश्रम के द्वारा सकारात्मक सृजन कर सकता है।

उपर्युक्त सामाजिक, आर्थिक और राजनीतिक परिस्थितियों में भारत के विकास की पृष्ठभूमि में उपन्यास के नायक बिरू की विचार-यात्रा और उसके परिणाम स्वरूप हुई विकास-यात्रा सुधी पाठकगण के सम्मुख है।

- शेखर

1.
अतीत से वर्तमान की ओर

दिल्ली की हल्की-हल्की गुलाबी ठंडक और शाम की चाय की सुकून भरी चुस्कियाँ, उस पल बिरू (बिरेन्द्र प्रसाद टम्टा) के लिए जीवन की एक बड़ी ख़ुशी का संदेश लेकर आईं, जब उनकी बेटी मीना ने उन्हें बताया कि उसे पी एच डी की डिग्री मिल गई है। यह सुनते ही उनके हृदय में उल्लास का एक झरना-सा फूटा, मानो उनके मनस में आर्थिक मजबूरियों की कठोर सलाखों के पीछे क़ैद कोई पक्षी अचानक अनंत आकाश में लंबी उड़ान भरने के लिए आज़ाद हो गया हो। यह सुखद समाचार उन्हें अतीत की उन यादों में खींच ले गया, जब मीना ग्यारहवीं कक्षा में बायोलॉजी विषय लेकर पढ़ाई कर रही थी। परिवार के सभी रिश्तेदार और परिचित व्यक्ति उसकी मेहनत, लगन और तब तक के परिणामों को देखकर यह मान के चल रहे थे कि वह डॉक्टर बनेगी। मीना के बचपन से ही बिरू की यह अभिलाषा थी कि वह मेडिकल की पढ़ाई कर के डॉक्टर बने और इसीलिए उन्होंने मीना को बायोलॉजी विषय चुनने के लिए प्रेरित किया था।

मनुष्य की इच्छाओं और परिस्थितिजन्य मजबूरियों के बीच एक संघर्ष चलता रहता है। जब मीना इंटरमीडिएट के स्तर पर पहुँची, तो उस समय बिरू का बड़ा बेटा रज्जू (राजेन्द्र प्रसाद टम्टा) इलाहाबाद में मेडिकल की पढ़ाई कर रहा था, और कुंदन (कुंदन लाल टम्टा) आई आई टी दिल्ली में इंजीनियरिंग कर रहा था। उन दोनों की शिक्षा के ख़र्चे, अल्मोड़ा में बाकी चार बच्चों की पढ़ाई के ख़र्चे और पारिवारिक ज़िम्मेदारियों के निर्वहन के खर्चों का बोझ अकेले बीरू के कंधों पर था। यह बोझ उनके लिए कितना भारी था, इसे शायद केवल वे ही समझ सकते थे। समय के साथ, उन्हें अपनी सीमाओं का आभास हो गया था, इसलिए मीना को डॉक्टर बनाने का ख़्वाब उन्हें छोड़ना पड़ा। उन्होंने मीना को समझाने का प्रयास किया कि पी एम टी की परीक्षा में शामिल होने का इरादा छोड़कर वह अल्मोड़ा में ही बी एस सी की पढ़ाई करे।

रज्जू ने भले ही डॉक्टरी की पढ़ाई लगभग पूरी कर ली थी, पर वह अपने करिअर के प्रारंभिक चरण में था और परिवार की आर्थिक मदद कर पाने की स्थिति में नहीं था। बिरू को ही अकेले सब कुछ संभालना था। मीना को यह कहते हुए उनके हृदय पर बहुत बोझ पड़ा था कि वह डॉक्टर बनने के अपने सपने को त्याग दे, जबकि वह स्वयं उसे बचपन से ही डॉक्टर बनते देखना चाहते थे। मीना ने चुपचाप उनकी बात मान ली।

बिरू मध्यम क़द व इकहरे बदन के गौर वर्ण के व्यक्ति हैं जिनका नाम बिरेन्द्र प्रसाद टम्टा है। संगी-साथी उन्हें बिरू कहते हैं। उनके होठों पर सामान्यतया हलकी-सी स्मित विराजमान रहती है और क्रोध उन्हें प्राय: नहीं आता है। जब कभी वह अधिक परेशान होते हैं तो सबसे दूर जाकर अकेले में टहलने लगते हैं। किसी को अपशब्द कहते उनको सुना नहीं गया। पहाड़ी क्षेत्र में सामान्य-सी मानी जाने वाली सामाजिक बुराइयां जैसे- ख़ाली वक़्त में दोस्तों के साथ बैठकर कहीं ताश या उसी तरह के किसी खेल को खेलना, शाम को कुछ नशा आदि कर लेना भी उनसे दूर ही रहीं। वो प्रत्येक दृष्टि से सामान्य से कुछ अधिक आकर्षक व्यक्ति हैं जिन्हें आस-पास के व्यक्ति अनदेखा नहीं कर सकते।

बिरू सोचने लगे- आज, मीना ने उनके सपने को एक नए रूप में साकार किया है। अब अकादमिक जगत में वह डॉ मीना के नाम से जानी जाएगी। मीना की इस गौरवमयी उपलब्धि ने, न केवल उनके हृदय को गर्व से भर दिया, बल्कि वर्षों से उनके मन में घर कर चुके उस अपराधबोध से भी उन्हें लगभग मुक्त कर दिया जो वर्षों उनके हृदय पर भार बना हुआ था। पी एच डी की डिग्री मीना के कठिन परिश्रम और शिक्षा के प्रति उसके समर्पण का फल है, जिसे उसने भारतीय कृषि अनुसंधान संस्थान, नई दिल्ली में वरिष्ठ वैज्ञानिक के रूप में अपने नियमित कार्य को करते हुए अर्जित किया है।

प्याली में रखी चाय धीरे-धीरे ठंडी हो रही थी। बिरेन्द्र प्रसाद (बिरू) के विचारों की धारा उन्हें और गहरे अतीत में खींच रही थी। आँखें बोझिल-सी हो गईं और गहराई में लगातार उतरते हुए वह, अपने बचपन के उन क्षणों में पहुँच गए, जब बचपन की अबोधता से ऊपर उठकर उन्होंने जीवन की ज़िम्मेदरियों और अपनी इच्छाओं के बीच संतुलन साधने की कला को सीखना प्रारंभ किया था। आज इस असीम ख़ुशी के पलों में, ऐसा लगा जैसे वह अपनी ही जीवन-यात्रा के साक्षी बनकर ख़ुद को संबोधित कर रहे हों।

बचपन से ही उनका गाँव उन्हें बहुत प्रिय रहा है। गाँव के पास उत्तर दिशा के पहाड़ों के पीछे ऊपर उठती हुई-सी हिमालय की श्वेत-शुभ्र चोटियों के मनोरम दृश्यों से लेकर गाँव की हर छोटी-बड़ी पगडंडी पर, जिस पर वह नंगे पाँव दौड़ा करते थे, गाँव के व आस-पास के

घर जिनको अपने बचपन से देख-देख कर वह बड़े हुए थे; पेड़, जिनके नीचे वह अपने मित्रों के साथ खेला करते थे और अपने घर का कोना-कोना जहाँ वह कुछ न कुछ नया करने का प्रयास करते रहते थे, ने उनकी स्मृतियों में अपनी अमिट छाप छोड़ी थी। जब कभी उन्हें अपने गाँव से दूर जाना पड़ता था, इन स्मृतियों की मिठास उन्हें बार-बार गाँव ओर आकर्षित करती रहती थी। उनकी ईजा, यानी माँ, कड़ी मेहनत करती थीं ताकि परिवार के व्यक्तियों की सभी ज़रूरतें और इच्छाएँ पूरी हो सकें।

ग्रामीण क्षेत्र में ग़रीबी एक सामान्य सच्चाई थी और ज़ियादातर ग्रामीण लोग मजदूर और किसान थे। खेत बहुत छोटे-छोटे थे और सिंचाई के लिए प्राय: वर्षा पर आधारित थे। मजदूरों को मज़दूरी भी रोज़ नहीं मिल पाती थी। क्षेत्र में वह परिवार ग़रीबी से कुछ बेहतर स्थिति में थे, जिनके सदस्य सेना या सरकारी नौकरी में थे और नियमित रूप से अपने घरों को मनीऑर्डर से पैसे भेजते थे। इसके अतिरिक्त वह लोग जो स्थानीय स्तर पर बर्तन बनाने के छोटे कारखाने चलाते या जो छोटे स्तर की सरकारी ठेकेदारी या छोटे-मोटे व्यापार या घरेलू उद्योग के अन्य कार्यों को करते थे, वे भी कुछ बेहतर स्थिति में थे, परंतु कहा जा सकता है कि ग्रामीण क्षेत्र के अधिकांश लोग आर्थिक रूप से बहुत ग़रीब थे।

गाँव के लोग सामान्यतया एक बड़े परिवार की तरह आपस में मिलजुल कर रहते थे। गाँव में खेती की ज़मीन, सीढ़ीनुमा, असमान स्तरों पर स्थित, असमान आकार के छोटे-छोटे समतल भूखंडों के रूप में थी, जहाँ पर खेती करना अत्यंत कठिन था। फिर भी, गाँव के लोग आपसी सहयोग से, मिलजुल कर, खेती के कार्य करते थे। जिन लोगों के पास खेती की ज़मीन बहुत कम होती थी या नहीं होती थी, वे लोग मज़दूरी लेकर अन्य लोगों के खेतों में खेती के काम करते थे परन्तु मज़दूरी की दर उस समय बहुत कम होती थी और अक्सर नक़द मज़दूरी देने की बजाय खेती की उपज से ही, वस्तु के रूप में, मज़दूरी दी जाती थी। खेती के कामों में पुरुष प्राय: हल चलाने का काम करते थे और महिलाएं खेती के शेष काम करतीं थीं।

इन कठिनाइयों के बीच, महिलाएँ गाँव के जंगलों से लकडियाँ लाने जाती थीं, जो न केवल खाना पकाने के लिए आवश्यक थीं, बल्कि ठंड के मौसम में घरों को गर्म रखने के लिए भी ज़रूरी होती थीं। जंगल के पेड़ों से लकडियाँ काटने का काम अत्यंत जोखिम भरा होता था। लकड़ी काटते समय महिलाएँ अक्सर ऊँचे पेड़ों पर चढ़तीं और कुल्हाड़ी या दरांती से उनकी डालें काटतीं थीं। यद्यपि वे इस जोखिम भरे कार्य को करने में परम्परागत रूप से अभ्यस्थ थीं लेकिन जब कभी किसी कारण से अचानक डाल पर उनका संतुलन बिगड़ जाता या डाल टूट जाती, तो वे पेड़ से गिर भी जातीं थीं। कई बार तो वे गहरी खाइयों

में गिर जाती थीं जिससे गंभीर हादसे हो जाते थे और उनकी जान तक चली जाती थी। ऐसे कुछ गंभीर हादसों में गिरने वाली महिला की मृत्यु तत्काल हो जाती थी, लेकिन ऐसे हादसों में जिस महिला की मृत्यु तत्काल नहीं होती थी उसकी पीड़ा बाद में और अधिक बढ़ जाती थी और उसका जीवन, मृत्यु से भी अधिक कष्टप्रद हो जाता था। ग्रामीण क्षेत्र में चिकित्सा की सुविधाएँ लगभग नगण्य थीं और परिवहन के साधन भी नहीं थे। ऐसी स्थिति में उन्हें चारपाई पर लिटाकर शहर के अस्पताल तक ले जाना परिवार वालों के लिए अत्यंत श्रमसाध्य एवं घायल के लिए अत्यंत कष्टप्रद और दुखदायी होता था। शहर के अस्पतालों में भी ऐसे घायलों के चिकित्सा की व्यवस्थाएं अपनी प्राथमिक अवस्था में ही थीं।

गाँव के जीवन की इस तरह की कठिनाइयों और इनके विरुद्ध संघर्ष की स्मृतियाँ, उनकी ईजा और गाँव की उन सभी महिलाओं की अदम्य मेहनत और अतुलनीय साहस की कहानियाँ, उनके हृदय में हमेशा के लिए रच-बस गयी हैं। जब भी वह उन दिनों को याद करते हैं, उनके भीतर एक आत्मीय भाव जन्म लेता है—चुनौतियों और कठिनाइयों से जूझने का गर्व और अपनों के साथ लगाव का और एक तीव्र संवेदना उमड़ती है उन सभी के प्रति, जिन्होंने गाँव की उन कठिन परिस्थितियों में, उनके साथ, अपने जीवनवृक्ष को सींचा है।

गर्मियाँ उनके गाँव में बहुत ही छोटी होती थीं, बस लगभग एक महीने के लिए मई के मध्य से लेकर जून के मध्य तक। गर्मियों की इस छोटी अवधि में भी कभी-कभी सर्दी का मौसम महसूस होता था। बाक़ी पूरे साल सर्दियों का मौसम रहता था। जनवरी के महीने में कड़ाके की ठंड पड़ती थी। दिसंबर और फरवरी के महीने भी काफी ठन्डे रहते थे। उनके गाँव के चारों ओर घने जंगल थे, जिनमें चीड़, बांज, तुन और देवदार के पेड़ अपनी विविधता और सौंदर्य से जीवन को ख़ुशनुमा रखते थे।

गाँव में रास्तों में नाम पर केवल पगडंडियां थीं, ज़ियादातर सँकरी और कुछ चौड़ी। गाँव से कुछ दूर एक चौड़ा रास्ता था जो कस्बा बागेश्वर व शहर अल्मोड़ा को मिलाता था। गाँव में सर्दियों के मौसम में हर साल हल्की से लेकर भारी तक बर्फ़बारी होती थी। जब अधिक बर्फ़ गिरती, तो चारों ओर सफेद चादर-सी बिछ जाती और पेड़, घर, पगडंडियाँ, खेत—सब जैसे किसी अद्भुत, स्वप्निल संसार का हिस्सा बन जाते थे। बर्फ़ के भार से पेड़ों की शाखाएँ झुक जातीं थी और घरों की छतें भी ढक जाती थीं, मानो प्रकृति ने उन्हें एक धवल कंबल में लपेट दिया हो परन्तु इस सौंदर्य के साथ ही प्रत्येक भारी बर्फ़बारी के बाद गाँव वालों के जीवन में कठिनाइयाँ भी बहुत बढ़ जाती थीं।

जाड़ों की हवा इतनी ठंडी और तीखी होती थी कि खिड़कियों और दरवाज़ों की सूक्ष्म दरारों से आने वाली शीत भी चाकू की तेज़ धार जैसी लगती थी। लगातार होने वाली बरसात या बर्फ़बारी के बाद कभी-कभी ठंड इतनी बढ़ जाती थी कि लोग घर से बाहर निकलने की हिम्मत आसानी से नहीं कर पाते थे। लगातार बर्फ़बारी या बारिश होने पर नीचे के इलाकों से आने वाली आवश्यक वस्तुओं की आपूर्ति भी बाधित हो जाती थी और कभी-कभी तो यह आपूर्ति पूरी तरह से रुक जाती थी।

2.

बचपन के दिन भी क्या दिन थे

अतीत की इन स्मृतियों में डूबते हुए बिरू को संबंधित व्यक्ति, वस्तु एवं घटना और अधिक स्पष्ट रूप से दिखाई पड़ने लगती है। उनका जन्म उत्तराखंड (तत्कालीन उत्तर प्रदेश) के अल्मोड़ा जनपद (अब बागेश्वर जनपद) के छोटे से गाँव उड़ेरखानी, पट्टी खरही के एक सामान्य-से परिवार में हुआ था। अपनी सही जन्मतिथि का ज्ञान उन्हें नहीं है, लेकिन स्कूल के प्रमाणपत्र के अनुसार उनकी जन्मतिथि 1 जुलाई 1927 है। उनके बुबू (दादा जी), मेहरराम जी, पहलवानी के शौक़ीन थे। दादा जी के तीन पुत्र—देवराम जी, फकीरराम जी, और उनके पिता कुशलराम जी थे। कुशलराम जी के पाँच बच्चे थे तीन लडकियां और दो लड़के। बिरू इन बच्चों में सबसे छोटे थे।

जब बिरू 2-3 वर्ष के हुए उनके पिता का देहांत हो गया था। जब तक बिरू के बाबू (पिता जी) जीवित रहे घर के सभी कार्य सामान्य ढंग से चलते रहे परन्तु उनके देहांत के बाद ईजा को परिवार के पालन-पोषण की ज़िम्मेदारी स्वयं संभालनी पड़ी। उस समय बिरू के बड़े भाई उनसे लगभग तीन साल बड़े थे। उनकी ईजा (माँ), भागुली देवी, ने परिवार का पालन-पोषण अच्छी तरह से करने के लिए दिन-रात मेहनत की, तरह-तरह की कठिनाइयों का सामना किया, लेकिन कभी भी हिम्मत नहीं हरी।

ईजा का खेत छोटा था जिसकी उपज से घर के ख़र्चे चलने संभव नहीं थे इसलिए उन्होंने अपने खेत में काम करने के साथ ही साथ गाँव के लोगों के खेतों में मज़दूरी करके तथा उनके घरों की मरम्मत अथवा निर्माण के कार्यों में मज़दूरी करके, बच्चों को पाला। बिरू को ईजा ने बताया था कि बाबू के देहांत के बाद वह बच्चों को लेकर अल्मोड़ा में अपने रिश्तेदारों के पास रहने के लिए गईं थीं, लेकिन वहाँ किसी ने उनकी कोई मदद नहीं की। अल्मोड़ा के रिश्तेदारों ने उन्हें समझा-बुझाकर वापस गाँव भेज दिया। इसके बाद ईजा

ने किसी भी स्थिति में किसी से कोई सहायता नहीं मांगी। उन्होंने अपने हौसले और कड़ी मेहनत से बच्चों को पाल-पोस कर इस योग्य बनाया कि वे अपने पैरों पर खड़े हो सकें।

ईजा घर में एक भैंस रखती थीं, जिससे साल के अधिकाँश महीनों में बच्चों को दूध, दही मट्ठा आदि मिल जाते थे। उन दिनों एक रुपये में 5 पाव (सवा सेर) घी मिलता था। शुद्ध होने के कारण गाँव के लोग उनके घर का घी खरीदने आते थे। उन दिनों गाँव के लोगों में आपस में बहुत अच्छा मेल-जोल था और एक-दूसरे के प्रति सहयोग की भावना भी थी, लोग एक-दूसरे को प्राय: उम्र के हिसाब से बने गाँव के रिश्तों यथा- चाचा, ताऊ, मामी, बूबू, आमा आदि से संबोधित किया करते थे और सामान्यतया जाति के कठोर बंधन भी संबोधन के इन रिश्तों में रुकावट नहीं बन पाते थे।

बिरू के मकान की स्थिति अच्छी नहीं थी। सर्दियों में दीवारों की दरारों और सूराखों से ठंडी हवा तेज़ी से अंदर घुसती थी और जब वह उनके शरीर से टकराती, तो उसकी ठंडक चाकू की धार जैसी महसूस होती थी। जब बारिश लगातार होती थी तो उनके घर की छत कई जगह से टपकने लगती थी। उस समय वह लोग जगह-जगह से टपकते पानी से बचने की कोशिश करते हुए, किसी तरह समय गुजारते थे।

1933-34 की बात है, उनके गाँव के पास के गाँव सरना के स्कूल में तल्लालोब के मोतीराम जी अध्यापक बनकर आए। उन्होंने गाँव के सभी लड़कों को पढ़ने के लिए स्कूल आने को कहा। बिरू भी गाँव के अन्य लड़कों के साथ वहाँ पढ़ने गए। मग़र ग़रीबी के कारण ईजा उन्हें स्कूल जाने से मना करती थीं और कहती थीं कि भैंस चराने जाओ। स्वयं वह सुबह-सुबह मज़दूरी करने चली जाती थीं, दोपहर में खाना बनाने के लिए लौटती थीं और फिर वापस काम पर चली जाती थीं। शाम को वह बहुत थकी हारी-सी घर को लौटती थीं।

भैंस को घास चराने के लिए कभी उनका बड़ा भाई जाता था, और कभी वह स्वयं। खाली समय में वे दोनों भाई गाँव के खीमराम जी के 'आफर' (बर्तन बनाने का छोटा कारखाना जिसमें दो-तीन व्यक्ति काम करते हैं) में पंखा घुमाने का काम करते थे, या अन्य छोटे-मोटे कामों में उनकी मदद करते थे, जिससे उन्हें भी कुछ मज़दूरी मिल जाया करती थी। जब गाँव में किसी का मकान बनता, तो ईजा वहाँ पत्थर ढोने का काम करती थीं और एक या दो आना रोज़ाना की मज़दूरी कमाती थीं, यह मज़दूरी सामान्य दिनों की मज़दूरी से कुछ अधिक होती थी।

ईजा के मना करने के बावजूद, जब भी बिरू को समय मिलता, वह स्कूल चले जाते थे। स्कूल जाने में अपनी अनियमितता के कारण वह कक्षा में सबसे पीछे बैठते थे। मास्टर

जी जब बच्चों से कोई सवाल पूछते, तो वह पीछे से ही उत्तर दे दिया करते थे। एक दिन मास्टर जी ने पूछा, "पीछे से क्यों उत्तर दे रहे हो? आगे आओ।" तब वह सकुचाते हुए-से आगे की पंक्ति में आ बैठे। उनके उत्तरों से मास्टर जी काफी प्रभावित हुए। उसी शाम वह बिरू के घर आए और ईजा से कहा, "यह लड़का पढ़ने में बहुत अच्छा है, इसे स्कूल क्यों नहीं भेजती हो?" ईजा ने उन्हें बताया कि घर में कमाने वाला उनके अतिरिक्त कोई अन्य नहीं है। वे ग़रीब विधवा हैं और मज़दूरी करके घर चलाती हैं। घर के बहुत से ऐसे काम होते हैं, जिनमें बच्चों से मदद लेनी पड़ती है, इसलिए वे अपने बच्चों को स्कूल नहीं भेज पाती हैं। परंतु मास्टर जी के पुन: समझाने पर ईजा मान गईं और उन्होंने बिरू को नियमित रूप से स्कूल भेजने का निर्णय लिया।

उन दिनों प्राइमरी शिक्षा कक्षा अ, ब, 1, 2, 3, और 4 तक ही सीमित थी। बिरू ने अपनी तीव्र बुद्धि, लगन और मेहनत के कारण कक्षा अ, ब, और 1 को एक ही साल में पास कर लिया और अगले वर्ष वह कक्षा 2 में पहुँच गए। स्कूल बहुत छोटा व साधारण था। स्कूल में दो कमरे और एक बरामदा था। एक छोटे से मैदान में प्रार्थना होती थी और बाद में बच्चे उसी मैदान में खेलते भी थे। स्कूल की छत पटाल की थी और खिड़कियाँ ठीक से बंद नहीं हो पाती थीं, जिससे सर्दी के दिनों में ठंड कमरों के भीतर तक पहुँच जाती थी।

स्कूल में फर्नीचर के नाम पर केवल एक कुर्सी, एक मेज और कुछ स्टूल थे। कमरे की एक दीवार पर ब्लैक बोर्ड टंगा था और बच्चे फ़र्श पर बैठने के लिए अपने-अपने घर से बोरी, छोटी दरी आदि लेकर आते थे। स्कूल, ऊँची-नीची पहाड़ियों के बीच स्थित एक छोटे से खेत में बना था, जहाँ से उत्तर दिशा में हरे-भरे पेड़ों की शाखाओं के बीच से कहीं-कहीं बर्फ़ से ढँकी पर्वत श्रृंखलाएँ भी दिखाई देती थीं। कमरे की दीवारें चूने से सफेद की जाती थीं, जो सालों की धूप-बारिश से धूमिल हो चली थीं। यह स्कूल गाँव और आसपास के क्षेत्र के बच्चों के लिए शिक्षा का एकमात्र केंद्र था।

जब बिरू कक्षा दो में पढ़ते थे, तब नाघर गाँव का उनका चचेरा भाई बहादुर (बहादुर राम टम्टा जो बड़े होकर दिल्ली के म्युनिस्पिल कमिश्नर बने) कक्षा तीन में पढ़ता था, हालांकि उम्र में वह बिरू से छोटा था। वह बिरू से ख़ूब हिल-मिल कर बात करता था और पढ़ाई में उनका ख़याल रखता था। बिरू की उससे बहुत गहरी दोस्ती हो गई थी। स्कूल में बिरू के चाचा फकीरराम जी का बेटा कालीराम भी उनके साथ पढ़ता था जिससे भी बिरू की दोस्ती थी। वे तीनों बच्चे प्राय: मिलजुल कर पढ़ाई करते थे और एक साथ खेलते थे। वे आपस में खेल-खिलौनों, घरवालों, गाँव के जीवन और पढ़ाई की बातें किया करते थे।

त्योहारों के करीब आने पर, वे उत्साहपूर्वक उनके बारे में सोचते थे, कि कैसे उन्हें मनाया जाए, क्या-क्या तैयारियाँ की जाएं और किस प्रकार गाँव में उल्लास भरे माहौल का आनंद लिया जाए, आदि।

गाँव में खीमराम जी संभवत: सबसे संपन्न व्यक्ति थे। उनके द्वारा तांबे की चादरें अल्मोड़ा से मंगाई जाती थीं और उनके 'आफर' में वे चादरें बर्तनों में ढलती थीं। शाम के समय तीन-चार लोग उनके घर के बाहर बैठकर तम्बाकू पिया करते थे और गप-शप करते थे। गाँव के सभी लोग खीमराम जी का बहुत सम्मान करते थे।

बिरू अक्सर सोचा करते थे कि अमीर लोगों के पास इतना पैसा कहाँ से आता है? क्या भगवान इनको पैसा देता है? क्या ये भगवान की पूजा कुछ अधिक करते हैं? ऐसा दिखता तो नहीं! दिखता तो यह है कि ये हर बड़ी बात में भगवान का नाम लेते हैं! क्या भगवान का नाम लेने से ही भगवान ख़ुश हो जाता है? मेरी ईजा भी तो हर काम में भगवान का नाम लेती है फिर हमारे पास पैसा क्यों नहीं है? क्या किसी ख़ास तरीके से पूजा करने पर भगवान ख़ुश होता है? क्या भगवान सबको पैसा नहीं दे सकता? कम से कम इतना पैसा तो सबको मिलना ही चाहिए कि घर के ज़रूरी काम हो जाएं। भगवान अगर दया करता है तो लोग बीमार क्यों पड़ते हैं? लोगों को दुःख और तकलीफ़ें क्यों होती हैं?

एक दिन जब अल्मोड़ा शहर में रहने वाले बिरू के जीजा जी के बड़े भाई, रायबहादुर हरीप्रसाद टम्टा जी, के गाँव में आने की ख़बर आयी, गाँव में उत्सव जैसा माहौल बन गया। वे समाज के बहुत सम्मानित व्यक्ति थे और अल्मोड़ा शहर में रहकर राजनीति और समाज सेवा के कार्य करते थे। उनके आगमन के दिन गाँव वालों के द्वारा सुबह से ही गाँव की पगडंडियों और आसपास के घरों की सफाई की गई। बिरू और उसके भाई ने उस दिन अपने सबसे अच्छे कपड़े पहने। रायबहादुर साहब के साथ उनके एक रिश्तेदार वकील साहब रामप्रसाद टम्टा (जो बाद में राज्य सभा के सांसद बने और उसके बाद एल आई सी के चेयरमैन एवं रेलवे भर्ती के अध्यक्ष बने) भी आए थे। यह लोग बिरू के घर में एक दिन और एक रात रुके थे। उनके द्वारा एक बड़ी सभा का आयोजन किया गया, जिसमें क्षेत्र के गाँवों से महत्त्वपूर्ण लोग बुलाए गए थे। सभा में उन्होंने समाज व देश में घटित होने वाली घटनाओं के बारे में बहुत सी महत्त्वपूर्ण बातें बताईं, लोगों से उनकी समस्याओं के बारे में पूछा और समाधान के रस्ते सुझाए। जिन लोगों के काम अल्मोड़ा शहर से होने थे उनमें उन्होंने मदद करने के आश्वासन भी दिए। उन्होंने शिक्षा के महत्व को रेखांकित किया और समाज में भाईचारे को बनाए रखने और सोच-समझकर निर्णय लेने की प्रेरणा दी। उन्होंने लोगों को यह भी बताया कि देश और विदेश की घटनाओं से अवगत रहना कितना आवश्यक है।

सभा के दौरान रायबहादुर साहब ने खीमराम जी एवं क्षेत्र के कुछ अन्य महत्त्वपूर्ण लोगों को अपनी संस्था 'शिल्यकार-सभा' का सदस्य बनाया और अपने अख़बार 'समता' की प्रति नियमित रूप से उनके पास भिजवाने का वादा किया। रायबहादुर हरीप्रसाद टम्टा जी जब वापस जाने लगे, तो जाते-जाते उन्होंने बिरू और उनके बड़े भाई के हाथ में कुछ पैसे रख दिए थे, जिससे दोनों बच्चे बहुत ख़ुश हो गए थे।

जैसे-जैसे खीमराम जी की आमदनी बढ़ती गई, उनके स्वभाव में अहंकार भी पनपने लगा। खीमराम जी के दो भाई थे—भुरराम जी और मोतीराम जी। तीनों भाइयों के बीच एकता बहुत गहरी थी। आपस में किसी बात पर चाहे कितना भी मतभेद उनमें हो, लेकिन जब भी बाहर वालों के साथ किसी बात पर उनका कोई विवाद हो जाता था तो तीनों भाई एकजुट होकर एकमत हो जाते थे। एक दिन, खीमराम जी और बिरू की ईजा के बीच खेत की मेड को लेकर बहस छिड़ गई। विवाद में उसके दोनों भाई भी शामिल हो गए। देखते ही देखते विवाद इतना बढ़ गया कि खीमराम जी ने आवेश में आकर ईजा के हाथ में एक बड़े डंडे से ज़ोर से चोट मार दी, जिससे ईजा गिर पड़ीं। उस समय बिरू और उनके भाई घर पर नहीं थे, लेकिन उनके चाचा फकीरराम जी घर पर थे। उन्होंने ईजा का साथ दिया और खीमराम जी और उसके भाइयों की जमकर डांट लगाई।

कक्षा चार की परीक्षाओं के पहले बिरू के मन में इस चिंता ने घर कर लिया कि अब आगे की पढ़ाई कहाँ करेंगे? आगे की पढ़ाई के लिए स्कूल शहरों में ही थे और सबसे पास का शहर अल्मोड़ा था। क्या ईजा उन्हें अल्मोड़ा शहर के स्कूल में पढ़ने भेज पाएंगी? शहर के स्कूल में जाने के लिए बहुत रुपयों की आवश्यकता होती है और उनकी आर्थिक स्थिति ऐसी नहीं थी कि आसानी से इतने रुपयों की व्यवस्था हो पाती। इन उलझनों के बीच, बिरू ने 1938 में सरना गाँव के स्कूल से कक्षा 4 पास कर ली।

बिरू के चाचा जी अपने बेटे कालीराम को अल्मोड़ा टाउन स्कूल में दाखिला दिलवाना चाहते थे। उन्होंने 1 जुलाई को कालीराम का सर्टिफिकेट अल्मोड़ा टाउन स्कूल में जमा कर दिया। बिरू की इच्छा भी अल्मोड़ा जाकर पढ़ने की थी। बिरू ने ईजा से ज़िद की कि उन्हें भी पढ़ने के लिए अल्मोड़ा भेजा जाए। यद्यपि घर की आर्थिक हालत अच्छी नहीं थी, लेकिन माँ ने उनकी ज़िद को मान लिया और अगली बार चाचा जी के साथ उन्हें अल्मोड़ा भेजने का आश्वासन दिया।

3.

शहर की निष्ठुर चकाचौंध से पहली मुठभेड़

बिरू के चाचा जी जुलाई के अंतिम सप्ताह में अपने बेटे कालीराम के एडमिशन की जानकारी लेने अल्मोड़ा टाउन स्कूल गए। ईजा ने बिरू को भी उनके साथ एडमिशन लेने हेतु भेज दिया। बिरू कक्षा चार पास करने के अपने सर्टिफिकेट को लेकर चाचा जी के साथ, अल्मोड़ा आ गए और उनका सर्टिफिकेट भी टाउन स्कूल में जमा कर दिया गया। अल्मोड़ा में क़दम रखते हुए उनके मन में अजीब-सा भय मिश्रित रोमांच था। पहली बार शहर देखने का अनुभव जीवनभर के लिए उनकी स्मृतियों में बस गया। शहर में सड़कों के किनारे बड़ी-बड़ी दुकानें थीं, जिनमें तरह-तरह का सामान भरा पड़ा था। लोग इन दुकानों पर दिन भर आते-जाते रहते थे और सामान बिकता रहता था। अल्मोड़ा शहर के मकान, गाँव के मकानों की तुलना में बहुत बड़े थे और उनके कमरे भी गाँव के मकानों के कमरों से अधिक बड़े थे। वहाँ पहली बार बिरू ने कुछ मोटर गाड़ियाँ भी देखीं, जिनमें प्राय: अंग्रेज लोग सफ़र करते थे। उन्हें बताया गया कि मोटर गाड़ी में इंजन होता है, जिसे पेट्रोल से चलाया जाता है। यह सुनकर वह हैरान हुए, क्योंकि गाँव में उन्होंने ऐसा कुछ नहीं सोचा था।

अल्मोड़ा का टाउन स्कूल, मिडिल स्तर का था जिसमें कक्षा 8 तक की पढाई होती थी। यह स्कूल गाँव के प्राइमरी स्तर के स्कूल से बहुत बड़ा था। यहाँ कई कमरे थे, और एक कमरा तो गाँव के उनके पूरे स्कूल से भी बड़ा लगता था। स्कूल में एक खेल का मैदान भी था। यहाँ के मास्टर लोग साफ़-सुथरे कपड़े पहनते थे, और बच्चे बहुत चंचल और उत्साहित रहते थे। वे बच्चे किसी से बात करने में झिझकते नहीं थे। उस स्कूल में एक कक्षा में केवल 35 लड़कों को ही दाख़िला मिलता था। सर्टिफिकेट समय पर जमा न हो

पाने के कारण बिरू का दाखिला स्कूल में उस वक़्त नहीं हो सका। बिरू ने ऐसा सोचा भी नहीं था अत: एडमीशन न हो पाना उनके लिए बज्रपात जैसा था क्योंकि उन्होंने बहुत ही उल्लास तथा बड़े और ऊँचे सपनों के साथ गाँव से शहर आने की तैयारी की थी।

अगले दिन चाचाजी के साथ बिरू हरीनिवास पहुँचे। वहाँ बिरू की बड़ी बहन माया दीदी रहती थीं। उन्होंने उन दोनों का स्वागत किया, उन्हें प्यार से खाना खिलाया और स्नेह जताया। बिरू की बड़ी बहन के पति, बिरू के जीजाजी, श्री लालता प्रसाद टम्टा, की अल्मोड़ा के बाज़ार में बर्तनों की एक दुकान थी। उनके बड़े भाई रायबहादुर हरीप्रसाद टम्टा जी अल्मोड़ा के सम्मानित समाजसेवी थे, जिनसे बिरू गाँव के समाजसेवा के कार्यक्रम में मिल चके थे। स्कूल में एडमीशन कराने के लिए बिरू ने हरीप्रसाद टम्टा जी से बड़ी विनम्रता के साथ अनुरोध किया। उन्होंने बिरू को आश्वासन देते हुए कहा, "तुम्हारे एडमिशन के लिए मैं ऊपर से इज़ाज़त ले लूंगा, तब तक तुम रोज़ स्कूल जाते रहो।"

हरीनिवास एक विशाल मकान था, जिसे बड़े ही साफ़-सुथरे ढंग से सजाया गया था। उसमें कई परिवार रहते थे। हरीनिवास में वकील साहब रामप्रसाद जी व उनकी माँ भी रहती थीं। रामप्रसाद जी की माँ को लोग माता जी कहते थे और बहुत सम्मान करते थे। हरीनिवास में कई कमरे थे और बीच में एक आँगन भी था। कमरों की ऊँची छतें और आँगन में लगे सुंदर पौधे, जिनमें रंग-बिरंगे फूल खिले थे, घर को और भी आकर्षक बनाते थे। जगह-जगह रखी कुर्सियाँ और ज़मीन पर बिछी रंगीन ऊनी दन (दरियाँ), उस घर की शान और संपन्नता का प्रतीक थीं। बड़ी-बड़ी चारपाइयाँ, जिन पर रंग-बिरंगी दरियाँ और रजाइयाँ थीं, हर कमरे को भव्यता प्रदान करती थीं। हरीनिवास के आस-पास के मकान उस मकान से छोटे थे और उनमें सजावट भी इतनी नहीं थी। अल्मोड़ा की गलियाँ मकानों से घिरी थीं और मकान एक-दूसरे से सटे हुए थे। अल्मोड़ा शहर में जगह-जगह से, उत्तर दिशा में, बर्फ़ से ढकी पर्वत चोटियाँ दिखती थीं, जो अल्मोड़ा की ख़ूबसूरती को और भी बढ़ा देती थीं।

कुछ दिनों तक बिरू बिना एडमीशन के ही स्कूल जाते रहे। बिरू और कालीराम धारानौला स्थित एक कमरे में रहते थे। वहाँ रहकर घर का सारा काम बिरू को ही करना पड़ता था। बिरू के पास पहनने हेतु पर्याप्त गर्म कपड़े नहीं थे और उनका बिस्तर व कम्बल भी जीर्ण-शीर्ण अवस्था में था। चाचाजी ने दोनों बच्चों के लिए बांसगली में राशन की एक दुकान लगवा रखी थी, जहाँ से उन्हें राशन मिल जाया करता था। बिरू और कालीराम राशन का आधा-आधा ख़र्च वहन करते थे, जिससे उन दोनों का गुज़ारा चलता था। ज़रूरत पड़ने पर वे अल्मोड़ा से पैदल ही अपने गाँव चले जाया करते थे।

लगभग एक महीने बाद रायबहादुर हरीप्रसाद जी ने बिरू को यह ख़ुशख़बरी दी कि उनके एडमिशन की मंज़ूरी मिल गई है। यह सुनकर बिरू बेहद प्रसन्न हुए और तुरंत स्कूल पहुँच गए। स्कूल में हेड मास्टर ने कहा, "नाम लिखवाने के लिए 1 रुपये फीस जमा करनी होगी।" बिरू के पास 1 रुपया नहीं था, इसलिए बिरू शाम को अपने जीजा श्री लालता प्रसाद की दुकान पर गए। वहाँ वे और उनके बड़े भाई, दोनों बैठे थे। बिरू ने विनम्रतापूर्वक जीजाजी से कहा, "स्कूल में नाम लिखवाने के लिए मुझे 1 रुपये की ज़रूरत है।" जीजाजी ने उनकी ओर देखते हुए उपहास भरे शब्दों में कहा, "रुपया पेड़ पर नहीं उगता, मैन।"

यह सुनकर बिरू के मन को बहुत ठेस पहुँची। रायबहादुर हरीप्रसाद जी ने तुरंत उनके जीजा जी से कहा, "इसकी ज़रूरत सही है, इसे स्कूल में एडमिशन के लिए एक रुपया चाहिए। अतः इसे एक रुपया दे दो।" उनके कहने पर जीजाजी ने अनमने भाव से 1 रुपये का सिक्का उछालकर बिरू की ओर फेंका। उस सिक्के को उठाते वक्त अपमान का जो घूँट बिरू ने पिया, उसकी कडुवाहट वह आज तक भूल नहीं पाए हैं। उनकी आँखों में आँसू थे, लेकिन उन्हें उस एक रुपये की सख्त ज़रूरत थी। इसलिए, अपमान सहते हुए, उन्होंने वह सिक्का उठाया और वापस धारानौला के अपने कमरे पर लौट गए। अगले दिन, बिरू ने फीस जमा कर दी। इसप्रकार आख़िरकार स्कूल में उनका नाम लिख गया।

बिरू सोचने लगे, कि पैसे वाले लोग गरीबों से ढंग से बात क्यों नहीं करते? क्या पैसा ही सब कुछ है और इंसानियत कुछ नहीं? पैसा बड़ा है या भगवान? पैसा पास में हो तो सब काम आसानी से हो जाते हैं। फिर वह सोचने लगते हैं कि पैसे से भी सब काम कहाँ हो पाते हैं? बिरू को लगता कि शहर में सब के पास पैसा है, हाँ कुछ लोगों के पास पैसा बहुत से भी बहुत अधिक है। शहर में किसी के पास टाइम नहीं है, सब लोग दिन-रात भागते रहते हैं। कोई थोड़ी देर ठहर के बात ही नहीं करता। इससे तो उनका गाँव ही अच्छा जहाँ लोग कम से कम कुछ देर ढंग से बैठ कर आपस में बात तो कर लेते हैं।

शहर में डॉक्टर हैं, जिससे बीमार और घायल लोगों का इलाज़ हो जाता है। बिरू सोचते! क्या शहर में सभी बीमार और घायल लोग ठीक हो जाते होंगे? गाँव में पेड़ से जो व्यक्ति भी गहरी खाई में गिर जाता है, या गंभीर रूप से बीमार पड़ जाता है वो प्राय: मर ही जाता है। गाँव में तो जड़ी-बूटियों, देशी दवाओं, झाड़-फूंक और भगत जी का ही सहारा है। ये डॉक्टर लोग गाँव में क्यों नहीं जाते? देवी के प्रकोप से भी गाँव में लोग अक्सर बीमार पड़ते रहते हैं। देवी लोगों को बीमार क्यों कर देतीं हैं? क्या देवी लोगों को माफ़ नहीं कर सकतीं? देवी अक्सर नाराज़ ही क्यों होती रहती हैं? ईजा कभी अगर नाराज़ होती भी है तो ज़ल्दी ही मान भी जाती है और हमारे भले के लिए दिन-रात काम करती रहती है।

फिर उनमें आत्मविश्वास जागता, कि हम भी एक दिन पैसे वाला होकर दिखाएंगे। लेकिन कैसे? उनको लगता कि जो लोग कुछ न कुछ काम कर रहे है, लगातार, या कोई न कोई व्यापार कर रहे हैं उन्हीं के पास पैसा आता है। वह सोचते कि देवी, देवता और भगवान क्या सचमुच के होते हैं या हमने इन्हें सचमुच का मान लिया है? संसार में दुःख क्यों है? इनका कोई हल भगवान क्यों नहीं करता?

बिरू ने रोज़ाना स्कूल जाना शुरू कर दिया था, और पढ़ाई में उनका मन भी लगने लगा था। चाचा जी ने नगर के प्रतिष्ठित समाजसेवी व्यक्तियों, सुपरवाइजर जोगाराम और वकील साहब रामप्रसाद से मिलकर, स्कूल में उनके और कालीराम के लिए वजीफा भी स्वीकृत करवा दिया। यह एक बड़ी राहत थी, लेकिन एडमिशन फीस जमा करने के बाद किताबों और कापियों की समस्या बिरू के सामने आ खड़ी हुई। ईजा ने किसी तरह कुछ पैसे जुटाए, जिनसे वह पुरानी किताबों के साथ कुछ नई कापियां और पेन, दवात, पेन्सिल आदि लिखने का सामान ख़रीद पाए।

ईजा ने खाने-पीने और रहने के ख़र्चे के लिए भी किसी प्रकार से पैसों की व्यवस्था की, किन्तु बिरू जानते थे कि उनकी पढ़ाई और अल्मोड़ा में रहने की व्यवस्था करने के लिए ईजा को कितनी कठिनाइयों का सामना करना पड़ रहा था। घर के ख़र्चों में कटौती करनी पड़ रही थी, और ईजा को अतिरिक्त मेहनत-मशक्कत भी करनी पड़ रही थी। बिरू को पढ़ाई के लिए माँ से पैसे मांगना कतई अच्छा नहीं लगता था। आमदनी का कोई भी जरिया उनको दिखाई नहीं दे रहा था, ईजा इससे अधिक अब कुछ नहीं कर सकती थीं, क्योंकि गाँव में करने के लिए कोई अन्य काम भी नहीं था।

अल्मोड़ा में रहते हुए पढ़ाई जारी रखने के लिए आवश्यक न्यूनतम धन की कोई और व्यवस्था न होने के कारण बिरू की मुश्किलें बढ़ने लगीं। वजीफ़ा मिलने की आस में किसी प्रकार वह स्कूल जाते रहे, लेकिन स्थिति दिन-ब-दिन कठिन होती जा रही थी। जीविकोपार्जन के लिए अगर बिरू कुछ काम करना शुरू कर देते, तो स्कूल जाना संभव नहीं हो पाता। वजीफ़ा मिलने में अभी भी काफी देरी थी। अगर वह मिल जाता, तो बिरू के ख़र्चे कुछ आसानी से चल पाते और पढ़ाई भी जारी रह पाती। सभी प्रयासों के बावजूद पैसों की कोई व्यवस्था नहीं हो पा रही थी और दूकान वाले का उधार भी लगातार बढ़ता जा रहा था। धीरे-धीरे बिरू की परिस्थितियां इतनी विकट हो गईं कि उन्हें निराश होकर, भारी मन से, स्कूल की पढ़ाई छोड़कर गाँव वापस लौटना पड़ा। सभी संभव प्रयास करने के बावजूद, बिरू सिर्फ तीन महीने तक ही अल्मोड़ा में स्कूल जा पाए। यह बिरू के लिए एक बहुत बड़ा झटका था।

घर लौटकर बिरू जीविकोपार्जन के लिए विभिन्न प्रकार के काम करने की कोशिश करने लगे। उस समय उम्र के अनुसार, जो भी काम उन्हें मिल सकता था, उन्होंने उसे करने का प्रयास किया। बिरू के बड़े भाई, बचीराम, ने शुरू से ही मज़दूरी का काम किया था। उस समय मज़दूरी के लिए उन्हें महीने में दो-तीन रुपये मिलते थे, बाद में बड़े भाई पिथौरागढ़ चले गए, जहाँ उन्होंने तांबे के बर्तन बनाने का काम सीखा। कुछ वर्षों में वह इस काम में माहिर हो गए और अच्छे कारीगर बन गए। उन दिनों मज़दूरी दो आना प्रतिदिन मिलती थी, और सोलह आने का एक रुपया होता था, जो चाँदी का एक सिक्का होता था। उस समय एक रुपये में सोलह पंसेरी मडुवा और अठारह पंसेरी धान मिल जाता था। एक पंसेरी 'सवा सेर' के बराबर होती थी, जो लगभग एक किलोग्राम के बराबर होता था।

कुछ समय के लिए, बिरू मोतीराम जी के साथ काम करने लगे। उन्होंने अल्मोड़ा के पास लमगड़ा में एक 'आफर' डाला था। लमगडा का मौसम बेहद ठंडा था। बिरू उनके साथ बगैट-लकड़ी लाने, 'आफर' में पंखा घुमाने और उनके लिए खाना बनाने आदि के काम करते थे। लेकिन ठंड के कारण बिरू बीमार पड़ गए। उनकी आँखों में तेज दर्द रहने लगा और इलाज के लिए उन्हें अल्मोड़ा के सरकारी अस्पताल ले जाया गया। वहाँ डा0 थापा ने उनका इलाज किया, जिससे वह कुछ दिनों में ठीक हो गए। स्वास्थ्य ठीक होने के बाद, बिरू ने मोतीराम जी के साथ काम करना छोड़ दिया, क्योंकि वहाँ ठंड बहुत अधिक थी और काम के बदले वाजिब पैसे भी नहीं मिलते थे। इसके बाद बिरू काम की तलाश में इधर-उधर भटकते रहे, लेकिन कई महीनों तक उन्हें कोई संतोषजनक काम नहीं मिला।

ईजा का ज़िन्दगी, संघर्ष की एक अकथ गाथा थी। वह परिवार के भले के लिए जी-जान से मेहनत करती रहीं और पारिवारिक दायित्वों को पूरी ज़िम्मेदारी से निभाती रहीं। वक़्त के साथ बच्चे बड़े होते गए। बिरू के पिता जी ने सबसे बड़ी बेटी का विवाह अल्मोड़ा के लालताप्रसाद जी से किया था। ईजा ने बिरू की बहन कुन्ती की शादी रैखोली में तय कर दी थी। नियत तिथि पर कुन्ती की शादी हो गई और उसकी गृहस्थी सुखमय रही। बचुली दीदी की शादी की बिरू को कोई ख़ास याद नहीं है। ईजा ने बताया था कि बचुली दीदी की शादी चाचा फकीरराम जी और नाघर के ढुलबौज्यू (ताऊ जी) ने घटगाड़ के पनीराम के बेटे रतनराम से तय की थी। उस समय बचुली दीदी की उम्र मात्र 10-11 साल थी। दुर्भाग्य से उनकी गृहस्थी ठीक से नहीं चल पाई और बाद में उनके परिवार की ज़िम्मेदारी भी ईजा पर आ गई। ईजा ने समय पर बड़े भाई की भी शादी करवा दी, लेकिन शादी के बाद घर की व्यवस्था में ईजा को बिरू की भाभी से वांछित सहयोग नहीं मिला, क्योंकि भाभी कई वर्षों तक अपने मायके में ही रहीं। उन दिनों बड़े भाई गड़तिर-कनालीछीना, पिथौरागढ़ में रहते थे और तांबे के बर्तन बनाने का काम करते थे।

4.

अनुभव की पाठशाला

काम की तलाश में बिरू फिर से अल्मोड़ा आ गए। इस बार उन्हें रहने के लिए कृष्णा लाइब्रेरी में जगह मिल गई। इसके बदले उन्हें शाम को लाइब्रेरी खोलनी पड़ती थी और तब तक वहाँ मौजूद रहना होता था जब तक कि लोग पढ़ने के लिए आते-जाते रहते थे। भोजन की व्यवस्था भी लाइब्रेरी की ओर से की गई थी। दिन के शेष समय में बिरू शहर की दूकानों में काम ढूँढते थे और जो काम मिल जाता था उसे वह कर दिया करते थे। लाइब्रेरी में रहते हुए, जब भी समय मिलता, बिरू अख़बार, पत्रिकाएँ और किताबें पढ़ते रहते थे। जो बातें उन्हें समझ में नहीं आती थीं, उनके बारे में वह लाइब्रेरी में आने वाले गंभीर किस्म के लोगों से पूछने का प्रयास करते थे। जो विषय कुछ अधिक कठिन लगते थे, उन्हें वह रामप्रसाद जी या रायसाहब जी से पूछ लिया करते थे।

कृष्णा लाइब्रेरी में काम करते हुए अख़बार पढ़ने की जो आदत उन्हें लग गई, वह समय के साथ और गहरी होती चली गई। वह रोज़ दो-तीन अख़बार जरूर पढ़ते थे और जब अधिक समय मिलता तो जितने भी अख़बार या पत्रिकाएँ उन्हें मिल पातीं थीं, वह उन्हें पढ़ने में जुट जाते थे। बाद में उन्हें रेडियो सुनना भी रुचिकर लगने लगा और वह, जहाँ तक संभव होता, देश-विदेश सभी रेडियो स्टेशनों से हिंदी में प्रसारित ख़बरें बहुत ध्यान से सुनते थे।

जीविकोपार्जन के लिए श्रम करने के साथ पुस्तकों, अखबारों और पत्रिकाओं के अध्यन और विद्वान् लोगों से हुए विचार-विमर्श से जो अनुभव उनको मिले उन्होंने उनकी सोच और समझ को विकसित किया और वह अपने जीवन की कठिनाइयों से उबरने का रास्ता ख़ुद बनाने की ओर अग्रसर होते गए। लाइब्रेरी में बिताया गया समय न केवल उनके ज्ञान और समझ का आधार बना, बल्कि उनके आत्मविश्वास और मानसिक विकास का एक अहम पड़ाव भी साबित हुआ।

कभी-कभी रायबहादुर हरीप्रसाद जी बिरू के जीजा जी की दुकान पर आकर बैठते थे और अपने जीवन के अनुभवों के आधार पर बिरू को सांसारिक कार्य-व्यवहार के बारे में महत्वपूर्ण बातें बताया करते थे। उनसे बिरू ने बहुत कुछ सीखा। जो ख़बरें बिरू अखबारों में पढ़ते थे या रेडियो पर सुनते थे, उन पर समय मिलने पर वह रायबहादुर साहब से चर्चा करते थे और उनके विचार सुनते थे। रायबहादुर जी उन्हें जीवन के गहरे और व्यावहारिक पहलुओं से अवगत कराते रहते थे।

स्थाई नौकरी पाने की आस में बिरू ने कुछ समय नरसिंह बाड़ी में सुपरवाइजर जोगाराम जी के साथ भी बिताया, जहाँ वह उनके लिए खाना बनाते, पानी भरते और बर्तन धोते थे, बदले में उन्हें दो वक़्त का भोजन और रहने के लिए जगह मिल जाती थी। इस तरह जीवन की कठिनाइयों से लड़ते हुए वह आगे बढ़ने का प्रयास करते रहे, लेकिन तमाम कोशिशों के बावजूद स्थाई रोज़गार की उन्हें कोई संभावना नज़र नहीं आ रही थी।

रायबहादुर हरीप्रसाद टम्टा जी ने बिरू को स्वामी विवेकानंद जी के दर्शन और उनके कार्यों के बारे में भी विस्तार से बताया था। उन्होंने बिरू को विवेकानंद जी से सम्बंधित कुछ पुस्तकें भी दीं, जिनसे बिरू को विवेकानंद के विचारों और उनके दार्शनिक दृष्टिकोण को समझने का अवसर मिला।

रायबहादुर साहब ने एक दिन बिरू को बताया कि आज की तेजगति वाली भाग-दौड़ भरी दुनिया में मानसिक तनाव जीवन का हिस्सा बन चुका है। मानसिक स्वास्थ्य से जुड़ी समस्याएँ, जैसे कि चिंता, निराशा, अवसाद आदि लोगों के जीवन पर गहरा प्रभाव डाल रही हैं। बाहरी परिस्थितियों के दबाव में लोग अक्सर मानसिक और भावनात्मक अस्थिरता के शिकार हो जाते हैं। भारतीय दार्शनिक प्रणालियाँ जैसे वेदांत, योग, जैन और बौद्ध दर्शन, मन और चेतना की प्रकृति पर व्यक्ति को गहन अंतर्दृष्टि प्रदान करती हैं। दर्शन की ये प्रणालियाँ मानसिक शांति और संतुलन प्राप्त करने हेतु व्यक्ति का मार्गदर्शन कर सकती हैं, जिनसे हमारे मानसिक विकारों का निराकरण संभव हो सकता है, अत: व्यक्ति को दर्शन की इन प्रणालियों का अध्ययन करके अपनी समझ को विकसित करना चाहिए।

उन्होंने आगे बताया कि बौद्ध साहित्य में एक महत्वपूर्ण कथा है जो मानसिक संतुलन के महत्व को बहुत अच्छी तरह से स्पष्ट करती है। इस कथा में एक व्यक्ति की स्थिति का वर्णन है, जिसे बहेलिए के द्वारा चलाया गया एक तीर लग जाता है। बुद्ध कहते हैं कि उस व्यक्ति के पास दो विकल्प हैं—पहला, वह यह सोचने में समय बिता सकता है कि तीर किस धातु का बना है? अगर एक से अधिक धातुओं से बना है तो उसमें विभिन्न धातुओं का क्या अनुपात है? तीर का आकार सही है अथवा नहीं? उसका छोड़े जाने का कोण सही था या नहीं आदि। दूसरा, वह इस बात पर ध्यान केंद्रित कर सकता है कि उस लग चुके तीर

को कैसे शीघ्र और सुरक्षित ढंग से निकाला जाए, जिससे उसके प्राणों की रक्षा हो सके।

पहले प्रकार से सोचने पर वह अपने कष्ट को और अधिक बढ़ा लेगा। यदि उस तीर में विष हुआ, तो तीर को समय पर न निकाले जाने के कारण उस व्यक्ति की मृत्यु भी हो सकती है। दूसरे प्रकार से सोचने पर शीघ्र ही उस लग चुके तीर को निकाल कर अपने प्राणों की रक्षा कर सकेगा।

बुद्ध का कहना है कि पहले प्रकार की सोच, प्रथम तीर से घायल व्यक्ति के द्वारा ख़ुद को ख़ुद ही एक और तीर मारने जैसी है—यह दूसरा तीर, पहले वाले तीर से भी अधिक हानिकारक सिद्ध हो सकता है। यह दूसरा तीर, घटित हो चुकी घटनाओं पर, उस व्यक्ति की अपनी प्रतिक्रया से उत्पन्न होता है और अपनी इस प्रतिक्रया पर पूरा नियंत्रण उसी व्यक्ति के हाथ में होता है। बुद्ध की शिक्षा इस दूसरे तीर से ख़ुद को बचाने का मार्ग बताती है।

बुद्ध का कहना है कि समाज के द्वारा उत्पन्न की गईं कठिन परिस्थितियाँ और चुनौतियां प्रथम तीर की तरह हैं जिन पर हमारा अधिक नियंत्रण नहीं होता, लेकिन उन परिस्थितियों और चुनौतियों पर हमारी अतार्किक प्रतिक्रया उस दूसरे तीर के सामान है जो हम स्वयं को मार लेते हैं और अपने कष्टों को अनावश्यक रूप से बढ़ा लेते हैं। इस दूसरे तीर पर हमारा पर्याप्त नियंत्रण होता है और इसे हम रोक सकते हैं। बुद्ध की शिक्षा इस दूसरे तीर से स्वयं को बचाने की कोशिश है जो हम कर सकते हैं।

संसार के द्वारा उत्पन्न की गई समस्याएँ—जिन्हें बुद्ध "प्रथम तीर" कहते हैं—हमारे जीवन का हिस्सा हैं, जिन पर हमारा नियंत्रण प्राय: नहीं होता है परंतु, उन पर हमारी प्रतिक्रया हमारे नियंत्रण में होती है, यानी "दूसरा तीर," हमारे नियंत्रण में होता है।

समाज के द्वारा रचित समस्याओं और चुनौतियों के तीर हमेशा चलते रहेंगे, परंतु इन पर सही और शीघ्र प्रतिक्रया करने से व्यक्ति अपने कष्टों और नुक्सान को जहाँ कम कर सकता है, वहीं उन पर अपनी अतार्किक, अनौचित्पूर्ण अथवा देर से की गई प्रतिक्रया से व्यक्ति अपने कष्ट और नुकसान को और अधिक बढ़ा भी सकता है।

कुछ समय बिरू ने नरसिंह बाड़ी में विशनदा के पास बिताया, जहाँ बहादुर (बी आर टम्टा) और ख़ुशीराम उनके साथ रहकर पढ़ते थे। विशनदा, बहादुर के बड़े भाई थे, और उनकी नौकरी कचहरी में एवजी (बदले) में लग गई थी, जिसमें उन्हें 25 रुपये प्रति माह का वेतन मिलता था। बिरू वहाँ सबके लिए भोजन बनाते थे और बर्तन साफ़ करते थे। इन कार्यों के बदले बिरू को वहाँ भोजन की और रहने की सुविधा मिल जाती थी। इस प्रकार के अनुभवों और परिस्थितियों से बिरू को जीवन के संघर्षों का हिम्मत से सामना करना और विषम परिस्थितियों में भी मानसिक संतुलन बनाए रखना, सीखने को मिला।

बिशनदा ने भी समय-समय पर बिरू का मार्गदर्शन किया और कभी-कभी अंग्रेज़ी

और गणित भी पढ़ायी। हालांकि, विधिवत शिक्षा बिरू को पर्याप्त नहीं मिल पाई थी, जिसका मलाल उन्हें हमेशा रहा लेकिन जीविकोपार्जन के प्रयास करते हुए, जब भी उन्हें समय मिला, उन्होंने कुछ पढ़ने और सीखने का प्रयास किया। विधिवत शिक्षा पर्याप्त न मिल पाने के कारण उनके मन में अक्सर हीनभावना भी उत्पन्न होती रहती थी। यह बिरू का दुर्भाग्य ही था। वह सोचते थे कि काश! उन्हें उचित शिक्षा प्राप्त हो जाती, तो ज़िन्दगी में वह भी कुछ बड़ा हासिल कर पाते। ग़रीबी और अल्पशिक्षा की दोहरी बाधाओं के बावजूद, बिरू ने जीवन को अच्छी तरह से देखने, जानने और समझने का प्रयास किया और तदनुरूप उचित ढंग से अपने काम को करने का प्रयास वह ज़िन्दगी भर करते रहे।

वर्ष 1940-42 में कन्ट्रोल के कपड़े का काम प्रचलन में आया। लालता प्रसाद जी, जो कि बिरू के जीजा जी थे, की दूकान में बिरू कन्ट्रोल के कपड़े को बेचने का काम करने लगे। इसके साथ ही वह कभी-कभार तांबे के बर्तनों की फेरी भी लगाया करते थे जिसके बदले में कुछ अतिरिक्त आमदनी हो जाती थी। लेकिन इन सब से केवल पेट भरने लायक पैसे ही मिल पाते थे। पहनने के लिये माताजी (वकील साहब रामप्रसाद टम्टा जी की माँ) कभी-कभी कुछ अच्छे कपड़े दे दिया करती थीं।

कुछ लोगों से बिरू को पता चला कि उन दिनों हल्द्वानी के वीरभट्टी नामक स्थान में दानसिंह व देबसिंह लकड़ी के बड़े व्यापारी थे, जो काफी धनी व्यक्ति थे। उनके यहाँ काफी बड़े स्तर पर लकड़ी का व्यापार होता था और कई लोग उनके व्यापारिक संस्थान में काम किया करते थे। बिरू ने सोचा कि यदि वे उन्हें अपना मुन्शी बना लें या उनके यहाँ उन्हें कोई अन्य काम मिल जाए तो उनका गुजारा अच्छी तरह से हो जाएगा। यह सोच कर बिरू ने अल्मोड़ा से वीरभट्टी जाने का मन बनाया।

उन दिनों पेट्रोल से चलने वाली एक मोटरगाड़ी जनता के लिए अल्मोड़ा से चलती थी और रानीखेत होकर हल्द्वानी जाती थी। मोटर गाड़ी की यात्रा में बिरू का जी घबराता था और उन्हें थोड़ी-थोड़ी देर बाद उल्टियाँ होती थीं। इसलिए बिरू, नवम्बर के महीने में, पैदल ही अल्मोड़ा से घुराड़ी के रास्ते हल्द्वानी के लिए चल पड़े। यह बात सन 1942-43 की रही होगी।

उस समय उनके पास केवल दो रूपये थे और वह मात्र एक फटी पंखी (स्थानीय ऊनी चादर) हाथ में लेकर, मोटा कुरता-पैजामा पहने हुए, वीरभट्टी (हल्द्वानी) जाने के चले थे। रास्ते में भूख लगने पर मूँगफली व चना आदि खाकर तथा पानी पी कर वह चलते गए। रतिघाट पहुँचते-पहुँचते ही रात हो गई। वहाँ उन्होंने एक दुकान में शरण ली। सुबह उठते ही लोगों से पैदल नैनीताल जाने के लिए रास्ते के बारे में पूछा। लोगों से पूछते-पूछते, जंगल के रास्ते से, वह नैनीताल के टॉप पर पहुँचे। फिर वहाँ से रास्ता पूछ-पूछ कर, लगभग 10:00

बजे सुबह अपनी मंज़िल वीरभट्टी पहुँचे। पैदल यात्रा के दौरान उनके मन में बार-बार यह आशावादी विचार आ रहा था वहाँ उन्हें कोई उपयुक्त काम अवश्य मिल जाएगा और उससे उन्हें अपने जीवन के सभी कष्टों से बाहर आने का मौका मिलेगा।

वीरभट्टी में देवसिंह व दानसिंह का बहुत बड़ा कार्यालय था। नौकरी के बारे में बात करने हेतु, आस-पास के लोगों से जानकारी प्राप्त कर के, वह कार्यालय में इस कार्य हेतु तैनात व्यक्ति के पास गए और उससे उन्होंने अपनी इच्छा ज़ाहिर की कि उन्हें काम चाहिये। उस व्यक्ति ने ज़वाब दिया कि अभी जगह नहीं है, अर्ज़ी दे दो और जब तुम्हारे लायक जगह होगी तब तुम्हें बुलवा लेंगे। बिरू ने उससे बहुत अनुनय-विनय की और कहा कि उन्हें कोई-सा भी काम मिल जाए वह उसे बहुत अच्छी तरह से करेंगे और जो भी वेतन उन्हें मिल जाएगा, ख़ुशी-ख़ुशी ले लेंगे। उन्होंने उसे यह भी बताया कि वह बहुत दूर से चलकर काम हेतु उसके पास आए हैं और अब उनके पास एक पैसा भी नहीं बचा है अत: हर हाल में उन्हें कोई काम चाहिए। परन्तु उसने काम देने से साफ़ मना कर दिया। बिरू सन्न रह गए! उनके चारों ओर अन्धकार सा छा गया और कुछ समझ में नहीं आया कि अब क्या करें! पर क्या करते ? उन्होंने काम पाने हेतु एक अर्ज़ी लिखी और उस व्यक्ति को दे दी।

हताशा में बिरू के क़दम हल्द्वानी शहर की तरफ़ चल पड़े और भूखे-प्यासे तथा थके-हारे वह किसी प्रकार हल्द्वानी शहर पहुँच गए। तब तक शाम हो गई थी। हल्द्वानी शहर में बिरू ने कई दूकानों में नौकरी के लिये पूछा, किन्तु देर शाम तक उन्हें वहाँ कोई काम नहीं मिल सका। लेकिन बिरू दूकान-दूकान भटकते हुए काम की तलाश करते रहे। रात हो जाने पर एक बनिए ने जब उन्हें अपनी दूकान पर नौकर रखने हेतु हाँ कर दी, तब जाकर उनकी जान में जान आई।

उस बनिए की कन्ट्रोल के कपड़े की एक दूकान थी, जिसमें उन्हें कपड़े बेचने थे। वह काम बिरू अपने जीजा जी की दूकान में पहले भी कर चुके थे अतः वहाँ काम करने में उन्हें कोई ख़ास दिक्कत नहीं हुई। बिरू लेन-देन का काम, कपड़े के बिल को बनाने का काम तथा बीजक आदि का काम आसानी से कर लेते थे। उस बनिए की कोई सन्तान नहीं थी, वो बस दो मियाँ-बीवी ही थे। सुबह-शाम बिरू उनके घर में बर्तन धोने का काम करते थे और दिन के समय वह उनकी कन्ट्रोल के कपड़े की दूकान में सामान को बेचने हेतु बैठ जाते थे। रात को बिरू बनिए के घर में ही सोते भी थे। बिरू वहाँ अपने आप को ठाकुर बताकर रहते थे और सबको उन्होंने अपना नाम वीरेन्द्र सिंह बताया था। दिन भर वह जानबूझ कर दुकान के अन्दर ही रहते थे क्योंकि बिरू को हमेशा यह आशंका बनी रहती थी कि कहीं कोई उन्हें पहचान न ले।

वहाँ पर और सब तो ठीक ही था परन्तु बनिए की पत्नी उन्हें खाना बहुत ही कम

देती थी। एक-दो बार बिरू ने उचित मात्रा में खाना देने हेतु बनिए से अनुरोध भी किया पर बनिए ने उनके अनुरोध को अनसुना कर दिया। भरपेट खाना न मिलने से उन्हें हमेशा भूख जैसी लगी रहती थी।

बिरू के घर, खरही, में किसी को मालूम नहीं था कि वह कहाँ हैं? और क्या कर रहे हैं? धीरे-धीरे उन्हें वहाँ पर काम करते हुए चार महीने हो गए। एक दिन दूकान पर अचानक बिरू के एक पूर्व परिचित, भटखोला के जयदत्त पन्त जी, उन्हें मिले। बिरू को देखते ही वह बहुत ख़ुश हो गए और उन्होंने बिरू से बात की, उनके हाल-चाल पूछे, फिर उन्हें हर तरह से समझाया तथा घर चलने को कहा। वह बिरू से कहने लगे "तुम्हारी हालत यहाँ बहुत ही ख़राब हो गयी है, तुम बहत कमज़ोर हो गए हो, घर पर सब लोग तम्हारे लिए चिंतित हैं, इसलिए तुम्हें तत्काल घर लौट चलना चाहिए।" किन्तु बिरू उनके साथ घर वापस नहीं गए।

जब उन्हें लगभग छः महीने वहाँ काम करते हो गए, तब एक दिन उनके बड़े भाई बचीराम उन्हें लेने के लिए आए। बिरू को देखते ही वह उनके गले मिलकर खूब रोए, बिरू को भी रोना आ गया। फिर भाई ने उनसे घर वापस चलने को कहा। इसपर बिरू ने बनिए से कहा कि वह अब घर जाना चाहते हैं। बनिए ने उन्हें घर जाने की इज़ाज़त दे दी। उस समय तक बनिए की तरफ़ उनकी तनख्वाह के 52 रुपये निकलते थे, जो बनिए ने उन्हें दे दिए। बिरू को याद आया कि बनिए ने एक बार दुकान के एक बक्से में 150 रुपये का एक बंडल बनाकर उनसे रखवाया था। बिरू को लग रहा था कि शायद लाला उन पैसों को रखवाकर भूल गया होगा क्योंकि फिर उसने उन पैसों का कभी ज़िक्र ही नहीं किया था। बिरू के मेरे मन में एक बार तो यह विचार भी आया कि वह इन पैसों को वह ले लें, बनिए को कुछ भी पता नहीं चलेगा, लेकिन फिर बिरू सोचने लगे कि चोरी करना अच्छी बात नहीं है अतः बिरू ने लाला को उन रुपयों के बारे में बता दिया।

यद्यपि पेट्रोल की मोटर गाड़ी में यात्रा करने से बिरू को उल्टियां होती थीं और जी मचलता था तथा पहाड़ की घुमावदार सड़कों में उन्हें चक्कर भी ख़ूब आते थे, इसके बावजूद भी वह लोग घर जल्दी पहुँचने के लिए मोटर गाड़ी का टिकट लेकर सीधे घर के लिए चल पड़े। बिरू रास्ते भर उल्टियां करते हुए, सर चकराने के कष्ट को सहते हुए, भाई की सहायता और सहयोग तथा हिम्मत बँधाते रहने से, सभी परेशानियों से जूझते हुए किसी प्रकार घर पहुँचे। घर पहुँचते-पहुँचते बिरू की हालत बहुत ख़राब हो चुकी थी क्योंकि कई महीनों से भरपेट खाना न मिलने के बावजूद श्रम करते रहने के कारण शारीरिक रूप से कमज़ोर तो बिरू पहले से ही थे। उनकी हालत को देखकर ईजा रोने लगीं, उन्हें भी रोना आ गया। कुछ दिन घर में रहने के बाद जब बिरू की हालत कुछ सुधरी तो काम की तलाश

हेतु वह फिर से अल्मोड़ा आ गए।

अल्मोड़ा पहुँच कर बिरू सीधे हरीनिवास पहुँचे। वहाँ उनकी भांजी मुन्नी मिली जो उन से उम्र में एक-दो साल छोटी थी और उनसे खूब हिली-मिली थी। मुन्नी ने बिरू की खूब डांट-फटकार लगायी कि क्यों वह बिना किसी को कुछ बताए घर से चले गए थे, फिर देर तक उसने बिरू को समझाया कि इस तरह घर से नहीं जाना चाहिए। वकील साहब रामप्रसाद टम्टा जी एवं उनकी माता जी ने भी उन्हें अपने पास बुलाकर देर तक समझाया, कि इस तरह से घर छोड़कर जाना अच्छा नहीं है, सब लोग परेशान हो जाते हैं। एक दो दिन बिरू वहाँ रहे फिर वकील साहब ने उन्हें रानीखेत भेज दिया, वहाँ पर वकील साहब का एक होटल था, जिसकी देख-रेख का ज़िम्मा उन्होंने बिरू को सौंप दिया।

उस होटल में उन दिनों बहुत कम लोग आते थे, बस कभी-कभार कुछ अंग्रेज और फौजी लोग आ जाया करते थे। उस होटल में बिरू के अलावा एक बैरा व एक खानसामा भी था। होटल में खाना-पीना बिरू अपने हिसाब से करते थे। वहाँ चूँकि भरपेट खुराक मिल जाया करती थी, अतः दो-तीन महीनों में ही उनकी तन्दुरस्ती में काफ़ी सुधार हो गया। चूँकि होटल में आने-जाने वाले लोग बहुत कम थे अतः होटल अच्छी तरह चल नहीं सका और वकील साहब ने उन्हें अल्मोड़ा वापस बुला लिया।

अल्मोड़ा आकर बिरू एक तांबे के बर्तनों की दुकान में काम करने लगे। उन दिनों तांबे की काफी किल्लत थी। ताँबे की पतली चादरों से सामान्यतया ढाई किलो की एक गागर बनाई जाती थी। एक दिन दूकानदार ने उन से तांबे के बर्तनों की फेरी हेतु जाने को कहा अतः दूकान से पर्याप्त संख्या में बर्तनों को लेकर बिरू बेचने हेतु गरूड़ को चले, रास्ते में कई गाँव पड़ते थे जिनमें बर्तनों के बिकने की संभावना थी। बर्तनों का वजन कुछ अधिक था परन्तु पैसे बचाने हेतु बिरू ने उनको स्वयं ही उठाया और इस हेतु कोई कुली नहीं किया। गरूड़ में बिरू के परिचित बालाराम के पिता की दुकान थी अतः वहाँ पर रुकने का ठिकाना मिल गया और बिरू एक दिन उनकी दुकान पर रहे। बिरू ने उन्हें कुछ बर्तन भी बेचे। दूसरे दिन बर्तनों को ढोने के लिये बिरू ने एक कुली लगाया क्योंकि बर्तनों का वजन अधिक था और उनको स्वयं ढो के यहाँ तक लाने में उन्हें बहुत मुश्किल हुई थी। उन बर्तनों को ढो के अन्यत्र जाना अब बिरू को असंभव-सा लग रहा था। कुली के द्वारा बर्तनों को उठवाकर बिरू डंगोली व ग्वालदम होते हुए थराली तक गए। इस दौरान जो बर्तन बिक सके उनको बेचकर, बचे हुये बर्तनों को लेकर बिरू अल्मोड़ा वापस आ गए। बिरू के ख़याल से अल्मोड़ा की उस दूकान में नौकरी करते हुए उन्होंने लगभग दो साल तक यह काम किया था।

5.

ढोल की खुली पोल

रायबहादुर हरीप्रसाद टम्टा जी ने समय-समय पर बिरू की बहुत सहायता की, उन्हें बहुत कुछ सिखाया और कई काम उन्हें करने को दिये। उन्होंने समय-समय पर कई प्रकार की ज़िम्मेदारियां भी बिरू को सौंपीं। रायबहादुर जी बहुत ही दयालु व गम्भीर किस्म के व्यक्ति थे, ग़रीबों के प्रति उनके हृदय में दया का भाव था। वह हर साल सर्दियों में ग़रीबों को कुर्ता-पैजामा बांटा करते थे। इस हेतु कुर्ता-पजामा सिलवाकर दुकान में पहले से ही रख लिए जाते थे। बिरू को याद हैं कि उन दिनों रेजगारी की कमी थी इसलिए रेजगारी के स्थान पर कभी-कभी डाक-टिकट भी स्तेमाल किए जाते थे।

देश-दुनिया में हो रही घटनाओं के बारे में जानने की बिरू की ललक कभी कम नहीं हुई। वह समाज की असमानताओं, शोषण, ग़रीबी, और लाचारी की परिस्थितियों को समझने में गहरी दिलचस्पी रखते थे। समाज, राजनीति, धर्म और आर्थिक व्यवस्थाओं से लोग कैसे शोषित होते हैं, यह जानने-समझने की कोशिश हमेशा उनके चिंतन-मनन का हिस्सा रही। बिरू का मानना था कि समाज की सभी समस्याओं का समाधान सही ज्ञान में निहित है। यह ज्ञान अध्ययन, मनन और अभ्यास से प्राप्त किया जा सकता है और उसके सही उपयोग से जन-जीवन की पीड़ाओं और कष्टों को दूर किया जा सकता है।

बिरू के चचेरे भाई कालूराम के छोटे भाई गुसाईं राम को, उसके पिता जी के जोड़-तोड़ के प्रयासों से, डिस्ट्रिक्ट पब्लिक हेल्थ डिपार्टमेंट में सेनेटरी ज़मादार के सहायक के पद पर नौकरी मिल गई थी। एक बार जब उसने एक माह की छुट्टी ली, तब बिरू को उसकी जगह एवजी (किसी की जगह पर मिलने वाले काम की व्यवस्था) पर काम मिल गया। इसके बाद, रानीखेत तहसील में उन्हें लगातार पांच-छह महीने तक एवजी पर काम मिलता रहा।

रानीखेत एक सुंदर और शांत शहर है, जो अपनी प्राकृतिक सुंदरता, ठंडी जलवायु, और ऐतिहासिक महत्व के लिए प्रसिद्ध है। कुमाऊं क्षेत्र की सांस्कृतिक धरोहर के रूप में प्रतिष्ठित यह नगर समुद्र तल से लगभग 1,829 मीटर की ऊंचाई पर स्थित है। किंवदंती है कि कत्यूरी राजा सुधारदेव की रानी पद्मिनी को यह स्थान बहुत पसंद था और इसीलिए उन्होंने इसे अपना स्थाई निवास बनाने का निश्चय किया। उनकी इस भावना के कारण इसे "रानी का खेत" कहा गया, जो कालांतर में "रानीखेत" के नाम से प्रसिद्ध हो गया।

1869 में अंग्रेजों ने यहाँ एक सैनिक छावनी की स्थापना की और यह अंग्रेज़ी सेना का एक महत्वपूर्ण केंद्र बन गया। यहाँ से हिमालय की बर्फ़ से ढकी चोटियों, विशेषकर नंदा देवी, त्रिशूल पर्वत और पंचाचूली का अद्भुत दृश्य दिखाई देता है। रानीखेत में कई महत्वपूर्ण स्थल हैं, जैसे झूला देवी मंदिर। यह मंदिर माता दुर्गा को समर्पित है और भक्तगण यहाँ अपनी समस्याओं के समाधान के लिए माँ का आशीर्वाद मांगते हैं। इस मंदिर का निर्माण 8वीं सदी में हुआ था और यहाँ की घंटियों की कतारें भक्तों की आस्था का प्रतीक हैं। चौबटिया गार्डन भी रानीखेत का एक प्रमुख आकर्षण है, जो अपने सेब, प्लम, और आड़ू के बागानों के लिए जाना जाता है। यहाँ से भी हिमालय की चोटियों का सुंदर दृश्य दिखाई पड़ता है। रानीखेत में दिसंबर और जनवरी के महीनों में कड़ाके की ठण्ड पड़ती है, मई और जून में कभी-कभी गर्मी का कुछ अहसास होता है और शेष महीनों में यहाँ की जलवायु ठंडी परन्तु सुखद रहती है।

जनवरी के महीने की एक सुबह, सूर्योदय से कुछ मिनट पूर्व, बिरू ने रानीखेत से हिमालय की पर्वत श्रृंखला को चटक सुनहरे रंग से आलोकित देखा था। यह अनुभव उनके लिए अभूतपूर्व एवं अलौकिक-सा था। उस दिन के बाद जब भी जाड़ों के दिनों में उन्हें रानीखेत जाने का अवसर मिला, वह सुबह जल्दी उठकर वैसे अद्भुत दृश्य को फिर से देखने की कोशिश करते रहे, लेकिन वैसा दृश्य फिर कभी उनकी आँखों के सामने नहीं आया।

रानीखेत में एवजी पर नौकरी करते हुए, एक बार बिरू की ड्यूटी पूर्णागिरी मेले में भी लगी। पूर्णागिरी माँ का मंदिर कुमाऊँ क्षेत्र में टनकपुर के निकट, अन्नपूर्णा शिखर पर स्थित है। यह स्थान महाकाली की शक्ति पीठ माना जाता है। जनश्रुति के अनुसार, दक्ष प्रजापति की कन्या और भगवान शिव की अर्धांगिनी सती की नाभि का भाग विष्णु के चक्र से कटकर यहाँ गिरा था। इसलिए यह स्थान अत्यधिक पवित्र माना जाता है। इस तीर्थ को 'पुण्यगिरि' के नाम से भी जाना जाता है। यहाँ से काली नदी पर्वतीय क्षेत्रों से निकलकर समतल मैदानों की ओर जाती है, जिसे मैदानी क्षेत्रों में 'शारदा' नदी के नाम से जाना जाता

है। वर्षभर यहाँ तीर्थयात्रियों का आना-जाना लगा रहता है, लेकिन नवरात्रि (मार्च-अप्रैल) के महीनों में भक्तों की संख्या विशेष रूप से बढ़ जाती है। भक्तगण भक्तिभाव से पहाड़ की कठिन चढ़ाई चढ़ते हैं और पूर्णागिरी माँ के दर्शन करते हैं। चैत्र मास की नवरात्रियों से बैसाख के अंत तक यहाँ एक विशाल मेला लगता है, जिसमें भक्तों का तांता लगा रहता है। मेला समाप्त होते ही बिरू की रानीखेत की एवजी की नौकरी भी समाप्त हो गई और इसके बाद वह काम की तलाश में कई जगह भटकते हुए अंततः अल्मोड़ा लौट आए।

रामप्रसाद टम्टा जी से बिरू की अक्सर देश और समाज के बारे में चर्चाएँ होती थीं। उन्होंने बिरू को वीविंग स्कूल (कताई-बुनाई स्कूल) में प्रशिक्षण के लिए भर्ती कराया। यह एक वर्ष का कोर्स था और वहाँ प्रशिक्षण के दौरान उन्हें वजीफा भी मिलता था। स्कूल के मैनेजर यद्यपि किसी दूसरे लड़के को वजीफ़ा दिलवाना चाहते थे, लेकिन रामप्रसाद जी के प्रयासों से बिरू को ही वह वजीफ़ा मिला।

वहाँ बिरू ने पूरी निष्ठा और मेहनत के साथ प्रशिक्षण लिया। इस दौरान बिरू को कई कठिनाइयों का सामना करना पड़ा, यहाँ तक कि कई बार भूखा-प्यासा भी रहना पड़ा, क्योंकि अपने स्वाभिमानी स्वभाव के कारण वह किसी से मदद मांगने से बचते थे। प्रत्येक कठिनाई का सामना करते हुए बिरू ने प्रशिक्षण जारी रखा और प्रशिक्षण से संबंधित सभी ज़रूरी काम पूरे समर्पण के साथ किए। सालभर की कड़ी मेहनत कर के बिरू ने यह प्रशिक्षण पूरा कर लिया, लेकिन उसके बाद भी उन्हें कोई स्थायी काम नहीं मिला।

जब बिरू ने कड़ी मेहनत करने के बाद भी उचित नौकरी न मिल पाने के बारे में रायबहादुर साहब को बताया और उनसे मार्गदर्शन चाहा तो उन्होंने बिरू को बताया कि इंसान को धैर्य रखकर कोशिश करते रहना चाहिए इसके साथ ही उन्होंने यह भी बताया कि किसी ग़लत बात को कभी भी सहन नहीं करना चाहिए और उसका सुविचारित तरीके से विरोध करना चाहिए। उनके अनुसार अच्छी नीयत रखते हुए उचित प्रकार से प्रयास करने पर असंभव लगने वाले कार्य भी संभव हो जाते हैं।

इसी क्रम में उन्होंने विशन दा, बहादुर और बिरू को अंग्रेजी सरकार के द्वारा लागू की गई अन्यायपूर्ण, शोषणकारी, अमानवीय और अपमानजनक 'कुली बेगार प्रथा' के बारे में विस्तार से बताया। उन्होंने बताया कि यह प्रथा अंग्रेज़ों के द्वारा उत्तराखंड के कुमाऊँ और गढ़वाल क्षेत्रों में लागू की गई थी। इस प्रथा के अंतर्गत स्थानीय लोगों को ब्रिटिश अधिकारियों और स्थानीय राजस्व अधिकारियों के लिए बिना किसी मज़दूरी के काम करने के लिए मजबूर किया जाता था। इस प्रथा के तहत ग्रामीणों से विभिन्न प्रकार के

शारीरिक श्रम कराए जाते थे। यह प्रथा ब्रिटिश शासन की स्वार्थ, हृदयहीनता, कठोरता और उनके द्वारा किए जा रहे स्थानीय लोगों के शोषण का प्रतीक बन गई थी, जिसने आगे चलकर जनता में असंतोष और आक्रोश को जन्म दिया।

इस प्रथा के विरुद्ध धीरे-धीरे पूरे कुमाऊं और गढ़वाल क्षेत्र में असंतोष फैलने लगा। लोग इसके ख़िलाफ़ आवाज़ उठाने लगे, और यह विरोध जनआंदोलन का स्वरूप लेने लगा। कुली बेगार प्रथा के ख़िलाफ़ आंदोलन का नेतृत्व कई सामाजिक और राजनीतिक नेताओं ने किया, जिनमें सबसे प्रमुख नाम गोविंद बल्लभ पंत और बदरीदत्त पांडे के हैं। इन नेताओं ने इस शोषणकारी, और अपमानजनक प्रथा के उन्मूलन के लिए जन-जागरण किया एवं संगठित संघर्ष किए। गोविंद बल्लभ पंत एक जागरूक सामाजिक और राजनैतिक व्यक्ति थे जो बाद में उत्तर प्रदेश के मुख्यमंत्री बने, तथा बदरीदत्त पांडे, एक जागरूक समाज सुधारक और पत्रकार थे जो देश को आज़ादी मिलने के बाद अल्मोड़ा से सांसद भी चुने गए थे।

गोविंद बल्लभ पंत ने अपने प्रभावशाली भाषणों एवं जनसंपर्क के माध्यम से कुली बेगार प्रथा की अमानवीयता व शोषण पर ज़ोर दिया और लोगों को इसके विरोध में एकजुट किया तथा बदरीदत्त पांडे ने अपने पत्रकारिता-कौशल का उपयोग कर 'अल्मोड़ा अख़बार' एवं अन्य पत्र-पत्रिकाओं में इस प्रथा के सामाजिक और आर्थिक परिणामों पर विचारपूर्ण लेख लिख कर इस कुप्रथा के विरुद्ध जनता को जागृत किया।

1921 में यह आंदोलन निर्णायक मोड़ पर पहुँचा। अल्मोड़ा जिले के बैजनाथ कस्बे में स्थानीय ग्रामीणों ने कुली बेगार प्रथा के ख़िलाफ़ बड़े पैमाने पर विरोध शुरू कर दिया। इस आंदोलन की प्रेरणा महात्मा गांधी के नेतृत्व में चल रहे असहयोग आंदोलन से भी मिली। ग्रामीणों ने "कुली बेगार नहीं देंगे" का नारा बुलंद किया और ब्रिटिश अधिकारियों का सामान ढोने से इनकार कर दिया। आंदोलन धीरे-धीरे पूरे कुमाऊं क्षेत्र में फैल गया, और बड़ी संख्या में ग्रामीणों ने बेगार देने से साफ़ मना कर दिया। ब्रिटिश प्रशासन ने इस प्रथा को लागू करने के लिए 'कुली बेगार रजिस्टर' बनवाए थे, जिनमें ग्रामीणों के नाम दर्ज होते थे और उन्हें जबरन काम पर बुलाया जाता था। 1921 के आंदोलन के दौरान, कुमाऊं के कई इलाकों में ग्रामीणों ने इन रजिस्टरों की होली जलाई। यह प्रतीकात्मक कार्य इस बात का संकेत था कि ग्रामीण अब इस प्रथा को सहन नहीं करेंगे। जनता के बढ़ते असंतोष और संगठित आंदोलन के कारण ब्रिटिश प्रशासन पर इस प्रथा को समाप्त करने हेतु भारी दबाव बना। 1921 के अंत तक, ब्रिटिश सरकार ने आखिरकार कुमाऊँ और गढ़वाल क्षेत्रों में कुली बेगार प्रथा को समाप्त करने की घोषणा कर दी।

कुली बेगार प्रथा का उन्मूलन शोषण और अन्याय के विरुद्ध हुए जनजागरण, जनता की एक जुटता और कड़े सामूहिक संघर्ष का परिणाम था। इसे भारतीय स्वतंत्रता संग्राम के एक महत्वपूर्ण चरण के रूप में देखा गया। इस आंदोलन ने जनता को सिखाया कि जागरूक एवं संगठित होकर संघर्ष करने से वे किसी भी अन्याय और शोषण का सामना कर सकते हैं। यह आंदोलन न केवल सामाजिक जागरूकता का प्रतीक बन गया, बल्कि अन्यायपूर्ण व्यवस्थाओं के ख़िलाफ़ उठ खड़े होने की प्रेरणा भी बना।

'कुली बेगार प्रथा' के बारे में विस्तार से जानने के बाद, बिरू सोचने लगे कि अंग्रेजों द्वारा थोपी गई इस प्रथा का अंत तो जन-जागरण, जन-आक्रोश और जन-आंदोलन से हो गया, लेकिन उनके जैसे निर्धन लोगों का उद्धार कब होगा? उन्हें ढूंढने पर भी कोई सम्मानजनक काम नहीं मिलता है और जब कोई काम मिलता भी है, तो उन्हें उनकी मेहनत के अनुसार उचित मज़दूरी नहीं मिलती है। दिन-रात की कड़ी मेहनत के बाद वह सिर्फ इतना ही कमा पाते हैं कि उससे बस एक व्यक्ति का पेट किसी तरह भर सके और तन ढकने को कुछ कपड़े जुटाए जा सकें। परिवार के अन्य सदस्यों की मदद करना तो उनकी पहुँच से दूर होता है। इस अल्प आय में किसी प्रकार की बचत की कोई गुंजाइश नहीं होती है।

क्रांतिकारी भगत सिंह के बारे में उन दिनों अख़बारों में कुछ न कुछ प्रतिदिन छपता रहता था। वकील साहब से बिरू ने जब स्वतन्त्रता संग्राम में भगत सिंह के योगदान के बारे में जानना चाहा तो उन्होंने बीरू को बताया कि भारतीय स्वतंत्रता संग्राम के एक ऐसे क्रांतिकारी नायक थे जिनके दर्शन, विचारधारा और कार्यों ने भारतीय जनमानस को गहराई से प्रभावित किया। उनकी सोच केवल स्वतंत्रता प्राप्ति तक ही सीमित नहीं थी, बल्कि वे सामाजिक, आर्थिक और सांस्कृतिक परिवर्तन हेतु व्यापक दृष्टि रखते थे। भगत सिंह का जन्म 28 सितंबर 1907 को पंजाब के बंगा गांव, ज़िला लायलपुर (जो अब पाकिस्तान में है) में एक देशभक्त सिख परिवार में हुआ था। उनके पिता किसन सिंह जी और चाचा अजीत सिंह जी भारतीय स्वतंत्रता आंदोलन में सक्रिय थे। इस वातावरण में पले-बढ़े भगत सिंह ने किशोरावस्था में ही अंग्रेजी हुकूमत के ख़िलाफ़ संघर्ष करने का संकल्प ले लिया।

जलियांवाला बाग हत्याकांड (1919) और असहयोग आंदोलन (1920) ने भगत सिंह की सोच को गहराई से प्रभावित किया। गांधीजी द्वारा असहयोग आंदोलन को अचानक रद्द किए जाने से निराश होकर उन्होंने क्रांतिकारी मार्ग अपनाने का निर्णय लिया। भगत सिंह का मानना था कि भारत के लिए केवल राजनीतिक स्वतंत्रता प्राप्त करना ही आवश्यक नहीं है, बल्कि भारतीय समाज में समानता और शोषणमुक्त व्यवस्था की स्थापना करना भी बहुत आवश्यक है। भगत सिंह के लिए स्वतंत्रता का मतलब केवल

अंग्रेजी शासन से मुक्ति नहीं था। वे एक ऐसी व्यवस्था की कल्पना करते थे जहां प्रत्येक व्यक्ति को समान अधिकार, मानवोचित सम्मान और अवसर की समानता प्राप्त हो। उनका मानना था कि समाज में शोषण और अन्याय का अंत किए बिना सच्ची स्वतंत्रता प्राप्त करना संभव ही नहीं है।

भगत सिंह ने धर्म को व्यक्तिगत क्षेत्र का मामला माना और इसे राजनीति से अलग रखने की वकालत की। अपने लेख 'मैं नास्तिक क्यों हूँ' में उन्होंने स्पष्ट किया कि वे धार्मिक संकीर्णता के ख़िलाफ़ थे। उनका राष्ट्रवाद धर्म, जाति और क्षेत्र की संकुचित भावनाओं से ऊपर उठकर मानवतावाद पर आधारित था। भगत सिंह मार्क्सवादी विचारधारा से भी प्रभावित थे। वे एक ऐसी समाजवादी व्यवस्था की स्थापना चाहते थे जहां पूंजीवाद और सामंतवाद का अंत हो और सभी को समान अधिकार मिले। उन्होंने भारतीय समाज की आर्थिक असमानता और जातिगत भेदभाव के ख़िलाफ़ आवाज उठाई और मनुस्मृति की प्रति को खुलेआम जलाकर जातिगत भेदभाव का प्रतिकार किया था।

भगत सिंह मानते थे कि अत्याचारी, क्रूर और शोषणकारी शासन से स्वतंत्रता प्राप्ति के लिए कभी-कभी क्रांतिकारी हिंसा अनिवार्य हो जाती है लेकिन उन्होंने हिंसा को केवल एक साधन के रूप में देखा, न कि साध्य के रूप में। भगत सिंह 1928 में हिंदुस्तान सोशलिस्ट रिपब्लिकन एसोसिएशन से जुड़े, जिसका उद्देश्य भारत में एक समाजवादी गणराज्य की स्थापना करना था। यह संगठन सशस्त्र संघर्ष के माध्यम से स्वतंत्रता प्राप्ति की दिशा में काम करता था।

1928 में साइमन कमीशन के विरोध के दौरान लाला लाजपत राय पर हुए पुलिस लाठीचार्ज ने उन्हें गहरा आघात पहुंचाया। जब लाठीचार्ज के परिणामस्वरूप आई चोटों के कारण लाला लाजपत राय की मृत्यु हो गई, तो भगत सिंह और उनके साथियों ने इसका बदला लेने का निर्णय लिया। 17 दिसंबर 1928 को भगत सिंह, राजगुरु और सुखदेव ने लाहौर में सहायक पुलिस अधीक्षक सांडर्स की हत्या कर दी ।

भगत सिंह और बटुकेश्वर दत्त ने 8 अप्रैल 1929 को दिल्ली की केंद्रीय असेंबली में ध्वनि-बम फेंके। इन बमों का उद्देश्य किसी की हत्या करना नहीं था, बल्कि ब्रिटिश सरकार को यह संदेश देना था कि भारतीय युवा उनके दमनकारी कानूनों का विरोध करते हैं। बम फेंकने के बाद उन्होंने अंग्रेजों की दमनकारी नीतियों का विरोध करते हुए भारत की स्वतन्त्रता हेतु नारे लगाए और जानबूझ कर अपनी गिरफ़्तारी दी ताकि असंतोष, विरोध और आन्दोलन की आवाज़ को उनके मुक़दमों में उनके द्वारा की जाने वाली जिरह के माध्यम से पूरी दुनिया सुन सके और जान सके। जेल में रहते हुए भगत सिंह ने भूख

हड़ताल भी की, जिससे उन्होंने कैदियों के साथ होने वाले भेदभाव और अत्याचारों की ओर दुनिया का ध्यान आकर्षित किया। उनकी 63 दिनों की भूख हड़ताल ने पूरे भारत को झकझोर दिया था।

भगत सिंह ने भारतीय समाज में धर्म, जाति और वर्ग के आधार पर होने वाले भेदभाव को ख़त्म करने की आवश्यकता पर ज़ोर दिया। भगत सिंह ने सदैव तर्क और वैज्ञानिक दृष्टिकोण को महत्व दिया। उनका नास्तिकता का विचार धार्मिक आडंबर और अंधविश्वास के ख़िलाफ़ था, न कि आध्यात्मिकता के।

भगत सिंह के साहस और उनके विचारों ने भारतीय युवाओं को गहराई से प्रभावित किया। उनकी शहादत ने युवाओं के भीतर आज़ादी के लिए मर-मिटने का जज्बा पैदा किया। भगत सिंह की शहादत ने भारतीय स्वतंत्रता संग्राम को नई दिशा दी। उन्होंने दिखाया कि स्वतंत्रता के लिए बलिदान और समर्पण कितना महत्वपूर्ण है। उनके विचारों ने कांग्रेस के नेतृत्व में चलने वाले आंदोलन को भी उग्र बना दिया।

रामप्रसाद ने आगे बताया कि 23 मार्च 1931 को भगत सिंह, सुखदेव और राजगुरु को फांसी दी गई उस समय भगत सिंह जी की उम्र फ़क़त 23 वर्ष थी। उनके बलिदान ने भारतीय स्वतंत्रता आंदोलन को नई ऊर्जा दी। उनकी शहादत ने देश को जाति, धर्म और वर्ग से ऊपर उठकर एकजुट होने की प्रेरणा दी। भगत सिंह न केवल भारतीय स्वतंत्रता संग्राम के नायक थे, बल्कि एक विचारक और दार्शनिक भी थे। उनके विचार, कार्य, साहस और बलिदान भारतीय स्वतंत्रता संग्राम के इतिहास में स्वर्णिम अक्षरों में अंकित हैं। उनकी सोच और कार्य हमें सिखाते हैं कि सच्ची आज़ादी केवल राजनीतिक स्वतंत्रता ही नहीं है, बल्कि इसमें सामाजिक और आर्थिक समानता का भी समावेश होता है।

6.

सामाजिक समस्याओं से जूझकर उभरता हुआ भारतीय समाज

हरीप्रसाद जी, रामप्रसाद जी, बहादुर और विशन दा से अक्सर समाज और उसकी समस्याओं पर बिरू की चर्चा होती रहती थी। उन्होंने चर्चाओं के दौरान बिरू को देश में हुए सामाजिक सुधार के आंदोलनों से भी अवगत कराया। उनके अनुसार, कुछ सामाजिक कुप्रथाओं के विरुद्ध भारत में 19वीं और 20वीं शताब्दी में सामाजिक सुधार आंदोलन शुरू हुए। उस समय कई धार्मिक, सामाजिक और सांस्कृतिक कुप्रथाएं समाज में गहराई तक जड़ें जमाए थीं। अनेक सामाज-सुधारकों और संगठनों ने जनसंपर्क, भाषण, लेखन और आंदोलन के माध्यम से समाज में फैली कुरीतियों और उनके कारण समाज के किसी वर्ग के हो रहे शोषण और अन्याय के विरुद्ध जनजागरण हेतु आवाज उठाई। इन आंदोलनों के द्वारा महिलाओं की दयनीय स्थिति, अशिक्षा, बाल-विवाह, सती प्रथा, छुआछूत जैसी अमानवीय कुरीतियों को चुनौती दी गई। इन आंदोलनों का मुख्य उद्देश्य समाज में समानता, न्याय, जागरूकता और मानवाधिकारों की स्थापना करना था। उल्लेखनीय है कि इन आन्दोलनों का समाज के कुछ हिस्सों के द्वारा लगातार कड़ा विरोध भी किया जाता रहा है।

सती-प्रथा, विशेष रूप से हिन्दुओं की तथाकथित उच्च जातियों में प्रचलित एक क्रूर और अमानवीय प्रथा थी, जिसमें विधवा को, उसके पति की मृत्यु के बाद, उसकी चिता पर जीवित अवस्था में ही जलाकर मार दिया जाता था और सती का विभिन्न प्रकार से महिमामंडन करके उसे औचित्यपूर्ण ठहराने का प्रयास किया जाता था। राजा राममोहन राय, जिन्हें आधुनिक भारत के पहले समाज सुधारक के रूप में जाना जाता है, ने इस अमानवीय प्रथा के विरुद्ध प्रभावी अभियान चलाया। उन्होंने सती-प्रथा के धार्मिक और

नैतिक आधार को चुनौती दी और समाज को जागरूक किया। उनके द्वारा निरंतर किए गए अथक प्रयासों के परिणामस्वरूप, 1829 में लॉर्ड विलियम बेंटिक के द्वारा इस प्रथा पर कानूनी रूप से प्रतिबंध लगाया गया। सती-प्रथा के विरुद्ध इस दीर्घकालिक संघर्ष की सफलता ने सामाजिक सुधार के अन्य आंदोलनों को भी प्रेरित किया तथा भारतीय समाज में जागरूकता और सुधार की लहर पैदा की।

भारत में विधवाओं के साथ सदियों से अमानवीय और अपमानजनक व्यवहार किया जाता रहा है। समाज में उन्हें न केवल विभिन्न सामाजिक कार्यों से बहिष्कृत किया जाता था, बल्कि उनके पुनर्विवाह को भी वर्जित माना जाता था। इस कुप्रथा के विरुद्ध ईश्वर चंद्र विद्यासागर सहित कई अन्य समाजसुधारकों ने साहसी और प्रभावी अभियान चलाया। उन्होंने समाज में विधवा पुनर्विवाह के समर्थन में जागरूकता फैलाने के लिए अथक प्रयास किए और अंततः 1856 में "विधवा पुनर्विवाह अधिनियम" पारित कराया। विद्यासागर ने समाज में शिक्षा के महत्व को भी बढ़ावा दिया, और उनके प्रयासों से विधवाओं की स्थिति में धीरे-धीरे कुछ सुधार हुआ।

इसी प्रकार, बाल-विवाह भी एक गंभीर सामाजिक समस्या थी, जिसमें बच्चों, ख़ासकर लड़कियों, की बहुत कम उम्र में शादी कर दी जाती थी। इससे लड़कियों के शारीरिक और मानसिक विकास पर गहरा हानिकारक प्रभाव पड़ता था। महर्षि दयानंद सरस्वती व राजा राम मोहन राय जैसे समाज-सुधारकों ने बाल-विवाह का कड़ा विरोध किया। बाल विवाह रोकने के लिए 1891 में "एज ऑफ कंसेंट एक्ट" लाया गया, जिसमें लड़कियों की न्यूनतम विवाह योग्य आयु 12 वर्ष निर्धारित की गई। बाद में, हरबिलास सरदानी के प्रयासों से 1929 में "शारदा एक्ट" पारित हुआ, जिसमें लड़कियों की न्यूनतम विवाह योग्य उम्र 14 वर्ष और लड़कों की 18 वर्ष तय की गई।

19वीं शताब्दी में भारत में महिलाओं की शिक्षा पर बहुत कम ध्यान दिया जाता था। उस समय समाज में यह धारणा प्रचलित थी कि महिलाओं का स्थान घर तक सीमित है और उन्हें स्कूली शिक्षा की आवश्यकता नहीं है। इस सोच के ख़िलाफ़ ज्योतिबा फुले और उनकी पत्नी सावित्रीबाई फुले जैसे सुधारकों ने स्त्री-शिक्षा का समर्थन किया। सावित्रीबाई फुले को आधुनिक भारत में महिलाओं की पहली औपचारिक महिला शिक्षक बनने का गौरव प्राप्त है। उन्होंने अपने पति से पढ़कर पहले ख़ुद शिक्षा ग्रहण की, फिर बालिकाओं के लिए पहला स्कूल खोला था। जब वह स्कूल में पढ़ाने जाती थीं, तो समाज के नकारात्मक सोच के लोग उन पर प्राय: भद्दे कमेन्ट किया करते थे और कभी-कभी तो उन पर कीचड़ व गन्दगी आदि भी फेंक दिया करते थे परन्तु इन मुखर विरोधों के बावजूद उन्होंने महिलाओं

के शिक्षण के कार्य को हिम्मत के साथ जारी रखा। इन सुधारकों के प्रयासों से महिलाओं की शिक्षा के प्रति जागरूकता बढ़ी और समाज में महिलाओं के अधिकारों को लेकर एक सही दृष्टि विकसित हुई।

राजा राममोहन राय ने 1828 में 'ब्रह्म समाज' की स्थापना की, जिसने भारतीय समाज में धार्मिक और सामाजिक सुधारों की दिशा में महत्वपूर्ण भूमिका निभाई। ब्रह्म समाज का उद्देश्य मूर्तिपूजा, अंधविश्वास, जातिवाद और सती-प्रथा जैसी कुरीतियों का विरोध करना था। इसने समाज में समानता, शिक्षा और सामाजिक सुधारों को बढ़ावा दिया। इसने विधवाओं के अधिकारों और उनकी स्थिति में सुधार के लिए कार्य किए और धर्म की एक प्रगतिशील व्याख्या प्रस्तुत की, जिससे समाज की सोच में सकारात्मक बदलाव आया।

स्वामी दयानंद सरस्वती ने 1875 में आर्य समाज की स्थापना की। उनका उद्देश्य वेदों की शुद्धता की पुनर्स्थापना करना और समाज को अंधविश्वास, जातिवाद और अन्य कुरीतियों से मुक्त करना था। उन्होंने "वेदों की ओर लौटो" का नारा दिया और सामाजिक समानता, स्त्री शिक्षा और विधवा-पुनर्विवाह का समर्थन किया। आर्य समाज ने छुआछूत और जातिगत भेदभाव के विरुद्ध आंदोलन चलाया और भारतीय समाज में यह संगठन सुधार की एक महत्वपूर्ण शक्ति के रूप में उभरा।

प्रार्थना समाज, जिसकी स्थापना 1867 में महाराष्ट्र में हुई, का उद्देश्य धार्मिक और सामाजिक सुधार था। इसके प्रमुख नेता महादेव गोविंद रानाडे थे। प्रार्थना समाज ने जातिवाद, अंधविश्वास और बाल-विवाह का विरोध किया और शिक्षा के प्रचार-प्रसार में महत्वपूर्ण भूमिका निभाई। इस समाज ने सामाजिक सुधारों हेतु कई महत्वपूर्ण क़दम उठाए और अपने प्रयासों से समाज में एक नई जागरूकता उत्पन्न की।

रायबहादुर हरीप्रसाद जी व अन्य विद्वानों से हुई चर्चाओं से बिरू को यह भी जानकारी मिली कि 19वीं और 20वीं शताब्दी में महिलाओं की स्थिति में सुधार लाने के लिए कई अन्य समाज सुधारकों ने भी महत्त्वपूर्ण कार्य किए थे। इन सुधारकों में पंडिता रमाबाई, और सरोजिनी नायडू जैसी प्रमुख हस्तियाँ शामिल थीं। पंडिता रमाबाई ने "आर्य महिला समाज" की स्थापना कर महिलाओं के अधिकारों और शिक्षा के लिए उल्लेखनीय काम किया। सरोजिनी नायडू ने भी महिलाओं के अधिकारों, सम्मान और स्वतंत्रता के लिए संघर्ष किया।

इसके अतिरिक्त, सर सैयद अहमद खान के नेतृत्व में अलीगढ़ आंदोलन ने भारतीय मुसलमानों में आधुनिक शिक्षा और सुधार के प्रति जागरूकता का प्रचार-प्रसार किया।

सर सैयद ने अलीगढ़ मुस्लिम विश्वविद्यालय की स्थापना की, जिससे मुसलमानों के लिए उच्च शिक्षा के अवसर बढ़े और समाज में सुधार की नई लहर उत्पन्न हुई। इस आंदोलन ने भारतीय मुसलमानों के सामाजिक और शैक्षिक विकास में महत्त्वपूर्ण भूमिका निभाई।

इन सुधार आंदोलनों ने स्वतंत्रता संग्राम के साथ-साथ भारतीय समाज के पुनर्निर्माण की दिशा में भी महत्वपूर्ण योगदान दिया। इन आंदोलनों ने न केवल दलितों, महिलाओं और अन्य वंचित वर्गों को सशक्त किया, बल्कि भारतीय स्वतंत्रता-संग्राम को भी नैतिक और सामाजिक शक्ति प्रदान की। सामाजिक सुधार आंदोलनों ने समाज में व्याप्त अन्याय और बुराइयों के ख़िलाफ़ जनचेतना उत्पन्न की और लोगों को सिखाया कि किसी भी शोषणकारी व्यवस्था को समाप्त करने के लिए जागरूकता, एकजुटता, आपसी सहयोग, कड़ा परिश्रम एवं संघर्ष अत्यावश्यक हैं।

बिरू को लगता था कि 19 वीं सदी से आरम्भ हुए समाज-सुधार के आंदोलनों के परिणाम यद्यपि उत्साहजनक रहे परन्तु उनके सभी उद्देश्य अभी तक पूरे नहीं हो पाए हैं। अभी भी समाज में उक्त कुरीतियाँ पूर्णतया समाप्त नहीं हो पाई हैं लेकिन समाजसुधार के आन्दोलनों की गति मंद हो गयी है। उनको यह भी लगता था कि हिन्दू समाज में सर्वमान्य-सी अन्यायपूर्ण, शोषणकारी अतार्किक और अवैज्ञानिक जाति-व्यवस्था के विरुद्ध तथाकथित उच्च जाति के किसी समाजसुधारक ने खुलकर आवाज़ नहीं उठाई, जबकि हजारों साल से यह व्यवस्था समाज के एक बहुत बड़े भाग का निर्दयता से शोषण कर रही थी। इस व्यवस्था के कारण इंसान को इंसान नहीं माना जाता था और कई बार तो तथाकथित नीची जाति के व्यक्तियों से तथाकथित उच्च जाति के व्यक्तियों के द्वारा पशुओं से भी बदतर व्यवहार किया जाता था।

बिरू को लगता कि कोई भी समाज हो, समय के साथ उसमें स्वाभाविक रूप से कुछ कुरीतियाँ उत्पन्न होती रहती हैं। उनको उसी समय नियंत्रित करते रहने की आवश्यकता होती है। जब भी समाज में पनपने वाली कुरीतियों से समाज की जागरूक नज़रें कुछ हटती हैं, इनमें वृद्धि होने लगती है। अत: समाज को सदैव सतर्क रहना चाहिए और जहाँ भी कोई अमानवीय प्रवृत्ति उभरती नज़र आए उसके विरुद्ध समाज में खुलकर बातचीत की जाए और तत्काल प्रभावी कार्यवाही की जाए। बिरू के विचार से सामाजिक सुधार के कार्यक्रम एवं आन्दोलन सदैव चलते रहने चाहिए तभी समाज में सुख और शान्ति की स्थापना हो सकती है और व्यक्ति, समाज और देश की संतुलित और समग्र प्रगति हो सकती है।

7.
समाज के शिल्पी

बिरू के जीजा जी के बड़े भाई रायबहादुर हरीप्रसाद टम्टा जी समाज के सही अर्थों में कुशल शिल्पी थे। उन्होंने अपने अनुभवों से जाना था कि हमारे दुखों का कारण हमारी अज्ञानता है और ज्ञान के द्वारा दुखों से मुक्ति पाई जा सकती है। उनका यह भी मानना था कि कर्म के बिना ज्ञान नपुंसक है और ज्ञान के बिना कर्म विनाशकारी होता है। उन्होंने बिरू को संसार के कार्य एवं व्यवहार के बारे में समय-समय पर बताया और उन्हें अपने ज्ञान में निरंतर वृद्धि करते रहने एवं अपने अनुभवों के आधार पर मानवोचित कार्य करते रहने की प्रेरणा दी।

26 अगस्त, 1887 को श्रावण मास की पूर्णिमा के दिन अल्मोड़ा में जन्मे हरीप्रसाद टम्टा का बचपन संघर्षों से भरा रहा। उनके पिता गोविंद प्रसाद अल्मोड़ा शहर में तांबे के एक प्रतिष्ठित व्यापारी थे और उनके परिवार को समाज में एक विशिष्ट स्थान प्राप्त था। पिता के निधन के बाद, हरीप्रसाद अपने मामा कृष्ण टम्टा के संरक्षण में आए। कृष्ण टम्टा न केवल एक प्रसिद्ध व्यवसायी थे, बल्कि सामाजिक न्याय और समता के पक्षधर भी थे। उनके सान्निध्य में हरीप्रसाद टम्टा में सामाजिक सेवा के बीज अंकुरित हुए।

हरीप्रसाद टम्टा की शिक्षा दिग्गी बंगला स्कूल और मिशन स्कूल में हुई, जहाँ उन्होंने हिंदी, अंग्रेजी, फारसी, उर्दू और कुमाऊँनी भाषाओं में प्रवीणता हासिल की। उनके बहुभाषी ज्ञान और सामाजिक समझ के कारण उन्हें 'मुंशी' की उपाधि से सम्मानित किया गया।

मुंशी हरीप्रसाद टम्टा के सामाजिक और आर्थिक उत्थान के स्वप्न ने 1905 में 'टम्टा सुधार सभा' के रूप में मूर्त रूप लिया। यह संगठन न केवल कुमाऊँ के शिल्पकार समुदाय के लिए एक प्रकाश स्तंभ बना, बल्कि समाज के हर उस वर्ग के लिए प्रेरणा स्रोत भी, जो समानता, शिक्षा और आत्मनिर्भरता की राह पर अग्रसर होना चाहता था।

'टम्टा सुधार सभा' के प्रमुख उद्देश्यों में समाज की तथाकथित अस्पृश्य जातियों और उनकी उपजातियों के बीच शिक्षा का प्रचार-प्रसार करना था। शिक्षा को केवल पुस्तकीय ज्ञान तक सीमित न रखते हुए, उन्होंने युवाओं को कला और हस्तशिल्प में पारंगत बनाने के लिए भी योजनाएँ बनाईं। उनका मानना था कि पहाड़ी क्षेत्रों में कुटीर उद्योगों की स्थापना से न केवल रोजगार सृजित होगा, बल्कि समाज के आर्थिक ढाँचे को भी मजबूती मिलेगी। 'टम्टा सुधार सभा' का उद्देश्य केवल आर्थिक या शैक्षिक सुधार तक सीमित नहीं था। हरीप्रसाद टम्टा ने स्वास्थ्य, नैतिक मूल्यों और मानसिक विकास के प्रचार-प्रसार को भी अपनी प्राथमिकताओं में रखा। उन्होंने युवाओं को उनके पिछड़ेपन और सामाजिक स्थिति के प्रति जागरूक करते हुए उन्हें आत्मनिर्भर और स्वाभिमानी बनाने का प्रयास किया।

1914 में 'टम्टा सुधार सभा' का नाम बदलकर 'कुमाऊँ शिल्पकार सभा' कर दिया गया। सर्वसम्मति से हरीप्रसाद टम्टा को इसका अध्यक्ष चुना गया, और वे जीवनपर्यंत इस पद पर बने रहे। उनके नेतृत्व में सभा ने अनेक महत्वपूर्ण कार्य किए। उन्होंने सरकार, जिला व नगरपालिका बोर्डों से प्राथमिक शिक्षा को अनिवार्य और मुफ्त करने की माँग की। साथ ही, शिल्पकारों को उनकी जनसंख्या के अनुपात के अनुसार पंचायत, जिला और नगरपालिका बोर्डों में प्रतिनिधित्व देने का अधिकार भी माँगा।

'कुमाऊँ शिल्पकार सभा' ने शिल्पकार समुदाय के लिए और अधिक स्कूलों की स्थापना का प्रबंध किया। 'कुमाऊँ शिल्पकार सभा' के अंतर्गत 'सर्व कुमाऊँनी शिल्पकार सम्मेलन' की शाखाएँ कुमाऊँ के प्रत्येक अधिक आबादी वाले गाँव में स्थापित की गईं, जो बाल-विवाह पर रोक, विधवा पुनर्विवाह को प्रोत्साहन, नशा उन्मूलन और स्वास्थ्य व सदाचार के प्रचार-प्रसार जैसे कार्यों को बढ़ावा देती थीं। उनके द्वारा कला और गृह-हस्तकला को प्रोत्साहित करने के उद्देश्य से पुरुषों और महिलाओं के लिए विशेष योजनाएँ चलाई गईं।

हरीप्रसाद टम्टा ने 1920 में 'हिल मोटर्स ट्रांसपोर्ट कंपनी' की स्थापना कर अल्मोड़ा से नैनीताल-हल्द्वानी तक यात्रा को आसान बनाया। यह परिवहन-सुविधा न केवल यातायात की समस्याओं का समाधान थी, बल्कि इसने पहाड़ी क्षेत्रों में व्यापार और संपर्क के नए आयाम खोले। इसके अतिरिक्त, हल्द्वानी में ड्राइवरों के लिए एक प्रशिक्षण संस्थान की स्थापना कर उन्होंने रोज़गार के नए अवसर पैदा किए।

वर्ष 1925 में, हरीप्रसाद टम्टा ने दो ऐतिहासिक शिल्पकार सम्मेलन आयोजित किए। पहला सम्मेलन नरसिंहबाड़ी में आयोजित हुआ, जिसने शिल्पकारों को उनकी समस्याओं और उनके समाधान के लिए संगठित होने की प्रेरणा दी। दूसरा और अधिक

प्रभावशाली सम्मेलन 24-25 सितंबर को डोलीडांडा में संपन्न हुआ। इस ऐतिहासिक सम्मेलन के माध्यम से, उन्होंने शिल्पकार समुदाय को एक नई सामाजिक चेतना से परिपूर्ण किया। उन्होंने यह संदेश दिया कि आत्म-सम्मान और संगठन शक्ति के बल पर असंभव को भी संभव बनाया जा सकता है।

डोलीडांडा सम्मेलन के दौरान, हरीप्रसाद टम्टा ने आर्य समाज के नेताओं के साथ मिलकर एक अभूतपूर्व ऐतिहासिक अधिवेशन का आयोजन किया। अल्मोड़ा के पास स्थित ग्रेनाइट हिल पर यह सम्मेलन न केवल शिल्पकार समुदाय के लिए बल्कि पूरे भारतीय समाज के लिए एक प्रेरणास्रोत बना। सम्मेलन में निम्नलिखित माँगें उठाई गईं: स्थानीय सीटों में आरक्षण, मुफ्त शिक्षा, सेना में भर्ती, एक स्थानीय बैंक की स्थापना, भूमि अनुदान।

शिल्पकार संगठनों के आग्रह पर, प्रशासन ने भूमिहीन शिल्पकारों को भूमि प्रदान करने की प्रक्रिया शुरू की। यह पहला अवसर था जब ब्रिटिश सरकार ने भूमिहीन शिल्पकार वर्ग को भूमि प्रदान की। हालांकि यह भूमि मुख्य शहरों से दूर, जंगलों के पास दी गई, ताकि तथाकथित उच्च जातियों के गुस्से को शांत रखा जा सके। 1934 में अल्मोड़ा के डिप्टी कमिश्नर ने हरीप्रसाद टम्टा को लिखते हुए यह सूचित किया: "प्रिय रायसाहब, मुझे यह सूचित करते हुए ख़ुशी हो रही है कि सरकार ने प्रस्तावित शिल्पकार कॉलोनी को मंजूरी दे दी है।"

1931 के पूना पैक्ट और दूसरे गोलमेज सम्मेलन के दौरान, हरीप्रसाद टम्टा ने बाबासाहेब डॉक्टर अंबेडकर के नेतृत्व में दलित प्रतिनिधित्व और आरक्षण के मुद्दों पर खुलकर समर्थन व्यक्त किया। उन्होंने लंदन में डॉक्टर अंबेडकर के पक्ष में एक टेलीग्राम भेजकर उन्हें दलित समुदाय का प्रतिनिधि घोषित करने का समर्थन किया।

3 जून 1933 को, हरीप्रसाद टम्टा जी को 'राय साहब' की उपाधि से सम्मानित किया गया। वे इस सम्मान को प्राप्त करने वाले पहाड़ी क्षेत्र के पहले शिल्पकार थे। यह सम्मान उनके द्वारा किए गए समाज सेवा और सुधार कार्यों का औपचारिक अनुमोदन था।

1934 में, हरीप्रसाद टम्टा ने 'समता' नामक हिंदी साप्ताहिक पत्र का प्रकाशन शुरू किया। इसका उद्देश्य शिल्पकार समुदाय की आवाज़ को राष्ट्रीय मंच पर पहुँचाना और उनकी समस्याओं को व्यापक समाज के समक्ष प्रस्तुत करना था। हरीप्रसाद टम्टा जी के विचार केवल उनके जीवन तक सीमित नहीं रहे। उनकी भतीजी लक्ष्मी देवी टम्टा उत्तराखंड की पहली दलित स्नातक थीं और वह 'समता' पत्र की पहली महिला संपादक बनीं। वह संभवत: भारत की प्रथम महिला सम्पादक थीं।

हरीप्रसाद टम्टा ने अपने नेतृत्व में न केवल शिल्पकार वर्ग को नई पहचान दी, बल्कि उनके लिए शिक्षा, रोजगार और आत्मसम्मान के नए द्वार भी खोले। 1934 का वर्ष भारतीय इतिहास में विशेष रूप से उत्तराखंड के वंचित वर्गों के लिए क्रांतिकारी महत्व रखता है। यह वह समय था, जब समाज के हाशिए पर खड़े वर्गों को नई दिशा और चेतना प्रदान करने के लिए हरीप्रसाद टम्टा ने अपने अद्वितीय प्रयासों से इतिहास रच दिया। 7 जनवरी 1934 को लखनऊ में आयोजित *उत्तर प्रदेश डिप्रेस्ड क्लास* सम्मेलन में हरीप्रसाद टम्टा ने अध्यक्षता की, जहाँ हजारों लोगों की उपस्थिति ने उनकी लोकप्रियता और उनके नेतृत्व के प्रति विश्वास को प्रमाणित किया। सभा ने 1935 में उन्होंने परिसीमन आयोग को महिलाओं के लिए कुमाऊँ में एक सीट आरक्षित करने का सुझाव दिया, जो उस समय के सामाजिक सुधार आंदोलन में एक क्रांतिकारी क़दम था। 1935 में उन्हें विशेष मजिस्ट्रेट नियुक्त किया गया।

1937 में, सुदूर मैदानी क्षेत्र, गोंडा (वर्तमान में पूर्वी उत्तर प्रदेश का एक जनपद), से निर्विरोध विधायक चुने जाने के बाद, उनकी राजनीतिक सशक्तता ने वंचित वर्गों की समस्याओं को मुख्यधारा की राजनीति में स्थान दिलाया। 1940 में, हरीप्रसाद टम्टा ने अल्मोड़ा में एक हाई स्कूल की स्थापना के लिए अपनी ज़मीन दान कर दी। शिक्षा के क्षेत्र में यह क़दम उनके दूरदर्शी दृष्टिकोण का प्रमाण था। शिल्पकार छात्रों के लिए उन्होंने 'ज्ञानोदय हॉस्टल' की स्थापना की और रात्रि विद्यालय खोलकर उन छात्रों को अवसर प्रदान किए, जो दिन में काम करते थे। 9 जनवरी 1941 को अल्मोड़ा के नरसिंहबाड़ी में आयोजित शिल्पकार शिक्षकों के पहले सम्मेलन ने समुदाय को संगठित कर उनकी समस्याओं के समाधान हेतु मंच प्रदान किया।

महिलाओं के सशक्तीकरण के प्रति हरीप्रसाद टम्टा का दृष्टिकोण अत्यंत सकारात्मक था। उन्होंने अपने घर में महिलाओं के लिए हस्तकला विद्यालय खोला, जो *हरी निवास* के नाम से प्रसिद्ध हुआ। इस विद्यालय में प्रत्येक महिला प्रशिक्षु को वे अपनी ओर से प्रतिमाह 15 रुपये का भुगतान करते थे, जिससे महिलाओं को न केवल आर्थिक सहायता मिली, बल्कि महिलाओं को स्वावलंबी बनने के अवसर भी मिले।

1943 का भयंकर बंगाल का अकाल, जिसमें पहाड़ी क्षेत्रों का शिल्पकार वर्ग भूखमरी और ग़रीबी से प्रभावित हुआ, हरीप्रसाद टम्टा के लिए एक चुनौती बनकर सामने आया। उन्होंने कुमाऊँ में सस्ती गल्ला दुकानों की शुरुआत की, जिससे गरीबों को उचित दर पर खाद्य सामग्री उपलब्ध हो सके। यह क़दम उनके मानवीय और दूरदर्शी नेतृत्व का उदाहरण है।

1945 में, हरीप्रसाद टम्टा को अल्मोड़ा नगरपालिका के अध्यक्ष के रूप में चुना गया। उनके नेतृत्व में अल्मोड़ा के निवासियों को वर्षों से पीने के पानी की समस्या से राहत मिली। 1947 में, उन्होंने *डोल वाटर प्रोजेक्ट* का प्रस्ताव रखा, जो किफ़ायती और प्रभावी साबित हुआ। 1953 में, हरीप्रसाद टम्टा को अल्मोड़ा जिला बोर्ड का वरिष्ठ उपाध्यक्ष चुना गया। अल्मोड़ा शहर के विद्युतीकरण में उनके योगदान को आज भी सराहा जाता है। जीवनपर्यंत वह मानवता के उत्थान हेतु संघर्ष रत रहे। 23 फरवरी 1960 को इलाहाबाद में उनका निधन हुआ।

हरीप्रसाद टम्टा का जीवन उन मूल्यों का प्रतीक है, जो सामाजिक समरसता, समानता और स्वाभिमान को बढ़ावा देते हैं। उन्होंने वंचित वर्गों के लिए एक नई चेतना का स्वप्न केवल देखा ही नहीं, बल्कि उसे साकार करने के लिए हर संभव प्रयास भी किया। उनके नेतृत्व में, शिल्पकार समुदाय ने न केवल आत्मसम्मान प्राप्त किया, बल्कि सामाजिक और आर्थिक सुधार की नई राह पर क़दम भी बढ़ाए।

हरीप्रसाद टम्टा का जीवन संघर्ष और उपलब्धियों का एक ऐसा अद्वितीय संगम है, जिसने समाज के अत्यंत पिछड़े वर्ग को आत्मसम्मान और स्वाभिमान का अनुभव कराया। उनके प्रयासों ने यह सिद्ध कर दिया कि तिरस्कार और उपेक्षा के अंधकार को ज्ञान और संघर्ष की रोशनी से मिटाया जा सकता है। उनका यह योगदान भारतीय समाज में शिक्षा के प्रचार एवं प्रसार, जागरूकता, सामाजिक समानता, शोषण के विरुद्ध संघर्ष, न्याय के लिए अथक प्रयास, आर्थिक उत्थान और समग्र विकास की दिशा में एक अनुकरणीय उदाहरण है।

8.

भारत का अभूतपूर्व शोषण

हरीप्रसाद और रामप्रसाद जब भी समाज के कुछ विश्वस्त पढ़े-लिखे लोगों को संबोधित करते, तो उनके विचारों का सार यह होता था कि भारत पर ब्रिटिश शासन का सबसे बड़ा और विनाशकारी प्रभाव उसकी अर्थव्यवस्था पर पड़ा। औपनिवेशिक काल में अंग्रेजों के द्वारा भारत की अर्थव्यवस्था को पूरी तरह से बर्बाद कर दिया गया। अंग्रेजों ने भारतीय आर्थिक संसाधनों का निरंतर शोषण किया और उन्हें अपने स्वार्थगत हितों के लिए इस्तेमाल किया। भारतीय अर्थव्यवस्था कृषि, हस्तशिल्प, कुटीर उद्योग और व्यापार पर आधारित थी और अंग्रेजों के आगमन के समय विश्व में सर्वोच्च स्तर पर थी। अंग्रेज़ शासकों की स्वार्थजनित शोषणकारी नीतियों के कारण उक्त अर्थव्यवस्था ग़रीबी, बेरोज़गारी और पिछड़ेपन का शिकार हो गई।

वहीं दूसरी ओर, लगभग उसी समय, ब्रिटेन और अन्य पश्चिमी देशों में औद्योगिक क्रांति का आरंभ हुआ, जिसका सीधा संबंध भारत व अन्य उपनिवेशों के आर्थिक शोषण से था, क्योंकि ब्रिटेन और पश्चिम के अन्य देशों के द्वारा अपने उपनिवेशों विशेषकर भारत के आर्थिक शोषण से उगाहे गए धन को वैज्ञानिक शोध-कार्यों में लगाया गया जिससे उन देशों में वैज्ञानिक शोध के कार्यों में प्रगति आई। इन शोधकार्यों से प्राप्त हुए तकनीकी ज्ञान को उन्नत मशीनों के द्वारा उद्योगों में सफलतापूर्वक परिवर्तित करने में भी लूट के इसी धन का इस्तेमाल किया गया। इसी धन से अत्यधिक मंहगी उन्नत मशीनों का निर्माण संभव हो सका और बहुत बड़ी मात्रा में (on mass scale) वस्तुओं का उत्पादन संभव हो सका।

ब्रिटिश शासन के दौरान, भारत की कृषि नीतियाँ पूरी तरह से अंग्रेजों के हितों के अनुकूल ढाल दी गईं। भारतीय किसानों को जबरन नकदी फसलें जैसे नील, कपास, जूट, चाय और अफीम उगाने के लिए मजबूर किया गया ताकि यूरोपीय कारखानों और

बाज़ारों की आवश्यकताओं को पूरा किया जा सके। इसके साथ ही, भारत में कृषि-करों में अत्यधिक वृद्धि की गई, जिससे भारतीय किसानों की आय घटने लगी और उनका जीवनस्तर भी लगातार गिरता चला गया।

अंग्रेजों ने भारत में ज़मींदारी प्रथा को बढ़ावा दिया, जिसके अंतर्गत किसानों के द्वारा सम्बंधित ज़मींदारों को भारी लगान देना पड़ता था। इसका परिणाम यह हुआ कि किसान, क़र्ज़ और निर्धनता के बोझ तले दबते चले गए, जबकि ब्रिटिश अधिकारी और जमींदार अपनी संपत्ति में वृद्धि करते रहे। अंग्रेजों ने स्थायी भू-राजस्व नीतियाँ लागू कीं, जिसके अंतर्गत किसानों को अपनी भूमि पर अत्यधिक कर चुकाना पड़ता था। कठोर करवसूली का यह ढांचा किसानों को क़र्ज़ में डुबोता गया और इसने किसानों को अपनी ज़मीनें बेचने तक पर मजबूर कर दिया जिसके परिणामस्वरूप भारी संख्या में किसान, खेती के कार्य को छोड़कर, मज़दूर बनने को बाध्य हो गए।

औपनिवेशिक ब्रिटिश शासन से पहले, भारत अपनी कृषि, हस्तशिल्प, कपड़ा उद्योग, कुटीर उद्द्योग, धातु उद्योग और इन उत्पादों के व्यापार के लिए विश्वभर में प्रसिद्ध था। भारतीय कारीगर, कार्य में अपनी बारीकी, सटीकता, निपुड़ता, दक्षता और उत्कृष्टता के लिए सम्पूर्ण विश्व में जाने जाते थे, लेकिन अंग्रेजों के आगमन के बाद, भारत के इन पारंपरिक उद्योगों को उनके द्वारा योजनाबद्ध ढंग से नष्ट करने के प्रयास किए गए। भारतीय कपड़ा उद्योग को अंग्रेजों की नीतियों ने विशेष रूप से प्रभावित किया। इन नीतियों के अंतर्गत, ब्रिटेन भारत से कच्चा माल प्राप्त कर, अपने कपड़ा उद्योग में कपड़े बनाने लगा जिसकी लागत औद्योगिक क्रान्ति, मशीनीकरण और अत्यधिक मात्रा में किए गए उत्पादन के कारण काफी कम हो गयी।

इसके अतिरिक्त अंग्रेजों ने भारत में निर्मित वस्त्रों पर ऊँचे कर भी लगाए जबकि ब्रिटेन से आयातित वस्त्रों पर भारत में या तो कोई कर लगाया ही नहीं गया या बहुत कम कर लगाया गया, जिससे भारतीय बुनकरों के द्वारा देसी हथकरघों से निर्मित कपड़ों की लागत ब्रिटेन से आयातित वस्त्रों की लागत की तुलना में काफ़ी अधिक हो गयी और प्रतिस्पर्धा के बाज़ार में भारतीय बुनकर टिक नहीं सके। इसके परिणामस्वरूप भारतीय बुनकर भी मजदूर बनने को बाध्य हो गए। इसी प्रकार भारत के सम्पूर्ण हस्तशिल्प एवं कुटीर उद्योग को अंग्रेजों के द्वारा सुनियोजित ढंग से बर्बाद करने के प्रयास किए गए।

ब्रिटिश शासकों ने भारत के व्यापारिक संसाधनों का बड़े पैमाने पर शोषण किया और भारत को कच्चे माल के निर्यातक और तैयार माल के आयातक अर्थव्यवस्था वाले देश में बदल दिया। अंग्रेजों ने भारत से कपास, चाय, अफीम, नील और अन्य कच्चे माल

का भारी मात्रा में निर्यात किया, जबकि बदले में ब्रिटेन में तैयार उत्पाद भारत में बेचे गए। ब्रिटिश सरकार ने भारत में अफीम का बड़े पैमाने पर उत्पादन करवाया और इसे चीन में निर्यात किया। इस व्यापार से ब्रिटिश सरकार को भारी मुनाफ़ा हुआ, लेकिन भारतीय समाज और अर्थव्यवस्था पर इस व्यापार का कोई लाभकारी प्रभाव नहीं पड़ा।

औपनिवेशिक काल में भारत का व्यापार पूरी तरह से अंग्रेजी शासन के नियंत्रण में था, जिसके चलते ब्रिटिश कंपनियों ने भारतीय व्यापार और आर्थिक संसाधनों पर अपना वर्चस्व स्थापित कर लिया। इसके कारण भारत को भारी व्यापार-घाटे का सामना करना पड़ा, जिससे समय के साथ भारतीय अर्थव्यवस्था कमज़ोर होती चली गई। ब्रिटिश शासन के दौरान भारतीय राजस्व का एक बड़ा हिस्सा ब्रिटेन भेजा जाता रहा। इस प्रक्रिया को "ड्रेन ऑफ वेल्थ" (धन की निकासी) के नाम से जाना जाता है, जिसमें भारत से अर्जित धन ब्रिटिश खजाने में जाता था। इस धन का उपयोग ब्रिटेन के औद्योगिक विकास और सैन्य शक्ति को मजबूत करने में किया गया, जबकि भारत की अर्थव्यवस्था का लगातार क्षरण होता रहा।

हरीप्रसाद जी अपने भाषणों में इस आर्थिक शोषण के प्रभाव को बड़े ही स्पष्ट और प्रभावशाली ढंग से उजागर करते थे। उनका यह मानना था कि अंग्रेजों द्वारा भारत की संपत्ति का यह असीमित दोहन न केवल भारत की आर्थिक संरचना को नष्ट कर रहा था, बल्कि इसके कारण भारत के सामाजिक और नैतिक ढाँचे भी कमज़ोर हो रहे थे। उनका यह विचार था कि जब तक भारत अपनी आर्थिक स्वतंत्रता प्राप्त नहीं करेगा और अपने संसाधनों का उचित प्रबंधन नहीं करेगा, तब तक भारत की सामजिक एवं नैतिक स्थिति भी ठीक नहीं हो सकती।

औद्योगिक क्रांति का आरंभ 18वीं शताब्दी के अंत में ब्रिटेन से हुआ और इसके बाद इसका विस्तार शेष यूरोप, अमेरिका एवं कुछ अन्य देशों में हो गया। इस क्रांति का मुख्य आधार ब्रिटेन और यूरोप में हुई वैज्ञानिक-शोध-क्रांति थी। 18 वीं शताब्दी में यूरोप और ब्रिटेन में जीवन के विभिन्न क्षेत्रों से सम्बंधित कई सफल वैज्ञानिक शोध हुए। शोध-कार्य में अत्यधिक धन की आवश्यकता होती है और शोध के वांछित स्तर तक सफल होने में और उसमें लगने वाले वाले समय के सम्बन्ध में अनिश्चितता बनी रहती है। शोध-कार्यों के सफल होने पर इन शोध-कार्यों को उद्योगों के लायक बनाने हेतु, नई तकनीकों पर आधारित बड़ी मशीनों के निर्माण हेतु, तत्पश्चात बहुत बड़ी मात्रा में वस्तुओं का उत्पादन करने हेतु बड़े कारखानों के बनाने में और इनमें वैज्ञानिकों, तकनीकी कार्यबल (Technical manpower) और सामान्य कार्यबल के वेतन हेतु भी अत्यधिक

धन की आवश्यकता होती है। इस अत्यधिक मात्रा के धन की अनुपलब्धता की स्थिति में औद्योगिक क्रांति का हो पाना संभव ही नहीं था। इस विशाल पूँजी की उपलब्धता भारत एवं अन्य उपनिवेशों में की गयी अंधाधुंध लूट से प्राप्त धन से हुई।

अर्थात् 18 वीं सदी में यूरोप में हुए शोध कार्यों में भारत व अन्य उपनिवेशों की अंधाधुंध लूट से कमाए गए धन को लगाया गया जिससे वहाँ के वैज्ञानिक शोधों में क्रांति आयी एवं विज्ञान के विविध क्षेत्रों में नई-नई तकनीकों का ज्ञान प्राप्त हुआ। इन तकनीकों के आधार पर बड़े स्तर के उत्पादन हेतु मशीनें निर्मित की जा सकीं और और बड़े कारखाने स्थापित किए गए। इन कारखानों में आधुनिक व बड़ी मशीनों के द्वारा विभिन्न वस्तुओं का अपेक्षाकृत बहुत कम लागत पर, बहुत बड़े स्तर का, उत्पादन संभव हो सका।

ब्रिटिश उद्योगों के लिए भारत एक प्रमुख कच्चा माल आपूर्तिकर्ता देश बन गया। कपास, नील, जूट, और अन्य कृषि उत्पादों ने ब्रिटेन के कपड़ा व अन्य उद्योगों को महत्वपूर्ण गति प्रदान की। ब्रिटिश उद्योगों के लिए भारतीय कच्चा माल अत्यधिक फ़ायदेमंद था क्योंकि इससे उत्पादन लागत कम हुई और उन्हें वैश्विक बाज़ारमें एक प्रतिस्पर्धात्मक बढ़त मिली। ब्रिटेन के मैनचेस्टर और लिवरपूल जैसे शहरों में कपड़ा उद्योग का तेजी से विकास हुआ। भारतीय कपास को सस्ते दर पर ब्रिटेन में आयात करके कपड़े बनाए जाते थे, और फिर उन्हीं कपड़ों को भारत में ऊँची कीमतों पर बेचा जाता था। इस प्रकार, भारत से प्राप्त कच्चे माल और भारत के विशाल बाज़ार ने ब्रिटिश उद्योगों को आर्थिक लाभ और स्थायित्व प्रदान किया।

भारत से होने वाले इस आर्थिक शोषण से ब्रिटेन को जो धन मिला, उसे औद्योगिक पूँजी के रूप में इस्तेमाल किया गया। भारत से अर्जित राजस्व ने ब्रिटेन की औद्योगिक क्रांति को एक मजबूत वित्तीय आधार प्रदान किया और उसे दुनिया का सबसे समृद्ध और शक्तिशाली देश बना दिया। ब्रिटेन ने अपने साम्राज्यवादी विस्तार को मजबूत करने के लिए भारत और अन्य उपनिवेशों से प्राप्त आर्थिक संसाधनों का बखूबी उपयोग किया। इससे ब्रिटेन ने वैश्विक राजनीति और व्यापारिक संरचनाओं पर अपनी पकड़ मजबूत कर ली। औद्योगिक क्रांति के पश्चात ब्रिटेन एक वैश्विक महाशक्ति बन गया और उसने यूरोप, अफ्रीका, एशिया, और अमेरिका के व्यापारिक और राजनीतिक ढाँचों पर अपना वर्चस्व स्थापित कर लिया।

अंग्रेजों की आर्थिक नीतियों का सबसे बुरा असर भारत के कारीगरों, किसानों, और व्यापारियों की आजीविका पर पड़ा। औपनिवेशिक शोषण के कारण भारत के पारंपरिक हस्तशिल्प और कपड़ा उद्योग पूरी तरह से ध्वस्त हो गए। भारतीय कारीगर और बुनकर,

जो कभी अपनी कला और उत्पादों के लिए विश्वप्रसिद्ध थे, ग़रीबी में धकेल दिए गए। धीरे-धीरे उनकी स्थिति इतनी दयनीय हो गई कि उन्हें अपने पारंपरिक पेशे छोड़ने पड़े और वे मजदूर बनने के लिए बाध्य हो गए। इन नीतियों के कारण समय के साथ किसान भी अपनी भूमि और आजीविका खोते गए, उनकी आर्थिक स्थिति भी लगातार कमज़ोर होती चली गई और वे भी धीरे–धीरे किसान से मजदूर बनते गए। मजदूरों की संख्या में अतिशय वृद्धि होने के कारण उनकी बारगेनिंग क्षमता में कमी आई और मजदूरों को उचित वेतन मिलने में दिक्कतें होने लगी और मजदूर धीरे-धीरे निर्धनता के गर्त में गहरे, और गहरे में डूबते चले गए।

भारतीय उद्योगों को अंग्रेजों के द्वारा व्यवस्थित रूप से नष्ट कर दिए जाने से भारतीय अर्थव्यवस्था पूरी तरह से कृषि पर निर्भर हो गई। किसानों को जबरन नकदी फसलें उगाने के लिए मजबूर किया गया, जिनका उपयोग ब्रिटिश उद्योगों में किया जाता था। इस नीति के कारण खाद्यान्न के उत्पादन में भारी कमी आई और बार-बार अकाल की स्थिति उत्पन्न हुई। अंग्रेजों के द्वारा भारतीय संसाधनों के किए गए निरंतर शोषण ने देश में ग़रीबी और आर्थिक असमानता को बढ़ा दिया। बड़ी संख्या में लोग ग़रीबी की गर्त में धकेले गए और उनका जीवन स्तर दिन-ब-दिन गिरता चला गया।

अंग्रेजों के द्वारा भारत के आर्थिक संसाधनों की लूट न केवल भारतीय अर्थव्यवस्था को ध्वस्त करने का कारण बनी, बल्कि इसका सीधा लाभ ब्रिटेन और यूरोप की औद्योगिक क्रांति को मिला। भारतीय संसाधनों और श्रम का शोषण करके ब्रिटिश साम्राज्य ने अपनी औद्योगिक और आर्थिक शक्ति को सुदृढ़ किया। जहाँ एक ओर ब्रिटेन औद्योगिक क्रांति के कारण समृद्ध और सशक्त होता गया, वहीं दूसरी ओर, भारत की अर्थव्यवस्था कमज़ोर होती चली गई और देश, ग़रीबी, भुखमरी और आर्थिक पिछड़ेपन का शिकार हो गया। महात्मा गांधी, दादाभाई नौरोजी और अन्य भारतीय नेताओं ने "ड्रेन ऑफ वेल्थ" की अवधारणा को जनता के सामने रखा, जिसके तहत भारत की संपदा का निरंतर शोषण हो रहा था। उन्होंने अंग्रेजों की आर्थिक नीतियों की कड़ी आलोचना की और इसे स्वतंत्रता आंदोलन का एक प्रमुख मुद्दा बनाया।

बिरू ने रामप्रसाद टम्टा से अंग्रेजों द्वारा किए गए भारत के शोषण के कारण और भविष्य में जब देश आज़ाद होगा उस समय की उचित और आवश्यक आवश्यक कार्य-योजना के विषय में जानना चाहा तो उन्होंने समझाया कि हमारे दुखों का सबसे बड़ा कारण हमारी अज्ञानता है। और इस अज्ञानता का समाधान है शिक्षा। उन्होंने कहा कि शिक्षा ही समाज की सभी समस्याओं का निदान है। शिक्षा के माध्यम से हम अपने समाज की

समस्याओं को समझ सकते हैं और उनका उचित हल निकाल सकते हैं।

उन्होंने विस्तार से बताया कि समाज में गहराई से व्याप्त जातिवाद ने समाज को ऊपर से नीचे की ओर श्रेष्ठता-क्रम में विभिन्न खानों में विभाजित कर रखा है और इन विभाजनों का अतिक्रमण तथाकथित उच्च जाति के लोग तो मनमाने ढंग से करते रहते हैं परन्तु इन विभाजनों का अतिक्रमण करना तथाकथित नीची जाति के व्यक्तियों के लिए लगभग असंभव बना दिया गया है। एक जाति के अंतर्गत भी श्रेष्ठता-क्रम में ऊपर से नीचे की ओर कई उपजातियां बनाई गयी हैं। जन्म पर आधारित श्रेष्ठता-क्रम में ऊपर से नीचे की ओर विभाजित यह जातिव्यवस्था बहुत ही जटिल एवं मज़बूत है और इसका कोई वैदिक, वैज्ञानिक एवं तार्किक आधार नहीं है।

जन्म से लेकर मृत्यु तक और यहाँ तक कि मृत्यु के बाद भी, जाति का यह पिशाच सम्बंधित व्यक्ति का पीछा नहीं छोड़ता है। तथाकथित ऊँची जातियों के लोग, जब चाहें, जाति के विभाजन की सीमाओं को लाँघकर अन्याय, अत्याचार, और शोषण करते रहते हैं। दुर्भाग्य से, तथाकथित सवर्ण समाज के प्रबुद्ध माने जाने वाले लोग, संत एवं महात्मा इस कुप्रथा के ख़िलाफ़ एक शब्द भी खुलकर नहीं बोलते।

रामप्रसाद टम्टा ने इस बात पर भी ज़ोर दिया कि रोजगार केवल जीवनयापन का साधन नहीं है; यह मानवीय गरिमा, सामाजिक स्थिरता और आर्थिक विकास की आधारशिला भी है। गरिमापूर्ण रोजगार का मतलब केवल नौकरी प्राप्त करना नहीं है, बल्कि इसमें उचित वेतन, सुरक्षित कार्य परिस्थितियाँ और विकास तथा उन्नति के अवसर शामिल होते हैं। यदि किसी देश को प्रगति करनी है, तो यह अनिवार्य है कि उसके प्रत्येक नागरिक को ऐसा कार्य मिले जो उसे गरिमा के साथ जीवन जीने, अर्थव्यवस्था में योगदान देने और अपने परिवार को आर्थिक सुरक्षा प्रदान करने के अवसर दे। इसके लिए आवश्यक है कि शिक्षा और कौशल-विकास में निवेश किया जाए, श्रम सुधारों को लागू किया जाए और गुणवत्तापूर्ण नौकरियों के सृजन को प्रोत्साहित करने वाली नीतियां बनाई जाएं। रायसाहब के ये विचार जीवन के गहरे अर्थ और समाज के व्यापक सुधारों को लेकर थे। उनका मानना था कि जब तक समाज में शिक्षा, समानता और रोजगार के अधिकार उपलब्ध नहीं होंगे, तब तक समाज की वास्तविक प्रगति संभव नहीं है।

व्यावसायिक प्रशिक्षण और कौशल-विकास कार्यक्रमों का विस्तार, विशेष रूप से हाशिए पर रहने वाले समुदायों के लिए, आज के समय में अत्यंत आवश्यक हो गया है। जब समाज के सभी तबकों को, विशेषकर कमज़ोर और वंचित वर्गों को, आर्थिक अवसर प्रदान किए जाते हैं, तभी समावेशी विकास संभव हो पाता है। इस दिशा में सार्वजनिक व

निजी क्षेत्रों की भागीदारी एक महत्वपूर्ण भूमिका निभा सकती है। उद्योग और शैक्षणिक संस्थानों के बीच सहयोग से ऐसे पाठ्यक्रम तैयार किए जा सकते हैं, जो वर्तमान और भविष्य की नौकरियों की आवश्यकताओं के अनुरूप हों। इससे न केवल श्रमिकों को बेहतर रोजगार के अवसर मिलेंगे, बल्कि वे तेजी से बदलते आर्थिक परिदृश्य के अनुरूप स्वयं को अनुकूलित भी कर सकेंगे। इसके साथ ही, निरंतर सीखने और कौशल उन्नयन की संस्कृति को बढ़ावा देना भी ज़रुरी है, ताकि श्रमिक अपनी कार्यक्षमता को बनाए रख सकें और नये अवसरों का लाभ उठा सकें।

व्यक्ति एवं राष्ट्र के सशक्तीकरण और प्रगति की आधारशिला शिक्षा है। यह वह कुंजी है जो न केवल अवसरों के द्वार खोलती है, बल्कि नवाचार को प्रोत्साहित करती है और आर्थिक विकास की दिशा में राष्ट्र को प्रेरित करती है। भारत जैसे विशाल और विविधता वाले देश में, निशुल्क और अनिवार्य शिक्षा सुनिश्चित करना राज्य का न केवल नैतिक दायित्व है, बल्कि राज्य के सतत विकास की पूर्व-शर्त भी है।

भारत के विभिन्न हिस्सों में व्याप्त ग़रीबी और असमानता के चक्र को तोड़ने का सबसे सशक्त साधन शिक्षा ही है। शिक्षा एक व्यक्ति को केवल ज्ञान और कौशल से ही नहीं सशक्त करती, बल्कि उसे आत्मविश्वास और आत्मनिर्भरता भी प्रदान करती है। इससे न केवल व्यक्ति का सामाजिक और आर्थिक स्तर ऊँचा होता है, बल्कि वह राष्ट्र के विकास में भी महत्त्वपूर्ण योगदान देने में सक्षम हो जाता है।

शिक्षा, विभिन्न पृष्ठभूमियों से आने वाले व्यक्तियों में साझा पहचान और मानवीय मूल्यों की भावना को भी पोषित करती है, जिससे सामाजिक समरसता को बढ़ावा मिलता है। यह विभिन्न वर्गों और समुदायों के बीच संवाद और सहयोग को प्रोत्साहित करने का एक शक्तिशाली साधन है।

यह सुनिश्चित करने के लिए कि भारत का प्रत्येक बच्चा गुणवत्तापूर्ण शिक्षा आसानी से प्राप्त कर सके, कई ठोस उपायों को किए जाने की आवश्यकता है। सबसे पहले, सरकार को ग्रामीण और उपेक्षित क्षेत्रों में अधिक संख्या में स्कूल खोलने होंगे। इन स्कूलों में बुनियादी सुविधाओं और संसाधनों में सुधार के लिए सरकार को निवेश करना होगा। इसमें स्कूलों का निर्माण, पर्याप्त शिक्षण सामग्री की उपलब्धता और स्कूलों में बिजली, स्वच्छ पानी और स्वच्छ वातावरण जैसी बुनियादी सुविधाओं की पहुँच सुनिश्चित करना शामिल है।

इसके साथ ही, लगातार शिक्षकों के प्रशिक्षण और उनके व्यावसायिक विकास पर ध्यान देना आवश्यक है। शिक्षक, शिक्षा प्रणाली की रीढ़ होते हैं, और उनके कौशल

और समर्पण का सीधा प्रभाव छात्रों की शिक्षा पर पड़ता है। निरंतर व्यावसायिक विकास कार्यक्रम, बेहतर वेतन, और चुनौतीपूर्ण परिस्थितियों में काम कर रहे शिक्षकों के लिए प्रोत्साहन योजनाएँ शिक्षा की गुणवत्ता में सुधार कर सकती हैं। जब शिक्षकों को सही संसाधन और सम्मान प्राप्त होगा, तो वे अपने छात्रों को बेहतर मार्गदर्शन दे सकेंगे और शिक्षा प्रणाली एवं राष्ट्र को मजबूत बना सकेंगे।

राज्य का मौलिक एवं सर्वप्रथम उत्तरदायित्व है जनकल्याण। मानव के लिए निशुल्क और उच्च गुणवत्ता पूर्ण शिक्षा उपलब्ध कराने से बड़ा कोई जनकल्याण हो ही नहीं सकता क्योंकि शिक्षित व्यक्ति ही अपनी, अपने समाज की और देश की उन्नति हेतु अपनी भूमिका सही ढंग से निभा सकता है। इसलिए उच्च गुणवत्ता की शिक्षा निशुल्क प्रदान किया जाना न केवल निर्धन व्यक्ति की आवश्यकता है बल्कि यह राज्य का एक अहम् उत्तरदायित्व भी है।

रामप्रसाद टम्टा ने देश की समस्याओं से निपटने के लिए शिक्षा, सही सोच, सहयोग, धैर्य और देशप्रेम की भावना को आवश्यक बताया। उनके अनुसार, अगर भारत को इन आर्थिक और सामाजिक समस्याओं का हल निकालना है, तो हमें गाँवों को आत्मनिर्भर बनाना होगा। कौशल-विकास के कार्यक्रमों को गाँव-गाँव तक पहुँचाना होगा, ताकि प्रत्येक व्यक्ति अपने पैरों पर खड़ा हो सके। राज्य के द्वारा सबके लिए मुफ़्त और अनिवार्य शिक्षा की व्यवस्था करनी होगी, क्योंकि शिक्षा ही जागरूकता, सामाजिक न्याय, स्वतंत्रता, बंधुत्व, आत्मनिर्भरता और विकास की कुंजी है।

शिक्षा यदि मुफ़्त होगी तभी धनी और निर्धन सभी को एक समान शिक्षा मिल सकेगी अन्यथा ग़रीब व्यक्तियों के बच्चे आवश्यक एवं उचित स्तर की शिक्षा को प्राप्त ही नहीं कर सकेंगे और सदैव पिछड़े और निर्धन ही बने रहेंगे इसीलिए शिक्षा पर होने वाला समस्त व्यय सरकार के द्वारा वहन किया जाना चाहिए ताकि निर्धन और पिछड़े वर्ग के बच्चों के लिए विकास, उन्नति और समृद्धि के मार्ग खुल सकें। बिरू को लगा कि काश ! ऐसा होता! तो वह भी शिक्षित हो पाते और ज़िन्दगी में कुछ अच्छा कर पाते।

9.

विश्वयुद्धों की विभीषिका

युद्ध एक असामान्य घटना होती है। यह हिंसा का अत्यधिक वृहद् एवं भयंकर रूप होता है, जिसमें मानवता अपने निम्न रूप में होती है और नैतिकता नष्ट होने के मार्ग पर अग्रसर होती है। युद्ध का ताकालिक कारण चाहे जो हो, इसका मूल कारण अहंकार होता है। विडंबना है कि आज तक जो भी युद्ध हुआ उसे विजित पक्ष के द्वारा शांति-स्थापना का प्रयास बताया गया। युद्ध में पराजित पक्ष के ऊपर सभी दोष आरोपित कर दी जाते हैं और विजित पक्ष स्वयं को निर्दोष घोषित करवा लेता है। रायबहादुर जी एवं रामप्रसाद जी ने विशन दा, बहादुर और बिरू को विश्वयुद्धों के बारे में भी विस्तार से बताया था।

प्रथम विश्वयुद्ध (1914-1918), जो बिरू के जन्म से पहले हुआ था, मानव इतिहास का, तब तक का, सबसे विनाशकारी संघर्ष था। इस युद्ध में प्रमुख यूरोपीय शक्तियों के साथ-साथ उनके सहयोगी देश शामिल थे और यूरोपीय शक्तियों के द्वारा अपने-अपने उपनिवेशों की सेनाओं और संसाधनों का दुरपयोग, बिना उपनिवेशों की सहमति प्राप्त किए, कर लिया गया था। यह युद्ध न केवल वैश्विक राजनीति पर, बल्कि सैन्य रणनीतियों और देशों के आर्थिक एवं सामाजिक ढांचे पर भी गहरा प्रभाव छोड़ गया।

चार साल तक चले इस युद्ध ने दुनिया भर में लाखों लोगों की जान ली, लाखों लोगों को शारीरिक रूप से अपंग कर दिया, लाखों लोगों को मानसिक रोगी बना दिया और बहुत बड़ी मात्रा में बहुमूल्य प्राकृतिक को संसाधनों को नष्ट कर दिया। भारत, जो उस समय ब्रिटिश साम्राज्य के अधीन था, को भी इस युद्ध में अंग्रेजों के द्वारा शामिल कर दिया गया और भारतीय सैनिकों की सेवाएं यूरोप, अफ्रीका, और मध्य-पूर्व में युद्ध के मोर्चों पर लीं गईं। इस युद्ध में भारत की भूमिका ने देश की राजनीति और स्वतंत्रता आंदोलन पर दूरगामी प्रभाव डाला, क्योंकि भारतीय नेताओं ने इस योगदान के बदले में स्वराज तथा और अधिक राजनैतिक अधिकारों की माँग की।

ब्रिटिश सरकार ने भारतीय संसाधनों का भी युद्ध में बड़े पैमाने पर उपयोग किया, जिसका भारतीय समाज, राजनीति और अर्थव्यवस्था पर गहरा असर पड़ा। प्रथम विश्व युद्ध के दौरान भारत से लाखों सैनिक और श्रमिक ब्रिटिश सेना में इस्तेमाल किए गए। भारतीय सैनिकों ने मुख्य रूप से पश्चिमी मोर्चे, मध्य-पूर्व और अफ्रीका में युद्ध लड़ा। इनमें से सैकड़ों सैनिक युद्ध में शहीद हुए और सैकड़ों अन्य सैनिक गंभीर रूप से घायल हुए। सभी सैनिक ग़रीब परिवारों से थे और आजीविका कमाने के लिए तथा अपने-अपने समाज में कुछ सम्मान पाने के लिए सेना में भारती हुए थे. इनकी शिक्षा का स्तर भी उच्च नहीं था और राजनीति का भी इनको पर्याप्त ज्ञान नहीं था। यह सभी अल्प वेतनभोगी थे और अपनी जान किस उद्देश्य के लिए ख़तरों में डाल रहे थे इसकी भी सही समझ इनको नहीं थी।

भारतीय सैनिकों ने फ्रांस, बेल्जियम, इराक, गैलीपोली और मेसोपोटामिया के मोर्चों पर ब्रिटिश सेना के साथ कंधे से कंधा मिलाकर वीरता से युद्ध लड़ा। उनकी बहादुरी की प्रशंसा की गई, लेकिन उनके इस महत्वपूर्ण योगदान के बदले में सैनिकों को उचित सम्मान व भारत को वांछित स्वायत्तता नहीं मिली। इसके साथ ही ब्रिटिश सरकार ने भारत के धन, खाद्य पदार्थ और अन्य आवश्यक संसाधनों की विशाल मात्रा का युद्ध में इस्तेमाल किया। युद्ध का भारतीय अर्थव्यवस्था पर गहरा नकारात्मक प्रभाव पड़ा। युद्ध की समाप्ति के बाद भारत में महंगाई, खाद्य संकट और बेरोजगारी की समस्याएँ बढ़ गईं।

प्रथम विश्व युद्ध ने भारतीय राष्ट्रीय आंदोलन को भी तेज करने में महत्वपूर्ण भूमिका निभायी। युद्ध के दौरान ब्रिटिश सरकार ने भारतीय नेताओं से यह वादा किया था कि युद्ध समाप्त होने के बाद भारत को स्वशासन दिया जाएगा। लेकिन जब युद्ध समाप्त हुआ, तो ब्रिटिश सरकार ने अपने वादों को पूरा नहीं किया, जिससे भारतीय नेताओं और जनता के बीच गहरा असंतोष उत्पन्न हुआ जनता का विश्वास अपने नेताओं से टूटने लगा। जनता के असंतोष को समाप्त करने के लिए महात्मा गांधी ने 1919 में "असहयोग आंदोलन" शुरू किया, जो भारतीय स्वतंत्रता संग्राम की एक नई दिशा बन गया।

वर्ष 1919 में ही ब्रिटिश सरकार ने मांटेग्यू-चेम्सफोर्ड सुधारों की घोषणा की, जिसमें कुछ सीमित राजनीतिक सुधारों का प्रस्ताव रखा गया। लेकिन उसी समय, ब्रिटिश सरकार ने रोलेट एक्ट (1919) भी पारित किया, जो भारतीय जनता के विरुद्ध अत्यंत दमनकारी कानून था। इस कानून के तहत बिना मुकदमे के नज़रबंदी और गिरफ़्तारी की अनुमति दी गई थी। रोलेट एक्ट का भारतीय समाज में व्यापक विरोध हुआ और इस विरोध के चलते अंग्रेजों के दमन एवं अत्याचार की परिणति जलियांवाला बाग़ हत्याकांड (1919)

के रूप में हुई जिसमें सैकड़ों निहत्थे व निरपराध भारतीय नागरिक अँगरेज़ जनरल डायर के आदेश से गोलियों से भून दिए गए। इस क्रूर और भयावह घटना ने भारतीय स्वतंत्रता आंदोलन को एक नई दिशा दी और ब्रिटिश शासन के प्रति जनता के असंतोष को और अधिक तीव्र किया।

महात्मा गांधी के नेतृत्व में असहयोग आंदोलन, ख़िलाफ़त आंदोलन और अन्य जन आंदोलनों से भारतीय समाज में राजनीतिक चेतना का तेजी से विस्तार हुआ और स्वाधीनता की माँग जन-जन का नारा बन गई।

महात्मा गांधी और कांग्रेस के अन्य नेताओं ने जनता को यह समझाया कि ब्रिटिश साम्राज्यवाद केवल भारत के संसाधनों का दोहन कर रहा है और इस शोषण के ख़िलाफ़ एकजुट होकर लड़ना ज़रूरी है। हिंसा या युद्ध, चाहे वह किसी भी संदर्भ में हो, उसके मूल में निजी स्वार्थ होते हैं। निजी स्वार्थ से उत्पन्न अहंकार और लालच ही अंततः अन्याय, भेदभाव, शोषण, अत्याचार, हिंसा और युद्ध का कारण बनते हैं।

द्वितीय विश्व युद्ध (1939-1945), जिसकी बिरू को कुछ-कुछ याद थी, मानव इतिहास का सबसे विनाशकारी युद्ध था, जिसने लगभग सभी प्रमुख वैश्विक शक्तियों को अपनी चपेट में ले लिया। इस युद्ध में विश्व के अधिकांश देशों ने भाग लिया और इसका असर पूरी दुनिया पर पड़ा। भारत, जो उस समय ब्रिटिश शासन के अधीन था, को भी अंग्रेजों द्वारा इस युद्ध में शामिल किया गया, परन्तु पूर्व की भाँति इस युद्ध में भारत को शामिल करने के लिए भी भारत की सहमति लेने की उन्होंने कोई आवश्यकता नहीं समझी।

विशन दा और बहादुर के साथ बिरू के विचार-विमर्श के दौरान, बिरू को यह पता चला कि द्वितीय विश्व युद्ध के पीछे कई गहरे और जटिल कारण थे। इनमें वैश्विक राजनैतिक और आर्थिक संरचना में असंतुलन, पिछले युद्धों की अनसुलझी समस्याएँ और नए सैन्य गुटों का उभरना प्रमुख थे। प्रथम विश्व युद्ध के बाद, 1919 में वर्साय की संधि ने जर्मनी को भारी आर्थिक जुर्मानों, सैन्य सीमाओं और क्षेत्रीय नुकसा का सामना करने के लिए मजबूर किया। इस संधि ने जर्मनी को अत्यधिक कमज़ोर कर दिया और वहाँ असंतोष फैलने लगा। जर्मन जनता इस अपमान को सहन नहीं कर पाई, और यही असंतोष जेर्मनी में हिटलर के सत्ता में आने का मार्ग बना।

1930 के दशक के दौरान यूरोप में तानाशाही और फासीवाद का उदय हुआ। इटली में बेनिटो मुसोलिनी की फासीवादी पार्टी जनतांत्रिक तरीकों से चुनाव जीतकर सत्ता में आई फिर मुसोलिनी ने सैन्यवाद, विस्तारवाद और आक्रामक राष्ट्रवाद की नीतियों को अपनाया। जर्मनी में एडोल्फ हिटलर भी लोकतांत्रिक तरीकों को अपनाते हुए चुनाव

जीतकर सत्ता के शीर्ष पर पहुँचा, परन्तु अहंकार और स्वार्थ के कारण अति राष्ट्रवाद और जर्मन श्रेष्ठता आदि के सिधान्तों के घनघोर प्रचार-प्रसार से जर्मनी की आमजनता का ब्रेनवाश करते हुए निरंकुश तानाशाह बन गया। हिटलर ने जर्मनी की खोई हुई शक्ति को पुनः स्थापित करने के लिए सैन्य विस्तार का सहारा लिया, जबकि मुसोलिनी ने इटली को भूमध्य सागर का प्रमुख शक्ति केंद्र बनाने का प्रयास किया।

ब्रिटेन और फ्रांस ने जर्मनी के इस आक्रामक सैन्य विस्तार को रोकने के बजाय, तुष्टीकरण की नीति अपनाई, जिससे हिटलर का हौसला और बढ़ता गया। उदाहरण के लिए, 1938 में म्यूनिख समझौते के तहत जर्मनी को चेकोस्लोवाकिया के सुडेटनलैंड पर कब्जा करने की अनुमति दे दी गई, जिससे हिटलर को और अधिक आक्रामक क़दम उठाने का साहस मिला।

द्वितीय विश्वयुद्ध में 1945 तक मित्र राष्ट्रों ने निर्णायक रूप से जर्मनी और जापान को हराने में सफलता प्राप्त की। मई 1945 में, हिटलर की आत्महत्या के बाद, जर्मनी ने आत्मसमर्पण कर दिया। इसके बाद, अगस्त 1945 में अमेरिका ने जापान के हिरोशिमा और नागासाकी पर परमाणु बम गिराए, जिससे ऐतिहासिक रूप में अभूतपूर्व, बहुत बड़ी संख्या में, जनसंहार हुआ। परमाणु बमों को गिराए बिना भी युद्ध समाप्त हो सकता था, बस इसमें कुछ अधिक समय लगने की आशंका थी। उस समय को बचाने के लिए किए गए निर्दोष व्यक्तियों के इतने बड़े जनसंहार को किसी भी दृष्टि से उचित नहीं ठहराया जा सकता। इसके बाद जापान ने भी आत्मसमर्पण कर दिया। इस प्रकार द्वितीय विश्व युद्ध का अंत हुआ।

इस युद्ध के दौरान ब्रिटिश साम्राज्य के द्वारा भारत की सेनाओं और संसाधनों का युद्ध में इस्तेमाल किया गया। इस युद्ध में लगभग 25 लाख भारतीय सैनिकों ने हिस्सा लिया। भारतीय सैनिकों ने यूरोप, अफ्रीका, और एशिया के कई मोर्चों पर बहादुरी से युद्ध लड़ा। भारतीय सेना ने ब्रिटिश सेना के साथ मिलकर उत्तरी अफ्रीका और दक्षिण पूर्व एशिया के मोर्चों पर महत्वपूर्ण योगदान दिया। भारतीय सैनिकों की वीरता की सर्वत्र सराहना की गई, लेकिन उनके बलिदानों के बावजूद ब्रिटिश सरकार ने भारतीय स्वतंत्रता की माँगों को नज़रअंदाज़ कर दिया।

गांधीजी और अन्य भारतीय नेताओं ने ब्रिटिश सरकार के शोषण और भारतीय सैनिकों के बलिदान का सवाल उठाया। ब्रिटिश सरकार ने युद्ध की आवश्यकताओं को पूरा करने के लिए भारतीय संसाधनों और धन का भारी मात्रा में दोहन किया, जिसके कारण देश में गंभीर समस्याएँ उत्पन्न हुईं। युद्ध के कारण भारत में महंगाई तेजी से बढ़ी

और बेरोज़गारी का संकट गहराया। युद्ध के दौरान वर्ष 1943 में बंगाल में भयानक अकाल पड़ा, जिसमें लाखों लोग भुखमरी का शिकार हो कर मारे गए। इस अकाल के प्रमुख कारणों में युद्ध की वजह से भारत में आर्थिक संसाधनों की हुई कमी और ब्रिटिश शासन द्वारा सेना की आपूर्ति के लिए खाद्यान्न का बहुत बड़ी मात्रा में गोदामों में आरक्षित किए गए भंडारण रहे जिसके कारण खाद्यानों का जनता के लिए अभाव हो गया। यह अकाल भारतीय जनता के लिए एक त्रासदी साबित हुआ।

द्वितीय विश्व युद्ध के आरंभ में, ब्रिटिश सरकार ने बिना भारतीय नेताओं से कोई परामर्श किए भारत को सीधे युद्ध में झोंक दिया। इस क़दम के ख़िलाफ़ भारतीय राष्ट्रीय कांग्रेस ने विरोध जताया और स्पष्ट कर दिया कि जब तक भारत को स्वतंत्रता का ठोस वादा नहीं किया जाएगा, तब तक कांग्रेस ब्रिटिश युद्ध प्रयासों का समर्थन नहीं करेगी। इसके जवाब में ब्रिटिश सरकार ने कांग्रेस के कई प्रमुख नेताओं को नज़रबंद कर दिया।

देश में पड़े भयंकर अकालों ने भारतीय समाज में ब्रिटिश शासन के प्रति आक्रोश की एक लहर पैदा कर दी। लाखों लोग भूख से मर गए, जबकि युद्ध के लिए खाद्यान्न और अन्य आवश्यक संसाधनों को ब्रिटिश सेना की ज़रूरतों के लिए एकत्र किया जा रहा था। युद्ध के दौरान भारतीय जनता ने महसूस किया कि ब्रिटिश सरकार की प्राथमिकता उनके जीवन की सुरक्षा नहीं, बल्कि युद्ध की आवश्यकताएँ थीं। यह अकाल और इसके परिणामस्वरूप हुई जनहानि भारतीय इतिहास के काले अध्यायों में से एक बन गयी।

इस युद्ध के बाद भारत में स्वतंत्रता की मांग और भी ज़ोर पकड़ने लगी। द्वितीय विश्व युद्ध की विभीषिका ने यह भी स्पष्ट कर दिया कि दुनिया को अब अपनी समस्याओं को हल करने के लिए युद्ध की बजाय शांतिपूर्ण समाधान की ओर बढ़ना होगा।

द्वितीय विश्व युद्ध के दौरान वर्ष 1942 में महात्मा गांधी ने "भारत छोड़ो" आंदोलन की शुरुआत की थी। यह आंदोलन भारतीय जनता के ब्रिटिश शासन के ख़िलाफ़ एक व्यापक और उग्र विरोध का प्रतीक था। गांधीजी का संदेश स्पष्ट था: अंग्रेज़ों को अब भारत छोड़ना होगा। ब्रिटिश सरकार ने इस आंदोलन को कुचलने के लिए कठोर क़दम उठाए, हजारों नेताओं और कार्यकर्ताओं को गिरफ़्तार किया, लेकिन जनता का विद्रोह थमा नहीं।

इसी दौरान, सुभाष चंद्र बोस ने 1920 में इंडियन सिविल सर्विसेस (आई सी एस) की परिक्षा पास की लेकिन शीघ्र ही नौकरी से त्यागपत्र देकर सक्रिय राजनीति में आ गए। पहले वह कांग्रेस में रहे और दो बार कांग्रेस के अध्यक्ष भी चुने गए। कांग्रेस में रहते हुए उन्होंने 1939 में अखिल भारतीय फारवर्ड ब्लॉक की स्थापना की। आगे चलकर उन्होंने भारतीय स्वतंत्रता के लिए एक नई दिशा अपनाई। उन्होंने जापान और जर्मनी के समर्थन

से "आज़ाद हिंद फ़ौज" का गठन किया। बोस ने "दिल्ली चलो" का नारा दिया और भारतीय स्वतंत्रता के लिए सशस्त्र संघर्ष का नेतृत्व किया। उन्होंने महिलाओं को अपनी सेना में उच्च पद दिए इसके साथ ही अपनी सेना में महत्त्वपूर्ण ज़िम्मेदारी सौंपते वक़्त उन्होंने धार्मिक भेदभाव से ऊपर उठकर योग्यता के आधार पर व्यक्तियों को उच्च पदों पर तैनात किया।

यद्यपि आज़ाद हिंद फ़ौज की सैन्य सफलताएं सीमित रहीं, लेकिन बोस की रणनीति और उनके संघर्ष ने भारतीय युवाओं और स्वतंत्रता सेनानियों में नई ऊर्जा और उम्मीद का संचार किया। बोस का निस्वार्थ बलिदान और संघर्ष भारतीय स्वतंत्रता-आंदोलन का एक अहम हिस्सा बन गया और उनके विचारों ने देश में स्वतंत्रता की चाह को और गहरा किया। इसके साथ ही भारतीय नौसेना में भी फरवरी 1946 में विद्रोह हुआ जिसने अंग्रेजों के आत्मविश्वास को बुरी तरह हिला दिया और अंतत: भारत की स्वतन्त्रता का मार्ग प्रशस्त किया।

द्वितीय विश्व युद्ध के बाद, दुनिया में एक नई विश्व व्यवस्था का उदय हुआ। संयुक्त राष्ट्र संघ की स्थापना हुई और उसके सदस्य देशों ने शांति बनाए रखने के लिए संकल्प लिया। इसके बाद भी शीतयुद्ध के दौरान विश्व-शांति कई बार ख़तरे में आयी। आणविक हथियारों की होड़ ने दुनिया को कई बार तीसरे विश्वयुद्ध के कगार पर पहुँचा दिया। आधुनिक हथियारों की जनसंहार की विध्वंसक क्षमता, विभिन्न देशों को इनकी उपलब्धता और विश्व के विभिन्न क्षेत्रों में जारी संघर्षों के चलते, यह चिंता और भी बढ़ गई है क्योंकि भविष्य का कोई भी युद्ध सम्पूर्ण मानव सभ्यता के नाश का कारण बन सकता है।

बिरू का मानना था कि यद्ध, प्राय: शासकों की सनक या महत्त्वाकांक्षाओं के कारण होते हैं और जनता को इनमें मजबूरन भाग लेना पड़ता है। युद्ध कभी भी सामान्य सैनिक या आमजनता से पूछ कर नहीं किए जाते हैं और शासकों व उनके पिछलग्गुओं के द्वारा आमजनता और सैनिकों को युद्धोंमांद के लिए कभी धर्म, कभी जातीय गर्व और कभी राष्ट्र प्रेम की संवेदनशील भावनाओं से उकसाया और भड़काया जाता है और शासन तंत्र के द्वारा प्रत्येक संभव तरीक़े से आमजनता का अपने स्वार्थजनित उद्देश्यों की पूर्ति के लिए इस्तेमाल किया जाता है। युद्ध का जो भी लाभ होता है वह केवल शासकों और उनके पिछलग्गुओं को होता है और युद्ध के परिणामस्वरूप होने वाली अधिकतम हानि सामान्य सैनिकों को और आमजनता को होती है। धर्म, जाति और राष्ट्र अमूर्त सिद्धांत हैं और इंसान एक हाड़-मांस का संवेदनशील वास्तविक व्यक्ति होता है, और युद्ध में अमूर्त की रक्षा के लिए मूर्त की बलि चढ़ाई जाती है, यह दुर्भाग्यपूर्ण है।

10.

बंगाल के भीषण अकालों की त्रासदी

रायबहादुर साहब एवं रामप्रसाद जी से बंगाल के अकालों पर हुई चर्चाओं ने बिरू को भारत के इतिहास के उन दिल दहलाने वाले अध्यायों से परिचित कराया, जो आज भी समाज और इतिहास में गहरे घाव के रूप में दर्ज हैं। बंगाल के अकाल, विशेष रूप से 1770 और 1943 के अकाल, भारतीय जनजीवन पर विनाशकारी प्रभाव डालने वाले भयानक अनुभव थे। इन अकालों में लाखों लोगों की मृत्यु हो गई, और समाज, राजनीति और अर्थव्यवस्था पर गहरा असर पड़ा।

1770 का अकाल, जिसे "बंगाल का भयावह अकाल" कहा जाता है, ब्रिटिश ईस्ट इंडिया कंपनी के शासन के शुरुआती वर्षों में हुआ। यह अकाल बंगाल, बिहार और उड़ीसा के कुछ हिस्सों में फैला था। इस अकाल में बंगाल की लगभग एक तिहाई आबादी मारी गयी, यानी लगभग एक करोड़ लोग अपनी जान गंवा बैठे। इस अकाल के पीछे प्राकृतिक आपदाएँ तो थीं ही, लेकिन सबसे बड़ा कारण ब्रिटिश औपनिवेशिक नीतियाँ थीं।

1770 का बंगाल का अकाल, 1769 से 1773 के बीच फैला था। 1769-70 के दौरान सूखे के कारण फसलें बर्बाद हो गईं, जिससे यह अकाल उत्पन्न हुआ। प्राकृतिक आपदाओं ने अकाल की शुरुआत की, लेकिन ब्रिटिश ईस्ट इंडिया कंपनी की कठोर कर नीतियों ने इस आपदा को और भयावह बना दिया। उस समय ईस्ट इंडिया कंपनी के द्वारा किसानों से भारी कर वसूला जाता था। अकाल के दौरान कृषि उपज में भारी गिरावट हुई। कंपनी ने भू-राजस्व में कोई राहत नहीं दी। अकाल के दौरान, कई स्थानों पर किसानों को अपनी फसल का एक बड़ा हिस्सा कर के रूप में देना पड़ा, जिसके परिणामस्वरूप बचे हुए खाद्यान्न की कीमतें इतनी अधिक हो गईं कि सामान्य जन इसे खरीदने में असमर्थ हो गए। कई स्थानों पर कर चुकाने हेतु किसानों को अपनी पूरी उपज तक बेचनी पड़ी, जिससे उनके

पास खाने के लिए भी कुछ नहीं बचा। कृषि-उत्पादन ठप हो गया और किसानों की स्थिति दयनीय हो गई। कई लोग सड़कों पर भूख से तड़पते हुए मरने को मजबूर हो गए। अकाल के दौरान बंगाल, बिहार और उड़ीसा के लाखों लोग भुखमरी का शिकार हो गए थे।

1943 का बंगाल का अकाल, जिसे "बंगाल का दूसरा भयावह अकाल" कहा जाता है, द्वितीय विश्व युद्ध के दौरान हुआ। यह भारत के सबसे भयानक और विनाशकारी अकालों में से एक था। इस दौरान लगभग 30 लाख लोग भुखमरी, बीमारी और कुपोषण से मारे गए। इस अकाल के पीछे युद्धकालीन स्थिति, ब्रिटिश औपनिवेशिक नीतियाँ और खाद्यान्न की भारी कमी मुख्य रूप से ज़िम्मेदार थीं।

इस अकाल की एक प्रमुख वजह ब्रिटिश सरकार द्वारा अनाज की जबरन खरीद थी, जो सेना के लिए किया गया था। साथ ही, युद्ध के कारण बंगाल में अनाज की आपूर्ति ठप हो गई। ब्रिटिश शासन ने भारतीय जनता की भलाई के प्रति उदासीनता दिखाई और उनका ध्यान पूरी तरह से युद्ध पर केंद्रित था। इस दौरान, बर्मा से खाद्यान्न आपूर्ति बंद हो जाने के कारण बंगाल की स्थिति और बिगड़ गई। सरकार द्वारा राहत कार्यों में देरी और कुप्रबंधन ने अकाल की त्रासदी को और भी भयंकर बना दिया।

बंगाल के क्षेत्र में अकाल के आने के प्रमुख कारणों में सूखा, बाढ़ और प्राकृतिक आपदाओं का आना रहे हैं। 1770 और 1943 के अकालों के समय सूखा और बाढ़ ने फसल-उत्पादन को बुरी तरह प्रभावित किया, जिससे कृषि में भारी गिरावट आई। बंगाल में लगातार खेती होती रही, लेकिन भूमि की उर्वरता को बनाए रखने के लिए कोई ठोस क़दम नहीं उठाए गए। मिट्टी की उर्वरता घटती चली गई, जिससे उत्पादन में गिरावट आई। भूमि की देखभाल के प्रति उदासीनता और ब्रिटिश शासन की नीतियों के कारण भूमि-सुधार के कार्यों की अनदेखी की गई, जिससे फसलों की पैदावार में गिरावट आई।

1943 का बंगाल का अकाल, जो द्वितीय विश्व युद्ध के दौरान घटित हुआ, 20वीं सदी के सबसे विनाशकारी अकालों में से एक था। युद्धकालीन स्थिति ने बंगाल में खाद्यान्न की आपूर्ति को गंभीर रूप से प्रभावित किया, जिससे एक भारी खाद्य संकट उत्पन्न हो गया। युद्ध के समय में बंगाल में खाद्यान्न की आपूर्ति बाधित हो गई थी, जिससे बाज़ार में खाद्यान्न की अत्यधिक कमी हो गई और भुखमरी का प्रकोप फैल गया।

इस दौरान ब्रिटिश सरकार ने युद्ध के लिए खाद्यान्न का भारी भंडारण किया, जिससे स्थिति और भी बदतर हो गई। इसके अतिरिक्त ब्रिटिश सरकार ने युद्ध के लिए बंगाल से अनाज और अन्य संसाधनों का बड़े पैमाने पर निर्यात कर दिया, जिसके कारण स्थानीय स्तर पर खाद्यान्न की उपलब्धता में भारी कमी आई। यह स्थिति और भी विकट हो गई

क्योंकि बंगाल की अर्थव्यवस्था मुख्यतः कृषि पर आधारित थी और उत्पादन में आई कमी का सीधा असर ग़रीब और मध्यम वर्ग पर पड़ा।

खाद्यान्न की अत्यधिक मांग और आपूर्ति में भारी कमी ने बाज़ार में कीमतों को आसमान छूने पर मजबूर कर दिया। ग़रीबवर्ग, जो पहले से ही आर्थिक तंगी से जूझ रहा था, के लिए भोजन प्राप्त करना लगभग असंभव हो गया। अनाज की कीमतें इतनी बढ़ गईं कि ग़रीब लोग अनाज खरीदने में असमर्थ हो गए और भूख से मरने लगे।

अकाल के दौरान ब्रिटिश सरकार ने स्थिति की गंभीरता को नज़रअंदाज़ किया। ब्रिटिश प्रशासन ने कोई त्वरित और प्रभावी राहत-उपाय नहीं किए, जिससे यह संकट और भी गहरा हो गया। प्रधानमंत्री विंस्टन चर्चिल ने इस त्रासदी को महज एक प्राकृतिक आपदा के रूप में देखा, जबकि वास्तविकता यह थी कि यह अकाल ब्रिटिश औपनिवेशिक नीतियों और युद्ध की रणनीति का परिणाम था।

अकाल से सबसे अधिक प्रभावित क्षेत्रों से लोग भोजन और जीवन की उम्मीद में बड़े शहरों और कस्बों की ओर पलायन करने लगे। अकाल के दौरान लगभग 30 लाख लोग मारे गए। अकाल के दौरान ब्रिटिश सरकार की नीतियाँ पूरी तरह से युद्ध पर केंद्रित थीं, और बंगाल में राहत कार्यों की अनदेखी की गई। इस अकाल ने साबित कर दिया कि ब्रिटिश शासन का उद्देश्य भारतीयों की भलाई नहीं, बल्कि अपने साम्राज्य के हितों की रक्षा करना था। बंगाल के अकालों ने भारतीय समाज में गहरा असर छोड़ा। लाखों लोग मौत के मुंह में समा गए और जो बचे, वे भुखमरी, बीमारी और ग़रीबी के दलदल में फँस गए। किसानों, मजदूरों और आम जनता के जीवन को इन अकालों ने बुरी तरह प्रभावित किया।

अकाल का प्रभाव न केवल खाद्य संकट तक सीमित था, बल्कि इससे समाज के हर पहलू पर गहरा आघात पहुँचा। कुपोषण की महामारी ने विशेष रूप से बच्चों और महिलाओं को गंभीर रूप से प्रभावित किया। कमज़ोर और भूखी आबादी में बीमारियाँ फैलने लगीं, जिससे मृत्यु दर भयावह रूप से बढ़ गई। स्वास्थ्य सेवाएँ पहले से ही सीमित थीं और इस स्थिति में पूरी तरह से चरमरा गईं। अस्पतालों में जगह कम पड़ गई और चूँकि वहाँ पर्याप्त दवाओं का अभाव भी था, जिससे हालात बद से बदतर होते चले गए।

अकाल का सबसे बड़ा असर कृषि पर पड़ा। फसल उत्पादन में आई भारी गिरावट ने बंगाल की अर्थव्यवस्था को जड़ से हिला दिया। कई किसान परिवारों को अपनी ज़मीन छोड़ने पर मजबूर होना पड़ा और जो बचे, वे क़र्ज़ और ग़रीबी के दलदल में डूबते चले गए। इस संकट ने वाणिज्य और व्यापार को भी तबाह कर दिया। बाज़ार में खाद्यान्न की उपलब्धता लगभग खत्म हो गई, जिससे व्यापारिक गतिविधियाँ धीमी पड़ गईं। छोटे

व्यापारियों, उद्यमियों, और वाणिज्यिक संस्थानों को भारी नुकसान हुआ, जिसने समूची अर्थव्यवस्था को संकट में डाल दिया।

अकाल ने भारतीय समाज में ब्रिटिश शासन के प्रति गहरे असंतोष को जन्म दिया। जनता में आक्रोश फैल गया कि ब्रिटिश सरकार इस गंभीर संकट का सामना करने में असमर्थ थी या जानबूझकर उदासीन बनी रही। द्वितीय विश्व युद्ध के बीच, जब ब्रिटिश सरकार की प्राथमिकताएँ कहीं और थीं, भारतीय जनता को अपने हालात पर छोड़ दिया गया। महात्मा गांधी और अन्य भारतीय नेताओं ने इस त्रासदी को ब्रिटिश शासन की आर्थिक और राजनीतिक नीतियों के ख़िलाफ़ जनजागरण का एक प्रमुख मुद्दा बनाया। बंगाल में जमींदारी प्रथा और अत्यधिक कर वसूली ने किसानों को ग़रीबी और क़र्ज़ के दलदल में धकेल दिया।

1943 का बंगाल का अकाल न केवल प्राकृतिक आपदाओं का परिणाम था, बल्कि औपनिवेशिक शासन की नीतियों का एक भयानक दुष्परिणाम था। इसने भारतीय समाज और अर्थव्यवस्था पर अमिट घाव छोड़े। अकाल के परिणामस्वरूप बंगाल में ग़रीबी और सामाजिक असमानता और भी बढ़ गयी। कृषि उत्पादन में कमी और जमींदारों के शोषण ने ग़रीब किसानों की स्थिति को और ख़राब कर दिया। संसाधनों की कमी ने अमीर और ग़रीब के बीच की खाई को और चौड़ा कर दिया। ब्रिटिश सरकार की निष्क्रियता और अकाल को नियंत्रित करने में असफलता ने भारतीय जनता में ब्रिटिश शासन के प्रति आक्रोश और विद्रोह की भावना को और अधिक बढ़ाया। रायबहादुर साहब ने अकालों के इन पहलुओं को विस्तार से समझाया। उनका मानना था कि भारतीय समाज की समस्याओं का समाधान तभी संभव है जब समाज में शिक्षा, जागरूकता और एकता का सम्मान एवं विस्तार हो।

बिरू का मानना है कि राज्य की संरचना इंसानों के द्वारा इंसानों के लिए हुई है। वह नहीं मानते थे कि राज्य या राजा दैवीय अथवा ईश्वरीय रचना है। राज्य के होने का तब तक औचित्य है जब तक राज्य अपनी जनता के जीवन में किसी तरह से सहायक है। जब राज्य से जनता के कष्ट कम होने की बजाए बढ़ने लगें तो राज्य की वैधता पर प्रश्न चिन्ह लगने लगते हैं। सोचते-सोचते बिरू का ध्यान इस तथ्य पर गया की अँगरेज़ अपने को उच्च सभ्यता वाला, मानवतावादी और प्रजातन्त्रवादी मानते हैं तो उनके शासन में बंगाल में अकाल की स्थितियां कैसे उत्पन्न हुईं? जबकि उनके गोदाम अनाज से भरे हुए थे। और अकाल के प्राकृतिक कारणों के सम्बन्ध में पहले से ही उपाए क्यों नहीं किए गए। लाखों लोगों को भूख से मरने के लिए क्यों मजबूर किया गया?

11.

आज़ादी के अवसर पर वाह और आह

भारत की आज़ादी, जो 15 अगस्त, 1947 को मिली, न केवल एक ऐतिहासिक विजय थी, बल्कि यह उन हजारों स्वतंत्रता सेनानियों के बलिदानों का प्रतिफल था, जिन्होंने ब्रिटिश शासन के ख़िलाफ़ संघर्ष किया था। उस समय पूरे देश में ख़ुशी की लहर दौड़ गई थी जब पंडित जवाहरलाल नेहरू ने मध्यरात्रि के पूर्व संविधान सभा को संबोधित करते हुए अपने प्रसिद्द "ट्रिस्ट विद डेस्टिनी" (भाग्य के साथ साक्षात्कार) का भाषण दिया। उन्होंने न केवल भारत की स्वतंत्रता की घोषणा की, बल्कि स्वतंत्रता के नए युग की शुरुआत की। नेहरू ने गर्व से कहा, "जब पूरी दुनिया सो रही होगी, भारत जागेगा और अपनी स्वतंत्रता प्राप्त करेगा।" उनके इस भाषण ने देश के भविष्य की दिशा में एक आशावादी दृष्टिकोण प्रस्तुत किया और भारतीय जनता में उम्मीद की नई किरण जगाई।

सैनिक बिरू ने आज़ादी का जश्न जम्मू-कश्मीर के जम्मू स्थित अपनी पलटन के कैम्प में मनाया और तिरंगे को सलामी दी। एक लम्बे संघर्ष के बाद हासिल की जा सकी आज़ादी की उज्जवल चमक के साथ विभाजन की त्रासदी का काला साया भी साफ़ नज़र आ रहा था। विभाजन लाखों लोगों के लिए एक कठिन और पीड़ादायक अनुभव था। सांप्रदायिक दंगों ने पूरे उपमहाद्वीप को अपनी चपेट में ले लिया। हिंदू (उस समय सिख भी हिन्दू माने जा रहे थे) और मुस्लिम समुदायों के बीच संघर्ष बढ़ा और मजबूरन लाखों लोगों को अपने घरों से विस्थापित होना पड़ा। भारत और पाकिस्तान के सीमावर्ती इलाकों में व्यापक पैमाने पर हिंसा, हत्या और पलायन की घटनाएँ सामने आईं। लोगों को अपना घर, ज़मीन , मित्र और जायजाद को छोड़कर अनजान नई जगहों पर जाना पड़ा।

विभाजन के इस काले अवसर पर लाखों लोगों की जानें गई और लाखों परिवार बिखर गए। यह विस्थापन केवल भौतिक रूप से ही नहीं, बल्कि मानसिक और भावनात्मक रूप

से भी लाखों लोगों के लिए सदमे का कारण बना। जो लोग अपने घरों को छोड़ने को मजबूर हुए, वे अपने पीछे न केवल अपनी संपत्ति, बल्कि अपनी पहचान और संस्कृति का एक महत्वपूर्ण हिस्सा भी छोड़ आए। विभाजन ने भारतीय समाज में गहरे जख्म छोड़े, जो आने वाले दशकों तक नहीं भरे जा सके।

भारतीय स्वतंत्रता संग्राम के दौरान राजनैतिक नेताओं के मध्य उभरे स्वार्थगत गहरे मतभेदों में इस विभाजन की जड़ें थीं। भारतीय राष्ट्रीय कांग्रेस जहाँ एक संयुक्त और अखंड भारत की हिमायती थी, वहीं मुस्लिम लीग ने मुसलमानों के लिए एक अलग राष्ट्र की मांग की थी। मोहम्मद अली जिन्ना ने "दो राष्ट्र सिद्धांत" (Two nation theory) का समर्थन किया, जिसमें उन्होंने कहा कि भारत में हिंदू और मुस्लिम दो अलग-अलग राष्ट्रीयताएँ हैं, जिन्हें उनके धार्मिक आधार पर अलग-अलग राष्ट्र मिलने चाहिए। यह विचारधारा आगे चलकर पाकिस्तान के निर्माण की नींव बनी। जबकि, भारत के अधिकाँश नेताओं की सोच के अनुसार भारत की एक ही राष्ट्रीयता है और वह है भारतीयता। हिन्दू और मुस्लिम दो अलग राष्ट्रीयताएँ न होकर भारत की एक साझा राष्ट्रीयता के दो घटक हैं। भारतीयता में भारत में रहने वाले सभी धर्मों के लोगों के संस्कार एवं संस्कृतियां सम्मिलित हैं। इसलिए भारत का विभाजन नहीं होना चाहिए।

जिन्ना द्वारा घोषित 1946 के 'डायरेक्ट एक्शन डे' के दौरान हुई भयंकर सांप्रदायिक हिंसा ने देश के विभाजन की आशंका को और भी पुख्ता कर दिया। एक संयुक्त भारत की संभावना धूमिल होती जा रही थी। जिन्ना की साम्प्रदायिक हिंसा की चेतावनी के भारी दबाव के चलते ब्रिटिश सरकार ने अंततः 3 जून, 1947 को माउंटबेटन योजना के तहत भारत के विभाजन को स्वीकृति दी। पाकिस्तान को भारत से अलग कर दो हिस्सों में बाँटा गया—पश्चिमी पाकिस्तान (जो आज का पाकिस्तान है) और पूर्वी पाकिस्तान (जो आगे चलकर 1971 में बांग्लादेश बना)।

भारत की स्वतंत्रता के साथ ही विभाजन की पीड़ा और सांप्रदायिक दंगों की त्रासदी ने स्वतंत्रता के इस महान दिन को भी गहरे दुख के साथ जोड़ दिया। भारतीय स्वतंत्रता आंदोलन के नायकों ने और जनता ने जिस दिन का सपना देखा था, वह दिन आया अवश्य, लेकिन वह अपने साथ लाखों लोगों के लिए आंसू और दर्द भी लेकर आया।

इस विभाजन ने भारतीय उपमहाद्वीप के सामाजिक ताने-बाने को बुरी तरह तहस-नहस कर दिया। यह विभाजन केवल एक राजनैतिक घटना नहीं थी, बल्कि मानवीय त्रासदी का यह ऐसा अध्याय था जिसने लाखों लोगों के जीवन को हमेशा के लिए बदल दिया। विभाजन के बाद भारत और पाकिस्तान के बीच बड़े पैमाने पर जनसंख्या का

स्थानांतरण हुआ, जिससे लगभग 1.5 करोड़ लोगों को अपने घर, गाँव, और ज़मीन छोड़ने पर मजबूर होना पड़ा। बड़ी संख्या में हिंदू और मुसलमानों को अपने-अपने धर्म के आधार पर भारत और पाकिस्तान में स्थानांतरित होना पड़ा और इस जबरन विस्थापन के दौरान उन्हें असहनीय कठिनाइयों का सामना करना पड़ा।

विस्थापन केवल एक भौगोलिक घटना नहीं थी, बल्कि इसके साथ आई सांप्रदायिक हिंसा ने इस त्रासदी को और भी भयानक बना दिया। विभाजन के बाद पंजाब और बंगाल, जो विभाजन के मुख्य क्षेत्र थे, दंगों के प्रमुख केंद्र बन गए। इन दंगों में लाखों लोग मारे गए, हजारों महिलाएं अपहरण, बलात्कार और हिंसा का शिकार हुईं और लाखों लोग गंभीर रूप से घायल हुए। लाखों परिवार टूट गए, गाँव के गाँव जलाए गए और स्वाभाविक मानवीय संबंधों की नींव चरमरा गई।

दोनों देशों की आर्थिक स्थिति उस समय बहुत ख़राब थी अत: विभाजन के बाद शरणार्थी शिविरों में पहुंचे लोगों की दुर्दशा ने भी विभाजन की पीड़ा को और गहरा कर दिया था। इन शिविरों में विस्थापित लोग लम्बे समय तक पर्याप्त भोजन, पानी या बुनियादी सुविधाओं के बिना रहने को मजबूर हो गए। शरणार्थी शिविरों में अव्यवस्था, भय और निराशा का माहौल था। लोग अपने ही देश में बेगाने बन गए और उनके जीवन में सुरक्षा और स्थिरता का अभाव हो गया।

महात्मा गांधी ने विभाजन के समय सांप्रदायिक सौहार्द्र को बनाए रखने के लिए अहिंसा और एकता का आह्वान किया। विभाजन के बाद बढ़ती हिंसा के बीच गांधीजी ने हिंदू-मुस्लिम एकता पर बल दिया और दिल्ली और कलकत्ता जैसे प्रमुख शहरों में सांप्रदायिक दंगों को रोकने के लिए उपवास रखे। उनके प्रयासों से कई स्थानों पर सांप्रदायिक हिंसा रुक भी गई, लेकिन इस व्यापक त्रासदी को पूरी तरह से रोकना संभव नहीं हो पाया। सांप्रदायिक सद्भाव के लिए किए गए गांधीजी के मानवोचित प्रयास भी उस समय की राजनैतिक और सांप्रदायिक विद्वेष की हिंसा से अछूते नहीं रह सके और 30 जनवरी 1948 को नाथूराम गोडसे ने अहिंसा के पुजारी, महात्मा गाँधी, की हत्या कर दी, जो उनकी सांप्रदायिक सौहार्द की नीतियों से असहमत था। हिंदू समाज के कुछ अन्य लोग भी गांधी जी की सांप्रदायिक सौहार्द की नीतियों से सहमत नहीं थे। गांधीजी की हत्या स्वतंत्र भारत के इतिहास में एक गहरा और अमिट घाव छोड़ गई।

भारत की स्वतंत्रता के दिन, 15 अगस्त 1947, ने जहाँ एक ओर राष्ट्रीय गौरव और स्वतंत्रता का उत्सव मनाया गया लेकिन वहीं दूसरी ओर विभाजन और सांप्रदायिक हिंसा की त्रासदी ने इस उत्सव को दर्द और पीड़ा से भर दिया। भारत की आज़ादी के तुरंत बाद,

देश को कई गंभीर चुनौतियों का सामना करना पड़ा। इनमें से सबसे बड़ी और जटिल समस्याओं में से एक कश्मीर का प्रश्न था, जिसने भारत और पाकिस्तान के बीच संघर्ष को जन्म दिया। 1947 में स्वतंत्रता के कुछ ही समय बाद, कश्मीर पर हुए कबाइली हमले ने भारत और पाकिस्तान के बीच पहले युद्ध की चिंगारी भड़काई। इस हमले की पृष्ठभूमि में कश्मीर के महाराजा की राज्य के प्रति स्वार्थगत सोच और पाकिस्तान की इसे अपने अधीन करने की महत्वाकांक्षाएँ थीं।

1947 में भारत के विभाजन के समय भारतीय उपमहाद्वीप में 560 से अधिक रियासतें थीं, जिन्हें यह निर्णय लेना था कि वे भारत में शामिल होंगी, पाकिस्तान में शामिल होंगी या स्वतंत्र रहेंगी। जम्मू और कश्मीर रियासत इन रियासतों में सबसे महत्वपूर्ण और विवादास्पद थी। यह मुस्लिम बहुल राज्य था, लेकिन वहाँ के राजा, महाराजा हरीसिंह, हिंदू थे। महाराजा ने शुरू में यह फैसला किया कि कश्मीर स्वतंत्र रहेगा और भारत या पाकिस्तान में शामिल नहीं होगा।

इसी बीच, पाकिस्तान ने कश्मीर पर कब्जा करने के लिए योजनाबद्ध तरीके से प्रयास किया जिसमें उसने कबाइली लड़ाकों का उपयोग किया। अक्टूबर 1947 में, पाकिस्तान के उत्तरी-पश्चिमी सीमांत क्षेत्र से हज़ारों की संख्या में कबाइली लड़ाके कश्मीर की ओर भेजे गए। ये लड़ाके आम तौर पर पश्तून कबीलों से संबंध रखते थे और उनके आक्रमण का उद्देश्य महाराजा हरी सिंह को पाकिस्तान के पक्ष में फैसला करने के लिए मजबूर करना था।

22 अक्टूबर, 1947 को पाकिस्तान से आए इन कबाइली लड़ाकों ने कश्मीर के उत्तरी इलाकों पर हमला कर दिया। इस हमले के पहले चरण में उन्होंने मुजफ्फराबाद और बारामूला जैसे प्रमुख शहरों को अपने कब्जे में लिया और वहाँ लूटपाट, हत्या और हिंसा का तांडव शुरू कर दिया। इस आक्रमण के दौरान कश्मीर के लोगों पर भारी अत्याचार हुए। बड़ी संख्या में कश्मीरी नागरिकों को मौत के घाट उतार दिया गया और महिलाओं के साथ बड़े पैमाने पर हिंसा की गई। बारामूला में उनके द्वारा की गयी हिंसा विशेष रूप से भयावह थी जहाँ घरों को जलाया गया, लोगों की बेरहमी से हत्याएँ की गईं, महिलाओं से बलात्कार किए गए और संपत्ति लूट ली गई।

इस स्थिति में महाराजा हरीसिंह, जो अब तक कश्मीर को एक स्वतंत्र राज्य बनाए रखना चाहते थे, ख़ुद को असहाय पाकर भारत से मदद की गुहार लगाने पर मजबूर हो गए। महाराजा के पास कोई दूसरा रास्ता नहीं था। उनकी गुहार पर भारत सरकार ने एक शर्त रखी कि अगर कश्मीर भारत से सैन्य सहायता चाहता है तो पहले उसे भारत में विलय

करना होगा। अंततः इस प्रस्ताव को स्वीकार करते हुए महाराजा ने 26 अक्टूबर, 1947 को 'विलय-पत्र' पर हस्ताक्षर कर दिए, जिसके तहत कश्मीर का भारत में विलय हो गया।

विलय-पत्र पर हस्ताक्षर होते ही भारतीय सेना ने कश्मीर की ओर कूच किया और कबाइलियों से मुकाबला करना शुरू किया। भारतीय सेना ने श्रीनगर की सुरक्षा सुनिश्चित की और बारामूला सहित कई क्षेत्रों को वापस अपने कब्जे में लिया। पहाड़ी क्षेत्र होने के कारण वह इलाका बहुत दुर्गम था और कड़ाके की ठण्ड पड़ रही थी। पीछे हटते हुए भी कबीलाइयों के हमले ज़ारी रहे और भारतीय सेना उनको पीछे धकेलने का प्रयास करती रही। युद्ध लम्बे समय तक चला।

1948 की शुरुआत में, भारत ने संयुक्त राष्ट्र संघ से हस्तक्षेप की अपील की, ताकि इस समस्या का शांतिपूर्ण समाधान निकाला जा सके। संयुक्त राष्ट्र ने दोनों देशों को युद्धविराम करने और मसले को बातचीत के जरिए सुलझाने की सलाह दी। संयुक्त राष्ट्र संघ के प्रयासों से जनवरी 1949 में युद्धविराम घोषित किया गया और कश्मीर में एक अस्थायी सीमा रेखा— 'वास्तविक नियंत्रण रेखा' (एल ओ सी) की स्थापना की गई, जो कश्मीर को भारत और पाकिस्तान के बीच विभाजित करती है। कश्मीर का वह हिस्सा जो एल ओ सी के दूसरी ओर रह गया वह भारत के द्वारा पाक अधिकृत कश्मीर कहा जाता है।

बिरू को लगता है कि दूर बैठा शासक देश, ग़ुलामी से आज़ाद होते देशों की सीमाएं तय कर देता है जिसके परिणामस्वरूप एक भौगोलिक इकाई के कुछ शहर और गाँव उस सीमारेखा के एक तरफ़ रह जाते हैं और कुछ शहर और गाँव सीमारेखा के दूसरी ओर चले जाते हैं। इस प्रकार उस भौगोलिक इकाई को कृत्रिम रूप से दो या अधिक इकाइयों में विभाजित कर दिया जाता है और प्राय: इस विभाजन का आधार पंथ होता है।

सीमारेखा के दोनों ओर दो कृत्रिम राष्ट्रीयताएं आकार लेती हैं और प्रचार के माध्यम से इन दोनों के मध्य वैमनस्यता को सृजित करने एवं बढ़ाने का प्रयास किया जाता है। फिर इन दोनों देशों को आपस में लड़ाने का काम किया जाता है जिससे हथियार के व्यापारियों को लाभ होता है। यह हथियार के व्यापारी अपने-अपने शासकों को सत्ता में बने रहने में आर्थिक मदद करते हैं और परिणामस्वरुप ये शासक युद्धरत राष्ट्रों के मध्य स्थाई शांति क़ायम नहीं होने देते और अपने कार्य-व्यवहार से प्रदर्शित यह करते हैं कि वे शान्ति के पुजारी हैं और विश्वशांति हेतु राजनीति कर रहे हैं।

12.

देशसेवा हेतु एक समर्पित सैनिक

बिरू ने जम्मू में सैनिक के उत्तरदायित्व का निर्वहन करते हुए स्वतंत्र होते भारत में स्वतन्त्र नागरिक के रूप में प्रथम सांस ली थी। गर्व का यह एक ऐसा अनुभव है जिसे वह कभी नहीं भूल सकते। वह सम्मानजनक रोज़गार की तलाश में सेना में भर्ती हुए थे किन्तु सेना की ट्रेनिंग ने उनकी देशभक्ति की भावना में जोश को समावेशित करते हुए एक अनुशासन प्रिय, मेहनती और दृढ़ निश्चय वाला व्यक्ति बनाया। सन् 1947 का वह समय उनके जीवन का एक निर्णायक मोड़ था, जब जम्मू-कश्मीर के लिए शिल्पकार पल्टन (सेना) की भर्ती की सूचना उन्हें अल्मोड़ा में लोगों की सामान्य बातचीत के दौरान मिली। बाद में उन्होंने 'समता' अख़बार में भी पढ़ा था कि जम्मू-कश्मीर के लिए बनाई जा रही पल्टन हेतु शिल्पकारों की भर्ती हो रही है। यह जान कर समाज के कई युवक पलटन में भर्ती होने लगे।

9 जुलाई, 1947 को, बिरू ने भी सेना में भर्ती होने का निश्चय किया। भर्ती प्रक्रिया के प्रभारी, मेजर थापा, को बिरू ने लेखा-जोखा के अपने अनुभव के बारे में बताया और क्लर्क बनने की इच्छा जताई। मेजर थापा ने कहा, "अभी सिपाही के रूप में भर्ती कर रहे हैं, बाद में क्लर्क बना देंगे।" इस आश्वासन के साथ, बिरू पलटन में भर्ती हो गए और चालीस-पचास लोगों की उनकी टोली अल्मोड़ा से जम्मू-कश्मीर के लिए रवाना हो गई।

एक रंगरूट के रूप में जम्मू के ट्रेनिंग सेंटर में उनकी ट्रेनिंग शुरू हुई। यह ट्रेनिंग इतनी सख्त थी कि कई बार उन्हें रोना तक आ जाता था। परेड ग्राउंड में दिन में दो बार हवलदार ट्रेनिंग करवाता था, उसकी सख्ती ने उन्हें शारीरिक और मानसिक रूप से पर्याप्त मजबूत और सकारात्मक सोच वाला योद्धा बना दिया। उनके इंचार्ज हरीराम टम्टा थे, जो इंडियन आर्मी से रिलीव होकर आये थे। सेना में बिरू की तनख्वाह 93 रुपये माहवार थी, इसके

अतिरिक्त 1 रुपया राशन मनी और 4 रुपये अलाउन्स के भी मिलते थे।

15 अगस्त, 1947 को जब भारत आज़ाद हुआ, बिरू जम्मू में ट्रेनिंग कर रहे थे। वह दिन देश के लिए जितना ऐतिहासिक था, उतना ही चुनौतियों से भरा हुआ भी। इसी बीच सूचना मिली कि हिन्दू-मुसलमान के बीच दंगों की शुरुआत हो गई है और मारकाट मचने लगी है। पाकिस्तान से आने वाली रेलगाड़ियों में हिन्दू लोगों की लाशें आने लगीं, स्थिति और भी भयावह होती गई।

22 अक्टूबर को पाकिस्तान समर्थित कबाइलियों ने जम्मू-कश्मीर पर हमला कर दिया। कश्मीर के महाराजा हरीसिंह ने कश्मीर को कबाइलियों से बचाने के लिए भारतीय सरकार से सैन्य मदद मांगी। इस पर भारत सरकार ने कहा कि जम्मू-कश्मीर रियासत का पहले भारत में विधिवत विलय हो तभी वह सैन्य मदद भेज सकती है। इस पर 26 अक्टूबर, 1947 को महाराजा हरी सिंह ने विलय पत्र पर हस्ताक्षर कर दिए। जम्मू-कश्मीर में उस समय कबाइलियों का मुकाबला स्थानीय स्तर पर शेख अब्दुला के नेतृत्व में उनके स्वयंसेवक लोग कर रहे थे। विलय पत्र पर हस्ताक्षर करने के बाद महाराजा हरीसिंह ने जम्मू और कश्मीर के प्रशासन को चलाने की तात्कालिक ज़िम्मेदारी शेख अब्दुल्ला को दे दी। उसी दिन भारतीय सेना कश्मीर भेजी गयी।

4 नवंबर, 1947 को उनकी कंपनी ने बहादुरी से नवाशहर और राजोरी में युद्ध करते हुए हिन्दू समुदाय की रक्षा की। वहाँ से हिन्दू समुदाय के लोग भयभीत होकर जम्मू की ओर भाग निकले। इसी बीच जम्मू के कुछ इलाकों में भी हिन्दू-मुस्लिम दंगे भड़क उठे। बिरू की कंपनी को जम्मू शहर की पुलिस लाइन्स में ड्यूटी के लिए भेजा गया।

8 नवंबर को बिरू की पलटन की दो कंपनियों को जम्मू शहर में सुरक्षा के काम में लगा दिया गया। लाउडस्पीकर के माध्यम से जम्मू के मुसलमानों को सूचित किया गया कि जो लोग पाकिस्तान जाना चाहें, वे पुलिस लाइन्स में आकर पंजीकरण की प्रक्रिया पूरी करें। इस घोषणा के बाद हजारों मुसलमान पुलिस लाइन्स में जमा हो गए। बिरू की कंपनी के जवान चारों तरफ़ से सुरक्षा का घेरा बनाए हुए थे। धीरे-धीरे गाड़ियों में मुसलमानों को भरकर पाकिस्तान भेजा जाने लगा। तीन-चार दिनों तक मुसलमानों को गाड़ियों में भरकर भेजा गया, लेकिन फिर शहर में यह अफवाह फैल गई कि गाड़ियों से भेजे जा रहे मुसलमानों को रास्ते में हिन्दुओं के द्वारा मार दिया जा रहा है। इससे बचे हुए मुसलमानों ने जाने से इनकार कर दिया। उसी दिन बिरू की एक कम्पनी को नवा शहर और राजोरी बॉर्डर पर भेजा गया और जवानों को अलग-अलग टुकड़ियों में बांटकर विभिन्न स्थानों पर तैनात किया गया। 10 नवंबर, 1947 को उनकी पलटन की एक अन्य कम्पनी को पुंछ कोटली (वर्तमान में पाकिस्तान अधिकृत कश्मीर का एक क्षेत्र) की तरफ रवाना किया गया। इस

तरह समय-समय पर उनकी पलटन की कंपनियों को आवश्यकतानुसार विभिन्न स्थानों पर भेजा जाता रहा। शिल्पकार पलटन ने हर जगह शान्ति स्थापित की और हिन्दुओं को बचाया। इसी बीच, 5 मार्च, 1948 को, जम्मू-कश्मीर के प्रधानमंत्री के रूप में शेख अब्दुल्ला की नियुक्ति हुई। मुसलमानों की ओर से शिल्पकार सेना पर आरोप लगाए गए कि उन्होंने विभिन्न स्थानों पर हिन्दुओं को बचाते हुए मुसलमानों को मार डाला था। इस शिकायत के बाद शेख अब्दुल्ला शिल्पकार सेना से बेहद नाराज हो गए।

मई-जून 1948 का महीना था। उस समय जम्मू में भीषण गर्मी थी, और जगह-जगह हिंदू शरणार्थियों का जमावड़ा था जो पाकिस्तान से भागकर आए थे और ठहरने के लिए उचित स्थान पाने हेतु जगह-जगह भटक रहे थे। उन्हीं में से एक शरणार्थी अक्सर बिरू के पास आया करता था। उन दिनों बिरू की तबीयत ठीक नहीं रहती थी और खाने का मन बिल्कुल नहीं होता था। बिरू अपना सारा खाना उस शरणार्थी को दे देते थे। यहाँ तक कि बिरू का बिस्तर से उठने या चलने-फिरने का भी मन नहीं होता था। एक दिन उस शरणार्थी ने बिरू से कहा कि उसे लगता है कि उन्हें (बिरू को) पीलिया हो गया है। तब जाकर बिरू अस्पताल गए और पीलिया की दवाएं भी लीं, लेकिन उन दवाओं से कोई विशेष फर्क नहीं पड़ा। इसी बीच, अगस्त का महीना आया और उनकी फ़ौज को फिर से कश्मीर जाने का आदेश मिला। वह लोग तीसरे दिन बस से श्रीनगर पहुँचे। श्रीनगर की ठंडी और ताजगी भरी आबोहवा ने उन्हें राहत दी और बिरू का पीलिया धीरे-धीरे ठीक होने लगा, भूख भी लगने लगी और बिरू ने ख़ुद को पहले से बेहतर महसूस किया।

श्रीनगर में वह लोग निहत्थे थे, क्योंकि उनकी रायफलें पहले ही जमा करा ली गई थीं। एक-डेढ़ महीने श्रीनगर में बिताने के बाद, उनको फिर से जम्मू ट्रेनिंग सेंटर में बुला लिया गया। सितंबर 1948 में उन्हें ट्रेनिंग सेंटर से जम्मू शहर के जोगी दरवाजा स्थित पुलिस लाइन्स भेजा गया। यह जगह काफी पुरानी और उजाड़ थी, लेकिन अब बिरू की पलटन का अस्थायी ठिकाना बन चुकी थी। बिरू अपनी कंपनी में क्वार्टर मास्टर के सहायक का काम देखते थे। 8 नवंबर, 1947 को उनकी कंपनी वापस हेडक्वार्टर जम्मू पहुँच गयी।

एक दिन शाम को, करीब 8-9 बजे, बिरू 2-3 साथियों के साथ शहर घूमने निकले। शहर जाकर बिरू ने एक होटल में चाय पीने का मन बनाया। चाय पीते ही अचानक उन्हें दस्त लग गए और थोड़ी देर बाद उल्टियां भी होने लगीं। साथ के लोग बिरू को लेकर किसी तरह डेरे पर वापस लौटे। बिरू की हालत लगातार बिगड़ती गयी। उल्टियां और दस्त रुक ही नहीं रहे थे, जिससे बिरू की कमजोरी भी बढ़ती जा रही थी। धीरे-धीरे बिरू

के हाथ-पैर सुन्न हो गए और कुछ ही देर में बिरू बेहोश हो गए। रात के करीब 10 बजे अस्पताल से एक गाड़ी मंगाई गई और बिरू को अस्पताल ले जाया गया।

बिरू के साथ दो साथी मदद के लिए भेजे गए। डेरे से अस्पताल करीब 10 किलोमीटर दूर था। अस्पताल पहुँचकर डॉक्टर ने बिरू को कालरा हो जाना बताया और दाहिनी कोहनी के पास एक इंजेक्शन लगाया, जिससे बिरू को बहुत ठंड लगने लगी। इंजेक्शन के बाद उल्टियां और दस्त आने बंद हो गए और बिरू सो गए। अगले दिन कमजोरी के कारण उन्हें उठने में भी कठिनाई महसूस हो रही थी। आठ-दस दिनों तक अस्पताल में रहने के बाद, जब बिरू की तबीयत में सुधार हुआ, तो बिरू वापस अपनी कंपनी में लौट आए। वहाँ बिरू के कुछ साथियों को पलटन से डिस्चार्ज कर दिया गया था। इसके लगभग दो महीने बाद, अक्टूबर 1948 में, बिरू को भी पलटन से डिस्चार्ज करके घर भेज दिया गया। बिरू को काठगोदाम जाने तक के लिए रेलवे का पास मिला और काठगोदाम से अल्मोड़ा तक का सफर बिरू ने अपने ख़र्चे पर तय किया।

13.

एक और एक तो ग्यारह भी हो सकते हैं

अल्मोड़ा पहुँचने के बाद, पैदल चलते-चलते शाम को बिरू नाघर गाँव पहुँचे और रात को ठुलबाबू (बहादुर राम जी के पिताजी) के यहाँ रहे। बिरू ने उन्हें मिल्ट्री का एक स्वेटर (जरसी) भेंट किया, जिसे पाकर वे बहुत ख़ुश हुए और उन्होंने बिरू को ढेर सारा आशीर्वाद दिया। अगले दिन बिरू अपने घर पहुँचे। 15 महीने बाद घर लौटने पर बिरू को बहुत अच्छा लगा। ईजा (मां) ने उन्हें गले लगाया और खूब रोईं। बिरू भी ख़ुद को रोक नहीं पाए और रो पड़े।

कुछ दिन घर में बिताने के बाद, बेरोज़गारी का भय उन्हें फिर से सताने लगा। वह सोच में पड़ गए कि अब क्या करें और कहाँ जाएं? इस उलझन के बीच अंततः बिरू पुन: अल्मोड़ा आ गए। उन दिनों जोगाराम सुपरवाइजर नरसिंह बाड़ी में स्कूल के एक कमरे में रहते थे, और फकीरराम मास्टर जी भी वहीं थे। कुछ दिन बिरू भी उनके साथ वहीं रहे।

रामप्रसाद की मां, जिन्हें माता जी कहा जाता था, ने रामप्रसाद से कहा कि बिरू को किसी स्कूल में मास्टर बनवा दो। इसी बीच, फकीरराम मास्टर ने बिरू को शादी के लिए मनीआगर गाँव के अपने परिचित टीकाराम जी की लड़की दिखाने की बात की। उनके कहने पर बिरू उनके साथ मनीआगर गाँव आए। वह दोनों टीकाराम के घर शाम को पहुँचे। थोड़ी देर बाद एक वृद्ध महिला घर से बाहर आईं और बताया कि उस समय घर में कोई पुरुष नहीं है। वे लोग उसी समय वहाँ से वापसी के लिए चल पड़े। रात हो चुकी थी और बारिश भी हो रही थी। वह दोनों बारिश में भीगते हुए और अँधेरे में रास्ता खोजते हुए करीब 8 बजे रात को चतुरभोज गाँव पहुँचे, जहाँ फकीरराम जी के कुछ रिश्तेदार रहते थे। रात वहीं गुजारकर सुबह वे लोग अल्मोड़ा वापस लौट आए।

कुछ दिनों बाद जोगाराम सुपरवाइजर ने बिरू से कहा कि वे उन्हें मनीआगर के स्कूल

में टीचर के रूप में नियुक्त कराने की व्यवस्था कर सकते हैं। बिरू ने इस विषय में माता जी से सलाह ली। माता जी ने सलाह दी कि उन्हें यह अवसर स्वीकार कर लेना चाहिए। इसके बाद, नवम्बर-दिसम्बर के महीने में बिरू ने मनीआगर के स्कूल में टीचर का चार्ज संभाल लिया। स्कूल के व्यवस्थापक टीकाराम जी थे, जो उस समय नगड़ीगाड़ (बरतोली) में रहते थे। मनीआगर में रहने के लिए बिरू को तुरंत कोई कमरा नहीं मिल सका था, लेकिन बाद में बिरू ने टीकाराम की वृद्ध माता जी के साथ उनके घर में रहना शुरू कर दिया।

स्कूल में बिरू ने पूरी निष्ठा और मेहनत के साथ काम किया। मेचून और मनीआगर के सभी लड़कों को इकट्ठा किया और स्कूल के भवन को विस्तार देने की योजना बनाई। इस योजना के तहत, बिरू ने चंदा इकट्ठा करने का काम शुरू किया। तोली के श्री हरीदत्त पांडे जी को स्कूल में एक अतिरिक्त कमरे के निर्माण का ठेका दिया गया और जनसहयोग से यह बहुउपयोगी कमरा बनवाया गया।

फरवरी 1949 में शिवरात्रि के दिन, टीकाराम जी अपने पुत्र सन्तराम और पुत्री दमयंती के साथ बागेश्वर की यात्रा पर निकले। उनका रात का पड़ाव बिरू के घर पर हुआ। वे लोग अगले दिन बागेश्वर गए और शाम को फिर बिरू के घर लौटे। इसके बाद, वे अगले दिन अपने घर मनीआगर चले गए। बिरू के मन में दमयंती से अपने विवाह को प्रस्तावित करने की इच्छा थी, लेकिन वह साहस नहीं जुटा पा रहे थे। मल्लालोब के नरराम भिना (फुकाजी), जो टीकाराम के सगे मामा थे, से बिरू ने अपने दिल की बात कही। उन्होंने बिरू को आश्वासन दिया कि वे टीकाराम से इस संबंध में बात करेंगे और उन्हें विश्वास था कि टीकाराम उनकी बात को टालेंगे नहीं। नरराम भिना ने टीकाराम से बिरू की शादी की बात की, लेकिन टीकाराम ने कोई स्पष्ट उत्तर नहीं दिया। कुछ दिन बाद, नरराम भिना ने फिर से उनसे इस संबंध में बात की। तब टीकाराम ने कहा कि उन्हें दमयंती की आमा (दादी) की राय लेनी होगी। जब दमयंती की आमा से इस विषय में बात की गई, तो उन्होंने एक शर्त रखी कि शादी के बाद दामाद को उनके घर (ससुराल) में रहना होगा। बिरू ने उनकी इस शर्त को स्वीकार कर लिया। इसके बाद, दमयंती की आमा शादी के लिए सहमत हो गईं, और बिरू का रिश्ता दमयंती से तय हो गया।

सन् 1950 की गर्मियों में, शादी का लग्न तय हुआ और नियत समय पर शादी भी अच्छे से संपन्न हो गई। ग़रीबी के कारण बिरू दमयंती के लिए उस समय कोई जेवर नहीं बनवा सके थे, परंतु किसी तरह उन्होंने गृहस्थ जीवन की पहली सीढ़ी चढ़ ली थी। शादी के कुछ समय बाद, दमयंती बाड़ेछीना हाईस्कूल में पढ़ाई के लिए चली गईं। इस दौरान

बिरू सरकारी काम के सिलसिले में अल्मोड़ा आना-जाना करते रहते थे। बिरू के बड़े भाई बचीराम ने भी चतुरभोज में अपना आफर खोल लिया था और उनका काम भी ठीक से चलने लगा था।

धीरे-धीरे बिरू के जीवन में भी स्थिरता आने लगी। जनवरी 1951 में बिरू को अमीन की ट्रेनिंग के लिए चुना गया। इस ट्रेनिंग के लिए बिरू के चाचा फकीरराम ने अपने बेटे गुसाईं के लिए भी प्रयास किया था। चाचा जी ने बिशनदा (बिशनलाल जो बहादुर राम टम्टा के बड़े भाई थे और राजस्व विभाग में कार्य करते थे) से गुसाईं की शिफारिश कराने का कहा। उन दिनों आबिद हुसैन आज़ाद उस ट्रेनिंग स्कूल के प्रभारी थे। बिशनदा उनके पास शिफारिश हेतु गए और गोसाईं का चयन भी ट्रेनिंग हेतु हो गया। जनवरी 1951 से छह महीने की ट्रेनिंग शुरू हुई। इस ट्रेनिंग में अल्मोड़ा, पिथौरागढ़, नैनीताल और गढ़वाल से चयनित अभ्यर्थियों की अमीन, पटवारी और कानूनगो के पदों हेतु ट्रेनिंग एक साथ चल रही थी। रिटायर्ड तहसीलदार श्री नंदकिशोर जोशी ट्रेनिंग स्कूल के प्रधानाचार्य थे और रिटायर्ड कानूनगो श्री रामसिंह अध्यापक थे। वकील साहब रामप्रसाद टम्टा जी के प्रयास से ट्रेनिंग के दौरान बिरू को छात्रवृत्ति भी मिलती थी, जो बिरू के लिए उन दिनों बहुत मददगार साबित हुई।

अमीन की ट्रेनिंग में कुल 30 लोग थे। ट्रेनिंग पूरी होने के बाद इनमें से मेरिट के अनुसार एवं वैकेंसी के आधार पर, कुछ प्रशिक्षित लोगों को नौकरी मिलनी थी। ट्रेनिंग स्कूल में चल रही चर्चाओं से बिरू को पता चला कि उनके चाचा फकीरराम ने ट्रेनिंग कालेज के प्रधानाचार्य श्री नंदकिशोर जोशी को उपहार स्वरूप एक गागर और एक परात दी थी, जिसके कारण उनके बेटे गुसाईं राम को मेरिट में छठे स्थान पर रखा गया और बिरू को पच्चीसवें स्थान पर। उस समय की वैकेंसी के अनुसार केवल 9 वें क्रम तक के प्रशिक्षार्थियों को ही नौकरी मिल सकती थी अत: गुसाईं राम की नियुक्ति अल्मोड़ा कोर्ट में हो गई, जबकि बिरू को निराशा हाथ लगी। इस निराशा के बाद, बिरू ने अल्मोड़ा पब्लिक हेल्थ विभाग में सैनेटरी सुपरवाइज़र के सहायक की पोस्ट पर अस्थाई तौर पर काम करना शुरू कर दिया, जो गुसाईं राम के अमीन पद पर नियुक्त हो जाने के बाद खाली हो गई थी।

बिरू ने दमयंती का दाखिला अल्मोड़ा के एडम्स स्कूल में कक्षा 7 में करवा दिया। अल्मोड़ा में पहले बिरू तिरुवाखोला के एक साधारण मकान में रहते थे, लेकिन बाद में उन्होंने नरसिंह बाड़ी में खुलवे जी के मकान में ऊपरी मंजिल का एक कमरा किराए पर लिया। आर्थिक परेशानी की वजह से बिरू के दिन कठिनाइयों से गुजर रहे थे, लेकिन

ससुर जी और दमयंती का सहयोग उन्हें हमेशा मिलता रहा। दमयंती हमेशा बिरू के साथ ही रहना चाहती थीं और उनके अकेले कहीं अन्यत्र जाने की बात पर वह राज़ी नहीं होती थीं। उनकी ज़िद थी कि जहाँ भी जाना हो, उन्हें साथ लेकर ही बिरू जाएं। लेकिन काम की ज़िम्मेदारियों के चलते हर जगह उन्हें साथ ले कर जाना बिरू के लिए संभव नहीं था और अनिश्चित आर्थिक परिस्थितियों ने इस स्थिति को और भी कठिन बना दिया था।

यह नौकरी भी स्थायी नहीं थी, इसलिए कुछ दिनों के बाद बिरू को अल्मोड़ा छोड़ना पड़ा और नौकरी की तलाश में वह फिर जगह-जगह भटकने लगे। इस दौरान, दमयन्ती मनीआगर में रहने लगीं। जब भी उन्हें समय मिलता, वह मनीआगर चले जाते थे, लेकिन घर-गृहस्थी का ख़र्चा ठीक से चलाने की चिंता उन्हें हमेशा बनी रहती थी। इसी बीच, दमयन्ती ने उन्हें परिवार के दो से तीन के हो जाने की ख़ुशख़बरी दी।

1952 में, बिरू ने कुछ समय के लिए बारामण्डल में अमीन की अस्थाई नौकरी की, जिसमें कृषि ऋण की वसूली का काम करना होता था। अगस्त 1952 में, करीब पंद्रह दिनों की वसूली करके बिरू लमगड़ा से सीधा मनीआगर आ गए। मनीआगर में बिरू की सास, बसंती देवी, ने कहा, "जमाई, दमयन्ती अब उम्मीद से है, इसे इसकी ससुराल खरही पहुँचा देते हैं।" उनकी राय से वह दोनों दमयन्ती को खरही ले जाने लगे। दमयन्ती का स्वास्थ्य नाज़ुक था, इसलिए वह लोग पैदल धीरे-धीरे चल रहे थे। मल्ला रीठागाड़ के पास पहुँचते-पहुँचते शाम हो गई और उन्होंने वहीं रात बिताई।

सुबह 4-5 बजे के करीब सासुजी ने कहा, "जमाई जी, दमयन्ती को अब और तकलीफ़ हो रही है, वह अब पैदल नहीं चल पाएगी। तुम कहीं से एक डोली का प्रबंध कर दो।" बिरू जल्दी से अपने गाँव खरही गए और डोली के साथ 5-6 लड़कों का इंतजाम किया। उन्होंने दमयन्ती को डोली में लिटाकर खरही गाँव पहुँचाया। इस यात्रा के दौरान दमयन्ती को बहुत तकलीफ़ हुई। ग्रामीण क्षेत्र में उन दिनों स्थानीय दाइयों की चिकित्सा व्यवस्था ही उपलब्ध थी। दमयन्ती की देखभाल के लिए दाईयों के अलावा गाँव की तीन-चार महिलाएं भी हमेशा उत्साह से उपस्थित रहती थीं।

24 अगस्त 1952 को सुबह करीब 6 बजे दमयन्ती ने एक पुत्र को जन्म दिया। उस समय आसमान बिल्कुल साफ़ था और पहाड़ों की चोटियों पर सूर्य की सुनहरी किरणें मुस्करा रहीं थीं। बच्चे के जन्म होते ही धीरे-धीरे भूरे बादल घिर आए और मूसलाधार बारिश शुरू हो गई। उस वर्ष बरसात के मौसम में कई दिनों से बारिश नहीं हो रही थी, यद्यपि बादल तो कभी-कभी घिरते थे पर बरसते नहीं थे। इस पर वहाँ उपस्थित सभी लोग कहने लगे कि इस बच्चे का जन्म भगवान श्रीकृष्ण जी के जन्म के जैसे वातावरण में हुआ

है। तकलीफ़ के कारण दमयन्ती बेहोश हो गई थीं और लगभग आधे घंटे बाद उन्हें होश आया। बच्चे की जन्मपत्री बनवाने पर ब्राह्मण ने कहा कि यह बच्चा बहुत होनहार होगा। बच्चे की राशि का नाम प्रताप था, लेकिन बिरू ने उसका नाम रज्जू (राजेन्द्र प्रसाद) रखा।

बच्चे के नामकरण में ज्यादा परेशानी नहीं आई। ऐसा लगा जैसे सभी व्यवस्थाएँ अपने आप ही हो गईं हों। धूमधाम से बच्चे का नामकरण संपन्न हुआ। बिरू की ईजा इस अवसर पर बहुत प्रसन्न थीं। नामकरण के दो-तीन दिन बाद ही बिरू अल्मोड़ा वापस आ गए और फिर वसूली के काम के लिए क्षेत्र में निकल पड़े। इसी तरह समय बीतता गया। सितंबर और अक्टूबर 1952 के दौरान बिरू ने वसूली का काम किया। वसूली के दौरान बिरू को कई तरह की कठिनाइयों का सामना करना पड़ता था, विशेषकर ग्रामीण क्षेत्रों में रुकने के लिए जगह मिलने में बहुत दिक्क़त आती थी क्योंकि शिल्पकार होने के कारण लोग उन्हें अपने घर में ठहराने से कतराते थे।

जब यह अस्थाई नौकरी ख़त्म हो गई, तो बिरू को फिर से नौकरी की तलाश में जुटना पड़ा। आर्थिक स्थिति स्थिर न हो पाने के कारण घर में भी लगातार परेशानियाँ बढ़ती जा रही थीं। बिरू की आय इतनी नहीं हो पाई थी कि प्रसव के बाद दमयन्ती के लिए पौष्टिक आहार की पर्याप्त व्यवस्था वह कर सकें, जिससे वह शीघ्र स्वस्थ हो सकें।

14.

राष्ट्र-निर्माण में नैतिकता, सत्य और अहिंसा के साथ कूटनैतिक कौशल

महात्मा गांधी ने देश की स्वतंत्रता के आन्दोलन को जनआन्दोलन बनाया और इसे सम्पूर्ण भारत में प्रसारित कर दिया। इसके लिए उन्होंने भारत के सुदूर स्थानों की यात्राएं कीं और जनता से खुलकर संवाद किया। उनका स्वराज का विचार मात्र राजनैतिक स्वतंत्रता तक सीमित नहीं था, बल्कि यह नैतिकता, सत्य, अहिंसा, सत्ता के विकेंद्रीकरण, स्थानीय स्वशासन, आत्मनिर्भरता और समग्र विकास की अवधारणाओं को भी अपने में समाहित किए था। उनके लिए राजनैतिक स्वतंत्रता का तब तक कोई महत्व नहीं था जब तक कि समाज में नैतिकता को प्राथमिकता नहीं दी जाती। उनका मानना था कि सच्चा स्वराज तभी हासिल हो सकता है जब ग्राम और समाज के प्रत्येक व्यक्ति को आत्मनिर्भर बनाया जाए।

उन्होंने विकेंद्रीकरण और पंचायती राज की अवधारणा को महत्व दिया ताकि भारत का प्रत्येक ग्राम स्थानीय प्रशासन एवं विकास से सम्बंधित निर्णय स्वयं ले सके, अपनी प्रशासनिक व्यवस्था स्वयं चला सके और आर्थिक रूप से आत्मनिर्भर बन सके। उनका यह दृढ़ विश्वास था कि **भारत की आत्मा गाँवों में बसती है**। उनका मानना था कि स्वतंत्र भारत के समग्र विकास के लिए ग्रामीण समाज का सशक्तीकरण अत्यंत आवश्यक है। गांधी जी के **ग्राम स्वराज** का आदर्श यही था कि गाँव अपने विकास के लिए ख़ुद ज़िम्मेदार हों और आत्मनिर्भर बनें। वे गाँवों को न केवल आर्थिक रूप से बल्कि सामाजिक, सांस्कृतिक और राजनैतिक दृष्टि से भी समृद्ध देखना चाहते थे।

भारत की कृषि और ग्रामीण विकास की नीतियों में गांधी जी के इन विचारों की झलक स्पष्ट रूप से देखी जा सकती है। स्वतंत्रता के बाद **हरित क्रांति** और **ग्रामीण**

विकास योजनाएँ इन आदर्शों को आगे बढ़ाने का प्रयास थीं, जो गाँवों की आत्मनिर्भरता को सुनिश्चित करने की दिशा में महत्त्वपूर्ण क़दम साबित हुईं।

अहिंसा को गाँधी ने अपना हथियार बनाया। अहिंसा शब्द का उल्लेख यद्यपि भारत के सभी प्रमुख दर्शनों में होता आया है और जैन, बौद्ध तथा योग दर्शनों में इसे विस्तार से समझाया भी गया है परन्तु विश्व-राजनीति में इसका प्रयोग प्राचीन काल में सम्राट अशोक ने और आधुनिक काल में महात्मा गाँधी ने मुखर रूप से किया। विश्व में कहीं भी अहिंसा के इतने प्रभावकारी प्रयोग के उदाहरण नहीं मिलते हैं।

सम्राट अशोक ने कलिंग युद्ध के नरसंहार की भयावहता के बाद अहिंसा का मार्ग अपनाया था जबकि स्वतन्त्रता संग्राम में शामिल होते ही गाँधी जी ने स्पष्ट कर दिया था कि अहिंसा और सत्य के मार्ग पर चलकर नैतिकता के आधार पर वह देश की स्वतन्त्रता प्राप्त करने का प्रयास करेंगे। इससे पूर्व दक्षिण अफ्रीका में सत्य और अहिंसा के मार्ग पर चलकर औपनिवेशिक सता के विरुद्ध संघर्ष करके वह उल्लेखनीय सफलता प्राप्त कर चुके थे। देश की आज़ादी के युद्ध में अहिंसा का सफल प्रयोग करके उन्होंने भारत को उस समय विश्व के सबसे ताक़तवर देशों में से एक, ग्रेटब्रिटेन, को भारत से अपना शोषणकारी शासन समाप्त करने के लिए बाध्य कर दिया था। अहिंसा के मार्ग पर चलकर स्वतंत्रता संग्राम करते हुए पाई गयी यह उपलब्धि विश्व इतिहास में अभूतपूर्व थी।

स्वदेशी आंदोलन के माध्यम से गांधीजी ने विदेशी वस्त्रों और उत्पादों का बहिष्कार कर स्वदेशी वस्त्रों और उत्पादों को बढ़ावा देने की मुहिम चलाई। उनके अनुसार, स्वदेशी न केवल आर्थिक आत्मनिर्भरता का प्रतीक था, बल्कि यह भारतीय कुटीर उद्योगों के उत्थान और ग्रामीण विकास का भी माध्यम भी था। स्वदेशी आंदोलन की यह भावना स्वतंत्रता के बाद भी प्रासंगिक है। गांधी जी का सपना था कि स्वतंत्र भारत केवल राजनैतिक रूप से ही स्वतंत्र न हो, बल्कि भारत में आत्मनिर्भर, नैतिक और समतावादी समाज का निर्माण हो। उनका यह सपना स्वतंत्रता प्राप्ति के बाद भारत के विकास की दिशा को स्पष्ट रूप से प्रभावित करता रहा।

उनके **सर्वोदय-सिद्धांत** का आधार यह था कि समाज के सभी वर्गों का कल्याण सुनिश्चित हो। वे धर्म, और वर्ग के भेदभाव को समाप्त कर **समतामूलक समाज** की स्थापना करना चाहते थे। उनका यह मानना था कि जब तक समाज में समरसता और समानता स्थापित नहीं होती, तब तक स्वतंत्रता अधूरी है।

उन्होंने ने केवल आर्थिक और सामाजिक विकास पर ही ज़ोर नहीं दिया, बल्कि उन्होंने **नैतिक और आध्यात्मिक विकास** को भी समाज के लिए अत्यावश्यक बताया।

उनके अनुसार, व्यक्ति और समाज का नैतिक विकास तभी संभव है, जब भ्रष्टाचार, लालच, और हिंसा जैसे मुद्दों का समाधान नैतिकता और सादगी के माध्यम से किया जाए। उन्होंने जीवन के हर क्षेत्र में **सादगी** और **नैतिकता** को अपनाने का आग्रह किया।

महात्मा गांधी के ये विचार स्वतंत्रता के बाद भारत के सामाजिक, राजनीतिक और आर्थिक विकास की धारा में समाहित हो गए। उनके स्वराज, ग्राम्य विकास, सत्य, अहिंसा और सर्वोदय जैसे सिद्धांत आज भी भारतीय समाज के लिए मार्गदर्शक बने हुए हैं।

1947 में भारत की आज़ादी के बाद, देश को ब्रिटिश शासन से मुक्ति तो मिल गई, लेकिन इसे एक **एकीकृत राष्ट्र** बनाने की चुनौती अभी भी बनी रही। ब्रिटिश भारत के अंतर्गत 560 से अधिक **देशी रियासतें** थीं। इन रियासतों के पास अपना स्वशासन था, और कई रियासतें स्वतंत्र होने की घोषणा कर रही थीं। स्वतंत्रता के बाद, भारत को एक **एकीकृत और संघीय राष्ट्र** के रूप में संगठित करने की चुनौती सामने आई। इस कार्य में **सरदार वल्लभभाई पटेल**, जो भारत के पहले गृह मंत्री और उप-प्रधानमंत्री थे, ने अत्यंत महत्त्वपूर्ण भूमिका निभाई। उन्हें "लौह पुरुष" के रूप में जाना जाता है और भारतीय रियासतों के एकीकरण में उनके योगदान को सम्मान के साथ याद किया जाता है।

जब 1947 में भारत को स्वतंत्रता मिली, तब अंग्रेजों के द्वारा देश को दो प्रमुख हिस्सों में विभाजित किया गया था भारत और पाकिस्तान। ब्रिटिश शासन में भारत में दो तरह के क्षेत्र थे —**ब्रिटिश भारत** और **देशी रियासतें**। ब्रिटिश सरकार ने इन रियासतों को यह स्वतंत्रता दी थी कि वे भारत या पाकिस्तान किसी में भी स्वेच्छा से शामिल हो सकती हैं अथवा स्वतंत्र रह सकती हैं। भारत के भूभाग में स्थित कुछ रियासतों ने स्वतंत्र रहने की इच्छा जताई, जबकि कुछ रियासतें पाकिस्तान में सम्मिलित होने के पक्ष में थीं। यह स्थिति भारत की संप्रभुता और सुरक्षा के लिए एक बड़ी चुनौती थी। सरदार पटेल ने कुशल रणनीति और दृढ़ निश्चय के साथ रियासतों को भारतीय संघ में शामिल किया, जिससे भारत एक एकीकृत, **संगठित और मजबूत राष्ट्र** बन सका।

सरदार वल्लभभाई पटेल को स्वतंत्रता के तुरंत बाद भारत के गृह मंत्री और रियासतों के मामलों का प्रभारी बनाया गया। सरदार पटेल ने इस चुनौती को गंभीरता से लिया और रियासतों को भारत में सम्मिलित करने के लिए विस्तृत रणनीति तैयार की। सरदार पटेल ने अपने राजनयिक और राजनैतिक कौशल का उपयोग करते हुए रियासतों के राजाओं से संवाद शुरू किया। उनका उद्देश्य यह था कि रियासतें बिना किसी संघर्ष के शांतिपूर्ण तरीक़े से भारत में शामिल हो जाएं। जून 1947 में, उन्होंने रियासतों के शासकों को पत्र भेजा, जिसमें उन्होंने यह तर्क दिया कि स्वतंत्रता के बाद रियासतों का अलग अस्तित्व बनाए

रखना न केवल अव्यवहारिक है, बल्कि यह उनके और राष्ट्र के हित में भी नहीं है। उन्होंने रियासतों को भारत के संघीय ढांचे का हिस्सा बनने के लिए प्रोत्साहित किया।

पटेल ने राजाओं को आश्वासन दिया कि भारत में शामिल होने पर उनके विशेषाधिकारों और उनकी संपत्तियों की रक्षा की जाएगी। इस प्रस्ताव के तहत कई रियासतें स्वेच्छा से भारत में शामिल हो गईं, लेकिन कुछ रियासतों की स्थिति अधिक जटिल थी, जैसे-हैदराबाद, जूनागढ़, और कश्मीर।

हैदराबाद भारत की सबसे बड़ी और समृद्ध रियासत थी। उसका निज़ाम (शासक) स्वतंत्र रहना चाहता था। सरदार पटेल ने निज़ाम की इस चुनौती का सामना करने के लिए सैन्य कार्रवाई की योजना बनाई। सितंबर 1948 में, भारतीय सेना ने 'ऑपरेशन पोलो' के तहत हैदराबाद में हस्तक्षेप किया। इस सैन्य कार्रवाई के बाद कुछ ही दिनों में हैदराबाद को भारतीय संघ में शामिल कर लिया गया।

जूनागढ़ के नवाब ने पाकिस्तान में शामिल होने की घोषणा की थी, जबकि राज्य की अधिकतर जनता हिंदू थी और भारत में विलय चाहती थी। सरदार पटेल ने जूनागढ़ के लोगों की भावना का सम्मान करते हुए जनमत संग्रह की व्यवस्था की। नवंबर 1947 में हुए इस जनमत संग्रह में जनता ने भारत में शामिल होने का समर्थन किया और इस तरह जूनागढ़ भी भारत का हिस्सा बन गया।

कश्मीर की स्थिति अत्यधिक जटिल थी। महाराजा हरीसिंह कश्मीर को स्वतंत्र रखना चाहते थे, लेकिन पाकिस्तान ने कश्मीर पर हमला कर दिया। इस हमले से कश्मीर को बचाने के लिए महाराजा ने भारत से मदद मांगी और विलय-पत्र पर हस्ताक्षर कर दिए, जिससे कश्मीर भारत का हिस्सा बन गया। इसके बाद भारतीय सेना ने कश्मीर में प्रवेश कर पाकिस्तानी हमले को विफल किया और पकिस्तान को कश्मीर के शेष भाग पर कब्जा करने से रोका और उमके कब्जे से कुछ भू-भाग को मुक्त भी करा लिया। इसी बीच संयुक्त राष्ट्र संघ ने भारत और पकिस्तान के बीच मध्यस्थता की और युद्ध विराम कराया। तब तक कश्मीर के जितने हिस्से पर कबाइलियों के माध्यम से पकिस्तान ने कब्ज़ा कर लिया था वह संयुक्त राष्ट्र संघ की मध्यस्थता के बाद पाक अधिकृत कश्मीर कहलाने लगा। सरदार पटेल के प्रयासों से कश्मीर का एक बड़ा हिस्सा भारत में सम्मिलित हो सका।

सरदार वल्लभभाई पटेल के नेतृत्व में भारतीय रियासतों का एकीकरण न केवल एक राजनैतिक विजय थी, बल्कि यह राष्ट्र निर्माण के प्रयासों का भी प्रतीक थी। उनकी दूरदर्शिता, दृढ़ता और देश के प्रति समर्पण ने भारत को एक सशक्त और संगठित राष्ट्र के रूप में उभरने का मार्ग प्रशस्त किया।

रियासतों के एकीकरण ने **भारत को एक संघीय स्वरूप** प्रदान किया। यदि रियासतें स्वतंत्र रहतीं या पाकिस्तान में शामिल हो जातीं, तो भारत का **भूगोल** और **राजनैतिक परिदृश्य** अत्यधिक जटिल हो सकता था। पटेल के प्रयासों से भारत ने न केवल अपनी **राष्ट्रीय अखंडता** को सुनिश्चित किया, बल्कि अपने **सुरक्षा तंत्र** को भी मजबूत किया। रियासतों के एकीकरण के बाद, **राज्यों की प्रशासनिक सीमाओं का पुनर्गठन** भी किया गया। **1956 में 'राज्य पुनर्गठन अधिनियम'** के तहत भाषायी आधार पर राज्यों का पुनर्गठन किया गया, जिससे भारत के राज्यों की सीमाओं को स्पष्ट रूप से परिभाषित किया जा सका। यह पुनर्गठन प्रशासनिक दक्षता और सुशासन की स्थापना के लिए एक महत्वपूर्ण क़दम साबित हुआ।

15.

वैज्ञानिक सोच और आधुनिकता

स्वतंत्रता पाने के बाद भारत को राजनैतिक, आर्थिक और सामाजिक विकास के क्षेत्र में कई गंभीर चुनौतियों का सामना करना पड़ा, देश के विकास को एक नई दिशा और मजबूत आधार प्रदान करने के लिए कई कठोर निर्णय लेने पड़े तथा कड़े क़दम उठाने पड़े। विभाजन की त्रासदी, जिसने लाखों लोगों को अपने पुश्तैनी स्थानों से विस्थापित कर दिया और बड़े पैमाने पर सांप्रदायिक हिंसा को जन्म दिया, देश के समक्ष सबसे कठिन समस्याओं में से एक थी। इसके साथ ही, खाद्यान्न की कमी, ग़रीबी, बेरोज़गारी, शिक्षा और स्वास्थ्य के क्षेत्र में संसाधनों की कमी और राष्ट्रीय एकता को बनाए रखने की चुनौतियाँ भी मुँह बाए खड़ी थीं।

ऐसे कठिन समय में पंडित जवाहरलाल नेहरू ने देश के प्रधानमन्त्री के रूप में स्वतंत्र भारत के विकास का नेतृत्व किया और अपनी वैचारिक सोच और नीतियों से देश के एक विकासशील राष्ट्र के रूप में उभरने का मार्ग प्रशस्त किया। इन समस्याओं का समाधान योजनाबद्ध तरीके से किया गया, जिसके तहत पंचवर्षीय योजनाओं के माध्यम से आर्थिक विकास, औद्योगिकीकरण और कृषि सुधारों पर विशेष ध्यान दिया गया। साथ ही, शिक्षा और स्वास्थ्य के क्षेत्रों में भी सुधार की प्रक्रिया शुरू की गई।

नेहरू भारत के पहले प्रधानमंत्री के रूप में देश के राजनैतिक, आर्थिक और सामाजिक विकास की एक व्यापक दृष्टि प्रस्तुत करने वाले प्रमुख नेता बने। उनके विचारों में धर्मनिरपेक्षता, समाजवाद, औद्योगिकीकरण, वैज्ञानिक दृष्टिकोण और वैश्विक शांति के सिद्धांत प्रमुख थे। इन सिद्धांतों ने स्वतंत्रता के बाद के भारत के भविष्य की संरचना और उसकी आधुनिकता के विकास में महत्वपूर्ण भूमिका निभाई।

लोग कहते हैं कि उस समय देश में सुई तक का निर्माण नहीं होता था, देश की

अधिकाँश जनता अशिक्षित थी, जीवन की प्रत्याशा (Life expectancy) लगभग 32 वर्ष थी और भारत विश्व के सबसे ग़रीब देशों में था। प्रधानमन्त्री नेहरु की आर्थिक नीति का प्रमुख आधार समाजवाद और राज्य नियंत्रित योजना थी। उनका मानना था कि भारत जैसे विकासशील देश में संसाधनों का उचित एवं वांछित वितरण सुनिश्चित करने के लिए समाजवादी मॉडल को अपनाना चाहिए। नेहरू ने औद्योगिकीकरण को राष्ट्रीय विकास का मुख्य साधन माना और उन्होंने देश को केवल कृषि आधारित अर्थव्यवस्था पर निर्भर न रखने का सुझाव दिया। उन्होंने पब्लिक सेक्टर के उपक्रमों (पी एस यू) के निर्माण पर ज़ोर दिया, ताकि भारत का औद्योगिक बुनियादी ढांचा मजबूत हो सके और देश को आत्मनिर्भरता की ओर अग्रसर किया जा सके।

उन्होंने भारी उद्योगों को प्राथमिकता दी, क्योंकि उनके अनुसार ये उद्योग देश के बुनियादी ढांचे को सुदृढ़ करने के लिए आवश्यक थे। इसी विचारधारा के तहत भारतीय इस्पात प्राधिकरण का गठन किया गया और भिलाई, राउरकेला, दुर्गापुर जैसी विशाल स्टील फैक्ट्रियों की स्थापना की गई। नेहरू की सोच थी कि औद्योगिक विकास के बिना देश की प्रगति संभव नहीं है, और इसी दिशा में पंचवर्षीय योजनाओं की शुरुआत की गई।

1951 में पहली पंचवर्षीय योजना की शुरुआत हुई, जिसका उद्देश्य देश के औद्योगिक और कृषि विकास के लिए योजनाबद्ध ढंग से कार्य करना था। पंचवर्षीय योजनाओं का लक्ष्य आर्थिक समानता और सामाजिक न्याय की स्थापना था। उनका मानना था कि पूंजीवाद से असमानता बढ़ेगी, इसलिए सरकार को महत्वपूर्ण क्षेत्रों में नियंत्रण रखना चाहिए ताकि समाज के सभी वर्गों को आर्थिक अवसरों का उचित लाभ मिल सके।

भारत के विभाजन और उसके सदर्भ में हुए सांप्रदायिक दंगों की पृष्ठभूमि में राष्ट्रनिर्माण हेतु उनका एक और महत्वपूर्ण योगदान **धर्मनिरपेक्षता** की नींव रखना था। विभाजन के बाद सांप्रदायिक तनाव और धार्मिक असहिष्णुता के माहौल में, नेहरू ने **धर्मनिरपेक्षता** को राष्ट्र की नीति के रूप में अपनाया। उन्होंने एक ऐसा भारत बनाने का संकल्प लिया जहाँ सभी धर्मों को समान सम्मान मिले और धर्म के आधार पर किसी व्यक्ति के साथ कोई भेदभाव न हो। उनका मानना था कि **धर्मनिरपेक्षता** ही वह आधारशिला है जिस पर एक सशक्त, एकीकृत और समरस समाज का निर्माण हो सकता है। वे मानते थे कि भारत जैसे विविधता से भरे देश में सभी धर्मों और समुदायों के साथ समानता और न्याय की नीति अपनाई जानी चाहिए। नेहरू का यह विचार था कि धर्म और राजनीति को अलग रखा जाए, ताकि देश में सामाजिक समरसता बनी रहे और राष्ट्रीय एकता को बढ़ावा मिले। साथ ही, उन्होंने समाज के सभी वर्गों के उत्थान के लिए विशेष योजनाओं का निर्माण किया। नेहरू के शासन में कृषि-सुधार, भूमि-सुधार, और शिक्षा के प्रसार जैसे कार्यक्रमों

के जरिए ग्रामीण क्षेत्रों को राष्ट्र की मुख्यधारा में लाने का प्रयास किया गया।

उन्होंने संविधान में धार्मिक भेदभाव को समाप्त करने और **समान नागरिकता** का अधिकार सुनिश्चित करने के लिए महत्वपूर्ण क़दम उठाए। उनके विचार में, देश की **राष्ट्रीय एकता** के लिए यह अत्यंत आवश्यक था कि सभी नागरिकों को समान अधिकार मिलें, चाहे वे किसी भी धर्म, जाति या वर्ग के हों। उन्होंने सांप्रदायिक हिंसा के ख़िलाफ़ सख्त नीतियाँ अपनाईं।

उनका ध्यान केवल आर्थिक और सामाजिक सुधारों पर ही नहीं था, बल्कि उन्होंने वैज्ञानिक दृष्टिकोण को भी राष्ट्रीय नीति का हिस्सा बनाया। उनका मानना था कि विज्ञान और तकनीक में प्रगति के बिना देश की तरक्की संभव नहीं है। इसके लिए उन्होंने विभिन्न विज्ञान संस्थानों की स्थापना की और परमाणु अनुसंधान और अंतरिक्ष अनुसंधान जैसे क्षेत्रों को उचित एवं आवश्यक प्राथमिकताएं दीं।

उनका विश्वास था कि **विज्ञान और प्रौद्योगिकी** के विकास के बिना किसी भी राष्ट्र की प्रगति संभव नहीं है। उन्होंने विज्ञान और तकनीकी शिक्षा को प्राथमिकता दी, क्योंकि वे मानते थे कि केवल वैज्ञानिक सोच और तकनीकी उन्नति ही भारत को **वैश्विक मंच पर सशक्त** बना सकती है। भारत के पहले प्रधानमंत्री के रूप में, नेहरू ने **आई आई टी** (भारतीय प्रौद्योगिकी संस्थान) जैसी प्रतिष्ठित संस्थाओं की नींव रखी, जो आज देश के शीर्ष तकनीकी संस्थान माने जाते हैं। इन संस्थानों के माध्यम से भारत को वैज्ञानिक और तकनीकी रूप से सशक्त बनाने का प्रयास किया गया, ताकि देश **औद्योगिक विकास** के साथ-साथ **वैज्ञानिक प्रगति** में भी सफलता पा सके।

उन्होंने देश में **परमाणु और अंतरिक्ष कार्यक्रमों** की भी नींव रखी, जो भविष्य में भारत को तकनीकी और रक्षा क्षेत्र में आत्मनिर्भर बनाने की दिशा में एक बड़ा क़दम था। **डॉ होमी जहांगीर भाभा** की सहायता से उन्होंने **परमाणु ऊर्जा प्रतिष्ठान, ट्राम्बे (Atomic Energy Research Centre) की स्थापना की। डॉ होमी जहांगीर भाभा की मृत्यु के बाद इस संस्थान का नाम भाभा आणविक अनुसंधान केंद्र** (बी ए आर सी) रखा गया, जिसने भारत के **परमाणु कार्यक्रम** को वर्त्तमान दिशा व दशा प्रदान की। इसके साथ ही, नेहरू के नेतृत्व में **भारतीय अंतरिक्ष अनुसंधान संगठन** (इसरो) के गठन का मार्ग प्रशस्त हुआ, जो बाद में भारत के अंतरिक्ष कार्यक्रम का प्रमुख आधार बना। इस तरह, नेहरू के विज्ञान और तकनीकी विकास पर ज़ोर देने से भारत को **वैज्ञानिक दृष्टिकोण** अपनाने का अवसर मिला, जो न केवल तकनीकी उन्नति के लिए बल्कि सामाजिक और आर्थिक विकास के लिए भी आवश्यक था।

उनका **वैज्ञानिक सोच** पर ज़ोर देना केवल तकनीकी प्रगति तक सीमित नहीं था।

उनका उद्देश्य था कि **वैज्ञानिक दृष्टिकोण** भारतीय समाज की सोच का अभिन्न हिस्सा बने, ताकि अंधविश्वासों और धार्मिक कट्टरता से लड़ने में मदद मिल सके और समाज अधिक तर्कसंगत और आधुनिक बने। उन्होंने समाज में तर्कशीलता और वैज्ञानिक दृष्टिकोण को प्रोत्साहित किया, ताकि भारत की **सोच में बदलाव** हो और लोग अंधविश्वासों से मुक्त होकर एक **वैज्ञानिक दृष्टिकोण वाले समाज** का निर्माण कर सकें।

उनकी नीतियाँ इस बात पर आधारित थीं कि विकास के लाभ केवल कुछ वर्गों तक सीमित न रहे, बल्कि समाज के सभी वर्गों को इसका न्यायोचित लाभ मिले। आर्थिक समानता और सामाजिक न्याय उनके राजनैतिक जीवन की केंद्रीय धारणाएँ थीं।

उनके वैचारिक नेतृत्व ने स्वतंत्रता के बाद भारत के विकास की आधारशिला रखी। उनके विचारों और नीतियों ने भारत को न केवल राजनीतिक स्वतंत्रता दिलाई, बल्कि उसे एक आधुनिक, धर्मनिरपेक्ष और वैज्ञानिक दृष्टिकोण वाला राष्ट्र बनाने की दिशा में अग्रसर किया।

जमींदारी प्रथा को समाप्त करने की दिशा में उनके कार्यों ने देश के लाखों किसानों को सीधा लाभ पहुँचाया। इस सुधार के परिणामस्वरूप, भूमि-वितरण में असमानता कम हुई और किसानों को उनकी ज़मीन पर अधिकार मिला, जिससे कृषि-सुधारों को बल मिला। नेहरु का यह क़दम किसानों के लिए आर्थिक सुरक्षा और आत्मनिर्भरता की दिशा में एक महत्वपूर्ण परिवर्तन था।

उन्होंने भारत की **विदेश नीति** में भी एक स्वतंत्र दृष्टिकोण प्रस्तुत किया। उन्होंने भारत को एक **गुटनिरपेक्ष राष्ट्र** के रूप में स्थापित किया, जिसका उद्देश्य शीतयुद्ध के दौरान किसी भी वैश्विक शक्ति-ब्लॉक का हिस्सा बनने से बचना था। उन्होंने विश्व में गुटनिरपेक्ष आंदोलन का नेतृत्व किया, जिससे भारत ने वैश्विक राजनीति में एक स्वतंत्र और तटस्थ राष्ट्र के रूप में अपनी पहचान बनाई। उन्होंने दुनिया की दो महाशक्तियों—अमेरिका और सोवियत संघ के बीच हो रहे संघर्षों से दूर रहकर भारत की स्वतंत्र विदेश नीति का पालन किया। **गुटनिरपेक्ष आंदोलन** के माध्यम से उन्होंने यह सुनिश्चित किया कि भारत अपनी स्वतंत्रता और स्वायत्तता को बनाए रखते हुए वैश्विक शांति और सहयोग में योगदान दे सके।

गाँधी जी का नेहरू के प्रति अधिक लगाव कुछ राजनैतिक व्यक्तियों को अच्छा नहीं लगता है और यह भी सही है कि चीन-भारत युद्ध के सम्बन्ध में नेहरू के पूर्व अनुमान ग़लत साबित हुए। नेहरू का योगदान, स्वतन्त्रता के लिए हुए दीर्घकालिक संघर्ष और स्वतंत्रता प्राप्ति के बाद प्रधान मंत्री के रूप में नवोदित स्वतंत्र राष्ट्र के बहुआयामी एवं संतुलित निर्माण में अतुलनीय है।

16.

अंधकार से प्रकाश की ओर

रायबहादुर हरीप्रसाद जी के द्वारा डॉ भीमराव अंबेडकर के बारे में बताए जाने से बिरू के मन में उनके प्रति और अधिक जानने की इच्छा हुई और उन्होंने डॉ भीमराव अंबेडकर के द्वारा एवं उनके बारे में लिखी गयी पुस्तकों को पढ़ कर जानकारी प्राप्त करने हेतु, जीविकोपार्जन के लिए दैनिक परिश्रम करने के साथ ही साथ, पुन: नियमित रूप से लाइब्रेरी जाना प्रारंभ किया। पुस्तकों व लेखों को पढ़ कर बिरू को जानकारी हुई कि डॉ भीमराव अंबेडकर उस समय संभवत: विश्व के सबसे अधिक औपचारिक शिक्षा प्राप्त व्यक्तियों में थे और उन्होंने सम्पूर्ण भारतीय समाज के उत्थान हेतु जीवन भर प्रयास किए।

डॉ भीमराव अंबेडकर के बारे में विस्तृत जानकारी प्राप्त करने से बिरू को लगा कि जो लोग डॉ अंबेडकर का आकलन केवल दलित उद्धार के सन्दर्भ में करते हैं उनका ज्ञान कितना अधूरा है? वास्तव में डॉ अंबेडकर मानवता के संवर्धन हेतु प्रयास किए और इसके क्रम में उन्होंने जातिवाद तथा अन्य प्रचलित सामाजिक भेदभावों के ख़िलाफ़ भी संघर्ष किया और भारतीय समाज को न्याय पर आधारित एवं समतामूलक बनाने के लिए उन्होंने सामाजिक सुधारों को लागू कराने के प्रयास किए।

डॉ अम्बेडकर का हिंदू कोड बिल, जो महिलाओं को पुरुषों के समान ही संपत्ति, तलाक और अन्य कानूनी अधिकार देने के लिए प्रस्तावित किया गया था, महिलाओं के सशक्तीकरण की दिशा में एक महत्वपूर्ण क़दम था। इस बिल को तात्कालिक जनप्रतिनिधियों का पर्याप्त समर्थन न मिल पाने के कारण निराश होकर और इस महत्त्वपूर्ण सामाजिक न्याय के विषय पर अपनी सोच को स्पष्ट करने के लिए डॉ अम्बेडकर ने मंत्रिपद से त्यागपत्र दे दिया था। यद्यपि, समाज में पुरुषों के सामान महिलाओं को विभिन्न क्षेत्रों में समानता प्रदान करने वाले इस बिल को तत्कालीन राजनैतिक नेताओं का विरोध झेलना

पड़ा, लेकिन बाद में इसे अलग-अलग कानूनों के रूप में भारत में लागू करना पड़ा, जिससे भारतीय समाज में महिलाओं के अधिकारों को कुछ मान्यता मिली, यद्यपि इस पुनीत कार्य में कुछ पुरातनपंथी राजनैतिक नेताओं के दुराग्रहों की वजह से वर्षों का अनावश्यक विलम्ब हुआ।

उनके प्रयासों के कारण भारतीय संविधान में लैंगिक समानता और महिलाओं के अधिकारों को महत्व दिया गया। उनका यह कार्य न केवल भारतीय महिलाओं के अधिकारों की सुरक्षा के लिए था, बल्कि यह भारतीय समाज में लैंगिक समानता की दिशा में एक महत्वपूर्ण क़दम भी था।

उन्होंने श्रमिकों के अधिकारों के लिए भी अथक परिश्रम किया। वे 1942 से 1946 तक वायसराय की कार्यकारी समिति के सदस्य थे। उन्होंने 1946 में फैक्ट्रियों में मजदूरों के लिए अधिकतम आठ घंटों के कार्य-दिवस के बिल को पेश कर स्वीकृत कराया था। इसके बाद वह स्वतंत्र भारत के पहले क़ानून मंत्री बनाए गए थे और उनके नेतृत्व में श्रमिकों के हितों को संरक्षित करने के लिए अनेक सुधार किए गए। इसके अलावा, उन्होंने श्रमिकों के लिए सामाजिक सुरक्षा, बीमा और न्यूनतम वेतन जैसे महत्वपूर्ण प्रावधानों की वकालत की, ताकि मजदूर वर्ग को शोषण से मुक्त किया जा सके और उन्हें न्यायपूर्ण जीवन-यापन का अवसर प्राप्त हो।

उनके प्रयासों से मजदूरों की स्थिति में सुधार हुआ और वे भारतीय अर्थव्यवस्था के एक प्रमुख अंग के रूप में उभर सके। उनके सुधारों ने औद्योगिक संबंधों में एक नई चेतना का संचार किया और श्रमिक वर्ग के हक और अधिकारों को सुदृढ़ किया।

उनका सबसे महान योगदान भारतीय संविधान का निर्माण था। उन्हें संविधान सभा की प्रारूप समिति का अध्यक्ष नियुक्त किया गया, और उन्होंने इस चुनौतीपूर्ण कार्य को बख़ूबी निभाया। संविधान सभा में प्रारूप समिति के अध्यक्ष के रूप में उन्होंने भारतीय संविधान को न्याय, समानता, बंधुत्व और स्वतंत्रता के मूल सिद्धांतों पर आधारित किया। भारतीय संविधान को दुनिया के सबसे समतावादी और प्रगतिशील दस्तावेजों में से एक माना जाता है, जिसमें मौलिक अधिकारों, धर्मनिरपेक्षता और सामाजिक न्याय की व्यवस्था सुनिश्चित की गई है।

उन्होंने समान नागरिक संहिता की आवश्यकता पर भी विशेष बल दिया। उनका मानना था कि एक समान कानून-व्यवस्था धार्मिक और लैंगिक असमानताओं को समाप्त करने में सहायक सिद्ध होगी। उनके अनुसार, समाज के प्रत्येक नागरिक को समान अधिकार और अवसर मिलना चाहिए और एक समृद्ध समाज का निर्माण तभी संभव है,

जब प्रत्येक व्यक्ति के लिए न्यायपूर्ण नियम हों।

औद्योगिक विकास और जल संसाधनों के समान वितरण में भी डॉ अम्बेडकर की सोच का महत्वपूर्ण योगदान रहा। स्वतंत्र भारत के प्रथम कानून मंत्री के रूप में उन्होंने न केवल विधायी सुधारों में योगदान दिया बल्कि देश के जल संसाधनों के प्रबंधन में भी अपनी दूरदर्शिता दिखाई। उनके अनुसार, जल संसाधनों का कुशल प्रबंधन किसी भी राष्ट्र की प्रगति की आधारशिला होता है। दामोदर घाटी परियोजना की योजना में उनकी भूमिका उल्लेखनीय रही, जो अमेरिका की टेनेसी वैली प्राधिकरण से प्रेरित थी। इस परियोजना का उद्देश्य बाढ़-नियंत्रण, सिंचाई, जल-विद्युत उत्पादन और उद्योगों को जल-आपूर्ति सुनिश्चित करना था। इस प्रकार की योजनाओं ने भारतीय जल-प्रबंधन में एक नई दिशा दी और डॉ अम्बेडकर की प्रगतिशील सोच को एक जीवंत प्रमाण प्रदान किया।

उनकी दूरदर्शिता और विकासवादी दृष्टिकोण का प्रमाण उनके द्वारा उड़ीसा राज्य में हीराकुड बांध के निर्माण में देखा जा सकता है। यह विश्व का सबसे लंबा मिट्टी का बांध है, जिसका मुख्य उद्देश्य बाढ़ नियंत्रण और सिंचाई सुविधाओं का विस्तार करना था। इस परियोजना ने क्षेत्र की कृषि-उपज को बढ़ाने में महत्वपूर्ण भूमिका निभाई।

उन्होंने जल-भंडारण और बाढ़-नियंत्रण के लिए बांधों और जलाशयों के निर्माण पर ज़ोर दिया था। भारत में अनियमित वर्षा और जल-संकट की गंभीर समस्या को देखते हुए, बांध और जलाशयों का कुशल निर्माण और प्रबंधन आज भी उतना ही महत्वपूर्ण है, जितना उस समय था। उनका दृढ़ विश्वास था कि जल संसाधनों का न्यायसंगत और समतामूलक वितरण होना चाहिए, ताकि समाज के सभी वर्गों को इसका लाभ मिल सके। उनके विचार में जल केवल सिंचाई का साधन नहीं था, बल्कि यह सामाजिक और आर्थिक समानता का भी साधन था।

डॉ अम्बेडकर का मानना था कि जल-विद्युत का उत्पादन भारतीय औद्योगिकीकरण की रीढ़ साबित हो सकता है। उन्होंने इस दिशा में कई ठोस क़दम उठाए और बड़ी जल-विद्युत परियोजनाओं का समर्थन किया। उनका विचार था कि जल-विद्युत उत्पादन से न केवल ऊर्जा-संकट का समाधान होगा, बल्कि यह भारत को औद्योगिक दृष्टिकोण से सशक्त करने में भी सहायक सिद्ध होगा।

इसके अलावा, डॉ अम्बेडकर ने भारतीय संविधान में धर्मनिरपेक्षता की नींव रखी, जो आज भी भारत की सबसे बड़ी विशेषताओं में से एक मानी जाती है। उन्होंने इस बात पर ज़ोर दिया कि राज्य को धर्म से अलग रहना चाहिए ताकि सभी नागरिकों को समान अधिकार मिल सकें। वे मानते थे कि विभिन्न धर्मों और समुदायों के बीच सामंजस्य और

भाईचारा बनाए रखना भारत की एकता और अखंडता के लिए आवश्यक है।

बौद्ध धर्म अपनाने का उनका निर्णय भी एक क्रांतिकारी क़दम था। उन्होंने हिंदू धर्म की जाति-व्यवस्था की कड़ी आलोचना की और इसे सामाजिक उत्पीड़न का कारण बताया। उनका मानना था कि जातिवाद और अस्पृश्यता को समाप्त करने का एकमात्र उपाय धर्म परिवर्तन है। 14 अक्टूबर, 1956 को नागपुर में लाखों अनुयायियों के साथ डॉ अम्बेडकर ने बौद्ध धर्म स्वीकार किया और 'नवबौद्ध आंदोलन' की शुरुआत की। इस निर्णय ने लाखों दलितों को सामाजिक और धार्मिक उत्पीड़न से मुक्ति दिलाई।

उनका दर्शन समता, स्वतंत्रता और बंधुत्व के सिद्धांतों पर आधारित था। वे मानते थे कि जब तक समाज में सामाजिक न्याय की स्थापना नहीं होती, तब तक वास्तविक स्वतंत्रता और लोकतंत्र की स्थापना संभव नहीं है। उन्होंने 'जाति के बिना समाज' की परिकल्पना की और यह सपना देखा कि भारतीय समाज को बराबरी और मानवाधिकारों के आधार पर पुनर्गठित किया जाए। उनके ये विचार और प्रयास न केवल भारतीय समाज के पुनर्निर्माण में सहायक बने, बल्कि उन्होंने पूरी दुनिया को यह संदेश दिया कि प्रत्येक व्यक्ति को समान अधिकार और सम्मान मिलना चाहिए, चाहे उसकी जाति, धर्म, या सामाजिक स्थिति कुछ भी हो।

वे शिक्षा को सामाजिक सुधार और आत्म-सशक्तीकरण का सबसे प्रभावशाली माध्यम मानते थे। उनका यह दृढ़ विश्वास था कि शिक्षा समाज के पिछड़े और वंचित वर्गों को उनके अधिकार और सम्मान दिलाने का सबसे सशक्त साधन है। इसी उद्देश्य से उन्होंने शिक्षा के प्रति जागरूकता फैलाने और दलितों के लिए शिक्षा के दरवाजे खोलने का एक व्यापक अभियान चलाया। उनकी प्रेरक वाणी में गूंजता संदेश था: "शिक्षित बनो, संगठित रहो, और संघर्ष करो।" यह संदेश उन वर्गों के लिए प्रेरणा बना, जो अपने अधिकारों के प्रति जागरूक नहीं थे और संघर्ष का मार्ग नहीं जानते थे।

अपने जीवन के अंतिम समय में, डॉ अम्बेडकर ने बौद्ध धर्म अपनाया और इसे सामाजिक परिवर्तन का एक शक्तिशाली माध्यम माना। उन्होंने लाखों दलितों को बौद्ध धर्म अपनाने के लिए प्रेरित किया, जिससे वे सामाजिक अन्याय और भेदभाव से मुक्ति पा सकें। उनके इस क़दम ने भारत में बौद्ध धर्म के पुनरुत्थान का मार्ग प्रशस्त किया और समाज में एक नई चेतना का संचार किया। डॉ अम्बेडकर का यह निर्णय न केवल धार्मिक था, बल्कि यह एक सामाजिक क्रांति का प्रतीक भी था, जिसने भारतीय समाज को जाति-व्यवस्था के बंधनों से बाहर निकलने की प्रेरणा दी।

उनका योगदान स्वतंत्र भारत के निर्माण और विकास में अद्वितीय है। वे केवल

दलितों और पिछड़े वर्गों के अधिकारों के लिए ही संघर्षरत नहीं थे, बल्कि उन्होंने समग्र भारतीय समाज को प्रगति हेतु सही दिशा दिखाई। उनके विचार और कार्य भारतीय समाज की आधारशिला बने और भारत को एक न्यायपूर्ण, समानतामूलक और प्रगतिशील राष्ट्र के रूप में स्थापित करने में सहायक सिद्ध हो रहे हैं। डॉ अम्बेडकर का संघर्ष मानवता के उत्थान और देश के सर्वांगीण विकास हेतु **सामाजिक, आर्थिक और राजनीतिक सुधारों** की दिशा में रहा, जिसने भारतीय समाज के ढांचे को गहराई से प्रभावित किया। उन्होंने भारतीय संविधान के निर्माण में महत्वपूर्ण भूमिका निभाई, जिसने समाज के सभी वर्गों को **समानता**, **स्वतंत्रता** और **बंधुत्व** के सिद्धांतों पर आधारित अधिकार दिए।

17.

वामपंथी सोच और देश का विकास

स्वतंत्रता प्राप्त करने के पश्चात देश में हुए आम चुनावों में वामपंथी राजनैतिक दल कई दशक तक लगातार, कांग्रेस पार्टी के बाद, द्वितीय स्थान पर बने रहे जो यह साबित करता है कि अन्य राजनैतिक विचारधाराओं की तुलना में कई वर्षों तक कांग्रेस की विचारधारा के साथ ही साथ वामपंथ ने भारतीय मतदाताओं को विशेष रूप से आकर्षित किया था। अपनी युवावस्था में बिरू भी कार्ल मार्क्स व अन्य वामपंथी विचारधारा के विद्वानों के दर्शन से प्रभावित रहे किन्तु आगे चलकर वामपंथ के ध्वजवाहकों के क्रिया-कलापों की वजह से उनका उन वामपंथियों से मोहभंग हो गया। उनके अनुसार आज़ादी के बाद भारत के विकास में वामपंथी विचारधाराओं ने एक प्रमुख भूमिका निभायी है, खासकर **आर्थिक, सामाजिक और राजनीतिक** सुधारों के संदर्भ में। वामपंथी विचारधारा का मुख्य लक्ष्य **समानता, न्याय** और **शोषणमुक्त** समाज की स्थापना करना रहा है। भारतीय राजनीति और समाज में वामपंथी दलों और विचारकों का प्रभाव कई स्तरों पर देखा गया है और उनके योगदान ने समाज के ढांचे को गहराई से प्रभावित किया है।

उनके विचार से वामपंथी विचारधाराओं का प्रभाव आर्थिक असमानता, सामाजिक भेद-भाव और श्रमिक अधिकारों के क्षेत्र में बहुत व्यापक रहा है। वामपंथी दलों ने समाज में व्याप्त **शोषणकारी व्यवस्थाओं** के ख़िलाफ़ संघर्ष किया और वंचित वर्गों के लिए आवाज़ उठाई। **भूमि-सुधार** का मुद्दा वामपंथी आंदोलन का एक महत्वपूर्ण हिस्सा रहा है। भारत में ज़मींदारी प्रथा के अंतर्गत किसान **सामंती व्यवस्था** में बुरी तरह से शोषित होते थे। वामपंथी विचारधारा ने **भूमिसुधार** की मांग की, जिसके फलस्वरूप **ज़मींदारी-प्रथा** को समाप्त किया गया और किसानों को भूमि का अधिकार मिला।

उनको यह भी लगा कि पश्चिम बंगाल और **केरल** में वामपंथी सरकारों ने सफलतापूर्वक भूमि सुधार लागू किए। इन सुधारों से वहाँ के किसानों की आर्थिक स्थिति

में व्यापक सुधार हुआ और **कृषि उत्पादन** में वृद्धि हुई। भूमि सुधार की वामपंथी नीति ने किसानों को उनके अधिकार दिलाने में महत्वपूर्ण भूमिका निभायी और उन्हें आत्मनिर्भर बनाया।

उनके अनुसार वामपंथी आंदोलन ने श्रमिकों और मजदूरों के अधिकारों के लिए भी एक मजबूत संघर्ष किया। **ट्रेड यूनियनों** का गठन और मजदूर आंदोलन वामपंथी विचारधारा के प्रमुख योगदान रहे हैं। उनका मानना था कि **पूंजीवादी व्यवस्था** श्रमिकों का शोषण करती है, इसलिए मजदूरों के हितों की रक्षा के लिए सशक्त आंदोलन आवश्यक है। **मजदूरों के लिए श्रम कानूनों**, **न्यूनतम वेतन** और **कामकाजी परिस्थितियों में सुधार** के लिए वामपंथी दलों ने आवाज उठाई।

वह कहते थे कि वामपंथी दलों ने **सामाजिक समानता** के सिद्धांत पर भी ज़ोर दिया। उन्होंने शिक्षा और स्वास्थ्य सेवाओं के **सार्वभौमिक अधिकार** की वकालत की। वामपंथी सरकारों ने यह सुनिश्चित किया कि ग़रीब और पिछड़े वर्गों के लोगों को **समान शिक्षा** और **स्वास्थ्य सुविधाएँ** मिलें। **केरल** में वामपंथी सरकार ने **शिक्षा और स्वास्थ्य** के क्षेत्र में क्रांतिकारी सुधार किए, जिससे वहाँ **साक्षरता दर** में अत्यधिक सुधार हुआ और **स्वास्थ्य सेवाएँ** उच्च गुणवत्ता की हो गईं।

उनके अनुसार वामपंथी विचारधारा ने **जातिवाद**, **धार्मिक भेदभाव** और **लैंगिक असमानता** के ख़िलाफ़ भी ज़ोरदार आवाज़ उठाई। उन्होंने समाज के हाशिए पर रहने वाले वर्गों—जैसे **दलित**, **आदिवासी** और **महिलाओं** के अधिकारों के लिए संघर्ष किए। वामपंथी दलों ने सामाजिक आंदोलनों के जरिए **जाति और वर्ग** के भेदभाव को समाप्त करने के प्रयास किए और एक **समतामूलक समाज** स्थापित करने की दिशा में काम किए। उनका उद्देश्य यह था कि समाज के सभी वर्गों को आर्थिक और सामाजिक रूप से **समान अवसर** प्राप्त हों और **शोषणमुक्त समाज** की स्थापना हो सके।

उनका स्पष्ट रूप से मानना था कि वामपंथी विचारधाराओं ने भारतीय लोकतंत्र को न केवल समृद्ध किया, बल्कि इसे स्थायित्व और मजबूती भी प्रदान की। वामपंथी दलों ने संसद और विभिन्न राज्यों में एक महत्वपूर्ण भूमिका निभाई है, खासकर उन क्षेत्रों में जहाँ समाज में असमानता और शोषण की जड़ें गहरी थीं। उनका मुख्य फोकस हमेशा से **वर्ग संघर्ष** और **सामाजिक न्याय** पर रहा है, लेकिन इसके साथ ही वे लोकतांत्रिक संस्थाओं और प्रक्रियाओं के प्रति गहरे समर्पित रहे हैं। वामपंथी दलों ने राजनीति में एक **शोषणमुक्त समाज** की स्थापना के लिए काम किया और हमेशा सरकार की नीतियों की आलोचना करते हुए ग़रीब और श्रमिक वर्ग के हितों को सामने रखा।

वह कहते थे कि पश्चिम बंगाल, **त्रिपुरा**, और **केरल** जैसे राज्यों में वामपंथी सरकारों ने लंबी अवधि तक सत्ता में रहते हुए महत्वपूर्ण सामाजिक-आर्थिक सुधार किए। भूमि सुधारों, शिक्षा, और स्वास्थ्य सेवाओं में इन सरकारों का योगदान उल्लेखनीय रहा। इन राज्यों में वामपंथी सरकारों ने **भूमि-सुधार** लागू किए, जिसके तहत ज़मींदारी प्रथा समाप्त हुई और भूमिहीन किसानों को भूमि का अधिकार मिला। इसके परिणामस्वरूप किसानों की स्थिति में कुछ सुधार हुआ और सामाजिक असमानता को कम करने में मदद मिली।

उनके अनुसार वामपंथी दलों ने भारत की **विदेश नीति** को आकार देने में भी एक महत्वपूर्ण भूमिका निभाई है। उन्होंने भारत को **गुटनिरपेक्ष आंदोलन** का हिस्सा बनाने में मदद की, जिससे भारत ने शीत युद्ध के दौरान एक स्वतंत्र और संतुलित दृष्टिकोण अपनाया। वामपंथी विचारधारा हमेशा से भारत की **स्वतंत्र और स्वायत्त विदेश नीति** की वकालत करती रही है, जो अमेरिका के नेतृत्व में और यू एस एस आर के नेतृत्व में बने ब्लॉकों के बीच संतुलन बनाए रखने पर आधारित थी। विश्व में **परमाणु नीति** के संदर्भ में भी, वामपंथी दलों ने हमेशा शांतिपूर्ण समाधान और **हथियारों की दौड़** के ख़िलाफ़ आवाज उठाई।

उनके अनुसार आपातकाल के समय वामपंथी दलों का लोकतंत्र और अभिव्यक्ति की स्वतंत्रता की रक्षा में महत्वपूर्ण योगदान रहा। जब देश में **आपातकाल** लागू किया गया और लोकतांत्रिक संस्थाओं को ख़तरे में डाला गया, वामपंथी दलों ने इस निर्णय का सशक्त विरोध किया। उन्होंने स्पष्ट किया कि भारतीय लोकतंत्र की सुरक्षा तभी संभव है जब **संविधान** के मूल्यों और **सामाजिक न्याय** के सिद्धांतों का सम्मान किया जाए।

परन्तु पश्चिम बंगाल की आर्थिक स्थिति को देखकर बिरू को लगता था कि वामपंथियों के द्वारा मजदूरों की सोच को सही दिशा देने के प्रयास नहीं किए गए। मजदूर और कारखाना-मालिक एक दूसरे पर आधारित हैं। इनमें से किसी एक वर्ग की प्रगति दूसरे वर्ग की क़ीमत पर नहीं हो सकती। जब उद्योग अच्छी तरह चलेंगे तभी मजदूरों का भी भला होगा और जब मजदूर ख़ुशहाल होंगे तभी उद्योग अच्छी तरह से चलेंगे। वामपंथी दलों की असंतुलित सोच के कारण पश्चिम बंगाल के उद्योग और व्यापार पर विपरीत प्रभाव पड़ा। जिसके परिणामस्वरूप विश्व के सबसे प्रगतिशील क्षेत्रों में से एक रह चुकने के बावजूद कलकत्ता अपने विकास की दिशा, दशा और गति को संतुलित नहीं रख सका। धीरे-धीरे कलकत्ता के उद्योग अन्यत्र जाने लगे, विकास रुक-सा गया और प्रदेशवासियों के आर्थिक विकास की स्थिति थम-सी गयी।

उनके मन में अक्सर यह प्रश्न भी उठते रहते थे कि वामपंथ अगर अच्छा है तो अन्य देश इसको अपनाते क्यों नहीं? क्या दक्षिणपंथ का प्रचारतंत्र इतना प्रबल है कि सत्य को असत्य बना दे? या कि वामपंथियों की सोच में ही कुछ कमी है। विश्व के किसी भी देश में अब तक राज्य का अंत नहीं हो पाया है जबकि वामपंथ की सोच का यह बहुघोषित आदर्श है। राज्य के अंत होने के स्थान पर कमुनिस्ट देशों में कम्युनिस्ट पार्टी का एकाधिकारवाद स्थापित हुआ है और व्यक्ति को नगण्य-सा कर दिया गया है।

कोई भी व्यवस्था हो, उसमें व्यक्ति को सर्वोच्च प्राथमिकता मिलनी चाहिए क्योंकि प्रत्येक व्यवस्था व्यक्ति के कल्याण हेतु ही बनाई जाती है जिससे व्यक्ति के जीवन में सुख, शान्ति एवं समृद्धि सहजता से उपलब्ध हो सके।

वे सोचते रहते थे कि वामपंथी विचारधारा की समतावादी नीतियों के बावजूद, यह सवाल उठता है कि भारत के वामपंथी दलों में महत्वपूर्ण पदों पर **तथाकथित उच्च जातियों** के लोग ही क्यों चुने जाते हैं? यह विरोधाभास उन आदर्शों के विपरीत दिखता है, जिन्हें वामपंथी दल प्रचारित एवं प्रसारित करते हैं।

वामपंथी दलों के उच्च पदों पर आसीन नेताओं के बच्चे अक्सर **महंगे प्राइवेट स्कूलों** में पढ़ते हैं, जबकि जनता के लिए समानता के नारे दिए जाते हैं। यह स्थिति वामपंथी दलों के नेताओं की कथनी और करनी में एक स्पष्ट विरोधाभास प्रस्तुत करती है। भारत में वर्ग-भेद के साथ-साथ **जाति-भेद** एक महत्वपूर्ण मुद्दा रहा है। वर्ग-भेद तो कमज़ोर व्यक्तियों के द्वारा किए गए संघर्ष से दूर हो सकता है क्योंकि यह धन पर आधारित होता है, लेकिन जाति-भेद को समाप्त करना कहीं अधिक कठिन व चुनौतीपूर्ण है, क्योंकि यह व्यक्ति की सोच पर आधारित होता है।

18.

स्वतंत्र भारत में प्रजातंत्र की पहली परीक्षा

भारत का पहला आम चुनाव 1951-52 में हुआ। स्वतंत्रता प्राप्ति के बाद यह एक ऐतिहासिक और महत्वपूर्ण घटना थी। बिरू ने इस चुनाव में अपने मताधिकार का प्रयोग किया था। यह उनके जैसे करोड़ों नागरिकों में लिए अभूतपूर्व अवसर था। भारत की चुनाव प्रणाली में सार्वभौमिक वयस्क मताधिकार के सिद्धांत को अपनाया गया था, जिसका अर्थ था कि 21 वर्ष या उससे अधिक उम्र के सभी भारतीय नागरिक मतदान कर सकते थे।

इसके पूर्व देश के सभी नागरिकों को सामान रूप से वोट देने का अधिकार भारत के ज्ञात इतिहास में कभी भी उपलब्ध नहीं हुआ था। यह अनूठा अवसर एक बहुत बड़ी क्रांति की सफलता का द्योतक था जो भारत-भूमि में सदियों से चल रही थी और अंत में लगभग रक्तहीन ढंग से संपन्न हुई थी। इस क्रांति में लाखों मानवतावादी सोच के व्यक्तियों ने सदियों से अथक प्रयास किए थे और समाज के शोषक वर्गों के द्वारा कारित उत्पीड़न सहे थे।

मत देते समय बिरू बहुत उत्साहित थे क्योंकि वह अपने जनप्रतिनिधियों का चुनाव अपनी मर्ज़ी से कर रहे थे। उनको विश्वास था कि उनके द्वारा चुने गए जनप्रतिनिधि भारत की संसद और प्रदेश की विधानसभा में उनके देश, प्रदेश और मानवता के संवर्धन के लिए क़ानून बनाएँगे। मतदान करते समय बिरू लोकतंत्र के यज्ञ में अपने मत की आहुति डाल रहे थे।

इस चुनाव के पूर्व 26 जनवरी, 1950 को भारतीय संविधान लागू हुआ, यह भारतीय गणराज्य के गठन और लोकतांत्रिक शासन की दिशा में उठा एक ऐतिहासिक क़दम था। संविधान ने न केवल स्वतंत्र भारत की राजनैतिक व्यवस्था की नींव रखी, बल्कि

मानवोचित सामाजिक और आर्थिक संरचना का भी मार्गदर्शन किया। यह विश्व का सबसे बड़ा लिखित संविधान है, जो भारतीय समाज के शाश्वत आदर्शों, मूल्यों और अधिकारों का संरक्षक है। यह स्वतंत्र भारत की लोकतांत्रिक भावना का प्रतीक है, जिसमें देश के प्रत्येक नागरिक के मानवोचित अधिकारों और आकांक्षाओं का समावेश है।

किसी देश के समस्त प्रशासनिक कार्य उस देश के संविधान के अनुरूप होते हैं। संविधान किसी देश का सर्वोच्च कानून होता है। देश के सभी अन्य क़ानून, नियम, उपनियम उस देश के संविधान की सीमाओं के अंतर्गत ही होते हैं और उसका अतिक्रमण नहीं करते हैं। देश में लागू कोई भी क़ानून उस सीमा तक अवैध होता है जिस सीमा तक वह संविधान के किसी प्रावधान का अतिक्रमण करता है।

संविधान किसी देश के विकास एवं प्रगति की दिशा तय करता है और नागरिकों के लिए एक प्रकाश-स्तम्भ का कार्य करता है। संविधान का पालन करते हुए ही किसी देश के नागरिक शान्ति के वातावरण में जीवन यापन करते हुए अपनी आर्थिक, सामाजिक और राजनैतिक उन्नति कर सकते हैं और समाज में सभी नागरिकों को उचित न्याय सुनिश्चित करा सकते हैं।

संविधान लागू होने के समय 'भारत के लोगों' को विश्वास था कि समाज के सभी दुखियों के दुःख दूर होंगे, समाज में व्याप्त भेदभाव और छुआ-छूत समाप्त हो जाएगी, समाज में सभी तरह की असमानताएं समाप्त हो जाएंगी, अमीरी और ग़रीबी के बीच की खाई पट जाएगी, शिक्षा का प्रसार होगा, सभी को करने के लिए उपयुक्त काम मिलेगा, सब को उचित पारिश्रमिक मिलेगा, सब लोग मेहनत करेंगे, कोई भी ग़रीब नहीं रहेगा, सभी की आर्थिक उन्नति होगी, अदालतों से सस्ता और शीघ्र न्याय मिलेगा, समाज में भ्रष्टाचार समाप्त हो जाएगा, सभी को आवश्यक चिकित्सीय सहायताएं उचित क़ीमत पर मिलेंगी, ग़रीबों के लिए सभी चिकित्सा सुविधाएं एवं शिक्षा निशुल्क उपलब्ध कराई जाएंगी आदि।

भारतीय संविधान की रचना के लिए संविधान-सभा का गठन 1946 में हुआ था। इस सभा में स्वतंत्रता-संग्राम के प्रमुख नेता, समाज-सुधारक, और कानून-विशेषज्ञ शामिल थे। संविधान के निर्माण में डॉ भीमराव अम्बेडकर, जो ड्राफ्टिंग कमेटी के अध्यक्ष थे, ने मुख्य भूमिका निभाई। उनके नेतृत्व में करीब तीन साल की कड़ी मेहनत के बाद संविधान का मसौदा तैयार हुआ। संविधान के निर्माण में संविधानसभा के माध्यम से भारतीय समाज के सभी वर्गों और समुदायों की भागीदारी हुई थी।

भारतीय संविधान के प्रमुख उद्देश्य थे: भारत को संप्रभु, समाजवादी और लोकतांत्रिक

गणराज्य के रूप में स्थापित करना, नागरिकों के मौलिक अधिकारों की सुरक्षा करना, उन्हें स्वतंत्रता, समानता और न्याय प्रदान करना, सामाजिक और आर्थिक समानता की स्थापना करना, जिससे सभी वर्गों के लोगों को समान अवसर मिलें, भारत की एकता और अखंडता को सुरक्षित रखना आदि।

संविधान ने भारत को एक संप्रभु और लोकतांत्रिक गणराज्य के रूप में स्थापित किया। सभी वयस्क नागरिकों को मतदान का अधिकार देकर यह सुनिश्चित किया गया कि देश की सत्ता और नीति-निर्धारण की प्रक्रिया में प्रत्येक नागरिक की भागीदारी हो। यह चुनाव भारतीय लोकतंत्र के लिए पहला महत्वपूर्ण चरण था जिसमें जनता को अपने राजनीतिक प्रतिनिधियों को चुनने का अधिकार दिया गया।

इस चुनाव में भारत के धर्मनिपेक्षता के विचार की परीक्षा भी होनी थी, क्योंकि भारत में कुछ लोग भारत के संविधान से संतुष्ट नहीं थे और धर्म को संविधान का आधार बनाना चाहते थे। भारत के कुछ लोगों के अनुसार मताधिकार केवल शिक्षित लोगों को ही मिलना चाहिए था क्योंकि उनके विचार से अशक्षित लोग अपने फ़ैसले ख़ुद नहीं कर सकते।

इसके साथ ही महात्मा गांधी ने स्वतंत्रता प्राप्ति के बाद कांग्रेस को भंग करने का सुझाव दिया था। उनका मानना था कि कांग्रेस का उद्देश्य, यानी देश की आजादी, अब पूरा हो चुका है और यह समय नई राजनीतिक पार्टियों के गठन का है, जो स्वतंत्र भारत में लोकतांत्रिक व्यवस्था को मजबूत करेंगी। महात्मा गांधी के इस विचार को अपनाया नहीं गया और कांग्रेस पार्टी बनी रही।

यह चुनाव भारतीय लोकतंत्र की स्थापना और उसके भविष्य की दिशा निर्धारित करने वाला एक बड़ा क़दम था। 1950 में भारतीय संविधान लागू होने के बाद, देश के नागरिकों को पहली बार सार्वभौमिक मताधिकार का अधिकार मिला। यह लोकतंत्र का वह स्वरूप था, जिसे भारतीय स्वतंत्रता संग्राम के नेताओं ने अपने संघर्षों से हासिल किया था और अब देश को चलाने के लिए जनता के हाथों में निर्णय की बागडोर सौंपी जा रही थी।

यह आम चुनाव 25 अक्टूबर, 1951 से 21 फरवरी 1952 के बीच आयोजित किया गया। चुनाव का यह लंबा समय भारतीय भूगोल की विविधता, संचार की कठिनाइयों और सामाजिक-प्रशासनिक परिस्थितियों के कारण आवश्यक था। स्वतंत्र भारत के पहले आम चुनाव को सफल बनाने के लिए चुनाव आयोग ने असाधारण तैयारियाँ कीं, ताकि एक स्वतंत्र, निष्पक्ष और व्यापक लोकतांत्रिक प्रक्रिया सुनिश्चित हो सके।

यह दुनिया का सबसे बड़ा लोकतांत्रिक चुनाव था, जिसमें 17.32 करोड़ मतदाताओं

में से लगभग 45% ने अपने मताधिकार का प्रयोग किया। चुनाव परिणामों में भारतीय राष्ट्रीय कांग्रेस को भारी जीत मिली। कांग्रेस ने 489 सीटों वाली लोकसभा में 364 सीटों पर विजय प्राप्त की, जवाहरलाल नेहरू के नेतृत्व में कांग्रेस को स्पष्ट बहुमत मिला। हालांकि, विपक्षी दल कांग्रेस के मुकाबले काफ़ी पीछे रहे, लेकिन उन्होंने लोकतांत्रिक प्रक्रिया में अपनी उपस्थिति दर्ज कराई।

दूसरे स्थान पर कम्युनिस्ट पार्टी ऑफ इंडिया (सी पी आई) ने जगह बनाई जिसने 16 सीटों पर जीत हासिल की। उनकी विजय मजदूर वर्ग और ग़रीब किसानों के मुद्दों पर ज़ोर देने के चलते वामपंथी दलों की बढ़ती लोकप्रियता को दर्शाती है। तृतीय स्थान पर आई सोशलिस्ट पार्टी ने 12 सीटें जीतीं, जो भले ही कम थीं, लेकिन पार्टी ने ग्रामीण क्षेत्रों में अपनी पकड़ बनाए रखी और सामाजिक न्याय के मुद्दों को उठाने का काम किया। इसी तरह, भारतीय जनसंघ, जिसका नेतृत्व श्यामा प्रसाद मुखर्जी कर रहे थे, ने केवल 3 सीटों पर जीत दर्ज की।

चुनाव के अच्छी तरह से संपन्न होने से यह प्रमाणित हुआ कि भारत की जनता ने संविधान को खुले मन से स्वीकार किया और साम्प्रदायिकता को ख़ारिज़ किया। भारत की जनता ने स्पष्ट रूप से प्रदर्शित किया कि वह धर्मनिरपेक्षता, वैज्ञानिक दृष्टिकोण, तर्क और औचित्यपूर्ण कार्यों का समर्थन करती है तथा अतीत के गौरव से प्रेरणा लेकर और अतीत की भूलों व ग़लतियों में सुधार करते हुए प्रगति के मार्ग पर अग्रसर होना चाहती है।

1951-52 के चुनाव की पृष्ठभूमि में कई सामाजिक, राजनीतिक और आर्थिक चुनौतियाँ थीं। विभाजन से उत्पन्न विस्थापन, सांप्रदायिक तनाव, ग़रीबी और विकास की चुनौतियाँ नवगठित भारतीय लोकतंत्र के समक्ष थीं। स्वतंत्रता के तुरंत बाद देश को राजनीतिक अस्थिरता और आर्थिक संकट से गुजरना पड़ा। कृषि-संकट, औद्योगिकीकरण की कमी और बेरोजगारी जैसी समस्याएँ आम थीं। इन चुनौतियों के बीच, यह चुनाव देश में लोकतांत्रिक स्थिरता स्थापित करने के लिए अत्यंत आवश्यक था।

भारतीय राष्ट्रीय कांग्रेस, जिसने स्वतंत्रता संग्राम का नेतृत्व किया था, इस चुनाव में प्रमुख राजनीतिक दल के रूप में उभरी। जवाहरलाल नेहरू की अध्यक्षता में कांग्रेस पार्टी का राजनैतिक अनुभव और प्रभाव सबसे मजबूत था। नेहरू न केवल एक करिश्माई नेता थे, बल्कि उनके नेतृत्व में कांग्रेस को भारी जनसमर्थन प्राप्त था। उनकी लोकप्रियता और राजनीतिक दृष्टिकोण ने कांग्रेस को चुनाव में एक प्रमुख स्थिति दिलाई।

यह चुनाव भारत के लोकतांत्रिक भविष्य की नींव रखने के साथ-साथ विश्व में सार्वभौमिक मताधिकार के सबसे बड़े प्रयोग के रूप में स्थापित हुआ। पहली बार

भारतीय महिलाओं को भी मतदान का अधिकार मिला, जो स्वतंत्रता के बाद एक बड़े सामाजिक परिवर्तन का प्रतीक था। 21 वर्ष से अधिक आयु के सभी भारतीय नागरिकों को मताधिकार दिया गया, जिससे यह चुनाव एक समावेशी लोकतांत्रिक प्रक्रिया का आरंभ बिंदु बना। चुनाव आयोग ने 1,73,000 मतदान केंद्रों की स्थापना की और लाखों सरकारी कर्मचारियों की नियुक्ति की, ताकि चुनाव सुचारू रूप से संपन्न हो सके।

जवाहरलाल नेहरू इस चुनाव में कांग्रेस पार्टी के प्रमुख उम्मीदवार थे और प्रधानमंत्री पद के लिए सबसे बड़े दावेदार माने जा रहे थे। नेहरू का चुनाव प्रचार धर्मनिरपेक्षता, विकास, औद्योगिकीकरण और ग़रीबी उन्मूलन जैसे मुद्दों पर केंद्रित था। उन्होंने भारत को एक आधुनिक, समृद्ध और औद्योगिक राष्ट्र बनाने का सपना दिखाया, जिससे उनकी लोकप्रियता उस समय अपने चरम पर पहुँच गयी थी।

कांग्रेस पार्टी ने देश के अधिकांश हिस्सों में अपने उम्मीदवार खड़े किए और प्रभावशाली चुनाव अभियान चलाया। वहीं दूसरी ओर, समाजवादी पार्टी ने डॉ राम मनोहर लोहिया और जयप्रकाश नारायण के नेतृत्व में चुनाव में हिस्सा लिया। उनका ज़ोर सामाजिक न्याय, आर्थिक समानता और किसानों-मजदूरों के अधिकारों पर था। श्यामा प्रसाद मुखर्जी के नेतृत्व में भारतीय जनसंघ एक राष्ट्रवादी दल के रूप में उभरा, जिसकी नीतियाँ हिंदुत्व और सांस्कृतिक राष्ट्रवाद पर आधारित थीं। कम्युनिस्ट पार्टी ऑफ इंडिया (सीपीआई) ने मजदूरों और किसानों के मुद्दों पर केंद्रित रहते हुए मार्क्सवादी और लेनिनवादी विचारधारा के आधार पर चुनाव लड़ा।

इस चुनाव में भारतीय किसानों की दुर्दशा और कृषि में सुधार एक प्रमुख मुद्दा था। कई विपक्षी दलों ने किसानों की समस्याओं को उठाया और ज़मींदारी प्रथा को समाप्त करने की मांग की। विभाजन के बाद सांप्रदायिक एकता और सामाजिक शांति का प्रश्न भी इस चुनाव में प्रमुख मुद्दा रहा।

इस जीत के साथ नेहरू एक बार फिर प्रधानमंत्री बने और देश के विकास और लोकतांत्रिक स्थिरता की दिशा में उनके प्रयासों को जनसमर्थन प्राप्त हुआ। कांग्रेस की इस शानदार जीत ने यह साबित कर दिया कि वह स्वतंत्रता संग्राम के नायक दल के रूप में देश की सबसे प्रमुख और लोकप्रिय पार्टी थी।

1951-52 के पहले आम चुनाव में कांग्रेस को कुल पड़े वोट के लगभग 45% वोट मिले, जो विपक्षी दलों की तुलना में एक बहुत बड़ा अंतर था और इससे कांग्रेस का राजनीतिक प्रभुत्व स्थापित हो गया। यह चुनाव कांग्रेस के लिए एक बड़ी सफलता साबित हुआ और देश की राजनीति में कांग्रेस की एक मजबूत नींव रखी गई।

चुनाव के बाद, नेहरू सरकार ने पंचवर्षीय योजनाओं के तहत औद्योगिकीकरण, कृषि-सुधार और शिक्षा के क्षेत्र में कई महत्वपूर्ण कार्य किए। इसके अलावा, नेहरू ने देश में एक धर्मनिरपेक्ष और समतामूलक समाज की नींव रखने की दिशा में भी महत्वपूर्ण क़दम उठाए।

जवाहरलाल नेहरू की समाजवादी नीतियों के अंतर्गत भारत ने स्वतंत्रता के बाद औद्योगिक विकास को विशेष प्राथमिकता दी। पंचवर्षीय योजनाओं के माध्यम से भारी उद्योगों जैसे स्टील, ऊर्जा और मशीनरी में निवेश किया गया, जो कि देश के विकास के लिए आवश्यक माने गए। इन योजनाओं से न केवल औद्योगिक ढांचे की नींव मजबूत हुई, बल्कि इससे रोजगार के कई अवसर भी सृजित हुए। ग़रीबी उन्मूलन और रोजगार सृजन के लिए सरकारी योजनाओं की शुरुआत की गई, जिनका उद्देश्य था ग्रामीण और शहरी क्षेत्रों में रोजगार बढ़ाना और नागरिकों के जीवनस्तर में सुधार लाना। 'महालनोबिस मॉडल' के तहत भारी उद्योगों और सार्वजनिक क्षेत्र के विकास पर ज़ोर दिया गया, जिससे दीर्घकालिक आर्थिक विकास को बल मिला।

स्वतंत्रता प्राप्ति के समय तक भारतीय शिक्षाप्रणाली अत्यधिक उपेक्षित थी। अधिकांश जनसंख्या निरक्षर थी और शिक्षा केवल कुछ विशेष वर्गों तक ही सीमित थी। शिक्षा की कमी ने देश के सामाजिक और आर्थिक विकास में बड़ी बाधा उत्पन्न की। इसी तरह, स्वास्थ्य सेवाओं की स्थिति भी बेहद दयनीय थी, विशेषकर ग्रामीण क्षेत्रों में। स्वास्थ्य सेवाओं की कमी के कारण भारत में रोग और मृत्यु दर बहुत अधिक थी।

नेहरू सरकार ने इन समस्याओं को दूर करने के लिए कई अहम क़दम उठाए। शिक्षा के क्षेत्र में सुधार के लिए कई प्रयास किए गए, जिनमें बच्चों को स्कूल भेजने और प्रारंभिक एवं माध्यमिक शिक्षा के प्रसार को प्रोत्साहित किया गया। उच्च शिक्षा के लिए महत्वपूर्ण संस्थानों की स्थापना की गई, जिनमें आई आई टी (भारतीय प्रौद्योगिकी संस्थान), आई आई एम (भारतीय प्रबंधन संस्थान) और एम्स (अखिल भारतीय आयुर्विज्ञान संस्थान) प्रमुख थे। इसी प्रकार, स्वास्थ्य सेवाओं के सुधार हेतु देश भर में प्राथमिक स्वास्थ्य केंद्रों का नेटवर्क विकसित किया गया और टीकाकरण एवं स्वास्थ्य-योजनाओं के माध्यम से दूरस्थ क्षेत्रों तक प्राथमिक स्वास्थ्य सेवाएँ पहुँचाई गईं।

18.
दुर्गम पथ के जुझारू यात्री

सन् 1952 में, जब बिरू ने चम्पावत तहसील में अमीन के पद के लिए आवेदन किया, तो उनके हृदय में इस नई नौकरी के लिए काफी उत्साह था। यह उनके लिए एक महत्वपूर्ण अवसर था। इंटरव्यू के बाद उनकी नियुक्ति हो गई, इस पद पर वेतन था रु 95 प्रति माह। नौकरी ज्वाइन करने के लिए उन्हें चम्पावत जाना था।

उनकी यात्रा भनोली रंगोड़ के रास्ते से होकर जंगलों के बीच से गुजरनी थी। रास्ते में उन्हें एक आदमी मिला, जो पाली रंगोड़ का था। बिरू ने उससे रात्रि-विश्राम के लिए मदद मांगी। उसने बिरू से पूछा कि वह कौन है? बिरू ने उसे अपना सही परिचय दे दिया। कुछ दूर चलने के बाद उसने बिरू को सलाह दी कि यहाँ किसी को यह न बताना कि वह टम्टा हैं अन्यथा यहाँ कोई भी उन्हें रात्रि विश्राम हेतु जगह नहीं देगा।

रास्ते में एक गाँव आया और कुछ मकान दिखाई दिए। बिरू ने गाँव वालों से रात्रि-विश्राम हेतु जगह के लिए अनुरोध किया। समीप के घर एक व्यक्ति ने बिरू से पूछा, "तुम कौन हो?" बिरू ने अपना परिचय दिया और अपने को ठाकुर बताया। उसने बिरू से कहा, "नीचे गोठ में रह जाओ। सावधानी से रहना, क्योंकि गोठ में दरवाजा नहीं है।" बिरू ने उससे ज़मीन पर बिछाने के लिए कुछ पराल मांगा। उसने उन्हें पराल दिया और वह गोठ में ठहर गए। थोड़ी देर बाद, बगल के मकान से एक व्यक्ति आया और उसने बिरू को अपने घर आने को कहा। बिरू ने एक-दो बार मना किया, लेकिन वह काफ़ी ज़िद कर बैठा और उन्हें अपने घर ले गया। उसने बिरू की बहुत आव-भगत की और खाना भी खिलाया।

उस बाखली के अंतिम छोर पर बिरू के साथी अमीन बचीराम मिश्रा का मकान था, जो अल्मोड़ा कोर्ट में तैनात था। संयोग से उस दिन वह गाँव में आया हुआ था। उसे शायद ख़बर मिल गई थी कि गाँव में कोई और अमीन भी ठहरा हुआ है। बिरू को डर था कि

कहीं वह उनके बारे में जान न जाए, क्योंकि अगर उसे पता चलता कि बिरू वहाँ ठहरे हुए हैं, तो बिरू की पोल खुल जाती और बेइज्जती होती।

थोड़ी देर बाद, बचीराम मिश्रा ने एक लड़के को बिरू के पास भेजा। उसने बिरू से कहा, "अमीन साहब आपका नाम पूछ रहे हैं।" बिरू ने नाम के साथ 'सिंह' जोड़कर अपना नाम उसे बता दिया। लड़का चला गया और बचीराम मिश्रा वहाँ नहीं आए, जिससे बिरू की इज्ज़त बच गई। सुबह तड़के ही, बिरू अपना बिस्तर बांधकर चुपचाप वहाँ से आगे यात्रा के लिए निकल पड़े। किसी ने उन्हें जाते हुए नहीं देखा और यही बिरू चाहते भी थे। वहाँ से चलते-चलते शाम को बिरू लोहाघाट पहुँचे। वहाँ से आगे बढ़कर रात में चम्पावत पहुँचे, जहाँ उन्हें श्री दलीपराम बासीखेत वाले मिले। बिरू रात में उनके डेरे में रहे।

सुबह करीब 9 बजे, बिरू फॉरेस्ट इंस्पेक्टर श्री दलीप सिंह रावत के घर गए और उन्हें अपनी रिपोर्ट दी तथा नियुक्ति-पत्र दिखाया। रावत जी ने बिरू को चार्ज-रिपोर्ट बनाने के लिए कहा और बोले, "ठीक है, एक-दो दिन में दौरे पर जाना है।" इसके बाद बिरू चम्पावत में ही रुके, जहाँ आने वाले समय की चुनौतियों और अपने नये काम की सोच में डूबे रहे।

फॉरेस्ट इंस्पेक्टर पूरे अंग्रेज़ी ठाट-बाट और ताम-झाम के साथ दौरे पर निकले। दौरे का कार्यक्रम पहले से ही सभी संबंधित स्थानों पर भेज दिया गया था। उनके साथ एक चपरासी, दो कुली, बिरू और दो अन्य सहायक—कुल मिलाकर 6 लोगों की टीम थी। उनकी पैदल यात्रा रामेश्वर, तल्लीनाली, मल्लीनाली होते हुए शुरू हुई और रास्ते में फॉरेस्ट डाक बंगलों में उनके ठहरने की व्यवस्था की गई थी। पाँचवे दिन वह लोग बनकोट पल्लाट्टी गाँव पहुँचे, जो उनके गाँव उडेरखानी के सामने ही दिखता था। वहाँ उन्होंने अपना पड़ाव डाला।

गाँव के निवासियों की माँग थी कि उनकी वन-पंचायत का गठन हो। समीपवर्ती गाँवों को नोटिस भेजे गए, और वन-सीमा तस्दीक के दौरान भारी भीड़ एकत्रित हो गई। वहाँ फॉरेस्ट इंस्पेक्टर ने उन्हें नक्शा दिखाया और पूछा, "बताओ, हम इस समय कहाँ खड़े हैं?" बिरू ने नक्शे को ध्यान से देखा और अपने अनुभव व ज्ञान के आधार साहस जुटाकर उत्तर दिया, जो इंस्पेक्टर को एक़दम सही लगा। उस गाँव में वह लोग एक हफ्ते तक रुके और वन पंचायत का गठन किया। वहाँ से वह लोग गरपाई और खिरमाण्ड़े होते हुए गंगोलीहाट पहुँचे, जहाँ वह एक माह तक रुके।

गंगोलीहाट एक छोटा लेकिन महत्वपूर्ण कस्बा है, जो अपनी धार्मिक धरोहर,

प्राकृतिक सुंदरता और सांस्कृतिक महत्व के लिए प्रसिद्ध है। हरे-भरे पहाड़ों और घाटियों के बीच स्थित इस स्थान की पहचान यहाँ का कालिका मंदिर है, जो माता काली को समर्पित है। यहाँ हर साल हजारों भक्त माता काली का आशीर्वाद लेने आते हैं। ऐसी जनश्रुति है कि आदि गुरु शंकराचार्य ने यहाँ माता काली की स्थापना की थी और इसे एक सिद्धपीठ के रूप में प्रतिष्ठित किया। यहाँ की गुफाएँ और मंदिर, क्षेत्र की प्राचीन धार्मिक धरोहर की झलक प्रदान करते हैं।

गंगोलीहाट से हिमालय की चोटियों का अद्भुत दृश्य दिखाई देता है। सालभर यहाँ का मौसम सुहावना रहता है और सर्दियों में बर्फ़बारी भी होती है। गंगोलीहाट में खरही क्षेत्र के कराला गाँव के श्री किशनसिंह, जो स्कूल में मास्टर थे, से बिरू की अच्छी दोस्ती हो गई और जब तक बिरू वहाँ रहे उनके साथ ही रहे। गंगोलीहाट के प्रसिद्ध काली मंदिर में बिरू ने पूजा-अर्चना की और माता काली के चरणों में एक बकरी बलि के रूप में अर्पित की। बीरू को लगा कि काली माता की कृपा से वहाँ का समय बिरू के लिए बहुत अच्छा गुज़रा।

गंगोलीहाट क्षेत्र में बिरू ने कई गाँवों में वन-पंचायतें बनवाईं और उनसे संबंधित विवादों का निपटारा किया। कुछ दिनों बाद शिवरात्रि का मेला आ गया और इस दौरान बिरू को पाताल भुवनेश्वर जाने का भी मौका मिला। वहाँ की गुफाएँ और प्राचीन धार्मिक स्थल उनके लिए अद्वितीय अनुभव थे, जिनसे उनके मन को शांति और आध्यात्मिक ऊर्जा प्राप्त हुई।

पाताल भुवनेश्वर पिथौरागढ़ जिले में स्थित एक धार्मिक एवं सांस्कृतिक स्थल है, जो गंगोलीहाट से लगभग 14 किलोमीटर की दूरी पर है। यह चूना पत्थर की गुफा न केवल धार्मिक महत्व रखती है, बल्कि अपनी प्राकृतिक संरचना और पौराणिक कथाओं के कारण भी अत्यधिक महत्वपूर्ण मानी जाती है। पाताल भुवनेश्वर गुफा, भुवनेश्वर गांव में स्थित है, और इसके बारे में कई किंवदंतियाँ और लोककथाएँ प्रचलित हैं। इन लोककथाओं के अनुसार, इस गुफा में भगवान शिव और तैंतीस कोटि देवी-देवता निवास करते हैं। गुफा का प्रवेश द्वार संकीर्ण और गहरी सुरंग के जैसा है, जो गुफाओं के भीतर और गुफाओं की ओर जाता है। यह गुफा लगभग 160 मीटर लंबी और 90 फीट गहरी है। गुफा के भीतर का दृश्य अद्वितीय है; चूना पत्थर की चट्टानों ने विभिन्न रंगों और रूपों की अद्भुत आकृतियों को जन्म दिया है, जो देखने वालों को विस्मित कर देती हैं।

गुफा के भीतर भगवान गणेश की एक टूटी हुई मूर्ति भी है, जो महाभारत काल की

मानी जाती है। गुफा की दीवारों और छत पर विभिन्न धार्मिक और पौराणिक प्रतीकों की आकृतियाँ उकेरी गई हैं, जिनमें शिवलिंग, सप्तऋषियों की आकृतियाँ और कल्पवृक्ष भी शामिल हैं। कल्पवृक्ष, जिसे चारों युगों का प्रतीक माना जाता है, गुफा की सबसे चमत्कारी संरचनाओं में से एक है। इसके तने में देवी-देवताओं की आकृतियाँ उकेरी गई हैं।

इस गुफा के जल स्रोतों को अत्यंत पवित्र माना जाता है और यहाँ का वातावरण अत्यंत शांत है। पुराने समय में, लोग छिलुका जलाकर गुफा के भीतर दर्शन करने जाते थे। छिलुका जलाने से निकलने वाले धुएँ और झोल से कपड़े काले हो जाते थे, इसलिए लोग गुफा में प्रवेश करने से पहले अपने कपड़े उतारकर शिवजी के दर्शन करने जाते थे।

पाताल भुवनेश्वर की गुफाएँ केवल एक प्राकृतिक संरचना नहीं हैं, बल्कि ये गुफाएं धार्मिक और आध्यात्मिक दृष्टिकोण से भी अत्यधिक महत्वपूर्ण मानी जाती हैं। स्कंद पुराण में इनका उल्लेख मिलता है और ऐसी मान्यता है कि इसका उद्घाटन त्रेतायुग में अयोध्या के राजा ऋतुपर्ण ने किया था। एक अन्य कथा के अनुसार, भगवान शिव ने पांडवों को इसी गुफा से स्वर्ग जाने का मार्ग दिखाया था।

गंगोलीहाट बिरू की उस यात्रा का अंतिम कैम्प था। वहाँ वन-पंचायत के कार्य को करने के बाद मार्च 1953 में बिरू और उनके साथी बेल पटटी, चहज गाँव होते हुए रामेश्वर पहुँचे और फिर बाराकोट, लोहाघाट होते हुए चम्पावत हेडक्वार्टर में, वापस आ गए। जुलाई 1953 तक वन-पंचायत का काम चलता रहा और फिर बरसात के कारण 15 जुलाई से 15 अक्टूबर तक बिरू खाली रहे और घर आ गए। इस बीच, घर पर बिरू की पत्नी **दमयन्ती** को कई परेशानियों का सामना करना पड़ा। बिरू की आर्थिक स्थिति कमज़ोर थी और पौष्टिक आहार की कमी के कारण दमयन्ती की तबीयत ख़राब रहने लगी थी। बिरू का बच्चा भी काफी कमज़ोर हो गया था, क्योंकि उसे भी उचित देखभाल और पौष्टिक आहार नहीं मिल पा रहा था। ऐसे समय में बच्चे की उचित परवरिश हेतु दमयन्ती बच्चे को लेकर **मनीआगर** आ गईं।

20.
कर्म स्वयं में फल है

माह अक्टूबर 1953 में बिरू पुनः चम्पावत लौट आए। उस समय दमयंती उनके साथ चलने की काफी ज़िद कर रही थीं, लेकिन चम्पावत में रहने का कोई स्थायी स्थान न होने, नौकरी की अति व्यस्तता, सीमित तनख्वाह तथा उनके दौरे का काम होने के कारण दमयंती को नौकरी करते हुए अपने साथ रखना बिरू के लिए संभव नहीं था। इसके अतिरिक्त, खरही से चम्पावत तक का लंबा सफर, जिसमें दो से तीन दिन पैदल चलना पड़ता था, दमयंती के लिए शारीरिक रूप से भी अत्यंत कठिन था। यद्यपि उन दोनों के बीच प्रगाढ़ प्रेम था, लेकिन आर्थिक मजबूरियों की कठोर वास्तविकता ने उन्हें उन दिनों लगातार साथ रहने के अधिक अवसर नहीं दिए।

नवंबर 1953 में बिरू को वन पंचायत में फिर से काम मिल गया। काम का सिलसिला फिर से शुरू हुआ और इस बार बेल, भेरंग, गलना, पल्लाट्टी जैसे ग्रामीण क्षेत्रों में वन पंचायत के मामलों को हल करना था। इन दिनों बिरू ने कई पुराने विवादों का निपटारा किया। अब तक अमीन के काम में बिरू की दक्षता बढ़ गई थी और वह क्षेत्र की भौगोलिक स्थिति से भी भली-भांति परिचित हो चुके थे। चार महीने के इस दौरे में अपनी ज़िम्मेदारियाँ निभाते हुए और नए अनुभव प्राप्त करते हुए मार्च 1954 में बिरू चम्पावत वापस लौट आए। जुलाई 1954 में वन पंचायत का काम समाप्त हो गया।

चम्पावत, उत्तराखंड के कुमाऊँ क्षेत्र में स्थित, न केवल प्राकृतिक सौंदर्य से समृद्ध है, बल्कि ऐतिहासिक और सांस्कृतिक दृष्टिकोण से भी अत्यंत महत्वपूर्ण है। यह स्थान चंद राजवंश का गढ़ था, जिन्होंने 10 वीं शताब्दी में यहाँ से पूरे कुमाऊँ पर शासन किया। कहा जाता है कि राजा सोमचंद ने चम्पावत को अपनी राजधानी बनाया और यहाँ कई मंदिरों का निर्माण कराया। इनमें से सबसे प्रसिद्ध बालेश्वर मंदिर है, जो भगवान शिव को समर्पित

है। राजा बालो कल्याणचंद द्वारा 16वीं शताब्दी में बनवाया गया यह मंदिर अपनी उत्कृष्ट वास्तुकला के लिए प्रसिद्ध है। इसके अलावा, यहाँ के अन्य छोटे मंदिर भी धार्मिक और स्थापत्य के दृष्टिकोण से महत्वपूर्ण हैं।

चम्पावत का प्राकृतिक सौंदर्य इसके घने जंगलों, हरे-भरे पहाड़ों और गहरी घाटियों में दिखाई पड़ता है। यहाँ के जंगलों में विभिन्न प्रकार की वनस्पतियाँ और वन्यजीव पाए जाते हैं, जो इस क्षेत्र को एक महत्वपूर्ण पारिस्थितिकीय स्थल बनाते हैं। चम्पावत का ऐतिहासिक किला, अल्मोड़ा कचहरी की तरह बना हुआ है। यहाँ का "राजा का नौला" भी एक दर्शनीय स्थल है, जिसमें पत्थर की कई मूर्तियाँ हैं। कहा जाता है कि टम्टा लोग यहीं के मूल निवासी हैं।

लोहाघाट कुनाऊँ क्षेत्र के सबसे आकर्षक और रमणीक स्थलों में से एक है, जो अपनी अद्वितीय प्राकृतिक सुंदरता, धार्मिक महत्व और ऐतिहासिक धरोहर के लिए विशेष रूप से प्रसिद्ध है। यह शांत और सुरम्य स्थान काली नदी के किनारे बसा हुआ है, जिसके चारों ओर ऊँचे-ऊँचे पहाड़ और हरियाली से ढकी घाटियाँ इसे अलौकिक सौंदर्य प्रदान करती हैं। लोहाघाट से कुछ ही दूरी पर स्थित मानेश्वर मंदिर व झरना एक प्रमुख आकर्षण का केंद्र है। लोहाघाट का धार्मिक और पौराणिक महत्व भी कम नहीं है। यहाँ के ऐतिहासिक स्थलों में बाणासुर किला उल्लेखनीय है, जो पौराणिक कथाओं के अनुसार महाभारत काल से संबंधित है। इसके अतिरिक्त, यहाँ की भूमि आलू की पैदावार के लिए बहुत उपजाऊ है।

नवंबर 1954 में, बिरू सुखी ढांग नामक गाँव गए, जो अपने साल और खैर के कीमती जंगलों के लिए प्रसिद्ध था। इस दौरान बिरू को एक तस्दीककर्ता के साथ टनकपुर जाने का मौका मिला। नवंबर 1952 से लेकर मार्च 1956 तक का समय बिरू ने वन पंचायत इंस्पेक्टर के साथ बिताया, जहाँ उन्होंने विभिन्न ग्रामीण क्षेत्रों में वन पंचायत के मामलों का निपटारा किया।

लोहाघाट की अदालत में बिरू का कार्यकाल बेहद कठिन रहा। वहाँ का अधिकांश काम पैदल यात्रा पर आधारित था। अदालत में उस समय नयाबाद ग्रांट, ज़मीन तस्दीकी और बेनाप रिपोर्ट तस्दीकी का काम चल रहा था। इस सबडिवीजन में 12 पट्टियाँ थीं, जिनमें गुमदेश, तल्लादेश, तल्ली-मल्ली, सुखी ढांग, बाराकोट जैसे दूरस्थ और जंगली क्षेत्र शामिल थे। यहाँ के लोग सर्दियों में टनकपुर की ओर चले जाते थे। लोहाघाट में स्थित आनंदमयी माँ का आश्रम एक घने जंगल के बीच में स्थित है, जो लोहाघाट से लगभग 4 मील की दूरी पर है। यहाँ स्वामी विवेकानंद जी ने अपना आश्रम स्थापित किया था तथा

ध्यान और साधना की थी।

अप्रैल 1956 में जब बिरू लोहाघाट से अपने गाँव खरही आए। एक दिन घर पर रुकने के बाद, बिरू ड्यूटी पर दूनागिरी के किए रवाना हुए। जाते समय दमयंती भी उनके साथ चलने की ज़िद करने लगीं और एक फर्लांग से अधिक दूरी तक उनके पीछे-पीछे चली आईं। बहुत समझाने पर ही वह वापस लौटीं, और तब बिरू ने अपना आगे का सफर प्रारंभ किया। दूनागिरी में सर्वे का काम शुरू किया गया।

दूनागिरी प्राकृतिक रूप से समृद्ध स्थल है। यहाँ रिटायर्ड फौजी बड़ी संख्या में रहते। यहाँ फलों के बगीचे हैं और आलू की अच्छी पैदावार होती है। इस स्थान का सबसे प्रमुख धार्मिक स्थल दूनागिरी माँ का मंदिर है, जो एक पहाड़ी के शीर्ष पर स्थित है। जब तक बिरू वहाँ रहे, वह प्रतिदिन इस मंदिर में पूजा करने जाते रहे। वहाँ से रामगंगा घाटी का दृश्य बेहद मनमोहक और अलौकिक लगता है। यह पर्वत शांति, प्राकृतिक सौंदर्य और धार्मिक आस्था का संगम है। एक किंवदंती के अनुसार हनुमान जी संजीवनी बूटी की खोज में इस पर्वत का एक हिस्सा उठा कर ले गए थे, तभी से यह पर्वत दूनागिरी के नाम से प्रसिद्ध हुआ।

अप्रैल, मई और जून के महीनों में बिरू दूनागिरी में सर्वे का काम करते रहे। जुलाई के अंत में, 29 तारीख की सुबह, बिरू ने अपने गाँव खरही की ओर प्रस्थान किया। पैदल यात्रा के दौरान भूलगाँव बोरारा पहुँचे, तब तक पूरी तरह अँधेरा छा चुका था परन्तु घर शीघ्र पहुँचने के उत्साह में बिरू वहाँ पर रुके नहीं। एक दुकानदार से बिरू ने बागेश्वर तक पहुँचने का रास्ता पूछा और अँधेरे में ही जंगल के रास्ते पर निकल पड़े। रास्ते में भारी बारिश होने लगी और पैरों में कई जोंक लिपट गए, पर बिरू साहस से आगे बढ़ते रहे। पाँच मील के कठिन, ख़तरनाक और थकानेवाले सफ़र को तय कर वह पालड़ी गाँव पहुँचे। वहाँ बिरू ने गाँव वालों से छिलके मांगे और उन्हें जलाकर ख़ुद को गरमाया, फिर कुछ देर आराम करने के बाद यात्रा पुनः प्रारंभ की और झिरौली गाँव होते हुए रात के करीब 2 बजे अपने घर खरही पहुँचे।

अब तक बिरू ने नौकरी करते हुए थोड़ी-बहुत बचत कर ली थी। अगले दिन बिरू ने दौलतराम से 300 रुपये में तीन नाली ज़मीन खरीदी और उसकी रजिस्ट्री करवाई। अगस्त 1956 में बिरू को बारामण्डल अदालत में उजरत अमीन की जगह मिल गई। यह उनके लिए एक नई शुरुआत थी।

अगस्त 1956 में उनके घर एक और पुत्र का जन्म हुआ। बड़े भाई बची राम बच्चे की जन्मपत्री बनवाकर लाए और बच्चे का नाम कुन्दन रखा गया। बारामण्डल अदालत

में बिरू का काम अच्छी तरह से चलने लगा। उन दिनों नयाबाद ग्रांट, बेनाप के मुकदमे, दीवानी और फ़ौजदारी के कई मामले उनके पास आते थे। उजरत अमीन की दैनिक फीस 1 रुपये 50 पैसे थी, जो उस समय के हिसाब से अच्छी थी।

रज्जू और कुन्दन दोनों अभी छोटे थे और बिरू के मन में उनके लिए एक बड़ा और सुंदर घर बनाने की इच्छा जागी। अपनी बचत के धन से बिरू ने बरांडा वाला तीन मंज़िला मकान बनवाया, जो पूरे खरही और लोब क्षेत्र में अपने ढ़ंग का अनोखा मकान था। नए मकान में गृहप्रवेश बड़े धूमधाम के साथ संपन्न हुआ, जिसमें पूरे गाँव और आस-पास के लोगों ने भाग लिया। अल्मोड़ा में बिरू ने 'शंकर भवन' को छोड़कर 'प्रेम भवन', नरसिंह बाड़ी में रहना शुरू किया।

जून 1958 में उनके घर में एक बेटी का जन्म हुआ, जिसकी जन्मकुंडली नरसिंह बाड़ी के मंदिर के एक गढ़वाली पंडित ने बनाई। बिरू ने बेटी का नाम मीना रखा। सन् 1960 में जब बंदोबस्त का काम पूरा हुआ, बिरू का नंबर पटवारी की नौकरी में आ गया, लेकिन बिरू ने इसे स्वीकार नहीं किया। उन्हें स्वतंत्र रहकर काम करना अधिक पसंद था और उन्होंने उजरत अमीन के रूप में स्वतंत्र रूप से काम जारी रखा। इसके बाद अल्मोड़ा में बिरू परिवार सहित द्वारिका प्रसाद साह ठुलघरिया के मकान में रहने लगे।

21.

जनतंत्र के मज़बूत होते क़दम

भारत का द्वितीय आम चुनाव 1957 में हुआ था, जो भारतीय लोकतंत्र के विकास में एक महत्वपूर्ण मील का पत्थर साबित हुआ। बिरू पिछली लोकसभा और उत्तरप्रदेश की पिछली विधान सभा के कार्यों से पूर्णतया संतुष्ट तो नहीं थे परन्तु वे कांग्रेस पार्टी को अभी और मौक़े देना चाहते थे। उनके अनुसार कल्याणकारी शासन-व्यवस्था की स्थापना के लिए कांग्रेस पार्टी को अभी पर्याप्त समय नहीं मिल पाया है।

स्वतंत्रता के बाद देश का पहला आम चुनाव सफलतापूर्वक आयोजित किया गया था, जिससे भारतीय जनमानस में लोकतांत्रिक प्रक्रियाओं के प्रति विश्वास बढ़ा। 1957 का दूसरा आम चुनाव इस विश्वास को और मजबूत करने तथा लोकतांत्रिक सिद्धांतों को ज़मीनी स्तर पर सुदृढ़ करने का प्रयास था। यह चुनाव स्वतंत्रता के शुरुआती वर्षों के बाद भारतीय राजनीति के स्थायित्व, जनमानस में लोकतांत्रिक मूल्यों के प्रसार और क्षेत्रीय विविधताओं के साथ एकता की ओर बढ़ने का प्रतीक था।

इस समय तक भारत ने पांच साल की कठिन, लेकिन उत्साहवर्धक लोकतांत्रिक यात्रा पूरी की थी। यह चुनाव ऐसे समय में हो रहे थे जब देश में आर्थिक और सामाजिक बदलावों की ओर बढ़ने की कोशिशें चल रही थीं। जवाहरलाल नेहरू के नेतृत्व में देश में योजना आयोग की स्थापना की गई थी और पंचवर्षीय योजनाओं की शुरुआत हुई थी। इन योजनाओं का उद्देश्य देश में औद्योगिकीकरण, कृषि उत्पादन में वृद्धि एवं शिक्षा, स्वास्थ्य और सामाजिक विकास के अन्य क्षेत्रों में सुधार लाना था।

इस दौरान देश की आर्थिक, सामाजिक और राजनैतिक स्थिति में सुधार परिलक्षित हो रहा था और नेहरू की लोकप्रियता अपने शिखर पर रही। कांग्रेस पार्टी ने पिछले चुनाव में व्यापक सफलता हासिल की थी और इस बार भी वह एक स्थिर सरकार बनाने के लिए मैदान में उतरी थी। देश में जातीय, धार्मिक और सामाजिक समूहों की विविधता होने के

बावजूद भारतीय जनता ने लोकतांत्रिक प्रक्रिया में उत्साहपूर्वक भाग लिया। आम चुनाव में कुल 19.3 करोड़ मतदाता थे। चुनाव अप्रैल से जून 1957 के बीच आयोजित किए गए थे। इन चुनावों में लगभग 47.6% मतदाताओं ने मतदान में हिस्सा लिया। इस चुनाव में भारतीय राष्ट्रीय कांग्रेस सबसे प्रमुख राजनैतिक दल के रूप में उभरी। जवाहरलाल नेहरू के नेतृत्व में कांग्रेस ने अपनी पकड़ को और अधिक मजबूत किया तथा कुल 494 में से 371 सीटों पर जीत दर्ज की। भारतीय कम्युनिस्ट पार्टी ने 27, प्रजा सोशलिस्ट पार्टी ने 19 और भारतीय जनसंघ कुल 4 सीटें जीतीं। यह कांग्रेस के लिए एक बड़ी जीत थी और इससे नेहरू की स्थिति और मजबूत हुई। कांग्रेस के समर्थन में कृषिसुधार, औद्योगिकीकरण, पंचवर्षीय योजना और वैज्ञानिक प्रगति के प्रति उनका दृष्टिकोण काम कर रहा था।

भारतीय कम्युनिस्ट पार्टी ने 1957 में केरल में जीत हासिल की और ई एम एस नंबूदरीपाद के नेतृत्व में केरल में पहली लोकतांत्रिक रूप से चुनी गई कम्युनिस्ट सरकार बनी। यह भारतीय राजनीति का एक महत्वपूर्ण क्षण था, क्योंकि पहली बार लोकतांत्रिक माध्यम से किसी राज्य में कम्युनिस्ट सरकार का गठन हुआ।

दूसरे आम चुनाव के बाद कांग्रेस ने अपने शासन को और अधिक स्थिरता प्रदान की। नेहरू के नेतृत्व में कांग्रेस ने देश में औद्योगिकीकरण, कृषि सुधार, शिक्षा के विस्तार और विज्ञान एवं प्रौद्योगिकी के विकास को बढ़ावा देने की योजनाओं पर काम करना जारी रखा। इसके अलावा, पंचवर्षीय योजनाओं का कार्यान्वयन तेजी से आगे बढ़ा।

सन् 1960 के दशक में, देश में भाषाई असंतोष को शांत करने के लिए भाषाई आधार पर राज्यों का पुनर्गठन किया गया, जिससे न केवल भाषाई संघर्ष कम हुआ, बल्कि राष्ट्रीय एकता को भी बल मिला। इस पुनर्गठन ने देश के भीतर सांस्कृतिक और सामाजिक सामंजस्य को बढ़ावा दिया और भारत को एक सुदृढ़ संघीय ढाँचे की ओर अग्रसर किया।

सन् 1960 के नवम्बर महीने में बिरू के पुत्र हरीश का जन्म हुआ। उस समय उनका जीवन संतोषजनक ढंग से चल रहा था। घर की आर्थिक स्थिति स्थिर थी, किसी से कोई देनदारी नहीं थी और वह स्वतंत्र रूप से अपने काम में संलग्न थे। अल्मोड़ा कचहरी में उनका अच्छा ख़ासा संपर्क था। वकील मथुरादत्त जोशी, शोबन सिंह जीना, धर्मानन्द जोशी, मोहनचन्द्र आदि का उनके प्रति विशेष स्नेह था। रामप्रसाद टम्टा जी और उनके परिवार के लोगों के साथ बिरू के अत्यंत घनिष्ठ संबंध थे, ख़ासकर माता जी के साथ। कभी-कभी वह लोग साथ बैठकर भोजन भी किया करते थे।

बिरू को लगता था कि देश में ग़रीबी की जड़ें अभी भी बहुत गहरी हैं, समाज के सभी दुखियों के दुःख दूर नहीं हुए, समाज में व्याप्त जातीय और छुआ-छूत की कुरीतियाँ

यद्यपि कुछ कम तो हुई हैं परन्तु पूर्णतया समाप्त नहीं हो पाई हैं। समाज में सभी तरह की असमानताएं अभी भी मौजूद हैं। अमीरी और ग़रीबी के बीच की खाई अभी तक पट नहीं पाई है। शिक्षा अभी भी सबको सहज रूप में उपलब्ध नहीं हो पाई है। समाज के सभी लोगों को करने के लिए उपयुक्त काम अभी तक नहीं मिल पाता है। काम मिल जाने पर सब को उचित पारिश्रमिक भी नहीं मिल पाता है।

देश अभी भी विकासशील है और सभी व्यतियों की आर्थिक, सामाजिक और राजनैतिक उन्नति नहीं हो पाई। अदालतों से सस्ता और त्वरित न्याय अभी भी नहीं मिल पा रहा है। समाज में भ्रष्टाचार बढ़ता जा रहा है। सभी को आवश्यक चिकित्सीय सहायताएं उचित क़ीमत पर नहीं मिल पा रही हैं। ग़रीबों को सभी चिकित्सा सुविधाएं अभी भी निशुल्क प्रदान नहीं की जा रही हैं। चुनाव में कांग्रेसी लोगों के द्वारा की जा रही बेईमानियाँ बढ़ गईं हैं, जो बिलकुल साफ़ दीख रही थीं परन्तु प्रशासन उन को देख कर भी प्राय: मौन रहा। प्रशासन ने सत्ता पक्ष को अपेक्षाकृत अधिक सहूलियतें दीं।

22.

चीन का विश्वासघात और देश का आत्मावलोकन

1952 और 1957 के आम चुनावों के बाद, भारत का लोकतंत्र एक परिपक्व स्वरूप लेने लगा था। जवाहरलाल नेहरू के नेतृत्व में कांग्रेस पार्टी ने भारत की सामाजिक और आर्थिक नीतियों को दिशा देने का काम किया। इस दौरान भारतीय गणराज्य को एक लोकतांत्रिक आधारभूत संरचना के रूप में स्थापित करने की कोशिशें जारी रहीं। तृतीय आम चुनाव ऐसे समय में हुए जब भारत कई बाहरी और भीतरी चुनौतियों से जूझ रहा था। 1959 में केरल में पहली बार गैर-कांग्रेसी सरकार (कम्युनिस्ट पार्टी) बनी थी, जिसे बाद में अपदस्थ कर दिया गया, जिसे नेहरू का एक अलोकतांत्रिक क़दम बताया गया। 1962 के प्रारंभ से ही भारत-चीन सीमा-विवाद भी उभरने लगा था।

तृतीय आम चुनाव फरवरी 1962 में आयोजित हुए। इस चुनाव में नेहरू के नेतृत्व में कांग्रेस ने आर्थिक विकास, औद्योगिकीकरण, पंचवर्षीय योजनाओं और लोकतांत्रिक मूल्यों के प्रचार पर ज़ोर दिया। पार्टी की छवि अभी भी स्वतंत्रता-संग्राम की विरासत और नेहरू के करिश्माई नेतृत्व से जुड़ी थी। भारतीय जनसंघ पार्टी हिंदुत्व और राष्ट्रीयता के मुद्दों को आगे बढ़ा रही थी। पार्टी ने नेहरू की विदेश नीति और चीन के साथ संबंधों की आलोचना की। कम्युनिस्ट पार्टी ऑफ इंडिया (सी पी आई) ने किसानों, मजदूरों और ग़रीबों के मुद्दों पर ज़ोर दिया। स्वतंत्र पार्टी ने समाजवाद और राज्य नियंत्रण के विरोध में स्वतंत्र उद्यम और व्यक्तिगत स्वतंत्रता की वकालत की, अन्य छोटे दल और स्वतंत्र उम्मीदवार क्षेत्रीय मुद्दों पर आधारित राजनीति कर रहे थे।

इस चुनाव में कुल 494 लोकसभा सीटों और 3,200 से अधिक विधान सभा सीटों के लिए मतदान हुआ। इस चुनाव में 21.63 करोड़ मतदाता थे, जिनमें से लगभग 55% ने

मतदान किया। चुनाव के नतीजों में कांग्रेस ने फिर से बड़ी जीत हासिल की। लोकसभा में कांग्रेस ने 494 में से 361 सीटें जीतीं। कांग्रेस ने अधिकांश राज्यों में सत्ता बरकरार रखी। कम्युनिस्ट पार्टी ने 29 सीटों के साथ विपक्ष में प्रमुख भूमिका निभाई, स्वतंत्र पार्टी और भारतीय जनसंघ ने क्रमशः18 और 14 सीटें जीतीं।

जवाहरलाल नेहरू ने एक बार फिर अपनी लोकप्रियता और नेतृत्व-क्षमता का प्रमाण दिया। हालांकि, उनके स्वास्थ्य और नीतियों को लेकर आलोचनाएं बढ़ने लगी थीं। चुनाव में महिलाओं, दलितों और पिछड़े वर्गों की भागीदारी में वृद्धि हुई। चुनाव प्रचार में कांग्रेस की संसाधनों पर अधिक पहुँच को लेकर अन्य दलों ने असमानता की शिकायत की। ग्रामीण और शहरी मतदाताओं के बीच आर्थिक मुद्दों को लेकर मतभेद स्पष्ट हुए।

इस चुनाव ने भारतीय राजनीति को स्थायित्व प्रदान किया, लेकिन साथ ही क्षेत्रीय दलों के उदय की नींव भी रखी। पंचवर्षीय योजनाओं और समाजवादी नीतियों को जनता का समर्थन मिला।

सामाजिक और सांस्कृतिक विविधताओं के बावजूद, लोकतंत्र ने लोगों को एकजुट रखने में सफलता पाई। भारत ने लोकतांत्रिक मूल्यों की सफलता का उदाहरण पेश किया, जिसने इसे वैश्विक मंच पर एक सम्मानजनक स्थान दिलाया।

1950 में चीन ने तिब्बत पर कब्जा कर लिया था, जिससे भारत और चीन के बीच तनाव की शुरुआत हुई। तिब्बत के धर्मगुरु, दलाई लामा, जब 1959 में भारत में शरण लेने आए थे, तो चीन ने कहा कि भारत उसके आंतरिक मामलों में हस्तक्षेप कर रहा है। इस घटना ने दोनों देशों के बीच अविश्वास की खाई को और गहरा कर दिया था। यद्यपि 1950 के दशक में भारत और चीन के बीच कुल मिलाकर संबंध अच्छे रहे और नेहरु के द्वारा "हिंदी-चीनी भाई-भाई" का नारा भी दिया गया था, लेकिन सीमा विवाद और तिब्बत के मुद्दे पर ये दोस्ताना संबंध धीरे-धीरे कड़वाहट में बदलने लगे थे।

जवाहरलाल नेहरू ने चीन के साथ शांतिपूर्ण सहअस्तित्व की नीति अपनाने की कोशिश की थी, लेकिन चीन ने इसे भारत की कमजोरी के रूप में देखा। 1961-62 के दौरान, भारत ने अपनी सीमाओं को सुरक्षित करने के लिए 'फॉरवर्ड पॉलिसी' अपनाई, जिसमें भारतीय सेना को सीमा के करीब चौकियाँ स्थापित करने का निर्देश दिया गया। चीन ने इसे अपने क्षेत्र में घुसपैठ के रूप में देखा और दोनों देशों के बीच तनाव गहराता चला गया।

सन् 1962 में भारत पर चीन ने हमला कर दिया। भारत-चीन युद्ध न केवल भारतीय इतिहास में बल्कि पूरे दक्षिण एशिया के राजनैतिक परिदृश्य में एक महत्वपूर्ण मोड़ साबित

हुआ। इस युद्ध के प्रमुख कारणों में भारत और चीन के बीच अक्साई चिन और अरुणाचल प्रदेश को लेकर हुए विवाद थे।

अक्साई चिन जम्मू-कश्मीर का हिस्सा था। पकिस्तान ने 1947-48 के युद्ध में इस क्षेत्र पर कब्जा करके इसे चीन को सौंप दिया था। चीन ने अपने क्षेत्र शिनजियांग और अपने द्वारा कब्जा कर लिए गए तिब्बत के बीच अक्साई चीन से गुजने वाली एक महत्वपूर्ण सड़क बना ली, जो सामरिक दृष्टि से चीन के लिए बहुत महत्त्व पूर्ण थी। चीन तब से अक्साई चिन पर अपना अधिकार मानता है। दूसरी ओर, अरुणाचल प्रदेश, जिसे उस समय नॉर्थ ईस्ट फ्रंटियर एजेंसी (नेफा) के नाम से जाना जाता था, उस पर भी चीन अपना दावा कर रहा था।

युद्ध 20 अक्टूबर, 1962 को शुरू हुआ, जब चीनी सेना ने लद्दाख और अरुणाचल प्रदेश (नेफा) में एक साथ आक्रमण किया। चीनी सेना ने भारतीय पोस्टों पर तीव्र हमले किए और अक्साई चिन और अरुणाचल प्रदेश में तेजी से आगे बढ़ते हुए तवांग पर कब्जा कर लिया। भारतीय सेना इस समय संसाधनों और तैयारियों की कमी से जूझ रही थी, जिससे वह चीन के आक्रमण का प्रभावी प्रतिरोध नहीं कर पाई।

नवंबर के मध्य में चीन ने एक बार फिर भारत पर आक्रमण किया और इस बार उसने अरुणाचल प्रदेश के बड़े हिस्से पर कब्जा कर लिया। भारतीय सेना इस संघर्ष में लगातार पिछड़ती रही। 21 नवंबर 1962 को, जब भारतीय सेना की स्थिति अत्यधिक कमज़ोर थी, चीन ने अचानक इकतरफ़ा युद्धविराम की घोषणा कर दी और कहा कि वह अरुणाचल प्रदेश से पीछे हट जाएगा। इस अप्रत्याशित युद्धविराम के बावजूद चीन ने अक्साई चिन पर अपना नियंत्रण बनाए रखा।

1962 का यह युद्ध भारतीय सेना की तैयारियों की गंभीर कमी को उजागर करने वाला साबित हुआ। उस समय भारतीय सेना के पास न केवल आवश्यक हथियारों, गोला-बारूद और युद्ध के लिए आवश्यक अन्य संसाधनों की कमी थी, बल्कि सीमावर्ती इलाकों में सेना की गतिविधियों के लिए आवश्यक बुनियादी ढांचा भी नगण्य-सा ही था। इसके अतिरिक्त सैनिक अभियानों हेतु आवश्यक सामानों की आपूर्ति-व्यवस्था भी बेहद कमज़ोर थी। कठिन भौगोलिक परिस्थितियों और ख़राब मौसम के बीच भारतीय सैनिकों को अत्यधिक कठिनाइयों का सामना करना पड़ा। इस युद्ध में चीन की सेना ने भारतीय सेना पर स्पष्ट सैन्य विजय हासिल की। अक्साई चिन पूरी तरह से चीन के नियंत्रण में आ गया और अरुणाचल प्रदेश में चीन की सेना के द्वारा भारतीय सेना को काफ़ी हद तक पीछे धकेल दिया गया।

युद्धविराम के बाद चीन अरुणाचल प्रदेश से तो पीछे हट गया, लेकिन अक्साई चिन पर उसका नियंत्रण बना रहा।

यह पराजय भारत के लिए राजनीतिक और सैन्य दृष्टिकोण से एक बड़ा झटका साबित हुई। प्रधानमंत्री जवाहरलाल नेहरू की छवि, जो अब तक एक कुशल और दृढ़ नेतृत्वकर्ता के रूप में थी, इस युद्ध के बाद काफ़ी कमज़ोर हो गई। उनकी विदेश नीति और रक्षा नीतियों की कड़ी आलोचना हुई, उनके रक्षामंत्री कृष्णा मेनन को इस असफलता के बाद इस्तीफ़ा देना पड़ा। भारतीय राजनैतिक परिदृश्य में भी नेहरू के विरुद्ध गहरा असंतोष उत्पन्न हुआ, और नेहरू की लोकप्रियता को गहरा आघात लगा।

बीरू सोचने लगे- चीन तो हमको भाई कहता था फिर उसने भारत पर हमला क्यों किया? नेहरू जी ने अंतरराष्ट्रीय मंचों पर और विशेष कर संयुक्त राष्ट्र संघ में हमेशा चीन का समर्थन किया है फिर चीन ने उन्हें धोखा क्यों दिया? भारत तो अहिंसा का पुजारी है फिर उस पर हमला क्यों हुआ? वह भी उस देश से जहाँ बुद्धिज़्म को सम्मान प्राप्त है! क्या नेहरु जी अन्तरराष्ट्रीय जगत में शक्ति की राजनीति को समझ नहीं पाए?

क्या नेहरू अंतरराष्ट्रीय राजनीति में उतने सक्षम नहीं हैं जितना वह दिखने का प्रयास करते हैं? क्या नेहरू जी के द्वारा देश व समाज के भले के लिए निश्चित की गईं प्राथमिकताएं सही नहीं थीं ? क्या नेहरू जी देश व समाज के भले के लिए प्राथमिकताएं अब नए सिरे से तय करेंगे? देश का आर्थिक और सामाजिक विकास अब कैसे होगा? क्या नेहरू जी को उनके सहयोगी मंत्रीगण और नौकरशाही का वांछित सहयोग अब आगे अच्छी तरह मिल पाएगा? चीन क्या भविष्य में भारत पर फिर से हमला नहीं करेगा?

क्या पकिस्तान की हिम्मत अधिक नहीं बढ़ जाएगी? पाकिस्तान तो एक बार भारत पर हमला कर ही चुका है और उसने कश्मीर का एक हिस्सा अपने कब्ज़े में अभी तक रखा हुआ है और ऐसा नहीं लगता कि भारत, कश्मीर के उस हिस्से को पकिस्तान के कब्ज़े से आसानी से छुड़ा पाएगा। अब नेहरू जी की देश के विकास की योजनाओं का क्या होगा? उनके लिए पैसा कहाँ से आएगा? क्या देश में ग़रीबी और बेरोज़गारी कम हो सकेगी, उन्हें तो लगता है कि ये अभी और बढ़ेंगी। संयुक्त राष्ट्र संघ ने चीन के ख़िलाफ़ उचित कार्यवाई क्यों नहीं की? क्या महत्व है ऐसे संयुक्त राष्ट्र संघ का जो दुनिया में कहीं भी कोई युद्ध रोक ही नहीं पा रहा है?

इस युद्ध के बाद भारत ने अपनी सैन्य क्षमताओं को बढ़ाने के लिए बड़े पैमाने पर सुधार किए। रक्षा-बजट में भारी वृद्धि की गई, सीमावर्ती क्षेत्रों में बुनियादी ढांचे का विकास किया गया और सेना के पुनर्गठन और आधुनिकीकरण की प्रक्रिया शुरू हुई। भारत ने यह

सुनिश्चित किया कि भविष्य में इस तरह की स्थिति का सामना करने के लिए भारतीय सेना पूरी तरह से तैयार रहे। युद्ध के बाद भारत की विदेश नीति में भी बदलाव आया। गुटनिरपेक्ष आंदोलन का नेतृत्व करते रहने के बावजूद, भारत ने पश्चिमी देशों से सैन्य सहायता प्राप्त की, विशेषकर अमेरिका और ब्रिटेन से। भारत ने चीन के प्रति अधिक सतर्क दृष्टिकोण अपनाया और अपनी सीमाओं की सुरक्षा पर विशेष ध्यान देना शुरू किया।

सन् 1962 के अगस्त माह में बिरू के यहाँ जुड़वां बच्चों का जन्म हुआ, जिनके नाम प्रेम और प्रकाश रखे गए. उन दिनों बिरू कचहरी के कामों में अत्यधिक व्यस्त रहते थे और इन कामों से मिले मेहनताने से घर के ख़र्चे आसानी से चल जाते थे। पहाड़ी क्षेत्र में उन दिनों लीसा की ठेकेदारी का काम काफ़ी लाभदायक माना जाता था। बिरू में मन में भी इच्छा जागी कि वह भी इस काम को करें और सन् 1963-64 में बिरू ने लीसा की ठेकेदारी का काम शुरू किया। इस दौरान, बिरू ने छानी खांकर सहकारी समिति के तहत सरकारी सस्ते गल्ले की दुकान दाणूछीना में खोलने की मंजूरी ली। इससे आसपास के गाँवों— नैल, बग्वाड़ी, आवंलीगाड़, बिनसर, गाड़ीखेत और दाणूछीना के निवासियों को गेहूं, चीनी और अन्य ज़रुरी राशन की चीज़ें आसानी से मिलने लगीं।

जवाहरलाल नेहरू का कार्यकाल भारत के स्वतंत्रता संग्राम के बाद के पंद्रह वर्षों तक देश को एक सुनियोजित दिशा देने वाला साबित हुआ। उनकी नीतियाँ भारत को धर्मनिरपेक्षता, आधुनिकता और समाजवाद की ओर ले गईं, लेकिन 1962 के युद्ध में भारतीय सेना की हार ने नेहरू की लोकप्रियता को काफी प्रभावित किया और उनके स्वास्थ्य में भी गिरावट आने लगी। सन् 1964 में नेहरू जी का निधन हो गया, यह भारतीय राजनीति के एक युग का अंत था।

इसके बाद लाल बहादुर शास्त्री ने देश की प्रधानमंत्री के रूप में देश का नेतृत्व किया। शास्त्री जी एक सरल, ईमानदार और दृढ़ नेता थे। उनकी नेतृत्व शैली ने देश को स्थिरता प्रदान की। देश की परिस्थितियों को देखते हुए उन्होंने "जय जवान, जय किसान" का नारा देकर देश को प्रोत्साहित क्या, क्योंकि देश को बाहरी सुरक्षा ख़तरों के साथ ही विकट आंतरिक समस्याओं—जैसे खाद्यान्न संकट, बेरोज़गारी, बीमारी, अल्पशिक्षा आदि का सामना भी करना पड़ रहा था।

23.

पाकिस्तान का भारत पर आक्रमण, 1965

चीन से हुए अपमानजनक युद्ध के बाद उत्पन्न हुए खाद्य-संकट ने देश की अर्थव्यवस्था पर गहरा असर डाला था। इस संकट के समाधान के लिए भारतीय कृषि प्रणाली में सुधार की आवश्यकता को महसूस किया गया। इसके परिणामस्वरूप देश में कृषि के विभिन्न क्षेत्रों में गहन शोध हुए। इन शोधों का उद्देश्य भूमि, बीज, उर्वरक, जल और कीटनाशकों का उचित ढंग से प्रयोग कर के विज्ञान एवं तकनीक की मदद से कृषि-उपज में वांछित वृद्धि करना था।

शास्त्री जी के कार्यकाल में इन शोधों में तेजी आई। इनका प्रभाव धीरे-धीरे कृषि उपज में हुई बढ़ोत्तरी के रूप में दिखाई देने लगा। इसके परिणामस्वरुप साठ के दशक के उत्तरार्ध में देश में हरित क्रांति हुई। हरित क्रान्ति ने भारत को खाद्य सुरक्षा प्रदान करने में और कृषि के क्षेत्र में आत्मनिर्भर बनाने में महत्वपूर्ण भूमिका निभाई।

सन् 1965 में भारत और पाकिस्तान के बीच कश्मीर को लेकर उत्पन्न विवाद ने उग्र रूप धारण कर लिया, जिसके परिणामस्वरूप पकिस्तान ने भारत पर आक्रमण कर दिया। यह युद्ध 5 अगस्त 1965 को शुरू हुआ और 23 सितंबर 1965 को संयुक्त राष्ट्र की मध्यस्थता के बाद समाप्त हुआ।

यह युद्ध दक्षिण एशिया के इतिहास में विशेष महत्व रखता है, क्योंकि यह न केवल कश्मीर को लेकर था, बल्कि इसके कई और रणनैतिक पहलू भी सामने आए थे। इस युद्ध का एक महत्वपूर्ण बिंदु था गुजरात के कच्छ के रण के क्षेत्र में दोनों देशों के बीच पहले से चले आ रहे सीमा विवाद से उत्पन्न तनाव। इस संघर्ष ने पहले से ही दोनों देशों के बीच बढ़ते अविश्वास को और गहरा कर दिया था।

युद्ध में पाकिस्तान द्वारा कश्मीर में अस्थिरता पैदा करने के लिए "ऑपरेशन जिब्राल्टर" चलाया गया था, जिसके तहत घुसपैठियों को कश्मीर भेजा गया ताकि वहाँ जन-विद्रोह को उत्पन्न किया जा सके। पाकिस्तान को यह विश्वास था कि कश्मीर में विद्रोह भड़काने से भारत को कमज़ोर किया जा सकता है, लेकिन भारतीय सेना ने इस योजना को असफल कर दिया। जवाबी कार्रवाई के तहत, 15 अगस्त, 1965 को भारतीय सेना ने हाजी-पीर के दर्रे और पाकिस्तान अधिकृत कश्मीर के अन्य क्षेत्रों में हमले किए। 1965 का यह युद्ध भारतीय सैन्य शक्ति की कड़ी परीक्षा थी, जो 1962 के भारत-चीन युद्ध की हार के बाद से लगातार सुदृढ़ हो रही थी। भारतीय थलसेना और वायुसेना ने इस संघर्ष में अपनी ताकत का बेजोड़ प्रदर्शन किया और पाकिस्तान के हमलों का मुँहतोड़ जवाब दिया।

पाकिस्तान ने 1 सितंबर, 1965 को भारत के छंब सेक्टर पर आक्रमण कर दिया, जिसके जवाब में भारतीय सेना ने पकिस्तान के सियालकोट के क्षेत्रों में बड़ी सफलताएँ प्राप्त कीं। 6 सितंबर, 1965 को भारत ने लाहौर के पास, सीमा को पार करके, हमला किया, जो इस युद्ध का निर्णायक मोड़ बना। इस युद्ध में असलउत्ताड़ और सियालकोट के क्षेत्रों में टैंकों की ऐतिहासिक लड़ाइयाँ लड़ी गईं, जो युद्ध की दिशा तय करने वाली साबित हुईं।

लालबहादुर शास्त्री के नेतृत्व में भारत ने न केवल इस युद्ध में अपनी सैन्य क्षमता साबित की, बल्कि एक उभरती वैश्विक शक्ति के रूप में अपनी छवि को भी मजबूत किया। युद्ध के दौरान, भारतीय समाज में देश के लिए एकता, राष्ट्रवाद और दृढ़ता की भावना तेजी से विकसित हुई। शास्त्री जी का सादा जीवन और उनके नेतृत्व की दृढ़ता ने देश को एकजुट किया।

इस युद्ध में भारतीय वायुसेना की भूमिका भी अत्यंत महत्वपूर्ण रही, जिसने पाकिस्तान के प्रमुख ठिकानों पर हमले कर उन्हें भारी नुकसान पहुँचाया। युद्ध में भारतीय सेना ने पाकिस्तान की आक्रामक रणनीतियों को विफल कर दिया और अपनी सैन्य शक्ति का लोहा मनवाया। युद्ध के बाद हुए ताशकंद समझौते ने दोनों देशों को शांति की ओर बढ़ाया, लेकिन यह संघर्ष भारत और पाकिस्तान के बीच कटुता और अविश्वास की जड़ें और गहरी कर गया। इस युद्ध के दौरान दोनों देशों को भारी क्षति उठानी पड़ी। अंततः, संयुक्त राष्ट्र ने हस्तक्षेप किया और 22 सितंबर, 1965 को दोनों देशों के बीच युद्धविराम लागू हुआ। इसके बाद, 23 सितंबर को युद्ध समाप्त करने की औपचारिक घोषणा की गई।

युद्धविराम के बाद, शांति वार्ता के लिए 10 जनवरी, 1966 को तत्कालीन सोवियत संघ के ताशकंद शहर में भारत के प्रधानमंत्री लाल बहादुर शास्त्री और पाकिस्तान के

राष्ट्रपति अयूब खान के बीच समझौता हुआ। ताशकंद समझौते में दोनों देशों ने युद्ध के दौरान जीते गए क्षेत्रों को वापस करने का निर्णय लिया और भविष्य में शांति कायम करने के लिए ठोस क़दम उठाने पर सहमति जताई। हालांकि, शांति समझौते के कुछ ही समय बाद ताशकंद में ही शास्त्री जी का असामयिक निधन हो गया।

लाल बहादुर शास्त्री की छवि इस युद्ध के बाद एक सशक्त, साहसी और निर्णायक नेता के रूप में उभर कर आई। "जय जवान, जय किसान" के उनके नारे ने देशवासियों को एकजुट किया और उनकी नेतृत्व क्षमता ने युद्ध के समय देश को मजबूती प्रदान की। इस युद्ध ने अंतरराष्ट्रीय समुदाय का ध्यान आकर्षित किया। अमेरिका और सोवियत संघ ने युद्ध को समाप्त कराने में अहम भूमिका निभाई। इसके अलावा, चीन ने पाकिस्तान का समर्थन किया, जिससे क्षेत्रीय भू-राजनैतिक संतुलन में बदलाव आया।

बिरू का ख़याल था कि यद्यपि चीन के हमले के बाद से ही पकिस्तान के भारत पर किए जाने वाले हमले की आशंका थी। लेकिन पकिस्तान का दुस्साहस इतना कैसे बढ़ गया? उनको लगता था कि इस युद्ध में तो हम कश्मीर के पकिस्तान के कब्जे वाले हिस्से को वापस ले ही लेंगे। फिर उनका ध्यान गया कि कितने सिपाहियों की मौत हो रही है इस युद्ध में? कई तो बिलकुल युवा ही थे, उनके परिवार का अब क्या होगा? देश की विकास योजनाओं का अब क्या होगा? 'जय जवान-जय किसान' ही एक सहारा दिखाई पड़ रहा है। बिना जवानों की मदद से देश की सुरक्षा और विकास संभव नहीं हैं और बिना किसानों की हिम्मत बढ़ाए देश के खाद्यान्न संकट से उबरना भी संभव नहीं होगा। अमरीका से भेजे गए गेहूं लाल रंग के हैं और उनसे बना आटा कुछ-कुछ रबड़ जैसा खिंचता है और उसकी रोटी भी खाते समय अच्छी नहीं लगती है।

अब हमें कृषि पर बहुत अधिक ध्यान देना होगा तभी देश में स्थिरता व शांति क़ायम रह सकेगी और देश का विकास हो सकेगा। युद्ध में देश के जो संसाधन नष्ट हुए हैं उनकी भरपाई भी करनी होगी। लालबहादुर शास्त्री जी ने साहस का परिचय दिया है और हमारी सेनाएं लाहौर के निकट तक पहुँच गईं हैं और अब तो लाहौर ले ही लेना चाहिए। अगर लाहौर पर देश का कब्जा हो जाए तो पकिस्तान से कश्मीर का उसके कब्ज़े वाला हिस्सा भी वापस लिया जा सकता है।

बिरू फिर सोचने लगे कि शास्त्री जी क्यों जीते हुए क्षेत्रों से अपनी सेनाएं वापस करने को सहमत हो गए? अवश्य रूस ने उनपर नाजायज दबाव बनाया होगा। अमरीका तो वैसे ही पाकिस्तान के पक्ष में था अब अगर रूस भी उसके पक्ष में चला गया तो भारत का क्या

होगा? चीन से सम्बन्ध सामान्य नहीं हो पाए हैं, चीन ने भारत की जिस भूमि को सन 1962 के युद्ध के दौरान अपने कब्ज़े में ले लिया था, उसे वह भारत को वापस लौटाएगा या नहीं?

भारत के चारों ओर दुश्मनों की संख्या बढ़ती जा रही है, यह देश के लिए अच्छा नहीं है। भारत के विकास की दिशा और दशा अब क्या होगी? भारत इन चुनौतियों से कैसे निबटेगा? बिरू की सोच की दिशा ने करवट ली- शस्त्री जी की मृत्यु कैसे हुई यह जानने के लिए प्रत्येक भारतीय उत्सुक है। क्या रूस के दबाव को शास्त्री जी बर्दास्त नहीं कर पाए? या उन्हें लगा कि पाकिस्तान के पक्ष में समझौता हो जाने के बाद वह देशवासियों के सवालों के जबाव कैसे दे पाएंगे? और क्या इसी सदमें से उनकी जान चली गई?

देशवासी अभी अपने सीधे और सरल स्वभाव के, करुणा से भरे हृदय वाले परन्तु साहसी प्रधानमंत्री की असामायिक मौत के सदमे से उभर भी नहीं पाए थे कि सत्ताधारी पार्टी कांग्रेस में सत्ता के लिए स्वार्थगत संघर्ष के उग्र होने की ख़बरें लीक होने लगीं। प्राय: यह देखा जाता है कि विवेक की जब अधिक आवश्यकता होती है उसी समय व्यक्ति अपने विवेक को खोने लगता है। कुछ ऐसा ही हो रहा था कांग्रेस के सत्तालोलुप राजनेताओं के मनस में। उन्हें न देश के की सुरक्षा की परवाह थी और न ही देशवासियों के विकास की। देश में राजनैतिक अस्थिरता बढ़ती ही जा रही थी, आर्थिक स्थिति बद से बदतर होती जा रही थी और सामाजिक असमानता भी अब पुनः बढ़ने लगी थी जो स्वतंत्रता मिलने के समय कुछ-कुछ कम होने लगी थी।

23.

चतुर्थ आम चुनाव

सन 1967 में हुए भारत के चतुर्थ आम चुनाव भारतीय राजनीति के इतिहास में एक महत्वपूर्ण मोड़ साबित हुए। यह चुनाव भारतीय लोकतंत्र के लिए अत्यधिक अहम थे, क्योंकि देश की राजनीति में भारतीय राष्ट्रीय कांग्रेस पार्टी की पकड़ पहली बार कमज़ोर होती दिखाई दी और कई राज्यों में देश के प्रमुख विपक्षी राजनैतिक दलों और क्षेत्रीय दलों ने सत्ता में हिस्सेदारी की। यह चुनाव न केवल राजनीतिक परिदृश्य में बदलाव का प्रतीक था, बल्कि यह भारतीय लोकतंत्र की परिपक्वता और विविधता को भी दर्शाता था। पहली बार कुछ राज्यों में गठबंधन सरकारें बनीं और विपक्षी दलों की एकता ने भारतीय राजनीति में विपक्ष की नई धारणा प्रस्तुत की।

पंडित जवाहरलाल नेहरू के निधन के बाद कांग्रेस पार्टी में नेतृत्व संकट उत्पन्न हुआ। नेहरू के बाद लाल बहादुर शास्त्री प्रधानमंत्री बने, हालांकि 1966 में ताशकंद समझौते के कुछ ही समय बाद शास्त्री जी का भी अचानक निधन हो गया। इसके बाद इंदिरा गांधी को प्रधानमंत्री चुना गया, जो पंडित नेहरू की पुत्री थीं। उस समय उनके सीधेपन के कारण मीडिया में उन्हें 'गूंगी गुडिया' तक कहा गया। इंदिरा गांधी के प्रधानमंत्री बनने के बाद कांग्रेस के अंदर नेतृत्व को लेकर विवाद सामने आए। कुछ वरिष्ठ नेताओं, जिन्हें 'सिंडिकेट' कहा जाता था, ने इंदिरा गांधी के नेतृत्व पर सवाल उठाए। कांग्रेस पार्टी के लिए यह एक चुनौतीपूर्ण समय था, क्योंकि नेहरू की करिश्माई नेतृत्व शैली के बिना पार्टी के भीतर अस्थिरता बढ़ने लगी थी।

1960 के दशक में भारत को कई आर्थिक और सामाजिक चुनौतियों का सामना करना पड़ा। 1965 के भारत-पाकिस्तान युद्ध के बाद देश की आर्थिक स्थिति गंभीर रूप से प्रभावित हुई थी। साथ ही, 1965-1966 में देश के कृषि उत्पादन में भारी गिरावट

आई और खाद्य संकट ने गंभीर रूप धारण कर लिया। इनके परिणामस्वरूप बढ़ती हुई मुद्रास्फीति, बेरोज़गारी और ग़रीबी ने आम जनता की मुश्किलें बहुत अधिक बढ़ा दीं। इस दौरान देश में हरित क्रांति का आरंभ तो हुआ, लेकिन इसके प्रभाव तुरंत नहीं दिखे, जिससे जनता में असंतोष का माहौल पनपने लगा। सरकार की औद्योगिकीकरण की नीतियों से भी तब तक अपेक्षित परिणाम नहीं मिल सके और यह अस्थिरता भी जनता के असंतोष को बढ़ाने में अहम साबित हुई।

कांग्रेस पार्टी के अंदर भी इस समय असंतोष बढ़ने लगा था। इंदिरा गांधी और 'सिंडिकेट' के नेताओं के बीच मतभेद गहरे होते चले गए। मोरारजी देसाई जैसे वरिष्ठ नेता इंदिरा गांधी की नीतियों से असहमत थे और इससे कांग्रेस पार्टी में शक्ति-संघर्ष बढ़ता गया। इस आंतरिक असंतोष ने कांग्रेस पार्टी को कमज़ोर किया और विपक्षी दलों को एकजुट होकर कांग्रेस के ख़िलाफ़ एक मजबूत मोर्चा बनाने का मौका मिला।

1967 के चतुर्थ आम चुनाव से पहले विपक्षी दलों ने पहली बार एकजुट होकर कांग्रेस के ख़िलाफ़ चुनाव लड़ने की योजना बनाई। भारतीय जनसंघ, भारतीय कम्युनिस्ट पार्टी, समाजवादी पार्टी और स्वतंत्र पार्टी जैसे प्रमुख विपक्षी दलों ने कांग्रेस के विरुद्ध एक "संयुक्त विपक्ष" का गठन किया। यह विपक्षी एकता इस चुनाव की सबसे महत्वपूर्ण विशेषता थी, जिसने कांग्रेस की ताक़त को चुनौती दी और भारतीय राजनीति में एक नया राजनीतिक समीकरण उभरकर सामने आया।

ये आम चुनाव भारतीय लोकतंत्र के इतिहास में एक महत्वपूर्ण मोड़ साबित हुए। पहली बार कांग्रेस की पकड़ कमज़ोर होती दिखाई दी और विपक्षी दलों ने मजबूती से अपना स्थान बनाया। कांग्रेस का लंबे समय से चला आ रहा वर्चस्व कई राज्यों में टूट गया और संयुक्त विपक्ष ने कई क्षेत्रों में चुनावी सफलता प्राप्त की। इसके परिणामस्वरूप, कुछ राज्यों में पहली बार गैर-कांग्रेसी सरकारें बनीं। इस चुनाव ने भारतीय राजनीति में क्षेत्रीय दलों के उदय, गठबंधन सरकारों के गठन और विपक्षी एकता की परिपक्वता को जन्म दिया।

इन चुनावों में लगभग 25 करोड़ मतदाताओं को मताधिकार मिला, जिसमें से करीब 55% लोगों ने अपने मताधिकार का प्रयोग किया। इस चुनाव में इंदिरा गांधी के नेतृत्व में कांग्रेस ने अपने राजनीतिक वर्चस्व को बनाए रखने की पूरी कोशिश की, लेकिन पार्टी के आंतरिक मतभेद और जनता में बढ़ते असंतोष के कारण उसे कठिन चुनौतियों का सामना करना पड़ा।

जनसंघ, जो श्यामा प्रसाद मुखर्जी के नेतृत्व में स्थापित हुई थी, अब अटल बिहारी

वाजपेयी और लालकृष्ण आडवाणी जैसे युवा और प्रभावशाली नेताओं के नेतृत्व में राष्ट्रवाद और हिंदुत्व के मुद्दों को ज़ोर-शोर से उठा रही थी। जनसंघ ने चुनावी समर में ख़ुद को एक सशक्त राष्ट्रवादी पार्टी के रूप में प्रस्तुत किया। कम्युनिस्ट पार्टी ने भी इस चुनाव में अपनी उपस्थिति दर्ज कराई, विशेषकर केरल और पश्चिम बंगाल जैसे राज्यों में। वहीं, स्वतंत्र पार्टी, जो कांग्रेस की समाजवादी नीतियों का विरोध कर रही थी और मुक्त बाज़ार की अर्थव्यवस्था का समर्थन करती थी, सी राजगोपालाचारी के नेतृत्व में उदारवादी विचारधारा का प्रतिनिधित्व कर रही थी।

इन चुनावों में सबसे बड़ा मुद्दा आर्थिक अस्थिरता और बढ़ती ग़रीबी थी। देश में बेरोज़गारी और महंगाई के कारण जनता में असंतोष व्याप्त था। विपक्ष ने कांग्रेस की आर्थिक नीतियों की आलोचना करते हुए इसे चुनावी मुद्दा बनाया। 1965-1966 के बीच उत्पन्न हुए खाद्य संकट ने किसानों और ग्रामीण जनता की स्थिति को और अधिक दयनीय बना दिया था। विपक्षी दलों ने किसानों की बदहाली और सरकार की कृषि नीतियों की विफलता को ज़ोर-शोर से उठाया साथ ही, कांग्रेस पर सत्ता के दुरुपयोग और भ्रष्टाचार के आरोप भी लगाए गए।

आज़ादी के बाद हुए चतुर्थ आम चुनावों में कांग्रेस पार्टी को लोकसभा में बहुमत तो मिला, लेकिन उसकी स्थिति पहले की तुलना में काफी कमज़ोर हो गई। 520 सीटों में से कांग्रेस ने केवल 283 सीटें जीतीं। यह पहली बार था जब कांग्रेस का राजनैतिक प्रभुत्व डगमगाया और उसकी सीटों की संख्या में उल्लेखनीय गिरावट आई। इस चुनाव में स्वतंत्र पार्टी, जनसंघ और सी पी आई ने क्रमशः 44, 35 और 23 सीटें जीतीं। वामपंथी दलों ने केरल और पश्चिम बंगाल जैसे राज्यों में अपनी जड़ें मजबूत कीं। पश्चिम बंगाल में मार्क्सवादी कम्युनिस्ट पार्टी (सी पी आई एम) का उभार शुरू हो गया, जो आने वाले वर्षों में राज्य की प्रमुख राजनीतिक शक्ति बन गई।

इन चुनावों की सबसे बड़ी विशेषता यह थी कि कांग्रेस को कई प्रमुख राज्यों में सत्ता से हाथ धोना पड़ा। सात राज्यों में कांग्रेस की हार हुई, जो उत्तर प्रदेश, बिहार, पश्चिम बंगाल, तमिलनाडु, पंजाब, केरल और ओडिशा जैसे महत्वपूर्ण राज्य थे। यह कांग्रेस के लिए एक बड़ा झटका था, क्योंकि इन राज्यों में कांग्रेस लंबे समय से सत्ता में क़ाबिज़ थी। उत्तर प्रदेश में कांग्रेस की हार ने कांग्रेस पार्टी को गहरा झटका दिया, क्योंकि यह राज्य लोकसभा की सबसे अधिक सीटों वाला राज्य था। वहीं, तमिलनाडु में स्थानीय पार्टी द्रविड़ मुनेत्र कड़गम (डी एम के) की जीत ने राज्य की राजनीति में कांग्रेस के वर्चस्व को

समाप्त कर दिया। डी एम के की जीत ने देश की राजनीति में क्षेत्रीय दलों के उदय का संकेत दिया।

ये चुनाव न केवल कांग्रेस पार्टी की राजनीतिक पकड़ के कमज़ोर होने का प्रतीक थे, बल्कि ये भारतीय लोकतंत्र की परिपक्वता का भी संकेत देते हैं। क्षेत्रीय दलों के उभार, गठबंधन सरकारों की आवश्यकता और विपक्षी दलों की एकता ने भारतीय राजनीति को एक नया आयाम दिया। यह चुनाव एक नए युग की शुरुआत थी, जहाँ कांग्रेस को अब अपनी सत्ता बनाए रखने के लिए विपक्ष से कड़ी चुनौती का सामना करना पड़ा। यह चुनाव उस समय का प्रतीक बन गया जब क्षेत्रीय मुद्दे और पहचान राष्ट्रीय राजनीति में प्रमुखता से उभरे। राज्यों में क्षेत्रीय दलों ने अपने-अपने मुद्दों पर चुनाव लड़ा और सफलताएँ हासिल कीं, जिससे यह साफ़ हो गया कि भारतीय राजनीति केवल राष्ट्रीय मुद्दों तक सीमित नहीं रह सकती।

इसके अलावा, 1967 के चुनावों के परिणामस्वरूप कई राज्यों में गठबंधन सरकारों का गठन हुआ। विपक्षी दलों ने कांग्रेस के ख़िलाफ़ एकजुट होकर चुनाव लड़ा और उसे कई राज्यों में सत्ता से बाहर कर दिया। यह भारतीय राजनीति में गठबंधन सरकारों की संस्कृति की शुरुआत का प्रतीक था, जहाँ विभिन्न विचारधाराओं के दल एक साथ आकर सत्ता में हिस्सेदारी कर रहे थे। कांग्रेस के प्रभुत्व को ख़त्म करने के लिए यह विपक्षी दलों की एकता एक महत्वपूर्ण क़दम साबित हुई, और इसका असर कई राज्यों में देखा गया जहाँ गैर-कांग्रेसी सरकारें बनीं।

इन चुनावों के बाद कांग्रेस पार्टी में आंतरिक मतभेद और गहरा गए। इंदिरा गांधी और पार्टी के वरिष्ठ नेताओं के बीच तनाव बढ़ता गया, जो आगे चलकर 1969 में कांग्रेस पार्टी के विभाजन का कारण बना। इंदिरा गांधी ने "कांग्रेस (आर)" के रूप में अपनी अलग पार्टी बनाई, जबकि पुराने कई वरिष्ठ नेता "कांग्रेस (ओ)" के रूप में अलग हो गए। इस विभाजन ने कांग्रेस के राष्ट्रीय वर्चस्व को कमज़ोर किया तथा विपक्ष को और अधिक सशक्त बनाया।

राज्यों में गठबंधन सरकारें अक्सर स्थिर नहीं रह पाईं, जिसके परिणामस्वरूप राजनीतिक अस्थिरता बढ़ी। सत्ता के निरंतर परिवर्तन और गठबंधन सरकारों की अस्थिरता ने राज्यों की राजनीति को अस्थिरता की ओर धकेल दिया। यह स्थिति न केवल राज्य के स्तर पर बल्कि राष्ट्रीय राजनीति पर भी असर डालने लगी, जिससे भारत के राजनैतिक परिदृश्य में बदलाव आए।

धीरे–धीरे इंदिरा गांधी ने अपने हिस्से की कांग्रेस पार्टी को मज़बूत करना प्रारंभ किया

और अपनी पार्टी के अपने विरोधियों को पृथक करना प्रारम्भ किया। उनके विरोधियों ने भी प्रत्येक तरह के दुस्साहस किए और इंदिरा गाँधी को कमज़ोर करने के प्रयास किए लेकिन अंततः इंदिरा गाँधी को सफलता मिली।

इसी सोच-विचार के मध्य बिरू को ध्यान आया कि उनका मकान पुलिस थाना कोतवाली के पास स्थित था, और एक दिन बिरू ने देखा कि कोतवाली की नाली का गंदा पानी और कूड़ा-करकट उसके मकान पर आ रहा है। बिरू ने कोतवाली के पुलिसकर्मियों से बात की, लेकिन उन्होंने अनुचित ढंग से उनसे बहस की। पुलिस वालों की नाली का पानी उनके परिसर से आकर बिरू के मकान की दीवारों को नुकसान पहुँचा रहा था। रोज़ाना पुलिस वालों से उनकी तक़रार होने लगी। माह अक्टूबर 1968 में थाना कोतवाली के दरोगा रावत ने बिरू की कच्ची लेट्रीन को तोड़ दिया और कुछ पुलिसकर्मियों की मदद से उनके मकान के पास खंबे गाड़कर तार की बाड़ लगा दी। उस समय बिरू घर पर नहीं थे, रज्जू की माँ ने अकेले ही पुलिसकर्मियों के इन अनुचित कामों का विरोध किया। दरोगा रावत ने उन्हें धमकी दी कि अगर उसने बाड़ हटाने की कोशिश की तो वह उनके ख़िलाफ़ मुकदमा कर देगा।

शाम को जब बिरू घर आए, तो उन्हें सारी घटना का पता चला। बिरू ने तुरंत डिप्टी कमिश्नर से पुलिस की इन ज्यादतियों की शिकायत की और रामप्रसाद टम्टा चेयरमैन साहब को भी स्थिति से अवगत कराया। डिप्टी कमिश्नर के आदेश पर एक जाँच-बोर्ड गठित किया गया। जाँच-बोर्ड की रिपोर्ट बिरू के पक्ष में आई। अंततः थाने की नाली, बाज़ार की गली की ओर मोड़ दी गई, और समस्या का समाधान हुआ।

दूसरे दिन अल्मोड़ा के एस पी ने बिरू को 12 घंटे का नोटिस दिया, जिसमें कहा गया कि बिरू अगले दिन दोपहर 12 बजे तक अपने कथ्य के संबंध में प्रमाण प्रस्तुत करें, अन्यथा 12 बजे के बाद पुलिस अपनी बाउंड्रीवाल के निर्माण का कार्य शुरू कर देगी। यह नोटिस बिरू को दोपहर 3 बजे के करीब मिला। बिरू बेहद चिंतित हो गए क्योंकि उस समय तक अदालतें बंद हो चुकी थीं और उन्हें इस प्रकरण में अब अदालत का आदेश जारी कराना आवश्यक था। इस सिलसिले में बिरू परगनाधिकारी चौबे जी के पास गए, लेकिन उन्होंने बिरू से कहा कि बिरू पुलिस की ज़मीन पर कब्जा करने की कोशिश कर रहे हैं। बिरू ने उन्हें स्पष्ट किया कि स्थिति इसके उलट है—पुलिसवाले उनकी ज़मीन

हथियाने की कोशिश कर रहे हैं और बिरू इस संबंध में न्याय की मांग कर रहे हैं ।

चौबे जी ने अमीन षष्ठीदत्त और पूरनचंद्र को मामले की तस्दीक करने के लिए भेजा। कानूनगो, अमीन और दो दरोगाओं ने बिरू के कागज़ात का निरीक्षण किया और अंततः फ़ैसला उनके पक्ष में आया। इस प्रकार पुलिस के साथ बिरू का विवाद समाप्त हो गया और न्याय की जीत हुई।

बीरू सोचने लगे कि यदि सरकारी अधिकारियों के स्तर से उनको समय से न्याय न मिलता तो क्या होता? न्याय पाने के लिए यदि उन्हें न्यायपालिका जाना पड़ता तो न्याय मिलने में कई वर्ष लग जाते और इसके अतिरिक्त न्याय पाने के लिए न जाने कितना पैसा ख़र्च करना पड़ता।

इस प्रकरण से बिरू के इस विश्वास की पुष्टि हुई कि प्रशासनिक अधिकारियों को जनता की समस्याओं के प्रति अधिक संवेदनशील होना चाहिए और जनता की समस्याओं की जानकारी प्राप्त होते ही प्रशासनिक अधिकारियों को अपने स्तर से पहल करके समस्या को हल करने के प्रयास करने चाहिए। इसके अतिरिक्त न्यायपालिका को भी अपने कार्यों की समीक्षा करते रहना चाहिए और प्रयास करते रहना चाहिए कि न्यायपालिका में ऐसी कार्यप्रणाली विकसित की जाए जिससे जनता को शीघ्र और कम ख़र्च में न्याय मिल सके।

25.

भारत के पाँचवें आम चुनाव

सन् 1969-70 की बात है, जब रज्जू इंटरमीडिएट की पढ़ाई कर रहा था, बिरू ने उसका व्रतपन (जनेऊ-संस्कार) कराने का निर्णय लिया। उसकी माँ भी कई दिनों से इस विषय पर बिरू से आग्रह कर रही थी। एक शाम, जब बिरू व्रतपन के लिए आवश्यक सामान की सूची बना रहे थे, रज्जू को इस बात का पता चल गया। वह अपनी माँ से कहने लगा, "अभी मेरा व्रतपन मत करो, अगर तुम्हारे पास व्रतपन के लिए पैसा है, तो उसे मेरी डॉक्टर की पढ़ाई के लिए रख लो। व्रतपन तो शादी के वक़्त भी हो सकता है।" बिरू ने उसकी बात मानी और उसे इलाहाबाद में पी एम टी की परीक्षा देने भेज दिया, लेकिन उस साल वह परीक्षा में सफल नहीं हो सका, फिर उसने इलाहाबाद विश्वविद्यालय में बी एस सी में दाखिला ले लिया।

अगले साल रज्जू ने पी एम टी की परीक्षा में सफलता हासिल की। इस ख़बर से घर-परिवार और आसपास के लोग अत्यंत प्रसन्न हुए और बधाइयाँ देने लगे। जब बिरू खरही गए, तो चाचा फकीरराम जी भी बहुत ख़ुश हुए। उन दिनों गर्मी का मौसम था, और कुछ दिनों बाद बिरू नाघर होते हुए अल्मोड़ा वापस आ गए। जुलाई 1971 में, बिरू ने रज्जू को डॉक्टर की पढ़ाई के लिए इलाहाबाद भेजा, जहाँ वह मेडिकल कॉलेज के होस्टल में रहने लगा।

इधर कुन्दन ने इंटर की परीक्षा पास कर बी एस सी में दाखिला ले लिया। कुन्दन अत्यंत कुशाग्र बुद्धि का था। रज्जू ने कुन्दन को इलाहाबाद बुलाया, जहाँ से उसने आई आई टी का फार्म भरा। उसकी परीक्षा नैनीताल में हुई और जून के अंत में कुन्दन के पास होने की ख़बर आई, उसका चयन आई आई टी दिल्ली के लिए हुआ था। रिजल्ट जानकर कुन्दन बहुत प्रसन्न हुआ, लेकिन बिरू चिंता में पड़ गए कि अब उसकी इंजीनियरिंग की

पढ़ाई के लिए पैसों की व्यवस्था कैसे की जाए? उनके मन में यही सवाल घूमता रहा कि इतने बड़े खर्च का इंतज़ाम कैसे करें?

उन दिनों अमीनी का काम भी धीरे-धीरे कम होता जा रहा था। पहले लीसा के काम से अच्छी आमदनी हो जाती थी, लेकिन समय के साथ इस काम में आय घटती गई और वर्ष 1971 आते-आते इस काम से आमदनी ख़त्म-सी हो गयी थी। बिरू के परिवार के ख़र्चों का बोझ बढ़ने लगा था और उनकी आर्थिक स्थिति बिगड़ने लगी थी। जब बिरू ने कचेहरी के अपने मित्रों से इस सम्बन्ध में चर्चा की तो उनके मित्र शंकरदत्त जोशी ने उन्हें बताया कि हॉर्टिकल्चर इंस्पेक्टर अनूपसिंह रौतेला उनके मकान को ख़रीदने के इच्छुक हैं। उन्होंने बिरू को सुझाव दिया कि वह उनसे 5000 रुपये लेकर मकान बेचने का छः महीने का इक़रार कर लें और इस बीच रुपयों का प्रबंध करके उनका पैसा वापस कर दें। बिरू ने इस पर गंभीरता से विचार किया परन्तु ऐसा किया नहीं और किसी तरह अपने अमीन कामों से ही घर के बढ़ते हुए ख़र्चों को पूरा करने की कोशिश करते रहे।

भारत के पाँचवें आम चुनाव 1971 में हुए। इन चुनावों ने न केवल कांग्रेस पार्टी की स्थिति को पहले की अपेक्षा मजबूत किया, बल्कि इंदिरा गांधी के नेतृत्व को भी नए आयाम दिए। 1967 के चुनावों के बाद से कांग्रेस पार्टी कई आंतरिक और बाहरी चुनौतियों का सामना कर रही थी। पार्टी की आंतरिक अस्थिरता, पार्टी का विभाजन और विपक्ष की बढ़ती ताकत ने इंदिरा गांधी की नेतृत्व-क्षमता को परखा।

1969 में कांग्रेस दो हिस्सों में विभाजित हो गई थी। एक गुट "कांग्रेस (ओ)" मोरारजी देसाई जैसे वरिष्ठ नेताओं का रहा जिसने अपनी पार्टी को मूल कांग्रेस पार्टी कहा, जबकि दूसरा गुट इंदिरा गांधी के नेतृत्व में "कांग्रेस (आर)" बना। इस विभाजन ने भारतीय राजनीति में एक नई धारा का निर्माण किया, जिसमें इंदिरा गांधी ने ख़ुद को एक सशक्त और करिश्माई नेता के रूप में प्रस्तुत किया।

इस चनाव से पूर्व 1969 में इंदिरा गांधी ने भारतीय अर्थव्यवस्था और समाजवादी नीतियों को बढ़ावा देने के उद्देश्य से 14 बड़े बैंकों का राष्ट्रीयकरण किया। यह क़दम उस समय के आर्थिक परिदृश्य में एक बड़े परिवर्तन का द्योतक था, जिसने ग़रीब और मध्यम वर्ग के लोगों के बीच इंदिरा गांधी की लोकप्रियता को और भी बढ़ा दिया। हालांकि, इस फ़ैसले के कारण कांग्रेस (ओ) और अन्य विपक्षी दलों ने उनकी नीतियों की कड़ी आलोचना की। इंदिरा गांधी की समाजवादी नीतियों को जनसमर्थन तो मिला, लेकिन इससे उनकी पार्टी के भीतर के विभिन्न गुटों में मतभेद और विपक्षी दलों में उनके प्रति असंतोष भी बढ़ गया।

इसी कड़ी में, 1970 में इंदिरा गांधी ने प्रिवी पर्स को समाप्त करने का साहसिक फैसला लिया। प्रिवी पर्स वह आर्थिक सहायता थी, जो रियासतों के राजाओं को भारत सरकार के द्वारा दी जाती थी। इस निर्णय का उद्देश्य समाजवाद और आर्थिक समानता को बढ़ावा देना था और इससे इंदिरा गांधी का जनाधार और मजबूत हुआ, विशेषकर गरीबों और वंचितों के बीच। हालांकि, इस फ़ैसले से पुरानी रियासतों और उनके समर्थकों में नाराज़गी फैल गई, लेकिन इंदिरा गांधी ने जनता के बीच अपनी पकड़ बनाए रखी।

इंदिरा गाँधी ने "ग़रीबी हटाओ" का नारा देकर एक ऐसी राजनीतिक रणनीति बनाई, जिसने देश के ग़रीब और वंचित वर्गों को उनके पक्ष में कर दिया। यह नारा न केवल चुनावी प्रचार का हिस्सा था, बल्कि इसके पीछे इंदिरा गांधी के आर्थिक सुधारों और ग़रीबी-उन्मूलन के दृढ़ संकल्प की झलक भी थी। उन्होंने इस नारे के माध्यम से यह संदेश दिया कि देश का आर्थिक विकास तब तक सार्थक नहीं हो सकता, जब तक समाज के निचले तबके को न्याय और समान अवसर नहीं मिलते। इंदिरा गांधी की नीतियों के ख़िलाफ़ विपक्षी दलों ने महागठबंधन बनाने की कोशिश की, जिसमें कांग्रेस (ओ), भारतीय जनसंघ, स्वतंत्र पार्टी और समाजवादी दल शामिल थे। यह महागठबंधन कमज़ोर रहा और विपक्षी दल एक संगठित राजनैतिक ताक़त के रूप में उभरने में असफल रहे।

मोरारजी देसाई के नेतृत्व में कांग्रेस (ओ) ने इंदिरा गांधी के ख़िलाफ़ मोर्चा खोला था। कांग्रेस (ओ) ख़ुद को कांग्रेस की मूल पार्टी के रूप में प्रस्तुत करने की कोशिश कर रही थी, लेकिन इस प्रयास को ज़ियादा सफलता नहीं मिली। जनसंघ ने अटल बिहारी वाजपेयी और लालकृष्ण आडवाणी जैसे नेताओं के नेतृत्व में चुनाव लड़ा। यह पार्टी राष्ट्रवाद और हिंदुत्व की विचारधारा पर आधारित थी, लेकिन कांग्रेस (आर) के मुकाबले ज्यादा प्रभावी साबित नहीं हो सकी।

इंदिरा गांधी ने अपने चुनावी अभियान का केंद्र "ग़रीबी हटाओ" के नारे को बनाया, जिसने देश के ग़रीब, मजदूर, और किसानों के दिलों में एक उम्मीद जगा दी। उनका यह नारा आर्थिक सुधारों और गरीबों के उत्थान के प्रति उनके संकल्प को दर्शाता था। बैंकों का राष्ट्रीयकरण और प्रिवी पर्स की समाप्ति जैसे उनके आर्थिक फ़ैसले भी चुनाव के महत्वपूर्ण मुद्दे बने। इंदिरा गांधी ने इन नीतियों को गरीबों और वंचित वर्गों के हित में उठाया गया क़दम बताया, जबकि विपक्षी दलों ने उन पर सत्ता के अत्यधिक केंद्रीकरण का आरोप लगाया।

पाँचवें आम चुनावों में कांग्रेस (आर) ने प्रचंड जीत हासिल की, और इंदिरा गांधी की लोकप्रियता अपने चरम पर पहुँच गई। चुनाव में लगभग 27 करोड़ मतदाताओं में से

करीब 55% ने अपने वोट डाले। चुनाव की कुल 518 सीटों में से इन्दिरा गाँधी की कांग्रेस (आर), सी पी आई एम, सी पी आई, जनसंघ और कांग्रेस (ओ) को क्रमश: 352, 25, 23, 22, व 16सीटें मिलीं। यह चुनाव न केवल इंदिरा गांधी की व्यक्तिगत विजय थी, बल्कि कांग्रेस पार्टी के लिए भी एक नई शुरुआत का संकेत था।

पाँचवें आम चुनावों में विपक्षी दलों ने इंदिरा गांधी के ख़िलाफ़ एकजुट होने की कोशिश की, लेकिन उनकी एकता कमज़ोर साबित हुई। वे न तो कोई ठोस नीति पेश कर पाए और न ही कोई मजबूत नेतृत्व दे पाए। परिणामस्वरूप, पाँचवें आम चुनावों में कांग्रेस (आई) ने ऐतिहासिक जीत दर्ज की। इंदिरा गांधी की करिश्माई नेतृत्व-क्षमता और "ग़रीबी हटाओ" जैसे जनप्रिय नारों ने उन्हें भारी जन समर्थन दिलाया, जिससे इंदिरा गांधी की कांग्रेस (आर) की स्थिति और मजबूत हो गई। इस चुनाव ने भारतीय राजनीति में इंदिरा गांधी की पकड़ को और मजबूत किया। उनके नेतृत्व में कांग्रेस पार्टी ने न केवल राष्ट्रीय स्तर पर, बल्कि राज्यों में भी अपनी सत्ता को पुनः स्थापित किया।

इस चुनाव में मिली ऐतिहासिक जीत ने इंदिरा गांधी को न केवल कांग्रेस पार्टी के भीतर बल्कि राष्ट्रीय स्तर पर भी अति महत्त्वपूर्ण बना दिया। यह जीत उनके समाजवादी एजेंडे को और अधिक सुदृढ़ रूप से लागू करने का अवसर लेकर आई। विपक्षी दलों की करारी हार ने उनकी संगठित शक्ति की कमजोरियों को उजागर कर दिया। उनके प्रयासों के बावजूद, विपक्षी दल कोई ठोस रणनीति या प्रभावी नेतृत्व प्रस्तुत करने में असफल रहे। इसका नतीजा यह हुआ कि विपक्ष और अधिक बिखर गया, और कांग्रेस (आर) के सामने कोई मजबूत विकल्प मौजूद नहीं रहा।

चुनाव के बाद इंदिरा गांधी ने अपने समाजवादी एजेंडे को और भी प्रभावी तरीके से लागू किया। "ग़रीबी हटाओ" का नारा उनके नेतृत्व का मुख्य आधार बन गया। भूमि सुधारों के माध्यम से किसानों को उनके अधिकार दिलाने और सामंती व्यवस्था को कमज़ोर करने की दिशा में भी क़दम उठाए गए। इन सुधारों ने भारतीय समाज और अर्थव्यवस्था में गहरा प्रभाव डाला, जिससे आमजनता के बीच इंदिरा गांधी की लोकप्रियता और अधिक बढ़ी।

26.
बांग्लादेश का उदय

1971 में बांग्लादेश का उदय आधुनिक इतिहास की एक अति महत्वपूर्ण घटना है। बांग्लादेश की स्वतंत्रता के संघर्ष में भारत की भूमिका अत्यंत महत्वपूर्ण रही। पूर्वी पाकिस्तान (अब बांग्लादेश) और पश्चिमी पाकिस्तान (अब पाकिस्तान) के बीच लंबे समय से सांस्कृतिक, भाषाई और राजनैतिक भेदभाव थे। पकिस्तान के दोनों भागों के मध्य की भौगोलिक दूरी के अलावा, पूर्वी पाकिस्तान की बंगाली भाषा और संस्कृति को पश्चिमी पाकिस्तान के शासकों द्वारा अनदेखा किया जाता रहा। 1948 में जब पाकिस्तान सरकार ने उर्दू को राष्ट्रीय भाषा घोषित किया, तो पूर्वी पाकिस्तान में इसका कड़ा विरोध हुआ। बंगाली भाषा के अधिकारों के लिए प्रारंभ हुए संघर्ष ने धीरे-धीरे पूर्वी पाकिस्तान के लोगों के बीच असंतोष और आत्मनिर्णय की मांग को जन्म दिया। इस आंदोलन को 'भाषा-आंदोलन' के रूप में जाना जाता है, जो बांग्लादेश के स्वतंत्रता संघर्ष की नींव बना।

पकिस्तान में हुए 1970 के आम चुनावों में, पूर्वी पाकिस्तान की अवामी लीग ने भारी जीत दर्ज की। उनके नेता शेख मुजीब-उर-रहमान ने छह सूत्रीय कार्यक्रम के तहत पूर्वी पाकिस्तान के लिए स्वायत्तता की मांग की, जिसमें आर्थिक और प्रशासनिक अधिकारों का बड़ा हिस्सा शामिल था। पश्चिमी पाकिस्तान की सरकार ने पूर्वी पाकिस्तान की स्वायत्तता की मांग को अस्वीकार कर दिया। परिणाम यह हुआ कि पूर्वी पाकिस्तान में बड़े पैमाने पर पश्चिमी पाकिस्तान के विरुद्ध जनाक्रोश उत्पन्न हुआ और दृढ़ विरोध शुरू हो गया।

26 मार्च 1971 को पाकिस्तानी सेना ने पूर्वी पाकिस्तान में 'ऑपरेशन सर्चलाइट' नामक सैन्य अभियान शुरू किया, जिसका उद्देश्य शेख मुजीब-उर-रहमान और उनकी स्वतंत्रता समर्थक पार्टी अवामी लीग के आंदोलन को कुचलना था। इस अभियान के तहत पाकिस्तानी सेना ने निर्दोष नागरिकों पर अत्यंत क्रूरता से हमला किया, जिसमें हजारों लोग

मारे। इस नरसंहार को इतिहास में 'बांग्लादेश नरसंहार' के रूप में जाना जाता है, जिसने दुनिया को हिलाकर रख दिया। लाखों लोग अपनी जान बचाने के लिए शरणार्थी बनकर भारत में प्रवेश करने लगे। अनुमानतः 1 करोड़ से अधिक शरणार्थियों ने भारत में शरण ली, जिनकी व्यवस्था हेतु भारत पर अत्यधिक आर्थिक दबाव बढ़ गया।

भारत के लिए यह संकट केवल मानवीय नहीं रहा, बल्कि यह राष्ट्रीय सुरक्षा का भी गंभीर मुद्दा बन गया। शरणार्थियों की भारी संख्या ने सीमावर्ती क्षेत्रों में संसाधनों और बुनियादी ढांचे पर भारी दबाव डाला। प्रधानमंत्री इंदिरा गांधी के नेतृत्व में भारतीय सरकार ने इस चुनौती का समाधान खोजने के लिए अंतरराष्ट्रीय मंचों का सहारा लिया। इंदिरा गांधी ने शरणार्थी संकट और पूर्वी पाकिस्तान में हो रहे अत्याचारों की कड़ी निंदा की और इसे अंतरराष्ट्रीय मानवाधिकारों के उल्लंघन के रूप में प्रस्तुत किया। उन्होंने संयुक्त राष्ट्र और अन्य प्रमुख अंतरराष्ट्रीय संगठनों में पाकिस्तान की नीतियों के ख़िलाफ़ आवाज़ बुलंद की।

अमेरिका और चीन जैसे शक्तिशाली देशों का समर्थन पाकिस्तान के साथ था, जिससे भारत की स्थिति और अधिक चुनौतीपूर्ण हो गई। अमेरिका ने पाकिस्तान को अपना सहयोगी माना और चीन के साथ उसके रणनैतिक संबंधों को मजबूती प्रदान की। इन परिस्थितियों में भारत ने सोवियत संघ की ओर रुख किया। अगस्त 1971 में "भारत-सोवियत मैत्री संधि" पर हस्ताक्षर किए गए, जिससे भारत को अंतरराष्ट्रीय मंच पर एक मजबूत सहयोगी मिल गया।

1971 में स्थिति तब अधिक गंभीर हो गई, जब पाकिस्तान की सेना ने पूर्वी पाकिस्तान में विद्रोह को दबाने के लिए सैन्य कार्रवाई शुरू की। इस दमनात्मक कार्रवाई में हजारों लोग मारे गए और लगभग एक करोड़ लोगों को भारत में शरण लेनी पड़ी। पकिस्तान ने आरोप लगाया कि भारत ने पूर्वी पाकिस्तान के आन्दोलन का समर्थन किया और मुक्ति वाहिनी के गठन में महत्वपूर्ण भूमिका निभाई। मुक्ति वाहिनी एक स्वतंत्रता सेनानी संगठन था, जिसने पाकिस्तान की सेना के ख़िलाफ़ गुरिल्ला युद्ध छेड़ा था। पकिस्तान ने यह भी आरोप लगाया कि भारत ने इस संगठन को न केवल सैन्य प्रशिक्षण प्रदान किया, बल्कि हथियार और गोला-बारूद से भी सुसज्जित किया।

इंदिरा गांधी ने कूटनैतिक मोर्चे पर भी कई महत्वपूर्ण क़दम उठाए। उन्होंने अमेरिका, ब्रिटेन और फ्रांस के नेताओं से मुलाकात की और उन्हें पूर्वी पाकिस्तान में किए जा रहे पश्चिमी पाकिस्तान के अत्याचारों के बारे में जानकारी दी। हालांकि, पश्चिमी देशों ने पश्चिमी पाकिस्तान के ख़िलाफ़ कड़ा क़दम उठाने से परहेज़ किया। इसके बावजूद, इंदिरा गांधी ने

अपने धैर्य और दृढ़ निश्चय के साथ अंतरराष्ट्रीय समुदाय का ध्यान इस मानवीय संकट की ओर आकर्षित किया। सोवियत संघ के साथ गठजोड़ ने भारत को कूटनैतिक ताकत दी, जिसने अंततः भारत को सैन्य हस्तक्षेप के लिए सक्षम बनाया।

3 दिसंबर 1971 को पश्चिमी पाकिस्तान ने भारत के हवाई ठिकानों पर अचानक हमला किया, जिसके बाद भारत ने पश्चिमी पाकिस्तान के ख़िलाफ़ युद्ध छेड़ दिया। यह युद्ध मुख्य रूप से बांग्लादेश की स्वतंत्रता के लिए लड़ा गया। पूर्वी पाकिस्तान में मुक्ति वाहिनी और भारतीय सेना ने संयुक्त रूप से पश्चिमी पाकिस्तान की सेना का मुकाबला किया। भारतीय सेना ने पूर्वी पाकिस्तान में तेजी से बढ़त बनाई और ढाका की ओर क़दम बढ़ाए।

16 दिसंबर 1971 को भारतीय सेना और मुक्ति वाहिनी ने ढाका पर कब्जा कर लिया और पश्चिमी पाकिस्तान की सेना ने बिना शर्त आत्मसमर्पण कर दिया। इस प्रकार, मात्र 13 दिनों में युद्ध का अंत हुआ और पश्चिमी पाकिस्तान के 90,000 से अधिक सैनिकों की सेना ने भारतीय सेना के सामने आत्मसमर्पण कर दिया। इस ऐतिहासिक विजय के साथ पूर्वी पाकिस्तान एक स्वतंत्र राष्ट्र के रूप में उभरा और उसका नाम बांग्लादेश रखा गया।

1971 की विजय ने न केवल भारत की सैन्य क्षमता को साबित किया, बल्कि कूटनैतिक रूप से भी भारत की स्थिति को मजबूत किया। भारत ने बांग्लादेश की स्वतंत्रता को तुरंत मान्यता दी और आर्थिक, सैन्य, तथा मानवीय सहायता प्रदान की। शेख मुजीब-उर-रहमान, जो बांग्लादेश के पहले प्रधानमंत्री बने, भारत के करीबी मित्र रहे और दोनों देशों ने सहयोग और सद्भावना से अपने संबंधों को बढ़ावा दिया।

बांग्लादेश के उदय ने दक्षिण एशिया के भू-राजनैतिक परिदृश्य को पूरी तरह बदल दिया। इस युद्ध में भारत ने अपनी सैन्य क्षमता और कूटनैतिक चातुर्य का प्रदर्शन किया, जिससे भारत दक्षिण एशिया की प्रमुख शक्ति बनकर उभरा। बांग्लादेश के उदय में भारत की भूमिका ने इंदिरा गांधी की अंतरराष्ट्रीय प्रतिष्ठा को और अधिक मजबूत किया।

बांग्लादेश के स्वतंत्र होने के बाद, वहाँ से भारत में आए लाखों शरणार्थी वापस बांग्लादेश लौट गए, जिससे भारत पर शरणार्थियों के कारण हो रहा आर्थिक और सामाजिक दबाव समाप्त हो गया। इस युद्ध के दौरान अंतरराष्ट्रीय राजनीति में भी बड़ा बदलाव देखा गया। अमेरिका और चीन ने पाकिस्तान का समर्थन किया, जबकि सोवियत संघ भारत के पक्ष में खड़ा रहा। सोवियत संघ के साथ भारत का यह सहयोग युद्ध के दौरान और मजबूत हो गया।

27.
भारतीय राजनीति का काला अध्याय

इस बीच, कुन्दन, आई आई टी दिल्ली में अपने एडमिशन की प्रक्रिया की जानकारी प्राप्त करने के लिए बिरू के चचेरे भाई बहादुर राम टम्टा (बी आर टम्टा), जो उस समय दिल्ली के म्युनिस्पिल कमिश्नर थे, के पास दिल्ली गए। वह अपने साथ मीना को भी ले गए। जुलाई 1974 में कुन्दन का एडमिशन आई आई टी दिल्ली में कराने के लिए बिरू भी दिल्ली गए। उधर मीना ने दिल्ली से वापस आकर अल्मोड़ा के कालेज में बी एस सी में दाखिला ले लिया था। मीना की इच्छा एम बी बी एस करने की थी और जब उसने इंटर पास किया, तो जी जी आई सी अल्मोड़ा की प्रिंसिपल और मीना की क्लास टीचर उसके परिवार की उपलब्धियों पर चकित रह गईं, क्योंकि उस समय मीना का एक भाई डॉक्टरी की पढ़ाई कर रहा था और दूसरा भाई आई आई टी से इंजीनियरिंग कर रहा था।

अगस्त 1974 में बिरू की सेहत काफी बिगड़ गई। उनकी कमर में एक बालतोड़ हो गया, जिससे एक गुठली बन गई थ, और उससे उन्हें काफी तकलीफ़ होने लगी। डॉ। अग्रवाल ने बिरू का इलाज किया। घर वालों ने घर में देवताओं के नाम का उचैण पूजा-पाठ करवाया। घर में हालचाल पूछने आने वाले इष्ट-मित्रों और भाई-बिरादरों का आना-जाना लगा रहा। दवाओं का खर्च, बच्चों की पढ़ाई का खर्च और आने वाले मेहमानों की आवभगत का बोझ इतना भारी था कि उसे उठाना उनके लिए बहुत मुश्किल हो गया था। लेकिन यह सब संभव हो सका रज्जू की ईजा के त्याग और मेहनत से। उन्होंने कभी भी बिरू की कम आय की शिकायत नहीं की और बहुत कम पैसों में भी घर के ख़र्च किसी प्रकार से चलाती रहीं। बिरू की बीमारी के दौरान भी रज्जू की ईजा ने बच्चों को किसी प्रकार की कमी महसूस नहीं होने दी। सन् 1975 आते-आते बिरू का लीसा की ठेकेदारी का काम लगभग बंद हो गया, बस अमीनी का काम ही थोड़ा-बहुत चल रहा था।

1970 के दशक के मध्य में भारत गंभीर आर्थिक और सामाजिक संकट से गुजर रहा था। 1973-74 में विश्व स्तर पर उत्पन्न हुए पेट्रोलियम-तेल के संकट से जनित वैश्विक मंदी का प्रभाव भारत पर भी पड़ा। इस कारण भारत में महंगाई, बेरोजगारी और आर्थिक अस्थिरता बढ़ने लगी तथा औद्योगिक उत्पादन में गिरावट आई, यहाँ तक कि खाद्य वस्तुओं की कीमतें आसमान छूने लगीं। इन आर्थिक चुनौतियों ने जनता में असंतोष फैलाया और सरकार की लोकप्रियता में कमी आई।

इसी समय में, इंदिरा गांधी सरकार ने आपातकाल लागू करने का निर्णय लिया, जो भारतीय लोकतंत्र के इतिहास का एक महत्वपूर्ण मोड़ साबित हुआ।

1974-75 के दौरान, देश भर में कांग्रेस पार्टी के विरुद्ध विरोध प्रदर्शन और आंदोलन शुरू हो गए, जिन्हें "संपूर्ण क्रांति" के नाम से जाना गया। इस आंदोलन का नेतृत्व समाजवादी नेता जयप्रकाश नारायण (जे पी) कर रहे थे। जे पी का आंदोलन भ्रष्टाचार, महंगाई, बेरोजगारी और सरकारी असफलताओं के ख़िलाफ़ था। यह आंदोलन इंदिरा गांधी सरकार के लिए एक बड़ी चुनौती बन गया, क्योंकि इसमें लाखों लोग शामिल हो रहे थे और यह देश के कई हिस्सों में तेजी से फैल रहा था। जे पी ने सेना और पुलिस से लोकतंत्र और संविधान की रक्षा के लिए सरकार के आदेशों का पालन न करने की अपील की, जिसे इंदिरा गांधी ने एक सीधी चुनौती के रूप में देखा। इस राजनैतिक अस्थिरता और विरोध की पृष्ठभूमि में देश की परिस्थितियाँ गंभीर होती जा रही थीं।

यद्यपि 1971 की प्रचंड जीत के बाद इंदिरा गांधी को अपार जनसमर्थन मिला था, लेकिन जल्द ही उन्हें कई गंभीर चुनौतियों का सामना करना पड़ा। इनमें बढ़ती महंगाई, बेरोजगारी, और जनता में व्याप्त असंतोष प्रमुख थे। राजनीतिक अस्थिरता भी बढ़ने लगी थी, और इंदिरा गाँधी के लिए सबसे बड़ा झटका तब आया जब 12 जून 1975 को इलाहाबाद उच्च न्यायालय ने उनके 1971 के रायबरेली के चुनाव को अवैध घोषित कर दिया। यह याचिका उनके विपक्षी राजनारायण ने दायर की थी और इंदिरा गांधी पर चुनाव में धांधली करने का आरोप लगाया था। न्यायालय ने इंदिरा गांधी को दोषी ठहराते हुए उनके सांसद पद को रद्द कर दिया और उन्हें छह साल तक किसी भी सार्वजनिक पद को धारण करने हेतु अयोग्य घोषित कर दिया।

बिरू ने कहीं पढ़ा था कि सफलता अक्सर अहंकार को जन्म देती है। ऐसे में यदि कोई व्यक्ति उसके अहंकार की आलोचना करता है तो वह अहंकारी व्यक्ति सामान्य नहीं रह पाता और प्रायः अति करने पर उतर आता है। बिरू को लगता था कि ऐसा ही कुछ हुआ इंदिरा गाँधी के साथ जब उनके एक सहायक, जो एक नौकरशाह रह चुका था, की उनके

चुनाव के दौरान की गयी एक तकनीकी लापरवाही के कारण न्यायपालिका ने अभूतपूर्व निर्णय लिया और इंदिरा गाँधी के चुनाव को अवैध घोषित कर दिया। विश्व के राजनैतिक इतिहास में ऐसा कभी नहीं हुआ था।

इस फ़ैसले से इंदिरा गांधी की राजनैतिक स्थिति डांवाडोल हो गयी और उन पर इस्तीफ़ा देने का दबाव बनने लगा। अपनी सत्ता को बनाए रखने और राजनैतिक अस्तित्व को बचाने के लिए इंदिरा गांधी ने आपातकाल लागू करने का निर्णय लिया। 25 जून 1975 की रात को राष्ट्रपति फ़ख़रुद्दीन अली अहमद ने इंदिरा गांधी के आग्रह पर भारतीय संविधान के अनुच्छेद 352 के अंतर्गत देश में आंतरिक आपातकाल की घोषणा की।

देश में यह आपातकाल 'आंतरिक अस्थिरता' और 'सुरक्षा' का हवाला देकर लागू किया। आपातकाल की घोषणा के साथ ही संविधान के मौलिक अधिकार अनुच्छेद 19 (अभिव्यक्ति की स्वतंत्रता) को निलंबित कर दिया गया और "मीसा" तथा "डी आई आर" जैसे कठोर कानूनों का इस्तेमाल कर लाखों लोगों को बिना मुक़दमे के जेलों में बंद कर दिया गया। प्रेस पर सेंसरशिप लागू की गई और राजनीतिक विरोधियों को बड़े पैमाने पर गिरफ़्तार किया गया।

जयप्रकाश नारायण, मोरारजी देसाई, अटल बिहारी वाजपेयी, लालकृष्ण आडवाणी, जॉर्ज फर्नांडीस जैसे प्रमुख विपक्षी नेताओं को बिना किसी वारंट या मुकदमे के गिरफ़्तार कर लिया गया और जेल में डाल दिया गया। प्रेस पर सेंसरशिप लागू कर दी गई और अख़बारों को सरकार के पक्ष में ख़बरें छापने के लिए बाध्य किया गया। जो भी मीडिया-संस्थान सरकार की नीतियों के ख़िलाफ़ लिखते थे, उन्हें बंद कर दिया जाता था। इसका उद्देश्य यह था कि सरकार के ख़िलाफ़ कोई आलोचना जनता तक न पहुँचे।

आपातकाल के दौरान इंदिरा गांधी की सरकार ने प्रशासनिक संस्थाओं पर पूरी तरह से नियंत्रण स्थापित कर लिया और न्यायिक स्वतंत्रता को कमज़ोर किया। सुप्रीम कोर्ट ने भी आपातकाल के फ़ैसले को चुनौती देने से इनकार कर दिया।

इस अवधि में इंदिरा गांधी के बेटे संजय गांधी का प्रभाव भी काफी बढ़ गया था। संजय गांधी ने अपने विचारों और कार्यक्रमों को लागू करने का प्रयास किया। इनमें सबसे विवादास्पद था 'परिवार नियोजन' अभियान, जिसके तहत बड़े पैमाने पर जबरन नसबंदी की गई। इस अभियान ने ग्रामीण और शहरी क्षेत्रों में भय और आक्रोश पैदा कर दिया। इसके अलावा, संजय गांधी ने शहरीकरण और पर्यावरण सुधार के नाम पर दिल्ली की कई बस्तियों को ध्वस्त कर दिया, जिससे ग़रीब और निम्न मध्यम वर्ग के लोगों पर गहरा प्रभाव पड़ा।

आपातकाल के दौरान इंदिरा गांधी की सरकार ने कुछ आर्थिक और प्रशासनिक सुधारों को लागू करने का प्रयास किया। सरकारी कामकाज में अनुशासन लाने और उत्पादन बढ़ाने की दिशा में कई क़दम उठाए गए। औद्योगिक उत्पादन बढ़ाने, भ्रष्टाचार पर अंकुश लगाने और सरकारी तंत्र में कड़ी निगरानी लाने के प्रयास किए गए। सरकारी अधिकारियों को अधिक ज़िम्मेदार बनाने और कामकाज में तेजी लाने के लिए कड़े निर्देश जारी किए गए। हालाँकि, इन सुधारों का प्रभाव अल्पकालिक साबित हुआ और जनता के असंतोष के आगे फीका पड़ गया।

बिरू को लगा कि आपातकाल के दौरान सत्ता के द्वारा जब विभिन्न शासकीय संस्थाओं के पदाधिकारियों से बैठने को कहा गया तो वो व्यक्तिपूजा की पराकाष्ठा प्रदर्शित करते हुए लेट गए। ऐसे समय उनको अपनी रीढ़ को सीधा रखना था और किसी भी असंवैधानिक आदेश को मानने से इनकार कर देना चाहिए था। सामान्य समय में तो ये सत्ता-सुख भोगते ही रहते हैं और जब समय जनता के लिए विपरीत हो रहा था तो उन्हें जनता के समर्थन में आने के लिए संविधान के प्रावधानों का उचित ढंग से पालन करते हुए प्रत्येक असंवैधानिक दबाव का समय रहते विरोध करना चाहिए था।

28.
नया सवेरा

आपातकाल (इमरजेंसी) 25 जून, 1975 से 21 मार्च, 1977 तक लागू रहा। इस समय को भारतीय लोकतंत्र के इतिहास में सबसे विवादास्पद, कठिन और चुनौतीपूर्ण माना जाता है। यह अवधि भारतीय राजनीति के लिए एक ऐसा मोड़ साबित हुई, जिसने लोकतांत्रिक मूल्यों को स्थगित कर के देश को दमनकारी शासन का अनुभव कराया। इस अवधि के पश्चात इंदिरा गांधी ने आपातकाल समाप्त करने और आम चुनाव की घोषणा करने का निर्णय लिया। यह चुनाव भारतीय जनता के लिए अपने लोकतांत्रिक अधिकारों को पुनः प्राप्त करने का अवसर था। आपातकाल के कठिन दौर ने भारतीय समाज को गहराई से प्रभावित किया और लोकतंत्र की ताक़त और उसकी संवेदनशीलता को उजागर किया।

1977 के आम चुनाव भारतीय लोकतंत्र के इतिहास में एक महत्वपूर्ण मोड़ साबित हुए। आपातकाल के दौरान इंदिरा गांधी के कठोर शासन के ख़िलाफ़ विपक्षी दलों ने कड़ा संघर्ष किया। 1977 के चुनाव से पहले, विपक्षी दलों ने एकजुट होकर 'जनता पार्टी' का गठन किया, जिसमें भारतीय जनसंघ, समाजवादी दल, भारतीय लोक दल, कांग्रेस (ओ) और अन्य छोटे दल शामिल थे। इस गठबंधन का नेतृत्व मोरारजी देसाई, जयप्रकाश नारायण, चरण सिंह, अटल बिहारी वाजपेयी, और लालकृष्ण आडवाणी जैसे प्रमुख नेता कर रहे थे।

आपातकाल के दौर के बाद जनता ने अपने मताधिकार का प्रयोग करते हुए कांग्रेस पार्टी और इंदिरा गांधी को निर्णायक रूप से ख़ारिज़ कर दिया। इस चुनाव में कांग्रेस को करारी हार का सामना करना पड़ा। विपक्षी दलों ने एकजुट होकर 'जनता पार्टी' के बैनर तले चुनाव लड़ा। जनता पार्टी को अभूतपूर्व जीत मिली और मोरारजी देसाई देश के पहले गैर-कांग्रेसी प्रधानमंत्री बने। यह पहली बार था जब केंद्र में एक गैर-कांग्रेसी सरकार बनी,

जिससे भारतीय राजनीति के परिदृश्य में बड़ा बदलाव आया।

यह चुनाव भारतीय लोकतंत्र के इतिहास में एक महत्वपूर्ण और ऐतिहासिक मोड़ साबित हुए। आपातकाल के दमनकारी अनुभव और जनता की नाराजगी ने कांग्रेस के ख़िलाफ़ भारी जनादेश तैयार किया। यह चुनाव इंदिरा गांधी और कांग्रेस के लिए एक बड़े झटके के रूप में आया, क्योंकि इन चुनावों में कांग्रेस पार्टी, जो स्वतंत्रता के बाद से सत्ता में थी, को करारी हार का सामना करना पड़ा। यह पहली बार था जब एक गैर-कांग्रेसी सरकार ने केंद्र में सत्ता संभाली।

जनता पार्टी ने इंदिरा गांधी के ख़िलाफ़ एक सशक्त अभियान चलाया, जनता से अपील की कि वे आपातकाल के दमनकारी शासन के ख़िलाफ़ मतदान करें। जयप्रकाश नारायण, जिन्हें 'जे पी, के नाम से जाना जाता था, संपूर्ण क्रांति का आह्वान करते हुए लोकतांत्रिक मूल्यों की पुनर्स्थापना के लिए जनता को प्रेरित करने में मुख्य भूमिका निभा रहे थे।

यह चुनाव भारतीय लोकतंत्र के इतिहास का एक महत्वपूर्ण मोड़ था। चुनाव 16 से 20 मार्च के बीच संपन्न हुआ और इसे लोकतंत्र की बहाली का चुनाव माना गया। इस चुनाव में लगभग 32 करोड़ मतदाता थे, जिनमें से 60% से अधिक मतदाताओं ने अपने मताधिकार का प्रयोग किया।

कांग्रेस का नेतृत्व इंदिरा गांधी कर रही थीं, लेकिन आपातकाल के दौरान किए गए दमनकारी क़दमों ने उनकी लोकप्रियता को बुरी तरह प्रभावित किया। जनता पार्टी ने इंदिरा गांधी पर सत्ता के दुरुपयोग, भ्रष्टाचार और लोकतांत्रिक अधिकारों के हनन का आरोप लगाकर चुनाव लड़ा। प्रेस पर सेंसरशिप, जबरन नसबंदी और नागरिक स्वतंत्रताओं पर प्रतिबंध जैसे मुद्दों को विपक्ष ने प्रमुख रूप से उठाया। महंगाई, बेरोजगारी तथा ग़रीबी भी चुनाव के मुख्य मुद्दों में शामिल थे और विपक्ष ने इंदिरा गांधी की सरकार की आर्थिक नीतियों की कड़ी आलोचना की।

जनता पार्टी ने लोकतांत्रिक अधिकारों की पुनर्बहाली का वादा किया और जनता से अपील की कि वे इंदिरा गांधी के तानाशाही शासन को समाप्त कर लोकतंत्र की रक्षा करें। जनता ने इस अपील का जवाब भारी मतदान से दिया और इंदिरा गांधी को करारी हार का सामना करना पड़ा। कांग्रेस पार्टी को चुनावों में जबरदस्त पराजय मिली और पहली बार केंद्र में एक गैर-कांग्रेसी सरकार का गठन हुआ। मोरारजी देसाई ने भारत के प्रधानमंत्री के रूप में शपथ ली और इस प्रकार भारत में एक नए राजनीतिक अध्याय की शुरुआत हुई।

कांग्रेस को लोकसभा की 542 सीटों में से केवल 153 सीटों पर जीत मिली।

कांग्रेस को सबसे बड़ी हार उत्तर भारत में झेलनी पड़ी। उत्तर प्रदेश, बिहार, पंजाब, हरयाणा, और दिल्ली जैसे महत्वपूर्ण राज्यों में कांग्रेस लगभग पूरी तरह से हार गई और उसकी राजनीतिक ताक़त पर गहरा आघात लगा। इन राज्यों में कांग्रेस को भारी जन असंतोष का सामना करना पड़ा, और 'जनता पार्टी' ने कांग्रेस के ख़िलाफ़ निर्णायक जीत हासिल की। जनता पार्टी ने इस चुनाव में 298 सीटें जीतकर स्पष्ट बहुमत प्राप्त किया, और यह जीत इंदिरा गांधी के शासन के ख़िलाफ़ जनता के असंतोष का सीधा नतीज़ा थी। आपातकाल के दमनकारी शासन के ख़िलाफ़ यह जनादेश जनता की लोकतांत्रिक निष्ठा और अधिकारों के प्रति जागरूकता का प्रतीक था।

जनता पार्टी ने उत्तर भारत में भारी सफलता हासिल की, जहाँ से इंदिरा गांधी और उनके बेटे संजय गांधी, जो आपातकाल के दौरान प्रमुख राजनीतिक ताक़त थे, दोनों अपनी-अपनी सीटें हार गए। इंदिरा गांधी को उनके गढ़ रायबरेली से हार का सामना करना पड़ा, जबकि संजय गांधी अमेठी से हार गए। यह हार कांग्रेस के राजनीतिक पराभव का प्रतीक बन गई।

चुनाव के परिणामस्वरूप केंद्र में मोरारजी देसाई के नेतृत्व में जनता पार्टी की सरकार बनी, जो स्वतंत्र भारत की पहली गैर-कांग्रेसी सरकार थी। इस सरकार ने लोकतंत्र की बहाली के लिए ठोस क़दम उठाए और आपातकाल के दौरान हुए अत्याचारों की जाँच के लिए आयोगों का गठन किया। जनता पार्टी की सरकार ने नागरिक स्वतंत्रताओं को पुनः स्थापित किया और इस प्रकार देश में लोकतांत्रिक प्रक्रिया को पुनर्जीवित किया। जनता पार्टी के गठन ने यह साबित किया कि कांग्रेस के विरुद्ध एकजुट होकर चुनाव लड़ने से सत्ता-परिवर्तन संभव है। यह भारतीय राजनीति में गठबंधन सरकारों के युग की शुरुआत थी, जो आगे चलकर 1989 और 1990 के दशक में और भी प्रमुख हो गई।

इस चुनाव ने साबित किया कि भारत की जनता लोकतंत्र की रक्षा के प्रति पूर्णतः प्रतिबद्ध है। आपातकाल के दौरान जो राजनैतिक दमन किए गए और नागरिक स्वतंत्रताओं पर जो अंकुश लगाए गए थे, उनका प्रतिरोध अब एक महत्वपूर्ण राजनैतिक मुद्दा बन गया था। जनता ने एकजुट होकर इन अत्याचारों के ख़िलाफ़ अपनी आवाज़ बुलंद की और इंदिरा गांधी के केंद्रीकृत शासन के ख़िलाफ़ एक क्रांतिकारी संदेश दिया।

आपातकाल ने भारतीय राजनीति में कई महत्वपूर्ण बदलावों को जन्म दिया। इसने विपक्षी दलों को संगठित और मजबूत किया और जनता पार्टी का उदय हुआ। आपातकाल के अनुभव ने यह सिखाया कि लोकतांत्रिक संस्थाओं की स्वतंत्रता और उनकी निष्पक्षता

बनाए रखना कितना महत्वपूर्ण है। न्यायपालिका, जो आपातकाल के दौरान कार्यपालिका के दबाव में कमज़ोर हो गई थी, ने अपनी स्वतंत्रता को पुनर्स्थापित करने के लिए बाद में कई अहम क़दम उठाए। न्यायपालिका ने भविष्य में किसी भी प्रकार के कार्यपालिका के दुरुपयोग को रोकने के लिए न्यायिक पुनरावलोकन के अधिकार को और मजबूत किया, ताकि संविधान की रक्षा सुनिश्चित हो सके।

1978 में 44वें संविधान संशोधन के माध्यम से आपातकाल की घोषणा की प्रक्रिया को कठिन बना दिया गया। इस संशोधन के तहत अब राष्ट्रपति को आपातकाल लागू करने के लिए संसद की मंज़ूरी लेना आवश्यक हो गया। इस प्रकार कार्यपालिका की शक्ति को सीमित कर दिया गया, जिससे भविष्य में सत्ता के दुरुपयोग को रोका जा सके।

भारत में आपातकाल देश के लोकतंत्र के इतिहास में एक काले अध्याय के रूप में अंकित है। इस घटना ने भारतीय समाज, राजनीति और न्यायपालिका को सिखाया कि लोकतांत्रिक संस्थाओं की स्वतंत्रता और नागरिक अधिकारों की सुरक्षा कितनी महत्वपूर्ण है। आपातकाल के बाद देश ने सत्ता के दुरुपयोग को रोकने और लोकतंत्र की रक्षा के लिए कई सुधारों की ओर क़दम बढ़ाए। इंदिरा गांधी के आपातकालीन शासन के बाद, भारतीय जनता ने लोकतंत्र की ताक़त को पहचाना और उसे पुनः स्थापित करने के लिए एकजुट होकर काम किया। इसने न केवल सत्ता की केंद्रीकृत व्यवस्था को चुनौती दी, बल्कि इसने यह भी सिद्ध किया कि भारत की जनता अपनी स्वतंत्रता और लोकतांत्रिक अधिकारों के प्रति कितनी जागरूक और संवेदनशील है।

आपातकाल के दौरान प्रेस पर कड़ी सेंसरशिप लागू कर दी गई थी। सरकार के ख़िलाफ़ किसी भी प्रकार की आलोचना या विरोध को दबाने के लिए मीडिया पर अंकुश लगाया गया था। वर्ष 1977 के बाद मीडिया ने स्वतंत्रता और लोकतांत्रिक मूल्यों की रक्षा के लिए अपनी भूमिका को और मजबूती से निभाने का संकल्प लिया। प्रेस ने न केवल सत्ता के दुरुपयोग के ख़िलाफ़ आवाज उठायी, बल्कि लोकतंत्र की रक्षा के लिए संघर्ष करने का दायित्व भी निभाया। इसके बाद के वर्षों में भारतीय मीडिया एक महत्वपूर्ण चौथे स्तंभ के रूप में उभरकर सामने आया, जिसने सरकारों को जवाबदेह बनाया और जनता को सच्चाई से अवगत कराया।

इस चुनाव के पश्चात भारतीय राजनीति में क्षेत्रीय और राष्ट्रीय दलों का गठबंधन एक आम प्रवृत्ति बन गया, जो 1989 के बाद और अधिक प्रबल हो गया। इस समय कांग्रेस का वर्चस्व टूटने लगा और क्षेत्रीय दलों ने अपनी शक्ति को बढ़ाया। गठबंधन-सरकारों ने भारतीय लोकतंत्र को अधिक विविधता दी और सामूहिक प्रतिनिधित्व प्रदान किया।

विभिन्न विचारधाराओं और दलों के गठबंधन ने सरकारों को अधिक समावेशी बनाया। 1990 के दशक में जो गठबंधन सरकारें सत्ता में आईं, वो अल्पकालिक रहीं और सत्ता परिवर्तन की स्थिति बार-बार देखने को मिली।

इस चुनाव के बाद क्षेत्रीय दलों का प्रभाव बढ़ने लगा। तमिलनाडु में डी एम के और ए आई ए डी एम के, उत्तर प्रदेश में समाजवादी पार्टी और बी एस पी, बिहार में आर जे डी, पश्चिम बंगाल में टी एम सी और पंजाब में अकाली दल जैसे क्षेत्रीय दलों ने राष्ट्रीय राजनीति में अपनी उपस्थिति दर्ज़ कराई। इन दलों ने राज्यों में अपनी स्थिति को मजबूत किया और केंद्र की गठबंधन सरकारों में भी महत्वपूर्ण भूमिका निभाई।

क्षेत्रीय दलों का उदय भारतीय राजनीति के विकेंद्रीकरण और विविधता का द्योतक बना। यह भारतीय लोकतंत्र की समावेशिता और विविध सामाजिक संरचना का प्रतीक था। लेकिन, यह विकेंद्रीकरण कभी-कभी राजनीतिक अस्थिरता का कारण भी बना, क्योंकि क्षेत्रीय दलों के अपने स्वार्थ और स्थानीय मुद्दों ने राष्ट्रीय नीतियों के साथ तालमेल बैठाने में कठिनाई उत्पन्न की। इन दलों के उभार से राष्ट्रीय राजनीति में संतुलन बनाए रखना चुनौतीपूर्ण हो गया।

बिरू को लगता था कि विपक्ष में अभी तक पर्याप्त परिपक्वता नहीं आ पायी थी और आपस के स्वार्थ के कारण विपक्ष के नेताओं में मतभेद बढ़ने प्रारंभ हो गए, जिसके कारण वे जनहित के कार्य अपेक्षित स्तर से नहीं कर सके और जनता को उनसे निराशा हुई जिसके परिणामस्वरूप अगले आम चुनाव में कांग्रेस पार्टी पुन: भरी बहुमत से जीत कर आयी।

बिरू को इस बात को लेकर भी चिंता होती थी कि भारत में केवल चुनावों के दौरान ही लोकतंत्र कुछ सक्रिय दिखाई पड़ता है। चुनाव के बाद राजनैतिक दल लोकतंत्र का मज़ाक-सा उड़ाते दिकाई देते हैं। चुनाव घोषणा पत्र के वादों को जुमला तक कह दिया जाता है और जनता अगले चुनाव के आने तक नेताओं के ऐसे दुस्साहस को भी भूल जाती है।

राजनैतिक दलों के छोटे एवं मध्यम स्तर के नेता ख़ुशामद और चापलूसी करके अपने दल के शीर्ष के नेताओं को प्रसन्न रखने की कोशिशें करते रहते हैं और इसकी एवज में राजनैतिक दल के शीर्ष के नेता अपने ऐसे ख़ास व्यक्तियों को लाभ कमाने के अवसर उपलब्ध कराते रहते हैं। सत्ताधरी दल के निम्न एवं मध्य स्तर के ऐसे नेतागण शीघ्र ही प्रभावशाली हो जाते हैं और प्रशासनिक व्यवस्था की मदद से अवैध रूप से धन अर्जित करने लगते हैं। दल में अनैतिक नेताओं का ऊपर से नीचे तक एक शक्तिशाली गठबंधन-सा बन जाता है जिसमें ये नेतागण एक-दूसरे के अनैतिक कामों में या तो मदद करते हैं या

उन्हें अनदेखा करते रहते हैं और ऐसे कामों में लोकतंत्र की बलि चढ़ती रहती है।

राजनैतिक दलों में आतंरिक लोकतंत्र नहीं होता है। दल के कार्यकर्ताओं पर उनके शीर्ष के नेताओं की मर्ज़ी थोपी जाती है और सामान्य कार्यकर्ताओं की बात ऊपर के नेता नहीं सुनते हैं। दलों में विचारों का प्रवाह केवल ऊपर से नीचे की ओर होता है। दल के शीर्ष नेता दल के सर्वेसर्वा बन जाते हैं और अपने दल के अन्दर तानाशाह जैसा व्यवहार करते हैं।

गठबंधन की सरकार बनते समय विधायकों और सांसदों की खुलकर खरोद-फरोख्त होती है। मतदाता की राय का महत्त्व अगले चुनाव के होने तक लगभग शून्य रहता है। बिरू के अनुसार मतदाताओं के पास यह अधिकार होना चाहिए कि उनके प्रतिनिधि यदि उनकी बात नहीं सुनते और उनके विचारों को विधायिका में क़ायदे से नहीं रखते हैं तो वह ऐसे विधायकों को वापस बुला लें। विश्व के कुछ देशों में यह व्यवस्था पुन:वापसी (Recall) के नाम से पहले से ही प्रचलित है। इसके अतिरिक्त अधिक महत्वपूर्ण प्रकरणों पर जनमत संग्रह (Referendum) के द्वारा सीधे जनता की राय लेने की व्यवस्था भी होनी चाहिए।

29.

व्यक्तिपूजा और लोकतान्त्रिक संस्थाओं की निष्पक्षता

आपतकाल के लागू करने की परिस्थितियों और उसके दुष्परिणामों पर विचार करते समय बिरू को याद आता है कि, उनके बचपन के मित्र व रिश्तेदार, सांसद रामप्रसाद टम्टा के द्वारा विभिन्न अवसरों पर उनको डॉ अम्बेडकर के संविधान प्रस्तुत करते समय दिए गए, भावुक परन्तु अत्यंत विचारोत्पदक, भाषण के विषय में विस्तार से बताया जाता रहा है। उनको याद आता है कि रामप्रसाद जी ने उन्हें बताया था कि 26 नवंबर 1949 को संविधान सभा में दिए गए अपने ऐतिहासिक भाषण में डॉ भीमराव अम्बेडकर ने केवल संविधान की विशेषताओं और उद्देश्यों का उल्लेख ही नहीं किया, बल्कि उन्होंने भारतीय लोकतंत्र के सामने आने वाली संभावित चुनौतियों पर भी ध्यान आकर्षित किया। इन चुनौतियों में से एक चुनौती थी नेता पूजा (Hero Worship)। डॉ अम्बेडकर ने इस विषय पर अपने विचारों को बहुत स्पष्टता और दृढ़ता के साथ प्रस्तुत किया और इसे लोकतंत्र के लिए एक संभावित ख़तरे के रूप में देखा।

डॉ अम्बेडकर ने अपने भाषण में चेतावनी दी कि भारतीय राजनीति में व्यक्तिपूजा या नेता-पूजा की प्रवृत्ति लोकतंत्र के लिए घातक हो सकती है। उनका यह विचार उन देशों के उदाहरणों पर आधारित था जहाँ व्यक्तिपूजा के कारण तानाशाही प्रवृत्तियों का उदय हुआ था। डॉ अम्बेडकर ने कहा कि जब लोग किसी व्यक्ति को अत्यधिक श्रद्धा और सम्मान देना शुरू कर देते हैं और उसे अंधभक्ति के साथ पूजने लगते हैं, तो इससे लोकतांत्रिक संस्थाएँ कमज़ोर हो जाती हैं और एक व्यक्ति के हाथों में सत्ता का केंद्रीकरण हो सकता है। उन्होंने स्पष्ट शब्दों में कहा: "व्यक्ति पूजा एक लोकतांत्रिक व्यवस्था के लिए सबसे बड़ा अभिशाप है।" उनके अनुसार, व्यक्तिपूजा लोकतंत्र की आत्मा के ख़िलाफ़ है क्योंकि

यह स्वतंत्र सोच और आलोचनात्मक दृष्टिकोण को बाधित करती है। जब लोग एक नेता को सर्वोच्च मानने लगते हैं और उसके हर निर्णय को सही ठहराने लगते हैं, तो इससे लोकतांत्रिक प्रक्रिया का ह्रास होता है।

उन्होंने व्यक्तिपूजा के परिणामस्वरूप समाज में उत्पन्न होने वाले ख़तरों की ओर इशारा किया। उन्होंने कहा कि जब लोग किसी एक व्यक्ति के प्रति अत्यधिक निष्ठा दिखाते हैं, तो यह प्रवृत्ति अन्य लोगों को स्वतंत्र रूप से सोचने और अपनी आवाज उठाने से रोक सकती है। इससे लोकतंत्र के मूल सिद्धांत जैसे चर्चा, वाद-विवाद और भिन्न विचारों की स्वीकार्यता पर नकारात्मक प्रभाव पड़ता है। उन्होंने यह भी उल्लेख किया कि व्यक्तिपूजा से तानाशाही की स्थिति उत्पन्न हो सकती है, जिसमें एक व्यक्ति की शक्ति और प्रभाव इतना बढ़ जाता है कि लोकतांत्रिक संस्थाएँ और उनके कार्य निष्प्रभावी हो जाते हैं।

उनका मानना था कि लोकतंत्र में लोगों का स्वतंत्र सोच रखना आवश्यक है। उन्होंने अपने भाषण में स्पष्ट रूप से कहा कि लोकतंत्र की सफलता केवल उसके संविधान या कानूनी संरचना पर निर्भर नहीं करती, बल्कि इस बात पर निर्भर करती है कि लोग स्वतंत्र रूप से अपने विचार प्रकट कर सकें और सरकार से सवाल पूछ सकें। व्यक्तिपूजा इस स्वतंत्रता को बाधित करती है, क्योंकि इसमें नेता का इतना अधिक महिमामंडन किया जाता है कि कोई उसकी आलोचना करने की हिम्मत नहीं करता।

उन्होंने यह भी कहा कि किसी व्यक्ति को उसके कार्यों के आधार पर सम्मानित करना उचित है, लेकिन उस व्यक्ति को इतनी ऊँचाई पर रखना कि वह आलोचना से ऊपर माना जाए, लोकतंत्र के लिए घातक है। डॉ अम्बेडकर ने लोगों को जागरूक किया कि लोकतंत्र में जनता की जागरूकता और ज़िम्मेदारी सर्वोपरि है। यदि लोग अपनी ज़िम्मेदारी भूलकर एक व्यक्ति के प्रति अंधभक्ति दिखाने लगें, तो इससे लोकतंत्र का संतुलन बिगड़ सकता है।

उनका यह विचार केवल उस समय की राजनीतिक परिस्थितियों के संदर्भ में ही नहीं, बल्कि एक सार्वभौमिक चेतावनी के रूप में भी देखा जा सकता है। उन्होंने इतिहास के विभिन्न उदाहरणों का अध्ययन किया था, जहाँ व्यक्तिपूजा ने लोकतंत्र को समाप्त कर दिया और तानाशाही स्थापित हो गई। वे इस तथ्य से अवगत थे कि भारत जैसे नवोदित लोकतंत्र के लिए यह ख़तरा विशेष रूप से गंभीर हो सकता है, क्योंकि देश में स्वतंत्रता संग्राम के दौरान कई महान नेताओं का महिमामंडन किया गया था।

उन्होंने अपने भाषण में स्पष्ट रूप से कहा कि किसी भी राष्ट्र के लिए यह आवश्यक है कि वह अपने नेताओं को केवल उनके कार्यों के आधार पर परखे, न कि उनकी कथित महानता के आधार पर। इस प्रकार, अम्बेडकर ने व्यक्तिपूजा को लोकतंत्र के लिए संभावित

रूप से विनाशकारी बताया और इसके प्रति जनता और नेताओं दोनों को सचेत रहने की सलाह दी।

उनकी इस चेतावनी में उनकी दूरदर्शिता और गहरी समझ का प्रतिबिंब है। उन्होंने इस बात को समझा कि व्यक्तिपूजा लोकतांत्रिक प्रक्रिया को बाधित कर सकती है और जनता के बीच स्वतंत्रता और ज़िम्मेदारी की भावना को कमज़ोर कर सकती है। उन्होंने यह भी स्पष्ट किया कि लोकतंत्र में स्वस्थ आलोचना और बहस का होना आवश्यक है, ताकि सत्ता के दुरुपयोग से बचा जा सके।

उनके विचारों में इस बात की झलक थी कि यदि कोई राष्ट्र व्यक्तिपूजा की ओर झुकाव दिखाए, तो इसका परिणाम लोकतंत्र के कमज़ोर पड़ने और अधिनायकवादी शासन के उदय के रूप में हो सकता है। उन्होंने अपने भाषण में यह स्पष्ट किया कि संविधान ने भले ही हमें एक सशक्त लोकतांत्रिक संरचना प्रदान की हो, लेकिन इसे जीवंत और क्रियाशील बनाए रखने की ज़िम्मेदारी जनता पर है।

उनका भाषण न केवल एक संवैधानिक दस्तावेज के प्रमुख तत्वों की व्याख्या करता है, बल्कि भारतीय समाज और उसकी चुनौतियों को भी गहराई से छूता है। उनका यह भाषण भारतीय लोकतंत्र की नींव में निहित अद्वितीय मूल्यों और आदर्शों का प्रतीक बन गया है। उन्होंने अपने भाषण में यह उल्लेख किया कि संविधान का निर्माण एक आसान कार्य नहीं था, बल्कि यह भारतीय समाज की जटिलता, उसकी सामाजिक और सांस्कृतिक विविधता और स्वतंत्रता संग्राम के संघर्षों की गहन समझ से प्रेरित था। डॉ अम्बेडकर ने यह स्वीकार किया कि संविधान सभा ने विभिन्न विचारों, दृष्टिकोणों और मतभेदों को सुनकर और समझकर संविधान को अंतिम रूप दिया। उन्होंने कहा, "हमने भारत को एक ऐसा संविधान दिया है जो इसे एक लोकतांत्रिक गणराज्य बनाता है, और जिसमें हर नागरिक को समान अधिकार प्राप्त हैं।"

उन्होंने संविधान को एक ऐसे दस्तावेज के रूप में प्रस्तुत किया जो भारत को संप्रभु घोषित करता है। संविधान का यह स्वरूप भारतीय नागरिकों को सर्वोच्च शक्ति के रूप में मान्यता देता है, जहाँ उनकी चुनी हुई सरकार उनके अधिकारों और कर्तव्यों की रक्षा करती है। लोकतंत्र की परिभाषा को स्पष्ट करते हुए उन्होंने कहा कि यह केवल सरकार चुनने का माध्यम नहीं है, बल्कि यह एक जीवन-पद्धति है जो सभी नागरिकों के बीच समानता और स्वतंत्रता की भावना को बनाए रखती है।

संविधान के उद्देशिका (प्रस्तावना) में निहित न्याय, स्वतंत्रता, समानता और बंधुत्व के सिद्धांतों को डॉ अम्बेडकर ने विशेष रूप से रेखांकित किया। उन्होंने कहा कि संविधान का असली उद्देश्य एक ऐसे समाज की स्थापना करना है जिसमें प्रत्येक व्यक्ति को सामाजिक,

आर्थिक और राजनैतिक न्याय, प्राप्त हो सके। उन्होंने यह भी कहा कि स्वतंत्रता का अर्थ केवल राजनैतिक स्वतंत्रता नहीं है, बल्कि व्यक्तिगत स्वतंत्रता और अपनी इच्छा से जीवन जीने का अधिकार भी है।

उन्होंने यह ज़ोर देकर कहा कि संविधान का उद्देश्य केवल राजनैतिक लोकतंत्र की स्थापना करना नहीं है, बल्कि इसे सामाजिक और आर्थिक लोकतंत्र से जोड़ना भी आवश्यक है। उन्होंने स्पष्ट किया कि भारतीय समाज में जातिगत भेदभाव और असमानता जैसी समस्याएँ गहराई तक जड़ें जमाए हुए हैं। उन्होंने कहा, "राजनीतिक लोकतंत्र तब तक अस्थायी और अविश्वसनीय रहेगा जब तक वह सामाजिक और आर्थिक लोकतंत्र से जुड़ा न हो।" उनका यह कथन भारतीय समाज की व्यावहारिक सच्चाइयों को प्रतिबिंबित करता है। उन्होंने इस तथ्य स्पष्ट किया कि समाज में सामाजिक समानता के बिना लोकतंत्र केवल एक बाहरी आवरण बनकर रह जाएगा।

उन्होंने अपनी सूझ-बूझ और अनुभव से संविधान की सफलता और असफलता के संभावित ख़तरों पर भी प्रकाश डाला। उन्होंने संविधान सभा के सदस्यों और भावी पीढ़ियों को चेताया कि संविधान की सफलता इसके लागू करने वालों पर निर्भर करती है। उन्होंने कहा, "कोई भी संविधान चाहे कितना भी अच्छा हो, यदि इसे लागू करने वाले अच्छे नहीं हैं तो यह असफल हो जाएगा।" यह चेतावनी उनकी गहरी राजनैतिक और सामाजिक समझ को दर्शाती है। उन्होंने यह स्पष्ट किया कि संविधान में निहित अधिकारों और प्रावधानों का सही अर्थ में पालन और पालन की भावना आवश्यक है। उन्होंने यह भी चेतावनी दी कि यदि भविष्य में भारत ने सामाजिक असमानता और अन्याय को समाप्त करने के प्रयास नहीं किए, तो इससे लोकतंत्र कमज़ोर होगा और तानाशाही प्रवृत्तियों का ख़तरा बढ़ेगा।

उन्होंने संविधान को एक अधिकार-प्रदान करने वाले दस्तावेज के रूप में ही नहीं, बल्कि एक ज़िम्मेदारी और कर्तव्य के रूप में भी प्रस्तुत किया। उन्होंने संविधान सभा और देशवासियों को यह समझाया कि संविधान केवल एक कानूनी दस्तावेज नहीं है, बल्कि यह एक नैतिक संहिता है जो लोगों के कर्तव्यों और ज़िम्मेदारियों का भी बोध कराता है। उन्होंने कहा, "संविधान ने हमें बहुत से अधिकार दिए हैं, लेकिन ये अधिकार तभी उपयोगी होंगे जब हम उनके साथ जुड़ी ज़िम्मेदारियों का भी पालन करेंगे।"

उनके भाषण का एक अन्य महत्वपूर्ण पहलू यह था कि उन्होंने संविधान के माध्यम से भारतीय समाज में सामाजिक और राजनीतिक सुधारों की आवश्यकता पर बल दिया। उन्होंने जातिगत भेदभाव, अस्पृश्यता, और अन्य सामाजिक बुराइयों के ख़िलाफ़ लड़ाई में

संविधान को एक शक्तिशाली औजार के रूप में देखा। उन्होंने कहा कि संविधान एक ऐसा मार्गदर्शक दस्तावेज है जो भारत को अतीत की कुप्रथाओं से मुक्त कर एक आधुनिक और प्रगतिशील समाज की ओर अग्रसर कर सकता है।

उन्होंने अपने भाषण में महिलाओं और अल्पसंख्यकों के अधिकारों की रक्षा पर भी ज़ोर दिया। उन्होंने यह स्पष्ट किया कि संविधान ने सभी नागरिकों को बिना किसी भेदभाव के समान अधिकार प्रदान किए हैं। यह प्रावधान महिलाओं और समाज के हाशिये पर खड़े वर्गों के लिए विशेष रूप से महत्वपूर्ण था। उन्होंने कहा कि संविधान का उद्देश्य केवल कानूनी समानता प्रदान करना नहीं है, बल्कि समाज में वास्तविक समानता सुनिश्चित करना है।

सरकारी संस्थाओं की निष्पक्षता और स्वायत्तता किसी भी लोकतांत्रिक व्यवस्था की रीढ़ होती हैं। ये संस्थाएँ न केवल सरकार की प्रशासनिक मशीनरी को संचालित करने में सहायक होती हैं, बल्कि वे जनता के हितों की रक्षा और लोकतांत्रिक सिद्धांतों के पालन में महत्वपूर्ण भूमिका निभाती हैं। इन संस्थाओं की निष्पक्षता और स्वायत्तता से ही शासन-व्यवस्था में पारदर्शिता और न्याय सुनिश्चित होता है।

निष्पक्षता का अर्थ है बिना किसी पक्षपात, भेदभाव, या बाहरी दबाव के स्वतंत्र और सही निर्णय लेना। सरकारी संस्थाओं की निष्पक्षता के लिए आवश्यक है कि वे किसी भी राजनैतिक दल, विचारधारा या विशेष हित समूह के प्रभाव से मुक्त रहें। इसके बिना, ये संस्थाएँ केवल सत्ता के औजार बनकर रह जाती हैं और अपने मुख्य उद्देश्य से भटक जाती हैं। निष्पक्ष सरकारी संस्थाएँ यह सुनिश्चित करती हैं कि कानून का पालन समान रूप से हो, चाहे व्यक्ति किसी भी वर्ग, जाति, धर्म, या राजनीतिक विचारधारा से संबंधित हो। निष्पक्ष संस्थाएँ नागरिकों का विश्वास अर्जित करती हैं। जब जनता को विश्वास होता है कि सरकारी संस्थाएँ बिना किसी भेदभाव के कार्य कर रही हैं, तो वह उनके निर्णयों को मन से स्वीकार करती है।

निष्पक्ष संस्थाएँ शासन प्रणाली में स्थिरता बनाए रखती हैं और यह सुनिश्चित करती हैं कि राजनीतिक उथल-पुथल के बावजूद संस्थाएँ अपने निर्धारित कर्तव्यों का पालन करती रहें। संविधान द्वारा स्थापित संस्थाएँ जैसे कि न्यायपालिका, चुनाव आयोग और लोकपाल निष्पक्षता के प्रतीक हैं। न्यायपालिका का स्वतंत्रता से काम करना नागरिकों के मौलिक अधिकारों की रक्षा के लिए अत्यंत आवश्यक है। चुनाव आयोग का स्वतंत्र रूप से चुनाव करवाना यह सुनिश्चित करता है कि चुनाव प्रक्रिया पारदर्शी और निष्पक्ष रहे।

स्वायत्तता का अर्थ है सरकारी संस्थाओं का अपनी नीतियों और कार्यशैली में स्वतंत्र होना ताकि वे बाहरी हस्तक्षेप या राजनीतिक दबाव के बिना अपने कार्य कर सकें।

स्वायत्तता सरकारी संस्थाओं को अपने संवैधानिक और कानूनी कर्तव्यों को निभाने की शक्ति देती है। स्वायत्त संस्थाएँ संविधान द्वारा दी गई शक्ति के आधार पर कार्य करती हैं। यह उन्हें किसी भी बाहरी हस्तक्षेप से मुक्त रखता है और उन्हें स्वतंत्र रूप से काम करने की अनुमति देता है। जब संस्थाएँ अपनी नीतियों और प्रक्रियाओं में स्वतंत्र होती हैं, तो वे अधिक प्रभावी ढंग से काम कर सकती हैं और नीतिगत निर्णय ले सकती हैं जो दीर्घकालिक हित में हों। स्वायत्त संस्थाएँ भ्रष्टाचार के ख़तरे को कम करती हैं क्योंकि वे किसी विशेष व्यक्ति या समूह के दबाव में काम नहीं करतीं।

अक्सर देखा जाता है कि सरकारी संस्थाओं पर राजनीतिक हस्तक्षेप के कारण उनके निर्णयों पर प्रभाव पड़ता है। इससे उनकी निष्पक्षता और स्वायत्तता पर नकारात्मक प्रभाव पड़ता है। कुछ मामलों में, प्रशासनिक अधिकारियों द्वारा संस्थाओं पर दबाव डाला जाता है ताकि वे उनके अनुरूप निर्णय लें। भ्रष्टाचार निष्पक्षता को प्रभावित करता है। जब संस्थाओं के अधिकारी रिश्वत या अन्य प्रलोभनों के प्रभाव में आते हैं, तो उनकी निष्पक्ष निर्णय लेने की क्षमता और विश्वसनीयता कमज़ोर हो जाती है। कई संस्थाएँ वित्तीय रूप से सरकार पर निर्भर होती हैं, जिससे उनकी स्वायत्तता पर प्रभाव पड़ता है। इस प्रकार, उनकी स्वतंत्र निर्णय लेने की क्षमता सीमित हो जाती है।

सरकारी संस्थाओं की स्वतंत्रता और निष्पक्षता की रक्षा के लिए संवैधानिक और कानूनी सुधार आवश्यक हैं। इससे उनकी स्वायत्तता और अधिकारों को मजबूत किया जा सकता है। संस्थाओं के बजट और वित्तीय संसाधनों को स्वायत्त बनाने की दिशा में क़दम उठाए जाने चाहिए ताकि वे अपनी गतिविधियों को बिना किसी बाहरी दबाव के पूरा कर सकें। सरकारी संस्थाओं को अधिक जवाबदेह और पारदर्शी बनाने के लिए इस हेतु चलने वाले शोध कार्यों के निष्कर्षों से प्राप्त आवश्यक उपायों को लागू करना चाहिए। इससे नागरिकों को यह भरोसा होता है कि संस्थाएँ सही ढंग से काम कर रही हैं। जनता में जागरूकता बढ़ाने के लिए शिक्षा और मीडिया का उपयोग करना चाहिए ताकि लोग समझ सकें कि निष्पक्ष और स्वायत्त संस्थाएँ लोकतंत्र के लिए क्यों आवश्यक हैं। डॉ भीम राव अम्बेडकर के उक्त भाषण का बिरू पर व्यापक असर पड़ा और देश, समाज, सरकार, सरकारी संस्थाओं, राजनैतिक नेताओं एवं नागरिकों के उत्तर दायित्त्वों को समझने हेतु उनके दृष्टिकोण में नए आयाम जुड़े।

30.

चढ़ते गए पहाड़

सन् 1976 में बिरू की शारीरिक दुर्बलता काफी बढ़ गई थी। जाड़ों के बाद रज्जू ने उन्हें इलाहाबाद बुलाया ताकि उनकी चिकित्सीय जांच अच्छी तरह से हो सके। कुन्दन और बिरू इलाहाबाद गए। उन दिनों रज्जू अपने होस्टल में रहता था। इलाहाबाद में उन दिनों बहुत तेज गर्मी पड़ रही थी, जो बिरू को असह्य लग रही थी, लेकिन जब बिरू ने रज्जू को डॉक्टर की वर्दी में, सफेद कोट पहने देखा, तो उनका हृदय गर्व से भर गया और वे गर्मी की तपन को भूल गए। रज्जू ने बिरू को डॉ मित्तल से मिलवाया, जिन्होंने सभी आवश्यक जांचें करा के बिरू का अच्छी तरह इलाज किया। डॉ मित्तल बिरू से कभी-कभी उनके रिश्तेदार रामप्रसाद टम्टा जी के बारे में भी बात भी करते थे जिन्होंने इलाहबाद यूनिवर्सिटी से एल एल बी किया था और जो राजनीति में काफ़ी सक्रिय थे। उन दिनों रज्जू ने अपनी पढ़ाई के तीसरे वर्ष से ही बिरू से किसी भी प्रकार का आर्थिक सहयोग लेना बंद कर दिया था, परंतु कुन्दन की आई आई टी दिल्ली की पढ़ाई का ख़र्चा उठाना बिरू के लिए अत्यंत कठिन हो गया था।

डॉ मित्तल के इलाज से बिरू काफी हद तक ठीक हो गए। वह रज्जू के साथ कुछ दिन इलाहाबाद में रहे और उन्होंने इलाहाबाद के ऐतिहासिक, धार्मिक, और सांस्कृतिक स्थलों का भ्रमण किया। इलाहाबाद, उत्तर प्रदेश का एक प्रमुख ऐतिहासिक और धार्मिक केंद्र होने के साथ-साथ भारतीय राजनीति और स्वतंत्रता-संग्राम का भी एक महत्त्वपूर्ण केंद्र रहा है।

अल्मोड़ा लौटने पर बिरू फिर से अस्वस्थ हो गए। दिल की धड़कन तेज हो जाती, मुँह सूखने लगता और हाथ-पैर हमेशा ठंडे रहते। उनके पास कोई नियमित कार्य नहीं था और घर का ख़र्च भी लगातार बढ़ता जा रहा था। आमदनी के स्रोत सीमित होते जा रहे थे, जिससे आर्थिक तंगी का सामना करना पड़ रहा था। दिल्ली में अपनी पढ़ाई के सिलसिले में कुंदन को कुछ पैसों की आवश्यकता हुई। बिरू ने कुन्दन के लिए जैसे-तैसे प्रबंध कर के

700 रुपये अपने भांजे दीवान के माध्यम से भेजे, जो उस समय दिल्ली में रहता था और उन दिनों अल्मोड़ा आया हुआ था। परंतु, दीवान ने वह पूरा पैसा अपने खाने-पीने में ख़र्च कर दिया और कुंदन को पैसे नहीं पहुँचाए। उस समय की आर्थिक स्थिति ऐसी थी कि कई बार बिरू को साग-सब्जी, आटा, चावल आदि के लिए दूसरों से उधार लेना पड़ता था, अत: वह दुबारा इतनी ज़ल्दी पैसों का इंतजाम नहीं कर सकते थे, कुंदन को बहुत दिक्कत हुई परन्तु उसने किसी तरह काम चलाया, शायद उसने रज्जू से पैसे मंगवाए होंगे। इस आर्थिक कठिनाई के दौर में कुन्दन ने अपनी लगन और मेहनत से आई आई टी की पढ़ाई पूरी कर ली, जो उसके लिए एक बहुत बड़ी उपलब्धि थी।

1977 में कांग्रेस सत्ता से बाहर हुई, 1980 में इंदिरा गांधी की पुनः सत्ता में वापसी हुई और कांग्रेस का पुनरुत्थान शुरू हुआ। 1980 से 1984 तक इंदिरा गांधी की सरकार ने अपने शासन को मजबूत किया। 1984 में इंदिरा गांधी की हत्या के बाद भारतीय राजनीति में एक नए युग का आगमन हुआ। राजीव गांधी ने प्रधानमंत्री पद सँभाला और 1984 के चुनावों में कांग्रेस को एक बड़ी जीत मिली। लेकिन, 1989 के बाद कांग्रेस का प्रभुत्व धीरे-धीरे कमज़ोर होने लगा। बोफोर्स घोटाले और आर्थिक चुनौतियों ने कांग्रेस की पकड़ को ढीला कर दिया, वहीं क्षेत्रीय दलों के उभरने से कांग्रेस की स्थिति और भी कमज़ोर हो गई। 1990 के दशक में कांग्रेस को कई राज्यों में सत्ता से हाथ धोना पड़ा और राष्ट्रीय स्तर पर भी वह बहुमत से दूर होती चली गई।

1977 के बाद भारतीय जनसंघ का विलय जनता पार्टी में हुआ था, लेकिन 1980 में जनता पार्टी से जनसंघ का घटक अलग हो गया और उसने दल का नाम भारतीय जनता पार्टी (बी जे पी) रखा। बी जे पी ने राष्ट्रवाद और हिंदुत्व को अपनी विचारधारा का केंद्र बनाया। 1990 के दशक में अयोध्या आंदोलन और राम मंदिर मुद्दे ने बीजेपी को राष्ट्रीय राजनीति में एक प्रमुख ताकत बना दिया। 1996 में बीजेपी सबसे बड़ी पार्टी बनकर उभरी, लेकिन उसे बहुमत नहीं मिला। 1998 में अटल बिहारी वाजपेयी के नेतृत्व में बीजेपी ने गठबंधन सरकार बनाई, और 1999 में फिर से सत्ता में आई।

वामपंथी दलों, जैसे भारतीय कम्युनिस्ट पार्टी और भारतीय कम्युनिस्ट पार्टी (मार्क्सवादी), का प्रभाव 1977 के बाद से सीमित हो गया। इनका जनाधार मुख्यतः पश्चिम बंगाल, केरल और त्रिपुरा जैसे राज्यों में रहा, लेकिन राष्ट्रीय राजनीति में इनकी ताकत घटती चली गई। 1996-1998 के बीच वामपंथी दलों ने गठबंधन सरकारों को समर्थन दिया, पर 2004 के बाद इनकी राजनैतिक शक्ति में तेजी से गिरावट आई।

1977 के बाद से भारत में गठबंधन सरकारों का दौर आया, जिससे राजनीतिक

अस्थिरता भी आई। 1989 के बाद से केंद्र में गठबंधन सरकारों का लगातार दौर रहा, जिनमें मतभेद और अंदरूनी संघर्ष के चलते कई बार सरकारें अस्थिर हो गईं। 1996 से 1999 के बीच भारत में राजनीतिक अस्थिरता का दौर चला, जब बार-बार गठबंधन सरकारें गिरती रहीं लेकिन, 1999 में अटल बिहारी वाजपेयी की एन डी ए सरकार ने पाँच साल का कार्यकाल पूरा किया, जिससे गठबंधन सरकारों की स्थिरता का एक नया अध्याय लिखा गया।

1977 के बाद भारतीय राजनीति में जातिगत समीकरणों का प्रभाव स्पष्ट रूप से बढ़ने लगा। विशेष रूप से उत्तर भारत में 'मंडल आयोग' की सिफारिशों के लागू होने के बाद, सामाजिक और राजनीतिक परिदृश्य में गहरा परिवर्तन आया। 'मंडल आयोग' की सिफारिशों के तहत सरकारी नौकरियों और शिक्षा में ओ बी सी (अन्य पिछड़ा वर्ग) के लिए आरक्षण की व्यवस्था की गई, जिसने सत्ता के समीकरणों को एक नया आयाम दिया। इसने उन समुदायों के लिए राजनीतिक मंच तैयार किया, जिन्हें लंबे समय से हाशिये पर रखा गया था। बिहार और उत्तर प्रदेश जैसे राज्यों में, जहाँ जातिगत पहचान और सामाजिक न्याय की राजनीति प्रमुख थी, दलितों, पिछड़ों और अन्य वंचित समुदायों से नए राजनीतिक नेतृत्व का उदय हुआ।

मुलायम सिंह यादव, लालू प्रसाद यादव, मायावती और रामविलास पासवान जैसे नेता इस सामाजिक न्याय की राजनीति के प्रतीक बन गए। ये नेता न केवल अपने-अपने राज्यों में राजनीतिक शक्ति के केंद्र बने, बल्कि उन्होंने राष्ट्रीय स्तर पर भी गहरी छाप छोड़ी। सामाजिक न्याय के इस आंदोलन ने भारतीय राजनीति को गहराई से प्रभावित किया, जिससे पारंपरिक राजनैतिक समीकरण ध्वस्त होने लगे और नए गठबंधन उभरने लगे।

इसी दौरान, 1977 के बाद भारतीय राजनीति में धर्म का प्रभाव भी निरंतर बढ़ता गया। 1990 के दशक में राम-मंदिर आंदोलन और बाबरी मस्जिद विध्वंस ने हिंदू-मुस्लिम ध्रुवीकरण को तेज कर दिया। भारतीय जनता पार्टी (बीजेपी) ने हिंदुत्व को अपनी राजनैतिक रणनीति का केंद्र बिंदु बनाया, जिससे उसे हिंदू मतदाताओं के बीच व्यापक समर्थन मिला। धर्म के आधार पर राजनीति ने भारतीय समाज में सांप्रदायिक विभाजन को गहरा किया। इसका नतीजा कई बार हिंसा और दंगों के रूप में सामने आया। 2002 के गुजरात दंगों के बाद धर्म और राजनीति का यह मेल और भी अधिक व्यापक हो गया, जिसने भारतीय समाज और राजनीति दोनों पर गहरा प्रभाव छोड़ा।

1991 में, नरसिम्हा राव की सरकार और वित्त मंत्री डॉ। मनमोहन सिंह ने भारतीय अर्थव्यवस्था में ऐतिहासिक आर्थिक सुधारों और उदारीकरण की शुरुआत की। इन सुधारों का उद्देश्य निजीकरण को बढ़ावा देना, विदेशी निवेश को आकर्षित करना और सरकारी

नियंत्रण को सीमित करना था। इन आर्थिक नीतियों ने भारत को वैश्विक मंच पर एक मजबूत और प्रतिस्पर्धी अर्थव्यवस्था के रूप में उभरने का मौका दिया। इस आर्थिक उदारीकरण के युग ने भारतीय राजनीति में आर्थिक मुद्दों को एक प्रमुख स्थान दिलाया और कई राजनीतिक दलों ने इसे अपने चुनावी एजेंडे का हिस्सा बनाया।

मीडिया और न्यायपालिका की भूमिका भी 1977 के बाद अधिक सशक्त और स्वतंत्र होती गई। आपातकाल के दौरान जहाँ मीडिया की स्वतंत्रता पर अंकुश लगाया गया था, वहीं 1977 के बाद मीडिया ने अपनी आवाज को पुनः स्थापित किया। न्यायपालिका ने भी अपने अधिकारों और स्वतंत्रता की रक्षा के लिए कई महत्वपूर्ण फ़ैसले दिए, जिनसे लोकतांत्रिक संस्थाओं की जड़ें और भी मजबूत हुईं।

इसी दौरान, अल्मोड़ा जनपद के बागेश्वर क्षेत्र में नई तहसील का उद्घाटन हुआ। वहाँ के प्रथम एस डी एम श्री चन्द्रराम जी थे। रामप्रसाद चौगांवदीना, जो उन दिनों बागेश्वर में अरायजनवीस का काम सीख रहे थे, ने बिरू को सुझाव दिया कि वह तहसील बागेश्वर में अमीन के पद के लिए आवेदन कर दें। बिरू एस डी एम चन्द्रराम जी से मिलने गए, जिन्हें वह पहले से जानते थे। उन्होंने बिरू की अर्जी स्वीकार की और उन्हें अमीन की नौकरी दे दी। इस नौकरी ने बिरू की आर्थिक स्थिति को कुछ स्थिर किया और घर का खर्च आसानी से चलने लगा। रज्जू की ईजा भी ख़ुश हो गईं और कहने लगीं कि अब बच्चे दो जून की रोटी चैन से खा सकेंगे। अमीन के कुछ काम निजी तौर पर करके बिरू ने अतिरिक्त कमाई भी शुरू कर दी, जिससे उनके जीवन में स्थिरता और संतोष आने लगा।

बिरू को हमेशा यही अफ़सोस रहा कि वह पढ़े-लिखे नहीं थे। सरकारी काम के सिलसिले में उन्हें नियमित रूप से दूर-दराज़ के गाँवों में जाना पड़ता था और प्रतिदिन लगभग 4-5 मील का कठिन, ऊबड़-खाबड़ और जंगलों से होकर गुजरने वाला रास्ता तय करना पड़ता था। जंगल में हिंसक जानवरों, सांप, बिच्छुओं आदि के मिल जाने के ख़तरे हमेशा बने रहते थे। इससे कई बार उन्हें घबराहट होती थी और थकावट के कारण रातों में नींद भी मुश्किल से आती थी। उनको ब्लड प्रेसर की शिकायत भी होंने लगी थी इसलिए वह डाक्टर की बताई दवा और ग्लूकोज हमेशा अपने पास रखते थे और जंगली जानवरों आदि से बचने के लिए रास्ते में भगवान और अपने इष्ट देवता का स्मरण करते रहते थे। 10-15 दिन के अंतराल पर वह अल्मोड़ा लौटते थे, ताकि परिवार के लिए राशन आदि की व्यवस्था कर सकें।

सन् 1974 से 1978 तक का समय उनके लिए बेहद कठिनाइयों से भरा रहा परन्तु उसके बाद कुछ अच्छे दिन उनकी ज़िन्दगी में भी आए। 1980 में कुन्दन ने आई आई टी दिल्ली से इन्जीनियरिंग की पढ़ाई पूरी की और एच ए एल (हिंदुस्तान एरोनॉटिक्स

लिमिटेड) में नौकरी के लिए में उसका चयन हो गया। चयन के बाद उसे काम की ट्रेनिंग हेतु छह माह के लिए मद्रास आई आई टी भेजा गया। ट्रेनिंग के बाद उसने लखनऊ स्थित एच ए एल में काम करना शुरू किया। कुछ समय बाद कुन्दन ने अपनी ईजा को लखनऊ बुलाया। 1981 में मीना की नियुक्ति ताड़ीखेत में रिसर्च असिस्टेंट के पद पर हुई। कुंदन के सुझाव पर 1983 में बिरू ने अल्मोड़ा में घर पर "वीरेन्द्र इंडस्ट्रीज" नाम से एक आटा चक्की लगाई, जिससे घर के ख़र्चों में कुछ सहारा मिलने लगा।

कुन्दन का सपना था कि वह आई ए एस अधिकारी बने और उसने इसके लिए यू पी एस सी की परीक्षा की तैयारी शुरू कर दी। बिरू को पूरा विश्वास था कि उसकी लगन, मेहनत और पढ़ाई के प्रति समर्पण उसे सफलता दिलाएगी। कुन्दन ने भारतीय वन सेवा में चयन हेतु यू पी एस सी की की परीक्षा दी, तो उसका चयन उस सेवा हेतु हो गया। इसके अगले वर्ष कुंदन ने सिविल सेवा में चयन हेतु यू पी एस सी की परीक्षा दी तो उसका चयन आई पी एस के लिए हो गया। यह पूरे परिवार और समाज के लिए गर्व का क्षण था। कुन्दन अल्मोड़ा में टम्टा समाज के पहले व्यक्ति थे जिनका चयन आई पी एस के लिए हुआ था। इस ख़ुशी में बिरू ने एक बड़ी पार्टी आयोजित की और सभी महत्वपूर्ण लोगों को आमंत्रित किया।

हालाँकि बिरू का सबसे बड़ा बेटा, राजेंद्र, पहले ही एम बी बी एस कर चुका था और राज्य-सरकार में चिकित्सा अधिकारी के रूप में कार्यरत था, लेकिन उसकी सफलता पर अल्मोड़ा शहर के लोगों के द्वारा उतना ध्यान नहीं दिया गया था, जितना कुंदन के आई पी एस में चयनित होने पर। कुन्दन की सफलता को पूरे अल्मोड़ा शहर में प्रशंसा, सम्मान और उत्साह के साथ देखा गया। सच तो यह है कि, बिरेन्द्र प्रसाद भी राजेंद्र की सफलता की तुलना में कुन्दन की सफलता से अधिक प्रसन्न हुए थे। समाज के सम्मानित लोग अब उनके बेटों के लिए वैवाहिक रिश्तों के लिए उन से संपर्क करने लगे थे, क्योंकि दोनों बेटों ने न केवल अच्छी तरह पढ़ाई की, बल्कि उपयुक्त सरकारी नौकरियाँ भी हासिल की थीं।

बिरेन्द्र प्रसाद ने महसूस किया कि कुंदन के आई पी एस में चयन होने के बाद, उनकी स्थिति समाज में अचानक से बदलने लगी थी। रोजमर्रा की समस्याओं से जूझने वाले लोग, जिन्हें पहले सरकारी अधिकारियों से मिलने में दिक्कत होती थी, अब उनके पास समाधान की उम्मीद लेकर अधिक संख्या में आने लगे थे। उनके अनुरोध पर ज़िलास्तरीय अधिकारियों ने भी जनशिकायतों पर अधिक ध्यान देना शुरू कर दिया था। धीरे-धीरे, समाज में उनका सम्मान बढ़ने लगा, और साथ के लोग अब हर महत्वपूर्ण काम में उनसे सलाह लेने लगे थे। राजेंद्र और कुंदन, दोनों ही नियमित रूप से कुछ पैसे भेजकर परिवार

की आर्थिक सहायता करने लगे थे।

हालांकि उम्र का प्रभाव उन पर साफ़ दिखाई देने लगा था, लेकिन सामाजिक कार्यों के प्रति उनका उत्साह ज़रा भी कम नहीं हुआ था। उनके बेटे प्रेम ने एक क्षेत्रीय बैंक में प्रबंधक के पद पर काम करना शुरू कर दिया था, जिससे उन्हें और भी सुकून मिला। ताड़ीखेत में मीना के रहने के लिए उपयुक्त एवं सुरक्षित मकान न मिल पाने के कारण कभी उसकी माँ को, तो कभी उन्हें, मीना के साथ रहने के लिए ताड़ीखेत जाना पड़ता था। बिरेन्द्र प्रसाद ने रज्जू की पोस्टिंग रानीखेत में कराने के लिए स्थानीय विधायक गोपालराम दास से संपर्क किया। उन्होंने स्वास्थ्य सचिव से बात भी की, लेकिन उसका तत्काल कोई परिणाम नहीं निकला। इसके बाद बिरेन्द्र प्रसाद ने मई-जून 1981 में कई बार नैनीताल और लखनऊ के स्वास्थ्य विभाग के अधिकारियों के कार्यालयों के चक्कर लगाए, लेकिन इन यात्राओं का भी सकारात्मक नतीज़ा नहीं निकला।

परंतु बिरेन्द्र प्रसाद ने हिम्मत नहीं हारी और लगातार प्रयास करते रहे। आखिरकार, कुछ महीनों बाद रज्जू का ट्रांसफर रानीखेत हो गया। यह स्थानांतरण डॉ कच्चाहारी की जगह पर हुआ था। इसके बाद रज्जू और मीना, दोनों भाई-बहन ताड़ीखेत में सुकून से रहने लगे। रज्जू ने मीना की तनख्वाह का एक पैसा भी खर्च नहीं किया, सब पैसा बैंक में मीना के एकाउंट में जमा कराता रहा। आगे चलकर रज्जू रामकृष्ण मिशन से प्रभावित हुआ और वाराणसी चला गया, जहाँ उसने कुछ प्रमुख अस्पतालों में एनेस्थेटिक विशेषज्ञ के रूप में सेवाएं दीं।

दिसंबर 1984 में मीना का चयन भारतीय कृषि अनुसंधान परिषद (आई सी ए आर) में, एग्रीकल्चरल रिसर्च सर्विस के अखिल भारतीय इम्तहान के आधार पर, वैज्ञानिक के पद पर हुआ, यह परिवार के लिए गर्व का क्षण था। मीना की नियुक्ति पहले हिमाचल प्रदेश में हुई थी, लेकिन श्री जे पी सिवालिया, आई ए एस जो उन दिनों भारतीय कृषि अनुसंधान परिषद् में ज्वाइंट डायरेक्टर थे, से अनुरोध करने पर उनके हस्तक्षेप से मीना की पोस्टिंग दिल्ली में पूसा इंस्टीट्यूट में मक्का के प्रोजेक्ट (Maize Project) में हो गई। इस दौरान, हरीश ने भी मई-जून 1984 में आई आई टी कानपुर से इंजीनियरिंग पास की और वह ई आई एल (इंजीनियर्स इंडिया लिमिटेड), दिल्ली में नौकरी करने लगा। इस प्रकार, हरीश और मीना दोनों दिल्ली में साथ रह कर नौकरी करने लगे।

31.

देवभूमि की विश्व को सीख

बिरू का मानना था कि प्रकृति से मनुष्य की आवश्यकता की सभी चीज़ें उचित मात्रा में मिल जाती हैं। मनुष्य यदि इन चीज़ों का उचित ढंग से उपयोग करे तो सभी मनुष्यों की आवश्यकताएं पूरी हो जाती हैं। परन्तु जब कुछ मनुष्य इन चीज़ों का अंधाधुंध दोहन प्रारंभ कर देते हैं तो कुछ समय बाद वह चीज़ें विलुप्त-सी हो जाती हैं और उन्हें फिर से जनता के लिए पुन: उपलब्ध हो पाने में लंबा समय लगता है। प्रकृति में सभी वस्तुएं एक दूसरे को प्रभावित करती हैं और आपस में एक दूसरे पर निर्भर भी हैं। स्थानीय चीज़ों में से कुछ चीज़ों के नष्ट या विलुप्त हो जाने से उस स्थान के पर्यावरण-संतुलन पर बहुत विपरीत प्रभाव पड़ता है। एक बार किसी स्थान के पर्यावरण के संतुलन के बिगड़ जाने पर उसके पुन: स्थापित होने में लंबा समय लगता है। कभी-कभी इस हेतु अत्यधिक धन की आवश्यकता होती है।

उत्तर भारत का पहाड़ी क्षेत्र पर्यावरण के विचार से बहुत ही संवेदनशील है। इस स्थान के पर्यावरण संतुलन के बिगड़ने से भारत ही नहीं पूरे विश्व के पर्यावरण-संतुलन के ख़राब होने की आशंका हो जाती है। देश में पर्यावरण के संतुलन को बनाए रखने से सम्बंधित चले आन्दोलनों में कुमाऊँ और गढ़वाल में चले 'चिपको आन्दोलन' का विशेष महत्त्व है जिसने न केवल भारत बल्कि पूरे विश्व का ध्यान अपनी ओर आकर्षित किया।

इस आन्दोलन से बिरू इसके आरम्भ से ही प्रभावित रहे और इससे सम्बंधित समाचारों को वह बड़े ध्यान से पढ़ते, सुनते व समझते रहे थे। यह आंदोलन 1970 के दशक में उत्तराखंड (तब उत्तर प्रदेश का हिस्सा) के हिमालयी क्षेत्रों में शुरू हुआ और पूरे विश्व में पर्यावरण संरक्षण का प्रतीक बन गया। इस आंदोलन में उत्तराखंड की ग्रामीण महिलाओं की भूमिका भी महत्वपूर्ण रही, जिन्होंने अपनी जान जोखिम में डालकर पेड़ों को कटने से बचाया। चिपको आंदोलन न केवल पर्यावरण संरक्षण का प्रतीक था, बल्कि

इसने समाज के ग़रीब एवं पिछड़े वर्गों को आवाज़ देने का कार्य भी किया, जिससे यह एक सशक्त जनआंदोलन बन गया।

चिपको आंदोलन की शुरुआत 1973 में उत्तराखंड के चमोली जिले के रेणी गांव से हुई थी। इस आंदोलन का मुख्य कारण था स्थानीय ग्रामीणों और बाहरी ठेकेदारों के बीच जंगलों के उपयोग को लेकर बढ़ता मतभेद। सरकार ने स्थानीय जंगलों की लकड़ी काटने का ठेका बाहरी उद्योगपतियों और ठेकेदारों को दे दिया था और वे जंगल के वृक्षों की अंधाधुंध कटाई करने लगे, जिसके परिणामस्वरूप क्षेत्र के पर्यावरण-संतुलन के बिगड़ जाने की प्रबल आशंका उत्पन्न हुई। इन जंगलों पर अपनी आजीविका के लिए निर्भर रहने वाले स्थानीय ग्रामीणों की रोजी-रोटी गंभीरता से प्रभावित हो रही थी और जिसके दूरगामी परिणाम क्षेत्र के लिए बहुत ही घातक लग रहे थे। ग्रामीणों का यह असंतोष धीरे-धीरे बढ़ने लगा और उन्होंने अपने जंगलों को बचाने के लिए पेड़ों से चिपककर उन्हें कटने से रोकने का फैसला किया। इस प्रकार 'चिपको आंदोलन' का जन्म हुआ। इस आंदोलन में ग्रामीण महिलाएं पेड़ों को गले लगाकर उनकी रक्षा करती थीं। यह एक सशक्त और अहिंसक विरोध की रणनीति थी, जिसने ठेकेदारों को जंगलों की कटाई करने से रोक दिया। स्थानीय लोगों के इस विरोध का असर इतना व्यापक हुआ कि सरकार को पीछे हटना पड़ा।

चिपको आंदोलन की शुरुआत एक स्थानीय संघर्ष के रूप में हुई थी, लेकिन इसे राष्ट्रीय और अंतर्राष्ट्रीय स्तर पर पहचान दिलाने में सुंदरलाल बहुगुणा और चंडी प्रसाद भट्ट जैसे प्रमुख पर्यावरणविदों की भूमिका बहुत महत्वपूर्ण रही। सुंदरलाल बहुगुणा ने इस आंदोलन को न केवल पर्यावरण संरक्षण से जोड़ा, बल्कि ग्रामीणों की आजीविका और जल-संरक्षण जैसे महत्वपूर्ण मुद्दों को भी इसके केंद्र में रखा।

चंडी प्रसाद भट्ट ने इस आंदोलन को एक संगठित और व्यापक रूप दिया। उनके नेतृत्व में ग्रामीणों ने अपने जंगलों की कटाई के ख़िलाफ़ आवाज उठाई और इस आंदोलन को पूरे उत्तराखंड में फैलाया। भट्ट ने ग्रामीणों को वनों की महत्ता समझाते हुए उनके संरक्षण के लिए प्रेरित किया।

उत्तराखंड के ग्रामीण क्षेत्रों में महिलाएं अपने जीवन के हर पहलू के लिए जंगलों पर निर्भर थीं। जल, ईंधन और चारे की आवश्यकता को पूरा करने के लिए वे प्रतिदिन जंगलों का सहारा लेती थीं। जंगलों की अंधाधुंध कटाई से उनकी दिनचर्या पर गहरा असर पड़ रहा था। इसलिए, महिलाओं ने पेड़ों को गले लगाकर उन्हें कटने से बचाने में निर्णायक भूमिका निभाई।

चिपको आंदोलन ने जंगलों के संरक्षण और पर्यावरण के प्रति जागरूकता बढ़ाने में एक महत्वपूर्ण भूमिका निभाई। इसके परिणामस्वरूप जंगलों की कटाई के ख़िलाफ़ एक व्यापक जनचेतना विकसित हुई और पर्यावरण संरक्षण का महत्व हर स्तर पर समझा जाने लगा। इसके बाद से कई अन्य आंदोलनों और अभियानों ने पर्यावरण के मुद्दों पर ध्यान देना शुरू किया। इस आंदोलन के परिणामस्वरूप सरकार ने जंगलों की कटाई पर रोक लगाने और वन संरक्षण के लिए नीतियों में परिवर्तन किए, विशेष रूप से हिमालयी क्षेत्रों में जंगलों की अंधाधुंध कटाई पर नियंत्रण लगाया गया।

चिपको आंदोलन ने महिलाओं की भूमिका को न केवल सामाजिक और आर्थिक संघर्षों में, बल्कि पर्यावरणीय आंदोलनों में भी उजागर किया। इसने महिलाओं की सशक्त भूमिका को पहचान दिलाई और उनके सामर्थ्य को समाज के सामने प्रस्तुत किया। यह आंदोलन पर्यावरणीय संघर्षों का एक मॉडल बना और विश्वभर में इसने पर्यावरणविदों को प्रोत्साहित किया।

'चिपको आंदोलन' केवल जंगलों की कटाई के ख़िलाफ़एक आंदोलन नहीं था, बल्कि यह ग्रामीण समुदायों की आजीविका, पर्यावरण संरक्षण और सामाजिक न्याय के लिए एक ऐतिहासिक संघर्ष था। इसने साबित किया कि सामूहिक जनसंघर्षों के माध्यम से एवं अहिंसक तरीकों से भी बड़े बदलाव लाए जा सकते हैं।

चिपको आंदोलन के बढ़ते प्रभाव के कारण, 1980 में सरकार ने हिमालयी क्षेत्रों में वनों की कटाई पर 15 साल का प्रतिबंध लगा दिया, जो इस आंदोलन की सबसे बड़ी सफलता मानी जाती है। यह आंदोलन न केवल एक स्थानीय संघर्ष था, बल्कि इसने भारतीय वन नीति को गहराई से प्रभावित किया। इस आंदोलन के प्रभाव से सरकार को वनों के प्रबंधन के अपने तरीके पर पुनर्विचार करना पड़ा। वन संसाधनों को केवल सरकार के अधीन नहीं रखा गया, बल्कि यह समझा गया कि वनों का स्थानीय लोगों के जीवन से सीधा संबंध है। इसके बाद से वनों के उपयोग में स्थानीय समुदायों की भागीदारी बढ़ाने की बात प्रमुख रूप से उठाई जाने लगी।

यह आंदोलन पर्यावरण संरक्षण और सामुदायिक भागीदारी का एक मिसाल बन गया। इस आंदोलन ने महिलाओं को समाज में एक सशक्त पहचान दिलाई और उन्हें अपनी आवाज उठाने का अवसर प्रदान किया। यह आंदोलन वनों की रक्षा तक सीमित नहीं था, बल्कि यह पर्यावरण संरक्षण, सामाजिक न्याय और सामुदायिक भागीदारी का प्रतीक बना।

उत्तराखंड की महिलाएं न केवल पर्यावरणीय मुद्दों में, बल्कि राज्य के सामाजिक

और आर्थिक विकास में भी महत्वपूर्ण भूमिका निभाती आई हैं। राज्य की महिलाएं कृषि, पशुपालन, और छोटे उद्योगों में अहम योगदान देती हैं। पहाड़ी क्षेत्रों में खेती के प्रमुख कार्य महिलाओं द्वारा किए जाते हैं, जिसमें फसल बोने और कटाई के महत्वपूर्ण कार्य शामिल हैं। इस तरह, राज्य की अर्थव्यवस्था और कृषि में उनकी भागीदारी ने उनकी सामाजिक स्थिति को सुदृढ़ किया है।

महिलाओं द्वारा किए गए कार्यों ने उन्हें केवल परिवार की आर्थिक ज़रूरतों को पूरा करने तक सीमित नहीं रखा, बल्कि समाज में उनकी स्वायत्तता और सम्मान को भी बढ़ावा दिया है। इन प्रयासों से राज्य में महिलाओं के जीवन स्तर में सुधार हुआ है और समाज में उनकी भूमिका को मान्यता मिली है। उत्तराखंड में महिलाएं अब केवल परिवार की धुरी नहीं हैं, बल्कि वे समाज के विकास की अग्रणी नेता बनकर उभरी हैं। उनका योगदान शिक्षा और स्वास्थ्य जैसे महत्वपूर्ण क्षेत्रों में भी देखा जा सकता है, जहाँ उन्होंने ग्रामीण और दूर-दराज के इलाकों में इन सुविधाओं का विस्तार किया है।

गौरा देवी, जिन्होंने चिपको आंदोलन का नेतृत्व किया, ने न केवल पर्यावरण संरक्षण की दिशा में काम किया, बल्कि अपने समुदाय में शिक्षा के महत्व पर भी ज़ोर दिया। उनके नेतृत्व में न केवल वनों की रक्षा हुई, बल्कि समुदाय में जागरूकता और सशक्तिकरण की भावना भी पैदा हुई। शिक्षा के प्रति इसी जागरूकता ने महिलाओं को आगे बढ़ने और समाज में अपनी पहचान स्थापित करने का अवसर दिया।

स्वास्थ्य सेवाओं के क्षेत्र में भी महिलाओं का योगदान उल्लेखनीय रहा है। आंगनवाड़ी कार्यकर्ता, नर्स, और स्वास्थ्य कार्यकर्ताओं के रूप में उत्तराखंड की महिलाएं स्वास्थ्य सुविधाओं के प्रसार में महत्वपूर्ण भूमिका निभा रही हैं। खासकर पहाड़ी और दूरस्थ क्षेत्रों में, जहाँ स्वास्थ्य सुविधाओं की पहुँच कम है, महिलाएं उन दुर्गम क्षेत्रों में प्राथमिक स्वास्थ्य सेवाओं की उपलब्धता सुनिश्चित कर रही हैं। ये महिलाएं स्वच्छता, टीकाकरण और पोषण के बारे में सामुदायिक जागरूकता कार्यक्रमों का आयोजन कर ग्रामीण जीवन को बेहतर बनाने में जुटी हैं।

इसके अलावा, उत्तराखंड की महिलाएं राज्य की समृद्ध सांस्कृतिक धरोहर को संरक्षित करने में भी अग्रणी भूमिका निभा रही हैं। राज्य की लोकसंस्कृति, जिसमें लोकगीत, नृत्य और पारंपरिक शिल्प शामिल हैं, पीढ़ियों से महिलाओं द्वारा संरक्षित और प्रोत्साहित की जा रही है। उत्तराखंड के प्रमुख पारंपरिक त्योहारों जैसे **हरेला** और **बिखौती** में महिलाओं की भागीदारी अत्यधिक महत्वपूर्ण होती है। इन त्योहारों में उनकी भूमिका न केवल धार्मिक और सांस्कृतिक गतिविधियों में होती है, बल्कि ये सामाजिक और सामुदायिक

संबंधों को भी मजबूत करने में सहायक होती हैं।

महिलाएं आज भी पारंपरिक शिल्प और हस्तशिल्प की धरोहर को संजोए हुए हैं, जिनमें ऊनी वस्त्र, लकड़ी की नक्काशी, और बांस का काम शामिल है। ये शिल्प न केवल सांस्कृतिक पहचान को संरक्षित रखने में महत्वपूर्ण हैं, बल्कि महिलाओं को आर्थिक रूप से आत्मनिर्भर बनने का साधन भी प्रदान करते हैं। इन शिल्पकारियों के माध्यम से महिलाएं अपनी संस्कृति को जिंदा रखते हुए आय का साधन भी जुटा रही हैं, जिससे उनका आत्मसम्मान और स्वायत्तता भी बढ़ी है।

महिलाओं ने शिक्षा, स्वास्थ्य, स्वच्छता और बुनियादी सुविधाओं के विकास में सक्रियता दिखाई है, जिससे गांवों और छोटे कस्बों का तेजी से विकास हुआ है। उत्तराखंड में **महिला सशक्तीकरण** और **नारीवाद** की अवधारणा भी तेजी से उभर रही है। अब महिलाएं अपने अधिकारों के प्रति जागरूक हो रही हैं और समाज में उनके अधिकारों को मान्यता दिलाने के लिए संघर्ष कर रही हैं।

इस दिशा में गैर-सरकारी संगठन और महिला संगठन भी महत्वपूर्ण भूमिका निभा रहे हैं, जो महिलाओं के सशक्तीकरण और उनके अधिकारों की रक्षा के लिए लगातार प्रयासरत हैं। ये संगठन महिलाओं को कानूनी और सामाजिक अधिकारों के प्रति जागरूक कर रहे हैं और उन्हें आत्मनिर्भर बनने के लिए संसाधन और समर्थन प्रदान कर रहे हैं। उत्तराखंड की महिलाएं आज शिक्षा, स्वास्थ्य, पर्यावरण, सांस्कृतिक धरोहर और आर्थिक विकास के हर क्षेत्र में सक्रियता से भागीदारी कर रही हैं। उनका यह योगदान न केवल राज्य के समग्र विकास में योगदान कर रहा है, बल्कि समाज में महिलाओं की स्थिति को भी सशक्त बना रहा है।

महिलाओं के ख़िलाफ़ हिंसा, बाल विवाह, दहेज प्रथा और अन्य सामाजिक बुराइयों के ख़िलाफ़ जागरूकता बढ़ाने और समाज में बदलाव लाने के लिए उत्तराखंड की महिलाएं सक्रिय रूप से प्रयासरत हैं। इससे समाज में एक नई सोच विकसित हो रही है, जहाँ महिलाएं अब अपने अधिकारों के लिए खुलकर आवाज उठा रही हैं और पीछे हटने को तैयार नहीं हैं।

उत्तराखंड के विकास में महिलाओं का योगदान बहुआयामी है। चाहे वह पर्यावरण संरक्षण हो, आर्थिक सुधार हो, शिक्षा और स्वास्थ्य में सुधार हो, या फिर राजनीतिक और सांस्कृतिक क्षेत्र में उनका नेतृत्व, उत्तराखंड की महिलाएं हर क्षेत्र में अपना महत्वपूर्ण योगदान दे रही हैं।

उत्तराखंड, अपनी समृद्ध सांस्कृतिक और प्राकृतिक विरासत के बावजूद, सामाजिक

कुरीतियों से अछूता नहीं रहा है। इस क्षेत्र में विभिन्न प्रकार की सामाजिक बुराइयाँ, जैसे जातिगत भेदभाव, लैंगिक असमानता, दहेज प्रथा, बाल विवाह, शराब की लत और अनमेल विवाह जैसी कुरीतियाँ प्रचलित रही हैं। हालाँकि, उत्तराखंड की जागरूक जनता और विशेष रूप से महिलाओं ने समय-समय पर इन कुरीतियों के ख़िलाफ़ आवाज उठाई और सामाजिक आंदोलनों के माध्यम से सकारात्मक बदलाव लाने का प्रयास किया। इन आंदोलनों ने न केवल सामाजिक सुधार की दिशा में महत्वपूर्ण क़दम उठाए, बल्कि इस पहाड़ी राज्य के विकास में भी योगदान दिया।

'चिपको आंदोलन' मुख्य रूप से पर्यावरण संरक्षण के लिए आरंभ हुआ था, लेकिन इसने उत्तराखंड की महिलाओं के सामाजिक सशक्तीकरण और सामाजिक बुराइयों के ख़िलाफ़ उनकी लड़ाई में भी महत्वपूर्ण भूमिका निभाई। महिलाओं ने इस आंदोलन के दौरान सामाजिक कुरीतियों, जैसे कि पारिवारिक हिंसा, लैंगिक असमानता और सामाजिक भेदभाव, के ख़िलाफ़ एकजुटता दिखाई। चिपको आंदोलन ने महिलाओं को एक ऐसा मंच प्रदान किया जहाँ उन्होंने पहली बार सार्वजनिक रूप से अपनी आवाज बुलंद की। इस आंदोलन ने न केवल पर्यावरण की रक्षा की, बल्कि समाज में महिलाओं की भागीदारी और उनके अधिकारों के प्रति जागरूकता को भी बढ़ावा दिया। इस आंदोलन के बाद उत्तराखंड की महिलाओं में नई चेतना आई और उन्होंने अन्य सामाजिक कुरीतियों के ख़िलाफ़ भी आंदोलनों का नेतृत्व किया।

उत्तराखंड में शराब की लत से जुड़ी समस्याएँ वर्षों से विद्यमान रही हैं। शराब की लत ने सामाजिक और आर्थिक समस्याओं को बढ़ावा दिया है, जिनमें घरेलू हिंसा, ग़रीबी और पारिवारिक असंतोष प्रमुख हैं। इन समस्याओं का सबसे अधिक ख़ामियाजा महिलाओं को भुगतना पड़ा है। 1980 और 1990 के दशक में उत्तराखंड की महिलाओं ने शराब की दुकानों के ख़िलाफ़ व्यापक आंदोलन चलाया, जिसे **शराबबंदी आंदोलन** के नाम से जाना जाता है। इस आंदोलन का नेतृत्व अधिकांशतः महिलाओं ने किया, जिन्होंने शराब की दुकानों पर धरने दिए और सरकार से शराब की बिक्री पर प्रतिबंध लगाने की मांग की। गोपेश्वर और पौड़ी गढ़वाल जैसे क्षेत्रों में यह आंदोलन अपने चरम पर रहा, जहाँ महिलाओं ने सड़कों पर उतरकर शराब की दुकानों को बंद कराने के लिए प्रदर्शन किए।

महिलाओं का कहना था कि शराबबंदी से न केवल पारिवारिक जीवन में सुधार आएगा, बल्कि समाज में भी हिंसा और अपराध में कमी आएगी। इस आंदोलन के परिणामस्वरूप कई क्षेत्रों में शराब की दुकानों को बंद करना पड़ा और स्थानीय प्रशासन

ने शराब की बिक्री पर आंशिक रूप से प्रतिबंध भी लगा दिया। यह आंदोलन न केवल महिलाओं की शक्ति और एकजुटता का प्रतीक बना, बल्कि यह भी सिद्ध किया कि महिलाएं जब एकजुट होती हैं, तो सामाजिक बुराइयों के ख़िलाफ़ व्यापक परिवर्तन ला सकती हैं।

बिरू को लगा कि सामाजिक सुधारों के लिए जनजागरण एवं जनआन्दोलन चलते रहने चाहिए। स्वतंत्रता प्राप्ति के पूर्व चले जनजागरण के कार्यक्रमों और जनआंदोलनों ने सामाजिक सुधार के क्षेत्रों में महत्त्वपूर्ण उपलब्धियों को अर्जित किया था। लेकिन बिरू कुछ निराश भी थे कि आज़ादी मिल जाने के बाद देशवासियों में सामाजिक सुधारों के लिए चलाए जाने वाले जनआन्दोलनों के प्रति रुझान कुछ कम हुआ है और जननेता भी इस हेतु अधिक उत्साही नहीं दिखते।

32.

पायलट की ऊँची उड़ान और दुर्भाग्यपूर्ण अवसान

राजीव गांधी राजनीति में अप्रत्याशित रूप से आए। उन्होंने पायलट के रूप में करियर शुरू किया था और अपनी माँ इंदिरा गांधी की हत्या के बाद अचानक प्रधानमंत्री बने। उन्होंने ने 1984 से 1989 तक प्रधानमन्त्री के रूप में देश का नेतृत्व किया। राजीव गांधी के नेतृत्व में भारत में संचार-क्रांति का आग़ाज़ हुआ, जिसमें कंप्यूटर, दूरसंचार और सूचना तकनीकी का विस्तार हुआ। आधुनिक तकनीक, वैज्ञानिक सोच और विकास के समर्थक राजीव गाँधी का प्रशासनिक अनुभव बहुत सीमित था इसलिए कई महत्त्वपूर्ण मौकों पर वह परिपक्व राजनेता के रूप में फ़ैसले नहीं ले सके।

राजीव गांधी के कार्यकाल के सबसे बड़े विवादों में बोफोर्स घोटाला प्रमुख था। 1980 के दशक में भारतीय सेना के लिए तोपों की ख़रीद के लिए स्वीडन की कंपनी बोफोर्स से अनुबंध किया गया। इस सौदे में कथित तौर पर लाखों डॉलर की रिश्वत दी गई थी और राजीव गांधी पर इस भ्रष्टाचार में संलिप्तता का आरोप लगा। हालांकि, उन्होंने हमेशा इन आरोपों से इनकार किया और इस सम्बन्ध में हुई जाचों से भी आरोप सिद्ध नहीं हो सके, लेकिन इस घोटाले ख़बर ने उनकी छवि को गहरा धक्का पहुँचाया और जनता के बीच उनके प्रति विश्वास में भारी गिरावट आयी। बोफोर्स कांड ने भारतीय राजनीति में भ्रष्टाचार के प्रति जनमानस में गहरा असंतोष उत्पन्न किया।

उनके शासनकाल का एक अन्य प्रकरण भी अत्यधिक विवादास्पद रहा। सुप्रीम कोर्ट ने एक तलाकशुदा मुस्लिम महिला, श्रीमती शाह बानो, को अपने पति से गुजारा भत्ता प्राप्त करने का अधिकार दिया था। राजीव गांधी ने इस फ़ैसले को पलटने के लिए मुस्लिम पर्सनल लॉ को संशोधित किया, जिससे मुस्लिम समुदाय को प्रसन्न किया जा सके। इस

क़दम ने उनकी धर्मनिरपेक्षता पर सवाल उठाए और उनके विरोधियों ने उन्हें धार्मिक वोट-बैंक की राजनीति करने वाला बताया। उनके इस निर्णय को मुस्लिम तुष्टीकरण का प्रतीक माना गया।

राजीव गांधी के कार्यकाल में असम और पंजाब की समस्याएँ गंभीर हो गईं। असम में विदेशी नागरिकों का मुद्दा और पंजाब में ख़ालिस्तान आंदोलन को लेकर देश में अस्थिरता का माहौल था। राजीव ने असम समझौते और पंजाब समझौते जैसे प्रयास किए, लेकिन इन समझौतों का प्रभाव सीमित रहा। असम में विदेशी नागरिकता के मुद्दे का समाधान स्थायी रूप से नहीं हो सका और पंजाब में आतंकवाद की समस्या भी पूरी तरह समाप्त नहीं हुई। इन प्रयासों की विफलता से उनकी नेतृत्व-क्षमता पर सवाल उठे और उनकी सरकार की प्रभावशीलता पर प्रश्नचिन्ह लगे।

राजीव गांधी के विरोधियों के द्वारा यह आरोप उनके विरुद्ध लगाए गए कि उनके कार्यकाल में दलितों और पिछड़े वर्गों के अधिकारों को सुरक्षित रखने के लिए कोई महत्वपूर्ण नीति नहीं बनाई गई। उनकी सरकार पर आरोप लगे कि उन्होंने दलितों के मुद्दों को गंभीरता से नहीं लिया और उनकी समस्याओं के समाधान के लिए ठोस क़दम नहीं उठाए। यह आरोप लगाया गया कि उन्होंने केवल उच्च वर्गों के हितों को अधिक महत्व दिया और दलितों की उपेक्षा की। इससे राजीव गांधी की सरकार की समाज के प्रति समानता और न्याय की प्रतिबद्धता पर प्रश्नचिन्ह लगा।

राजीव गांधी के कार्यकाल के दौरान न्यायपालिका और कार्यपालिका के बीच कई मुद्दों पर तनाव देखा गया। उनकी सरकार ने कई मामलों में न्यायपालिका के फैसलों के प्रति असम्मान का रवैया अपनाया। उनके कुछ क़दमों से न्यायपालिका की स्वतंत्रता पर ख़तरा मंडराता दिखा, जिससे देश की न्यायिक प्रणाली पर प्रश्न उठे। इन विवादों ने न्यायपालिका और कार्यपालिका के बीच असंतुलन पैदा किया और राजीव गांधी की सरकार की लोकतांत्रिक प्रक्रिया में कमियों को उजागर किया।

श्रीलंका के उत्तरी और पूर्वी क्षेत्रों में रहने वाले तमिल अल्पसंख्यक लंबे समय से सिंहली बहुसंख्यक सरकार के उत्पीड़न और भेदभाव का सामना कर रहे थे, जिसके प्रतिरोध में उन्होंने विद्रोह का मार्ग अपनाया। श्रीलंका का तमिल समुदाय, जो वहां की आबादी का लगभग 15% था, कई दशकों से सामाजिक, आर्थिक और राजनैतिक उपेक्षा झेलता आ रहा था। 1956 के सिंहली अधिनियम के पारित होने के बाद तमिलों को शिक्षा, रोजगार और नागरिक अधिकारों के क्षेत्र में भेदभाव का सामना करना पड़ा, जिससे

उनमें असंतोष और आक्रोश बढ़ता गया।

इस अन्याय के प्रतिरोध में 1970 के दशक में तमिल समुदाय में 'लिट्टे' (लिबरेशन टाइगर्स ऑफ तमिल ईलम) जैसे चरमपंथी संगठन का उदय हुआ, जिसने तमिलों के लिए स्वतंत्र राज्य "तमिल ईलम" की मांग की और इसे प्राप्त करने के लिए सशस्त्र संघर्ष शुरू कर दिया। 1980 के दशक के मध्य में श्रीलंका के राष्ट्रपति जे आर जयवर्धने की सरकार ने तमिल विद्रोही समूहों के विरुद्ध सैन्य अभियान तेज कर दिया और उग्र संघर्ष के कारण स्थिति और भी बिगड़ने लगी।

भारत में तमिलनाडु राज्य के तमिल नागरिकों के बीच भी श्रीलंका के तमिल समुदाय के प्रति सहानुभूति थी और श्रीलंका में तमिलों पर हो रहे अत्याचार से भारत के तमिल लोगों में भी बेचैनी बढ़ने लगी। बहुसंख्यक सिंहलियों के अत्याचारों से बचने के लिए भारी संख्या में तमिल सम्प्रदाय के लोग श्रीलंका से भागकर भारत आने लगे, जिससे भारत की आंतरिक राजनीति में असंतोष और आक्रोश परिलक्षित होने लगा और सीमावर्ती राज्यों में तनाव फैलने लगा।

तत्कालीन प्रधानमंत्री इंदिरा गांधी और बाद में राजीव गांधी की सरकार ने इस स्थिति को गंभीरता से लिया, क्योंकि यह समस्या भारत में अशांति का कारण बन रही थी। भारत को चिंता थी कि श्रीलंका में तमिल संघर्ष यदि जारी रहा, तो इसका गहरा प्रभाव भारत के तमिलनाडु राज्य पर पड़ सकता है।

ऐसे में, भारत ने शांति-प्रक्रिया हेतु पहल की और श्रीलंका के साथ बातचीत शुरू की। अंततः, 29 जुलाई 1987 को भारत और श्रीलंका के बीच एक ऐतिहासिक शांति-समझौता हुआ, जिसके तहत श्रीलंका में शांति स्थापित करने के लिए भारतीय सेना भेजने का निर्णय लिया गया। यह 1987 से 1990 तक चलने वाला एक जटिल और विवादास्पद सैन्य हस्तक्षेप था। इस समझौते के अंतर्गत, भारत ने श्रीलंका में 'इंडियन पीस कीपिंग फोर्स' (आई पी के एफ) को भेजा। प्रारंभ में, लिट्टे ने इस भारतीय हस्तक्षेप का स्वागत किया, लेकिन समय के साथ, लिट्टे और भारतीय सेना के बीच तनाव बढ़ने लगा।

लिट्टे के नेता, वेलुपिल्लई प्रभाकरन, ने हथियार डालने से मना कर दिया, जिसके कारण भारतीय सेना को लिट्टे के ख़िलाफ़ सशस्त्र कार्रवाई करनी पड़ी। 1987 के अंत तक भारतीय सेना और लिट्टे के बीच सीधे संघर्ष का आरंभ हो गया। यह संघर्ष, भारत की सेना के लिए बेहद कठिन और चुनौतीपूर्ण था, क्योंकि लिट्टे ने गुरिल्ला युद्ध की रणनीति अपनाई थी और भारतीय सेना को श्रीलंका के दुर्गम क्षेत्रों में लड़ाई लड़नी पड़ी। यह क्षेत्र भारतीय सेना के लिए अनजान थे। भारतीय सेना को श्रीलंका के जटिल सामाजिक और

राजनीतिक परिदृश्य में कार्य करना पड़ा। लिट्टे ने स्थानीय तमिलों को अपनी विचारधारा में शामिल कर लिया था, जिससे शांति स्थापना का उद्देश्य धूमिल होने लगा और भारतीय सेना एक सक्रिय युद्ध में उलझ गई। गुरिल्ला युद्ध की कठिन परिस्थितियों के बीच भारतीय सेना ने यद्यपि बहादुरी दिखाई, परंतु क्षेत्र के अनजान होने के कारण उसे भारी हानि उठानी पड़ी।

इस दौरान श्रीलंका में भी राजनीतिक अस्थिरता और बढ़ी, क्योंकि सिंहली सरकार और लिट्टे के बीच संघर्ष थमने का नाम नहीं ले रहा था। भारत का शांति स्थापना का प्रयास विफल होने लगा और आई पी के एफ लंबे समय तक श्रीलंका में फँसी रही। इस सैन्य हस्तक्षेप को लेकर भारत में भी राजीव गांधी की सरकार पर राजनीतिक दबाव बढ़ने लगा, और इस कार्रवाई की आलोचना होने लगी।

1989 में भारत में आम चुनाव हुए और वी पी सिंह के नेतृत्व में नई सरकार बनी, जिसने श्रीलंका से भारतीय सेना की वापसी का निर्णय लिया। 1990 तक, भारतीय सेना पूरी तरह से श्रीलंका से वापस आ चुकी थी। यह भारत का पहला अंतरराष्ट्रीय सैन्य हस्तक्षेप था, जिसमें उसे व्यापक आलोचना का सामना करना पड़ा और यह सैन्य हस्तक्षेप भारतीय इतिहास के एक विवादास्पद अध्याय के रूप में अंकित हो गया। शांति स्थापना का यह प्रयास असफल सिद्ध हुआ।

आई पी के एफ की वापसी के बाद, लिट्टे ने अपनी शक्ति को फिर से सुदृढ़ किया और श्रीलंका के उत्तर और पूर्वी हिस्सों पर पुनः अपना नियंत्रण स्थापित कर लिया। इसके बाद, लिट्टे ने श्रीलंका सरकार के विरुद्ध अपने स्वतंत्र राज्य की मांग को लेकर और भी प्रबल संघर्ष छेड़ दिया। प्रभाकरन, भारतीय हस्तक्षेप के प्रति द्वेष से भरा हुआ था और इसी कारण लिट्टे ने राजीव गांधी की हत्या की साजिश रची। 1991 में, चुनाव प्रचार के दौरान तमिलनाडु के श्रीपेरंबदूर में एक आत्मघाती हमले में राजीव गांधी मारे गए।

भारत ने तमिल संघर्ष के समाधान के लिए शांति स्थापना की नीयत से हस्तक्षेप किया था, लेकिन यह प्रयास असफल रहा और भारतीय सेना एक अजीब एवं कठिन परिस्थिति में उलझ गई। श्रीलंका में 'इंडियन पीस कीपिंग फोर्स' (आई पी के एफ) की कार्यवाही ने यह महत्वपूर्ण सबक दिया कि विदेशी संघर्षों में हस्तक्षेप करते समय वहाँ की जमीनी वास्तविकताओं और राजनीतिक पेचीदगियों को गहराई से समझना अत्यंत आवश्यक है। इस अनुभव ने भारत को भविष्य में अंतरराष्ट्रीय हस्तक्षेप के प्रति अधिक सतर्क और संजीदा बना दिया।

राजीव गांधी ने अपने करिश्माई व्यक्तित्व और युवा नेता के रूप में देश के विकास की

कोशिश की, लेकिन उनके शासन के अंत तक यह स्पष्ट हो गया कि व्यक्तिगत लोकप्रियता और यथार्थवादी शासन में फर्क होता है। उन्होंने भारतवासियों को विज्ञान और आधुनिक तकनीक से सम्पन्न भारत का सपना दिखाया, लेकिन उनके शासनकाल में ज़मीनी स्तर पर प्रभावी नीतियाँ नहीं बन सकीं और आवश्यक प्रशासनिक सुधार भी नहीं हो सके। उनकी अधिकाँश नीतियाँ अल्पकालिक साबित हुईं, जिससे उनकी लोकप्रियता घटने लगी और जनता के बीच उनका प्रभाव कमज़ोर हो गया।

बिरू सोचने लगे कि राजनीति बहुत ज़िम्मेदारी का एवं गंभीर विषय है और इसमें मात्र तात्कालिकता के आधार पर फ़ैसले नहीं करने चाहिए। किसी समस्या का वही हल उचित होता है जिसमें समस्या के सभी प्रमुख पहलुओं पर विचार करने के बाद उसके समाधान के दूरगामी प्रभावों का आकलन करके जनहित में निर्णय लिए जाते हैं। राजनीति में अनुभव प्राप्त करने के बाद ही किसी नेता को ज़िम्मेदारी का कोई पद लेना चाहिए क्योंकि ज़रूरी नहीं कि एक सफल प्रधानमन्त्री की संतान भी सफल प्रधान मंत्री सिद्ध हो।

33.

जहाँ चाह, वहाँ राह

इसी बीच रज्जू का **रानीखेत** में मन लगने लगा था। एक दिन 20 सूत्रीय कार्यक्रम की मीटिंग में **एम एल ए पूरन सिंह महरा** ने सवाल उठाया कि डॉ टम्टा पिलखोली से तनख्वाह लेते हैं तो रानीखेत के अस्पताल में क्यों काम करते हैं? इस सवाल के समाधान के लिए बिरेन्द्र प्रसाद **सी एम ओ अल्मोड़ा** के पास मदद के लिए गए और उनसे प्रार्थना की कि उनकी पारिवारिक परेशानियों को देखते हुए डा राजेंद्र प्रसाद टम्टा (रज्जू) को रानीखेत में ही काम करने दिया जाए, परन्तु विधायक के दबाव के कारण सी एम ओ ने उनकी प्रार्थना नहीं मानी और रज्जू को पिलखोली जाना पड़ा। पिलखोली के अस्पताल में उसके लिए करने को कोई ख़ास काम नहीं था। वह वहाँ 2-3 महीने रहा, लेकिन इस घटना का बहुत गहरा प्रभाव रज्जू पर पड़ा और ऐसा लगा जैसे कि रज्जू को संसार से विरक्ति सी होने लगी।

कुछ समय के बाद उसने अपना ट्रांसफर रानीखेत कराने की स्वयं कोशिश की, लेकिन सफलता नहीं मिली। बिरेन्द्र प्रसाद ने भी इसके लिए कई बार **लखनऊ** के चक्कर लगाए, परंतु उसका ट्रांसफर रानीखेत नहीं हो सका। रज्जू कभी-कभी स्टाफ मीटिंग के लिए अल्मोड़ा आता था, लेकिन काम निपटाकर वापस चला जाता था। ताड़ीखेत में रहते हुए रज्जू ने **हरीश** और **प्रकाश** की आई आई टी कानपुर की पढ़ाई का पूरा खर्चा उठाया था। इसी बीच उसकी ड्यूटी **मानसरोवर यात्रा** में लगाई गई और वह **लिपूलेख बॉर्डर** तक गया। इस बीच, रज्जू की शादी के कई रिश्ते आए, लेकिन वह शादी के लिए मना करता रहा। जब बिरेन्द्र प्रसाद ने उस पर शादी के लिए ज़ोर दिया, तो उसने कहा कि पहले **मीना** की शादी होनी चाहिए, फिर वह अपनी शादी के बारे में सोचेगा।

रज्जू को पहले समाज से विरक्ति हुई फिर धीरे-धीरे रज्जू परिवार से भी दूर होता गया। रज्जू ने अपना स्कूटर और सारा सामान प्रेम के हाथों अल्मोड़ा भेज दिया। उसने अपने

पैसों का ड्राफ्ट बनाकर बिरेन्द्र प्रसाद के नाम घर पर भेजना शुरू कर दिया, लेकिन वह समझ नहीं पा रहे थे कि रज्जू ऐसा क्यों कर रहा है।

मार्च 1985 के पहले हफ्ते में एक दिन, दोपहर के डेढ़ बजे, वह अचानक घर में आया। उस समय बिरेन्द्र प्रसाद घर पर नहीं थे। उसने माँ से पूछा, "बाबू कहाँ हैं?" और इसके बाद बिना किसी को कुछ बताए, रज्जू अल्मोड़ा छोड़कर कहीं चला गया। एक महीने बाद उसकी एक लंबी चिट्ठी आई, जो उसने देहरादून से लिखी थी और टनकपुर से पोस्ट की थी। उस पत्र में उसने लिखा था कि वह लंबे समय के लिए कहीं बाहर जा रहा है और घर वाले उसकी चिंता न करें। उसने यह भी लिखा कि वह जहाँ भी रहेगा, ठीक से रहेगा। इसके साथ ही, उसने बिरेन्द्र प्रसाद को कुछ सुझाव भी दिए, लेकिन उसके घर से इसप्रकार चले जाने के पीछे का असली कारण बिरू को कभी समझ में नहीं आया।

वर्ष 1984 के अंतिम महीने की बात है। अल्मोड़ा से सटे कर्बला के जंगल में टम्टा समाज के एक किशोर छात्र का शव मिला। इस घटना से पूरे शहर में हड़कंप मच गया। तरह-तरह की अफवाहें फैली हुई थीं, कुछ लोग इसे आत्महत्या बता रहे थे, तो कुछ इसे सुनियोजित हत्या कह रहे थे। सामाजिक रूप से जागरूक व्यक्ति होने के नाते, बिरेन्द्र प्रसाद ने इस मुद्दे पर गंभीरता से विचार किया और तत्कालीन जिलाधिकारी तथा सभी वरिष्ठ पुलिस अधिकारियों से मिले। उन्होंने बिरेन्द्र प्रसाद की बात ध्यान से सुनी और शीघ्र कार्यवाही कराने का आश्वासन दिया। जब बिरेन्द्र प्रसाद इस मामले में पुलिस उपाधीक्षक के कार्यालय पहुँचे, तो वहाँ उन्हें जानकारी मिली कि एक नए अधिकारी ने उस पद पर कार्यभार संभाला है।

अल्मोड़ा में बिरेन्द्र प्रसाद के द्वारा की जा रही सामाजिक सेवाओं के कारण उनकी पहचान पुराने पुलिस उपाधीक्षक से हो गई थी। उनके स्थानांतरण के बाद नए अधिकारी से बिरेन्द्र प्रसाद की यह पहली मुलाकात थी और उन्हें इस बात की चिंता हुई कि नए अधिकारी उनकी बात को ध्यान से सुनेंगे भी या नहीं, लेकिन बिरेन्द्र प्रसाद के आश्चर्य का ठिकाना नहीं रहा जब नए पुलिस उपाधीक्षक ने उनकी बात को न केवल गंभीरता से सुना बल्कि तुरंत ही कोतवाली इंस्पेक्टर को निर्देश भी दिए कि उनके द्वारा उठाए गए संदेह के बिंदुओं को जांच में शामिल किया जाए और जांच जल्द पूरी की जाए। उन्होंने इंस्पेक्टर को यह भी निर्देश दिया कि साप्ताहिक रूप से जांच की प्रगति की जानकारी उन्हें दी जाए।

उस समय पुलिस उपाधीक्षक के कार्यालय में कुछ अन्य लोग भी अपनी-अपनी शिकायतों के सिलसिले में मौजूद थे। बिरेन्द्र प्रसाद ने देखा कि पुलिस उपाधीक्षक हर व्यक्ति की समस्या को ध्यानपूर्वक सुन रहे थे और तुरंत संबंधित कनिष्ठ अधिकारियों को

फोन पर निर्देश देकर शीघ्र समाधान कराने का आदेश दे रहे थे। उनका स्टाफ उनके निर्देशों को नोट कर रहा था ताकि समय पर उनके अनुपालन को सुनिश्चित किया जा सके।

उनके व्यवहार, जनता से संवाद करने के तरीके, और जरूरतमंदों की मदद करने की तत्परता से बिरेन्द्र प्रसाद बहुत प्रभावित हुए। उनके काम करने के समग्र ढंग और जनता के प्रति उनके सहानुभूतिपूर्ण रवैये ने उन पर गहरा असर डाला। इसके बाद, बिरेन्द्र प्रसाद ने उनके कार्यालय में आवश्यकतानुसार आना शुरू कर दिया। जब भी कोई ज़रूरतमंद व्यक्ति पुलिस से संबंधित अपनी शिकायतों के समाधान के लिए उनके पास आता, तो वे उन्हें पुलिस उपाधीक्षक से संपर्क करा के उसकी समस्याओं को हल कराने की कोशिश करते थे।

जनवरी माह में **मकर संक्रांति** के अवसर पर उत्तरायणी का मेला कुमाऊँ क्षेत्र के विभिन्न स्थानों पर मनाया जाता है। ऐतिहासिक रूप से, सबसे बड़ा मेला **बागेश्वर** शहर का होता है। यह शहर नई दिल्ली से लगभग 430 किमी एवं अल्मोड़ा से लगभग 73 किमी की दूरी पर स्थित है और यह क्षेत्र अपने प्राकृतिक सौंदर्य, ग्लेशियरों, नदियों और मंदिरों के लिए प्रसिद्ध है।

अतीत में, बागेश्वर तिब्बत और कुमाऊँ के बीच एक प्रमुख व्यापार केंद्र था, जहाँ भोटिया व्यापारी तिब्बती सामान, ऊन, नमक और बोरेक्स का व्यापार करते थे। कालीन और अन्य स्थानीय उत्पादों की अदला-बदली होती थी। लेकिन, 1962 के भारत-चीन युद्ध के बाद यह व्यापारिक मार्ग बंद कर दिया गया।

बागेश्वर का उल्लेख विभिन्न पुराणों में मिलता है, जहाँ इसे भगवान शिव से जोड़ा गया है। बागेश्वर का नाम **बागनाथ मंदिर** से लिया गया है, जो सरयू नदी के तट पर स्थित है। यहाँ का समतल मैदान उत्तरायणी मेले का मुख्य स्थल बन जाता है, जो एक सप्ताह तक चलता है। इस समय सूर्य के दक्षिणी गोलार्ध से उत्तरी गोलार्ध की ओर बढ़ने का विशेष महत्व माना जाता है और सरयू नदी में डुबकी लगाना शुभ माना जाता है। मेला स्थल पर इकट्ठा हुए रंग-बिरंगे कपड़ों में सजे जनसमूह का दृश्य अद्भुत होता है। लोग ख़ुशी के मूड में होते हैं, और मेले का आनंद लेने के लिए गाते-नाचते हैं। इस दौरान स्थानीय लोक कलाकारों के द्वारा झोड़ा, चांचरी और बैरास जैसे लोकगीत प्रस्तुत किए जाते हैं।

मेले के धार्मिक पहलू के साथ-साथ इसकी सांस्कृतिक और व्यावसायिक विशेषताएँ भी इसे अद्वितीय बनाती हैं। लोग पवित्र नदी में स्नान करते हैं, जो शारीरिक और आत्मिक शुद्धि का प्रतीक माना जाता है। मेले में विभिन्न प्रकार के स्थानीय उत्पाद भी उपलब्ध होते हैं, जैसे कि लोहे और तांबे के बर्तन, टोकरियाँ, पीपे, बांस के सामान, चटाई, गद्दे, कालीन,

कंबल, जड़ी-बूटियाँ और मसाले। यह मेला न केवल सांस्कृतिक दृष्टि से महत्वपूर्ण है, बल्कि इसका ऐतिहासिक महत्व भी है। जनवरी 1921 में, यही उत्तरायणी मेला **कुली बेगार आंदोलन** का केंद्र बना, जो भारत के स्वतंत्रता संग्राम में कुमाऊँ और गढ़वाल क्षेत्र का एक महत्त्वपूर्ण योगदान था।

बचपन से ही बिरेन्द्र प्रसाद का इस मेले से गहरा नाता रहा है, क्योंकि बागेश्वर शहर उनके गाँव के काफी नजदीक था। उन्हें बागेश्वर से स्वाभाविक प्रेम था और उत्तरायणी मेला हमेशा उनके लिए एक विशेष आकर्षण का केंद्र रहा है। वर्ष 1985 में भी बिरेन्द्र प्रसाद मकर संक्रांति से दो दिन पहले मेले में गए। ठंडी रातों के बावजूद, दिन में तेज धूप के कारण मौसम बेहद सुहावना था। आसमान सुहावने नीले रंग का था और पेड़ों की पत्तियाँ गहरे हरे रंग में चमक रही थीं।

मेले की ओर जाने वाले सभी रास्तों से रंग-बिरंगे कपड़े पहने हुए लोग, छोटे-छोटे समूहों में कुमाऊँनी गीत गाते और नाचते हुए आ रहे थे। मुख्य मेलाक्षेत्र में भीड़ इतनी सघन थी कि बिना किसी के कंधे को छुए दो क़दम भी चलना मुश्किल था। चमकीले नीले आकाश की पृष्ठभूमि में **नंदा देवी** और उसके आस-पास की चोटियाँ नीले आकाश की पृष्ठभूमि में बहुत सुन्दर लग रही थीं।

शाम को बिरेन्द्र प्रसाद को ख़बर मिली कि मेले में **पटवारी** हड़ताल पर चले गए हैं। वे इस बात की शिकायत कर रहे थे कि **पुलिस कांस्टेबल** उनके काम में हस्तक्षेप कर रहे हैं और एक पटवारी के साथ कुछ कांस्टेबलों के द्वारा मारपीट की गई है। बिरेन्द्र प्रसाद इस मुद्दे की गंभीरता को समझते थे, इसलिए वे तुरंत **मेला क्षेत्र** में अस्थायी रूप से बने प्रशासनिक कार्यालय पहुँचे। वहाँ जाकर उन्होंने देखा कि आक्रोशित पटवारियों का एक झुण्ड पुलिस के ख़िलाफ़ नारेबाजी कर रहा था और माहौल काफी तनावपूर्ण था।

क्षेत्र के एस डी एम और **डी एस पी** मेले के कार्यालय में मौजूद थे और पटवारियों के नेताओं की शिकायतों और मांगों को ध्यानपूर्वक सुन रहे थे और उन्हें समझा रहे थे। अधिकारियों और पटवारियों के बीच वार्ता की प्रक्रिया रातभर चलती रही। जैसे-जैसे समय बीतता गया, रात की गहराई और ठंडक बढ़ती गई, लेकिन वार्ता से कोई ठोस समाधान नहीं निकल पा रहा था। अंततः, जब **हिमालय की ऊँची चोटियों** पर सूरज की सुनहरी किरणें झलकने लगीं, तब जाकर वार्ता किसी नतीजे पर पहुँची।

पटवारियों के नेता थक चुके थे और वे अपनी समस्या का कोई सौहार्दपूर्ण समाधान चाहते थे। जिन पुलिस कांस्टेबलों पर पटवारियों के साथ दुर्व्यवहार करने का आरोप था, उन्होंने अपनी ग़लती स्वीकार की और आश्वासन दिया कि भविष्य में वे पटवारियों के

प्रशासनिक कार्यों में हस्तक्षेप नहीं करेंगे। दूसरी ओर, पटवारी भी इस बात पर सहमत हो गए कि वे पुलिस कांस्टेबलों की सुरक्षा संबंधी कर्तव्यों में हस्तक्षेप नहीं करेंगे। इस तरह, दोनों पक्षों के बीच समझौता हो गया और राहत की सांस ली गई, क्योंकि पटवारियों और पुलिस की सामंजस्यपूर्ण सेवाओं के बिना मेले का सफल संचलन असंभव था।

मेले के दौरान बिरेन्द्र प्रसाद को अपने बचपन के कई दोस्तों से मिलने का अवसर भी मिला। सभी ने एक दूसरे की कुशलक्षेम पूछी और राष्ट्रीय, अंतरराष्ट्रीय तथा स्थानीय मुद्दों पर चर्चा की। बिरेन्द्र प्रसाद ने अपने घर के मंदिर के लिए कुछ छोटे-छोटे ऊनी गलीचे खरीदे, पर्व के दिन शुभ मुहूर्त में **सरयू नदी** में पवित्र डुबकी लगाई और अगले दिन सुबह **अल्मोड़ा** के लिए रवाना हुए।

बागेश्वर से **अल्मोड़ा** के रास्ते में **कौसानी** आता है, जो एक शांत और अत्यंत सुंदर स्थान है। कौसानी से **हिमालय की बर्फीली चोटियों** की विस्तृत श्रृंखला का दृश्य इतना अद्भुत है कि महात्मा गांधी ने इसे "भारत का स्विट्ज़रलैंड" कहा था। बर्फ़ से ढकी हुई ये चोटियाँ सूर्य की स्थिति के अनुसार अपना रंग बदलती हैं। यह रंग परिवर्तन विशेष रूप से सुबह और शाम के समय अधिक स्पष्ट रूप से देखा जा सकता है, जब सूरज की तिरछी किरणें **बर्फ़** पर पड़कर उसे विभिन्न रंगों में नहला देती हैं।

पहाड़ों के रास्तों में स्थित छोटी-छोटी दुकानों के दूकानदारों के द्वारा चाय अक्सर **पीतल के गिलासों** में दी जाती है। ठंड के दिनों में लोग इन गिलासों को न केवल चाय पीने के लिए, बल्कि अपने हाथों को गर्म रखने के लिए भी इस्तेमाल करते हैं। यहाँ के बाज़ार में और सड़कों के किनारे स्थानीय फल जैसे **खुमानी, आलूबुखारा** और **सेब** बिकते हैं। **बर्फ़ से ढंकी हिमालय की चोटियों** और कौसानी के बीच एक बहुत विस्तृत हरी-भरी घाटी फैली हुई है, जिसमें घने जंगल और सीढ़ीदार खेत शामिल हैं। विभिन्न ऊँचाइयों पर पहाड़ों की ढलानों पर बर्फ़ की चमकदार सफेदी, चट्टानों का धूसर रंग और पेड़ों के हरे-पीले पत्तों का संगम एक मंत्रमुग्ध कर देने वाला दृश्य उत्पन्न करता है। इस अद्भुत दृश्य के पीछे चमकते हुए नीला आसमान की पृष्ठभूमि और उसमें उभरती सी हिमालय की पर्वत श्रृंखलाएं इस सुंदरता को और भी निखार देती हैं।

33.

मैदानी और पर्वतीय क्षेत्र के संस्कारों का मिलन

अप्रैल 1987 में कुन्दन हैदराबाद से अल्मोड़ा पहुँचे। वह उस समय राष्ट्रीय पुलिस अकादमी, हैदराबाद में सहायक पुलिस अधीक्षक के पद पर प्रशिक्षण ले रहे थे। अगले दिन कुंदन ने एस पी अल्मोड़ा श्री मलकीयत राम (जिन्होंने बाद में अपना नाम मलकीयत सिंह करा लिया था) से उनके कार्यालय में भेंट की, जहाँ उनकी मुलाकात अल्मोड़ा के डी एस पी शेखर से भी हुई। कुन्दन ने औपचारिकता निभाते हुए शेखर को चाय पर अपने घर आने का निमंत्रण दिया, जिसे उन्होंने स्वीकार किया।

चाय पर बातचीत के दौरान शेखर ने बताया कि उसी दिन उनके छोटे भाई, राजू (राजेन्द्र कुमार) का विवाह रानीखेत के रजिस्ट्रार कार्यालय में होने वाला था और उन्हें वहाँ जाकर नवदम्पत्ति को अल्मोड़ा लाना है। कुन्दन ने आत्मीयता से इस अवसर पर साथ चलने का प्रस्ताव रखा, जो शेखर को भी पसंद आया और दोनों ने इस सामाजिक कार्य में साथ-साथ भाग लिया।

अगले दिन कुन्दन ने शेखर को अपने घर रात्रिभोज पर आमंत्रित किया। भोजन प्रेम के द्वारा तैयार किया गया था और भोजन के दौरान चर्चा का केंद्र बिन्दु शेखर के छोटे भाई राजू की शादी का प्रकरण बना रहा। यह विवाह इसलिए भी विशेष था क्योंकि दूल्हा उत्तरप्रदेश के मैदानी क्षेत्र से था और दुल्हन पहाड़ी क्षेत्र की। इसके अतिरिक्त, दोनों तथाकथित भिन्न जातियों के थे, और अंतरजातीय विवाह को उन दिनों समाज में बहुत सामान्य नहीं माना जाता था। इस अंतरजातीय विवाह को लेकर कस्बे में विशेष उत्सुकता और चर्चा का माहौल था। कुछ दिन बाद कुन्दन हैदराबाद लौट गए।

जून 1987 में मीना दिल्ली से अल्मोड़ा आईं। एक दिन मीना के साथ बिरेन्द्र प्रसाद,

जी आई सी अल्मोड़ा के शिक्षक श्री त्रिलोचन आर्य से मिलने उनके खगमरा स्थित आवास पर गए। श्री आर्या सामाजिक कार्यों में बिरू की सहायता किया करते थे। वहाँ से लौटते समय उन्होंने मीना को सुझाव दिया कि वह डी एस पी शेखर से भी मिल ले, जो एक संवेदनशील एवं अच्छे व्यक्ति हैं। जब वो दोनों शेखर के निवास पर पहुँचे, वह अपने घर के लॉन में व्यायाम कर रहे थे। घर की सीढ़ियों पर मीना उन से आगे चल रही थीं इसलिए लॉन के गेट पर वह उन से पहले पहुँचीं, तभी बिरू भी मीना के पीछे-पीछे सीढ़ियों को चढ़ते हुए वहाँ पहुँच गए। बिरेन्द्र प्रसाद ने मीना का परिचय शेखर से कराया और उन्होंने उन दोनों का आतिथ्यपूर्ण स्वागत किया। ड्राइंग रूम में कुछ देर बातचीत के पश्चात शेखर ने उन्हें नाश्ते के लिए आमंत्रित किया और नाश्ते के पश्चात उन्हें सरकारी जीप से उनके घर तक पहुँचाया।

कुछ दिन बाद उन्होंने शेखर के परिवार को चाय पर आमंत्रित किया। शेखर के पिता श्री बाबू राम, माता श्रीमती कुसुम, छोटे भाई राजेन्द्र और सबसे छोटे भाई शैलेन्द्र, श्री बिरेन्द्र प्रसाद के घर पधारे। उन लोगों ने उन्हें शेखर के छोटे भाई राजेन्द्र के विवाह के उपलक्ष में आयोजित होने वाले स्वागत समारोह में सपरिवार सम्मिलित होने का निमंत्रण दिया।

समारोह बहुत भव्य था, जिसमें अल्मोड़ा के प्रमुख व्यक्तियों को आमंत्रित किया गया था। यहाँ श्री बिरेन्द्र प्रसाद की भेंट प्रतिष्ठित श्री बी डी पांडे से भी हुई, जो कई वर्षों तक आई ए एस अधिकारी के रूप में देश की सेवा करने के उपरांत पश्चिम बंगाल और पंजाब के राज्यपाल रह चुके थे और उन दिनों स्थाई रूप से अल्मोड़ा में रह रहे थे।

प्रेम को मीना और शेखर के विवाह में विशेष रुचि थी, किन्तु दोनों परिवार अब तक किसी अंतिम निर्णय पर नहीं पहुँच पाए थे। शेखर का संबंध उत्तर प्रदेश राज्य के मैदानी क्षेत्र से था, जबकि पहाड़ी समाज में यह मान्यता प्रचलित थी कि मैदानी क्षेत्रों के लोग प्राय: सरल स्वभाव के नहीं होते, जैसा कि पहाड़ी क्षेत्र के लोग होते हैं। शेखर की पारिवारिक पृष्ठभूमि के बारे में भी वह लोग अधिक नहीं जानते थे। लेकिन उनकी जानकारी में था कि कुछ वर्ष पूर्व अल्मोड़ा के एक जाने-माने व्यक्ति ने अपनी बेटी का विवाह मैदानी क्षेत्र के एक पी सी एस अधिकारी श्री नरेन्द्र कुमार अशोक से किया था और वे दोनों सुखपूर्वक जीवन-यापन कर रहे थे। उनके इस अनुभव ने टम्टा परिवार को इस प्रस्ताव पर आगे विचार करने के लिए प्रेरित किया।

बिरेन्द्र प्रसाद और प्रेम लगभग दो साल से शेखर के कार्य को देख रहे थे और उन्हें एक सक्षम, ईमानदार और संवेदनशील अधिकारी के रूप में पाया था। अल्मोड़े में हर व्यक्ति

उनके व्यक्तित्व और कार्य की प्रशंसा करता था। कुंदन भी, मीना और शेखर के इस विवाह के प्रति उत्सुक थे और मीना की राय भी इस सम्बन्ध नकारात्मक नहीं थी। इसके पूर्व, जब-जब बिरेन्द्र प्रसाद ने मीना से उसके विवाह के विषय में चर्चा की, उसने मना कर दिया था।

पहाड़ी समाज में विवाह का प्रस्ताव आमतौर पर लड़के के परिवार के द्वारा लड़की वालों के पास भेजा जाता है, जबकि मैदानी क्षेत्रों में यह परंपरा इससे उलट होती है। शेखर के मामले में, चार महीने बीत जाने के बाद भी जब उनके परिवार की ओर से कोई पहल नहीं हुई, तो प्रेम ने अपने परिवार की सहमति से स्वयं शेखर से इस विषय पर चर्चा की।

शेखर ने विवाह पर अपनी सहमति जताई, परंतु उनके मन में एक आशंका थी। मीना केंद्र सरकार में कार्यरत थीं, जबकि वे स्वयं राज्य सरकार की सेवा में थे। इसके अतिरिक्त, पुलिस विभाग में स्थानांतरण अनिश्चित रूप से होते हैं और पुलिस विभाग के कार्य का स्वभाव अन्य नौकरियों के कार्यों के स्वभाव की अपेक्षा अधिक कठिन, चुनौतीपूर्ण और जोखिमपूर्ण है। पुलिस की नौकरी में ड्यूटी के घंटे भी अनियमित और अनिश्चित होते हैं। अन्य नौकरियों की अपेक्षा पुलिस विभाग में कई बार काफी लम्बी समयअवधि तक लगातार काम करना पड़ता है, कभी-कभी तो 24 घंटे का काम भी लगातार कई दिनों तक खिंच जाता है। इसलिए पुलिस अधिकारी प्राय: सरकारी सेवा में कार्यरत लड़की के बजाय एक घरेलू लड़की को जीवन साथी के रूप में अधिक पसंद करते हैं।

प्रेम ने इस संदर्भ में शेखर को समझाते हुए कहा कि यदि वैवाहिक जीवन और नौकरी की जिम्मेदारियाँ निभाने में कठिनाई आएंगी तो मीना अपनी नौकरी छोड़ सकती हैं। प्रेम के इस तर्क ने शेखर की शंका को कम कर दिया और उन्होंने प्रस्ताव पर अपनी सहमति जताई। शेखर ने प्रेम से कहा कि वह अपने स्तर से अपने परिवार के वरिष्ठ सदस्यों के समक्ष इस प्रस्ताव को रखें, और उन्होंने अपने परिवार से चर्चा करने का आश्वासन प्रेम को दिया।

उस समय शेखर के पिता, श्री बाबू राम, पंजाब के भटिंडा जिले में एक आई आर एस अधिकारी के रूप में कार्यरत थे। जब अगले सप्ताह वे अल्मोड़ा आए, तो दोनों परिवारों ने मुलाकात की, विचार-विमर्श किया और विवाह-प्रस्ताव पर सहमति प्रदान की। इस सम्बन्ध में दोनों परिवारों की सुविधा के अनुसार सगाई की तिथि 2 अक्टूबर तय की गयी और विवाह 2 दिसंबर 1987 को होना निश्चित हुआ। बिरू के कुल के पुजारी ने बाद में इन तिथियों को अत्यंत शुभ बताया। सगाई का समारोह अल्मोड़ा के तत्कालीन एस पी श्री मलकीयत राम के सरकारी आवास पर सम्पन्न हुआ, जिसमें केवल परिवार के निकटतम सदस्य और कुछ खास रिश्तेदार उपस्थित हुए। विवाह-स्थल के रूप में राज्य सरकार द्वारा संचालित होलीडे होम, अल्मोड़ा के पर्यटक विश्राम गृह, को चुना गया।

कुछ सप्ताह बाद, शेखर को मुरादाबाद के पुलिस प्रशिक्षण कॉलेज-1 में ज्वाइन करने हेतु स्थानांतरण आदेश मिला। उन्होंने शादी तक अल्मोड़ा में ही पोस्टेड रहने का अनुरोध अपने वरिष्ठ अधिकारियों के माध्यम से अपने विभाग से किया, लेकिन पुलिस विभाग ने उनकी यह मांग स्वीकार नहीं की। इसके परिणामस्वरूप, 30 नवम्बर 1987 को नई पोस्टिंग पर ज्वाइन करने शेखर पीटीसी-1, मुरादाबाद पहुँचे। वहाँ उन्होंने प्रधानाचार्य और पुलिस महानिरीक्षक श्री नत्थू लाल आई पी एस से आग्रह किया कि विवाह की तिथि पूर्वनिर्धारित होने के कारण उन्हें एक सप्ताह का अवकाश स्वीकृत कर दें। लेकिन श्री नत्थू लाल ने अधिक दिनों का अवकाश देने में असमर्थता व्यक्त करते हुए केवल कुछ दिन का आकस्मिक अवकाश ही स्वीकृत किया।

शेखर उसी दिन अल्मोड़ा लौट आए और विवाह की तैयारियों में जुट गए। अल्मोड़ा में वर पक्ष की ओर से विवाह की व्यवस्थाओं की संपूर्ण ज़िम्मेदारी अकेले शेखर पर ही थी, क्योंकि उनके पिता उन दिनों पंजाब में कार्यरत थे और अल्मोड़ा की स्थानीय व्यवस्था से परिचित भी नहीं थे। अंततः 2 दिसंबर 1987 को मीना और शेखर का विवाह अल्मोड़ा के हालीडे होम में संपन्न हुआ। इस समारोह में नगर के श्री बी डी पांडे पूर्व राज्यपाल बंगाल और पंजाब सहित अल्मोड़ा के प्राय: सभी प्रतिष्ठित व्यक्ति और उच्च अधिकारी शामिल हुए, जिन्होंने वैवाहिक समारोह को अपनी उपस्थिति से गरिमामय बनाया।

35.
प्रौढ़ता की ओर

मीना के विवाह के पश्चात कुंदन के विवाह की बारी थी। उसके लिए कई संभावित रिश्ते देखे गए, परंतु किसी में बात नहीं बनी। कुंदन उस समय पश्चिम बंगाल में आई पी एस अधिकारी के रूप में कार्यरत थे। अंततः कुंदन ने पश्चिम बंगाल के श्री बी बनर्जी की पुत्री को पसंद किया। दोनों परिवारों की सहमति से उनका और कुंदन का विवाह तय हुआ और विवाह की तिथि 3 मई 1989 निश्चित हुई। बिरेन्द्र प्रसाद ने श्री बी बनर्जी से दिल्ली में विवाह संपन्न करने का प्रस्ताव रखा, किंतु उन्होंने कलकत्ता में ही विवाह का आयोजन करने पर ज़ोर दिया।

कुन्दन का विवाह कलकत्ता में बंगाली रीति-रिवाजों के अनुसार सम्पन्न हुआ। बनर्जी साहब ने बड़े भव्य स्तर पर आयोजन किया था, जिसमें अतिथियों के लिए उच्च श्रेणी के भोजन की व्यवस्था थी। मधुर शहनाई की ध्वनि वातावरण को आनंदमयी बना रही थी, और ब्राह्मणजन समय-समय पर पारंपरिक बंगाली विधियों से पूजा-पाठ कर रहे थे।

विवाह के पश्चात बिरेन्द्र प्रसाद परिवार सहित अल्मोड़ा लौट आए, जहाँ 1 जून को कुन्दन के विवाह के उपलक्ष में स्वागत-समारोह आयोजित किया गया। इस समारोह के लिए बिरेन्द्र प्रसाद ने आवश्यक सभी व्यवस्थाएँ कीं और समारोह हेतु मुरली मनोहर हाल को बुक करवाया, कुन्दन की शादी के रिसेप्शन से ही मुरली मनोहर हाल का उद्घाटन हुआ। अल्मोड़ा के सभी सम्मानित नागरिकों को निमंत्रण दिया गया था।

इस बीच, प्रेम ने बैंक की नौकरी छोड़ दी थी। यह निर्णय उसकी तात्कालिक सोच की अस्थिरता का परिणाम था। जब प्रेम को बैंक में नौकरी मिली थी, तो उसके बड़े भाई रज्जू ने सलाह दी थी कि वह बैंक में नौकरी न करे और घर के व्यवसाय को संभाले ताकि घर का कामकाज सुचारू रूप से चलता रहे। परंतु प्रेम ने इस सुझाव को अनसुना किया और

बैंक की नौकरी ज्वाइन कर ली। उसकी नियुक्ति के लिए बैंक के द्वारा खांकर (निकट ग्राम खरही) या नसौली, दो स्थानों का, विकल्प दिया गया, और बिरेन्द्र प्रसाद ने उसे खांकर में काम करने की सलाह दी, जबकि उसकी माँ ने इस पर आपत्ति की थी। बैंक ज्वाइन करने पर प्रेम खरही वाले मकान में रहने लगा। कुछ दिनों तक सब ठीक चलता रहा, लेकिन फिर बैंक के कार्य में प्रेम को समस्याएँ आने लगीं और उसने शराब पीकर घर आना शुरू कर दिया। इस पर उसके ताऊजी ने आपत्ति जताई, जिसके बाद प्रेम घर छोड़कर बाहर किराए पर रहने लगा। धीरे-धीरे, बैंक के उच्च अधिकारियों से उसके मतभेद अधिक गहरे होते गए और उसका शराब का सेवन भी बढ़ गया। जब उसने बैंक की नौकरी के ख़राब माहौल के बारे में बिरेन्द्र प्रसाद से चर्चा की, तो उन्होंने उसे नौकरी छोड़ने की सलाह दी। प्रेम ने उनकी बात मानी और इस्तीफ़ा दे दिया, जो एक वर्ष बाद स्वीकृत हुआ।

बिरेन्द्र प्रसाद की इच्छा थी कि प्रेम कानून की पढ़ाई करके वकील बने। उन्होंने उसे एल एल बी करने के लिए कहा, लेकिन वह इसे टालता रहा और कहता था कि "एल एल बी वाले आवारा घूमते हैं।" अंततः बिरेन्द्र प्रसाद ने सोचा कि उसकी शादी करवा दी जाए। एन टी डी के श्री मोहनराम की छोटी बेटी प्रेम के लिए उन्हें पसंद आई और 1989 के दशहरे में प्रेम की सगाई धूमधाम से संपन्न हुई। मई 1990 में उसकी शादी की तारीख तय हुई। बिरेन्द्र प्रसाद के ज़ोर देने पर प्रेम ने एल एल बी में दाखिला ले लिया लेकिन उसका मन एल एल बी की पढ़ाई करने में नहीं लगा।

नवंबर 1989 में रज्जू की माँ, मीना के पास बरेली चली गईं। जाड़ों में, बिरेन्द्र प्रसाद हरीश के पास दिल्ली गए और वहाँ से कुन्दन से मिलने वर्धमान चले गए। फरवरी में बिरेन्द्र प्रसाद दिल्ली लौटे और फिर अल्मोड़ा वापस आकर प्रेम की शादी की तैयारियों में जुट गए। घर आकर उन्हें यह भी ज्ञात हुआ कि प्रेम ने कॉलेज जाना लगभग बंद कर दिया था। बिरेन्द्र प्रसाद ने उसे बहुत समझाया कि उसे नियमित रूप से कॉलेज जाना चाहिए, लेकिन उसने उनकी बात को महत्त्व नहीं दिया। मई में 1990 को प्रेम का विवाह धूमधाम से संपन्न हुआ।

बिरु ख़यालों में खो गए कि हरीश ने आई आई टी कानपुर से कम्प्यूटर साइंस में इन्जीनीरिंग की थी और उसके बाद उसका चयन अहमदाबाद से एम बी ए करने के लिए हो गया था। बिरेन्द्र प्रसाद की इच्छा थी कि वह एम बी ए की डिग्री भी प्राप्त करे, परन्तु इसका पूरा ख़र्च बिरू को ही वहन करना था। उस समय घर की आर्थिक स्थिति अच्छी न होने के कारण कुन्दन और दमयंती ने भी इस योजना को आगे बढ़ाने से मना कर दिया था।

उन दिनों अहमदाबाद में साम्प्रदायिक दंगे भी हो रहे थे, जिससे बिरेन्द्र प्रसाद हरीश को एम बी ए करने हेतु अहमदाबाद भेजने के लिए अधिक ज़ोर नहीं दे सके। यदि बिरेन्द्र प्रसाद की आर्थिक स्थिति बेहतर होती, तो वह उसे अवश्य एम बी ए करने के लिए प्रेरित करते।

इन्जीनियरिंग करने के बाद हरीश को दिल्ली में ई आई एल (इंजीनियर्स इंडिया लिमिटेड) में नौकरी मिल गई थी। कुछ वर्ष तक वहाँ काम करने के पश्चात हरीश ने नौकरी हेतु विदेश जाने का निर्णय लिया। यह जानकार रज्जू की ईजा ने ज़िद की कि इंडिया में रहते हुए ही हरीश की शादी कर दी जाए। इसी दौरान, बागेश्वर के वकील गिरीश जी बिरेन्द्र प्रसाद के घर आए और उन्होंने हरीश के विवाह के लिए नैनीताल के श्री देवेन्द्र कुमार की बेटी का सुझाव दिया। जब बिरेन्द्र प्रसाद ने लड़की को देखा तो वह उन्हें पसंद आ गई। हरीश को भी लड़की दिखाई गई और उसे भी पसंद आ गई, जिससे यह रिश्ता तय हो गया। हरीश का विवाह जुलाई 1990 में बहुत धूमधाम से सम्पन्न हुआ।

हरीश के विवाह के समय, शेखर और मीना भी अल्मोड़ा आए थे। इस बार अल्मोड़ा प्रवास के दौरान, बिनसर घूमने का उनका कार्यक्रम बना और उन्होंने बिरेन्द्र प्रसाद को भी साथ चलने के लिए कहा। उन्हें यह प्रस्ताव अच्छा लगा और उन्होंने तुरंत सहमति दे दी। बिरेन्द्र प्रसाद ने अल्मोड़ा जनपद में कई वर्ष तक अमीन के रूप में कार्य किया था, जिसके कारण उन्हें पूरे क्षेत्र का व्यापक अनुभव था, परंतु बिनसर, जो अपनी प्राकृतिक सुंदरता के लिए विश्वप्रसिद्ध है और उनके घर से मात्र 31 किलोमीटर की दूरी पर स्थित है, वहाँ जाने का अवसर उन्हें इससे पहले नहीं मिल पाया था। अब तक उनकी सभी यात्राएँ या तो सरकारी कार्यों के कारण हुई थीं या किसी रिश्तेदारी के कार्यक्रम के कारण। पर्यटन की दृष्टि से कहीं जा पाने का समय उन्हें कभी नहीं मिल सका था, इसलिए बिनसर की इस यात्रा ने उन्हें खासा उत्साहित कर दिया।

प्रातः लगभग दस बजे वे लोग कार द्वारा बिनसर के लिए निकले। अल्मोड़ा नगरपालिका क्षेत्र से बाहर निकलते ही रास्ता अधिक घुमावदार और चुनौतीपूर्ण हो गया। कई जगहों पर खड़ी चढ़ाई और संकरे मार्ग थे, जहाँ केवल एक वाहन ही एक समय में गुजर सकता था। अगर सामने से कोई वाहन आ जाता, तो एक वाहन को पीछे हटना पड़ता और मार्ग में निकट की किसी चौड़ी जगह पर उस वाहन को खड़ा करके दूसरे वाहन को रास्ता देना पड़ता। पहाड़ी इलाकों में ऐसी स्थिति आने पर प्राय: ऊपर चढ़ने वाले को प्राथमिकता देने की परंपरा है।

रास्ते के शांत वातावरण में देवदार और बांज के घने जंगलों के बीच में उगे हुए छोटे-छोटे फर्न के पौधे भी मन मोह रहे थे। जब उनका वाहन पहाड़ी के उत्तर की ओर होता, तो

पेड़ों के बीच से हिमाच्छादित पर्वत श्रंखलाएं दिखाई देतीं और जब वे लोग दक्षिण की ओर होते, तो घना जंगल नज़र आता। लगभग 31 किलोमीटर की इस दूरी को तय करने में उन्हें लगभग डेढ़ घंटे का समय लगा।

बिनसर पहुँचकर वे लोग वन विभाग के डाकबंगले में गए, जहाँ उनके विश्राम की व्यवस्था की गई थी। वहाँ पहुँचते ही चाय और बेसन के स्वादिष्ट पकौड़े परोसे गए, जो उस ठंडी और शांतिमय दोपहर में बहुत स्वादिष्ट लगे। डाकबंगले में अब तक विद्युत् का कनेक्शन नहीं था, और रात्रि के समय प्रकाश के लिए मिट्टी के तेल की लालटेन और सर्दियों में गर्माहट के लिए फायरप्लेस की जलती हुई लकड़ियों का इस्तेमाल किया जाता था।

चाय पीने के बाद वे लोग 'जीरो-पॉइंट' की ओर गए, जहाँ से हिमालय की भव्य चोटियों के दर्शन हुए। इस स्थान से त्रिशूल पर्वत की हिमाच्छादित तीन प्रमुख चोटियाँ बिल्कुल सामने प्रतीत होती थीं। त्रिशूल पर्वत के पश्चिम की ओर हिमाच्छादित नंदा घुंटी, हाथी पर्वत और चौखम्बा की चमचमाती चोटियाँ दिख रही थीं, जबकि पूर्व की ओर नंदा देवी-पश्चिम, नंदा देवी-पूर्व, नंदा कोट और पंचाचूली की पांच चोटियाँ दिख रहीं थीं। त्रिशूल के तीन शिखर और पंचाचूली की पाँचों चोटियाँ किसी चित्रकार की अद्भुत कला-कृतियों के सामान लग रही थीं। उस समय सूर्य उनके पीछे था, जिससे हिमाच्छादित पर्वत चोटियाँ निर्मल नीले आकाश के कैनवास पर अलौकिक त्रिआयामी वृहद कृतियों के समान प्रतीत हो रही थीं। यह दृश्य इतना मनमोहक था कि उनसे नज़रें हटाना कठिन हो गया।

36.

कार्य एवं आचरण तथा चुनाव की पवित्रता का महत्व

बिरू अपने अब तक के जीवन-अनुभव और अध्ययन से समझ चुके थे कि भारत का लोकतंत्र विश्व के सबसे बड़े और विविधतापूर्ण लोकतंत्रों में से एक है। यह केवल एक शासन-व्यवस्था नहीं, बल्कि भारतीय समाज की आत्मा है। संविधान की प्रस्तावना में निहित 'जनता का, जनता के लिए और जनता द्वारा' शासन का सपना इस लोकतंत्र का आधार है। यद्यपि, आज यह लोकतंत्र अनेक ख़तरों और चुनौतियों का सामना कर रहा है। ये ख़तरे केवल बाहरी नहीं हैं, बल्कि आंतरिक भी हैं, जो इसकी जड़ों को कमज़ोर करने का प्रयास कर रहे हैं।

बीरू के विचार से लोकतंत्र की सफलता का आधार उसकी संस्थाओं की स्वायत्तता है। विधायिका, कार्यपालिका, न्यायपालिका और प्रेस लोकतंत्र के चार स्तंभ कहलाते हैं। लेकिन हाल के वर्षों में उन्होंने महसूस किया कि ये संस्थाएं राजनीतिक दबाव और ध्रुवीकरण की चपेट में आ गई हैं। राज्यों के उच्च न्यायालयों और सुप्रीम कोर्ट में न्यायाधीशों की नियुक्ति एवं स्थानान्तरण के संदर्भ में तथा सेवानिवृत्ति के बाद न्यायाधीशों को लाभ के पदों पर नियुक्त करने के मामलों में कार्यपालिका के कार्यों में पारदर्शिता की कमी परिलक्षित हुई है और न्यायाधीशों के कुछ विवादास्पद निर्णयों ने न्यायपालिका की निष्पक्षता पर सवाल उठाए हैं।

बिरू जानते हैं कि प्रेस को लोकतंत्र का चौथा स्तंभ माना जाता है, लेकिन वह यह भी देख रहे हैं कि मीडिया का एक बड़ा हिस्सा आज प्रायोजित ख़बरों, पक्षपाती रिपोर्टिंग और प्रचार का माध्यम बन चुका है। विज्ञापनों के मद में सरकारी धन की भरमार की वजह से सरकारों की लापरवाहियों और कमियों के सन्दर्भ में मीडिया का एक बड़ा हिस्सा, अपने

आर्थिक स्वार्थ के कारण, आजकल सरकार से प्रश्न पूछने की बजाय विपक्ष से ही प्रश्न पूछता है। इसका परिणाम यह है कि सही और निष्पक्ष जानकारी जनता तक नहीं पहुँच पा रही है और मीडिया के एक बड़े हिस्से के द्वारा जनता को दिग्भ्रमित किया जा रहा है। चुनावों में धनबल और बाहुबल का बढ़ता प्रयोग लोकतंत्र की जड़ों को कमज़ोर कर रहा है। फ़र्ज़ी वोटिंग और मतदान प्रक्रिया में धांधली की शिकायतें चुनाव की निष्पक्षता पर शंकाएं उत्पन्न कर रही हैं।

उनके विचार से राजनीतिक दलों द्वारा धर्म के नाम पर वोट बैंक की राजनीति ने समाज को विभाजित कर दिया है। जाति व सम्प्रदाय पर आधारित राजनीति लोकतंत्र की मूल भावना के विरुद्ध है। यह समाज में असमानता और वैमनस्य बढ़ाती है। संविधान को सर्वोच्च मानकर चलना ही लोकतंत्र की असली ताक़त है। लेकिन कई बार नेताओं के द्वारा अपने राजनैतिक फ़ायदे के लिए संविधान और कानूनों का उल्लंघन किया जाता रहा है।

अक्सर अभिव्यक्ति की स्वतंत्रता, विरोध का अधिकार जैसे मौलिक अधिकारों पर पाबंदियां लगाई जा रही हैं। भ्रष्टाचार और प्रशासनिक पारदर्शिता की कमी भी लोकतंत्र के लिए एक बड़ा ख़तरा है। सरकारी संस्थानों में भ्रष्टाचार नागरिकों के भरोसे को कमज़ोर करता है। भारत में बढ़ती आर्थिक असमानता लोकतंत्र के आदर्शों को चुनौती दे रही है। दीर्घकालिक आर्थिक असमानता से समाज का एक बड़ा वर्ग हाशिए पर जा रहा है। अनुसूचित जाति, जनजाति और अन्य कमज़ोर वर्गों के लिए संविधान द्वारा प्रदत्त अधिकारों का समुचित क्रियान्वयन नहीं हो रहा।

उनका मानना है कि लोकतंत्र की सफलता के लिए जनता की भागीदारी अनिवार्य है। लोकतंत्र में जनता की भूमिका महत्वपूर्ण है, लेकिन चुनावों के अलावा अधिकांश लोग राजनैतिक प्रक्रियाओं में रुचि नहीं लेते। राजनैतिक शिक्षा के अभाव में युवा वर्ग लोकतांत्रिक प्रक्रियाओं से उदासीन-सा होता जा रहा है।

बिरू के अनुसार न्यायपालिका, चुनाव आयोग और मीडिया की स्वायत्तता को सुनिश्चित करने के लिए कानूनी और प्रशासनिक सुधार किए जाने चाहिए। धनबल और बाहुबल पर रोक लगाने के लिए कड़े कानून बनाए जाएं। लोकतांत्रिक मूल्यों के प्रति युवाओं और जनता को जागरूक करना आवश्यक है। धर्म और जाति आधारित राजनीति पर अंकुश लगाकर समाज में एकता स्थापित की जाए। पारदर्शिता और जवाबदेही सुनिश्चित कर भ्रष्टाचार पर रोक लगाई जाए।

उनको लगता है कि भारतीय लोकतंत्र ने स्वतंत्रता संग्राम के दौरान समानता, स्वतंत्रता और बंधुत्व के जो बीज बोए थे, वे आज भी हमारे संविधान और समाज में प्रतिबिंबित

हो रहे हैं। हालांकि, वर्तमान में भारतीय लोकतंत्र अनेक आंतरिक और बाहरी ख़तरों का सामना कर रहा है। यदि समय रहते इन ख़तरों से निपटने के प्रयास नहीं किए गए, तो यह लोकतंत्र अपनी मूल भावना से भटक सकता है। अतः सभी नागरिकों, राजनीतिक दलों और संस्थाओं की यह ज़िम्मेदारी है कि वे लोकतंत्र की रक्षा के लिए एकजुट होकर कार्य करें। लोकतंत्र को बचाना केवल एक राजनैतिक ज़िम्मेदारी ही नहीं, बल्कि यह प्रत्येक भारतीय का नैतिक कर्तव्य भी है। लोकतंत्र के मार्ग की सभी तरह की समस्याओं और चुनौतियों के बावजूद बिरू को लगता है कि देश के समग्र विकास का रास्ता लोकतंत्र से ही निकल सकता है।

बिरु के विचार से लोकतंत्र, शासन की सर्वोत्तम व्यवस्था तब तक है, जब तक कि चुनाव की प्रक्रिया निष्पक्ष तथा संदेहों और आशंकाओं से परे रहती है। चुनाव की सम्पूर्ण प्रक्रिया को संदेहों और आशंकाओं से परे रखने का काम भारत में सबसे मुखर रूप से भारत के चुनाव आयुक्त टी एन शेषण ने किया था। उनके चुनाव-प्रबंधनों की सराहना सम्पूर्ण विश्व में हुई थी। देश के बड़े से बड़े नौकरशाह और राजनेता चुनाव-प्रबंधन के सम्बन्ध में शेषन से डरते थे और नियमों की अवहेलना करने को हिम्मत नहीं जुटा पाते थे।

भारतीय चुनाव प्रणाली में टी एन शेषन का योगदान ऐसा था जिसने चुनाव आयोग को वास्तविक रूप से एक स्वायत्त, शक्तिशाली और संदेह से परे संस्था में बदल दिया। 1990 में चुनाव आयुक्त बनने के बाद शेषन ने चुनाव आयोग को संविधान द्वारा प्रदत्त शक्तियों का चुनावों के दौरान सख्ती से पालन कराया, भारत में चुनावी प्रक्रिया में उन्हीं शक्तियों के द्वारा आमूलचूल परिवर्तन लागू किए, जिससे चुनाव आयोग की साख में वृद्धि हुई और यह देश में स्वच्छ और निष्पक्ष चुनाव कराने का एक विश्वसनीय एवं सशक्त माध्यम बना। उनके साहसिक और कड़े फैसलों के कारण उन्हें भारतीय चुनाव-प्रणाली में निष्पक्षता और सुधार का प्रतीक माना गया।

टी एन शेषन से पहले चुनाव आयोग का कार्य अत्यंत औपचारिक एवं यांत्रिक-सा लगता था। कई बार चुनाव आयोग को सत्ता के दबाव के आगे झुकते हुए भी देखा गया था। लेकिन शेषन ने चुनाव आयोग की स्वायत्तता को सर्वोपरि माना और सरकार के हस्तक्षेप को सख़्ती से ख़ारिज किया। उन्होंने यह स्पष्ट किया कि चुनाव आयोग के पास संविधान द्वारा प्रदत्त शक्तियाँ हैं और उसे स्वतंत्र रूप से कार्य करना चाहिए। उनके इस दृष्टिकोण ने चुनाव आयोग की ताक़त को बढ़ाया और आयोग को वास्तव में एक स्वतंत्र संवैधानिक संस्था के रूप में स्थापित किया।

शेषन के कार्यकाल में पहली बार आदर्श चुनाव आचार संहिता का सख़्ती से पालन कराया गया। पहले के चुनावों में राजनेता अक्सर आचार संहिता का उल्लंघन करते रहते

थे, शेषन ने इसे गंभीरता से लिया और इस पर सख्त कार्रवाई की। आचार संहिता के अनुसार, चुनावों के दौरान नेताओं का वोटरों को लुभाने के लिए लालच देना, अपशब्द कहना और धार्मिक भावनाओं का दोहन करना मना था। शेषन ने इन नियमों का सख़्ती से पालन करवाया और जो भी उम्मीदवार या पार्टी इनका उल्लंघन करती, उसे नोटिस जारी किया जाता था और आवश्यकतानुसार दंडित भी किया जाता था। इससे चुनाव-प्रचार के दौरान अनुशासन और स्वच्छता की एक नई मिसाल क़ायम हुई।

भारतीय चुनावों में बाहुबल और धनबल का अत्यधिक उपयोग होता रहा है, लेकिन शेषन ने इस प्रवृत्ति को जड़ से उखाड़ फेंकने की कोशिश की। उन्होंने चुनाव के दौरान शराब, पैसे और अन्य लुभावनी वस्तुओं के वितरण पर सख्त पाबंदी लगायी। उनके निर्देशानुसार चुनाव के दौरान संदिग्ध व्यक्तियों और नेताओं पर नज़र रखने के लिए पर्याप्त स्थानीय पुलिस बलों और केन्द्रीय सुरक्षा बलों की व्यवस्था की गयी।

शेषन की एक महत्वपूर्ण उपलब्धि मतदाता पहचान-पत्र की शुरुआत थी। पहले के चुनावों में फ़र्जी मतदान और धोखाधड़ी आम समस्या थी। मतदाता पहचान-पत्र की शुरुआत से चुनाव-प्रक्रिया में पारदर्शिता आई और फ़र्ज़ी वोटिंग पर रोक लगी। इस क़दम ने सुनिश्चित किया कि केवल वैध मतदाता ही अपने मत का उपयोग कर सकें और यह प्रणाली चुनावों में अधिक विश्वास और निष्पक्षता की भावना स्थापित करने में सहायक सिद्ध हुई।

शेषन ने चुनावी हिंसा और अन्य अव्यवस्थाओं पर लगाम लगाने के लिए कानून-व्यवस्था को मजबूत बनाया। उनके कार्यकाल में चुनाव के दौरान पर्याप्त स्थानीय पुलिस बलों और केंद्रीय बलों की तैनाती की जाती थी, ताकि मतदान केंद्रों पर शांति और सुरक्षा बनी रहे। इस क़दम से चुनावी हिंसा की घटनाओं में कमी आई और मतदाताओं में सुरक्षित वातावरण में मतदान करने का भरोसा बढ़ा।

शेषन ने चुनावप्रचार के समय को नियंत्रित किया। इससे पहले प्रचार अभियान देर रात तक चलता था, जो मतदाताओं और चुनाव के प्रबंधन में लगे अधिकारियों और कर्मचारियों के लिए अत्यंत असुविधाजनक होता था। शेषन ने इसके लिए समय-सीमा निर्धारित की, ताकि सभी पार्टियाँ समय-सीमा के भीतर प्रचार कर सकें। इससे चुनावप्रचार में अनुशासन आया।

चुनाव में अनियमित रूप से खर्च करना और अकूत धन का उपयोग करना एक आम समस्या थी। शेषन ने चुनावी खर्चों पर सख़्त निगरानी रखी और पार्टियों तथा उम्मीदवारों को अपने ख़र्च का हिसाब देना अनिवार्य किया। उनके आदेश के तहत चुनावों के दौरान ख़र्च का एक निर्धारित सीमा तक ही उपयोग किया जा सकता था और इसका उल्लंघन करने वाले उम्मीदवारों पर कार्रवाई की जाती थी। इस क़दम ने चुनावों में धनबल के प्रयोग

को काफी हद तक कम किया।

शेषन ने राजनैतिक दलों को चुनाव के प्रति उनकी ज़िम्मेदारी और जवाबदेही का अहसास कराया। उन्होंने दलों को चुनावी प्रक्रिया का सम्मान करने और उसके नियमों का पालन करने के लिए बाध्य किया। अगर कोई राजनीतिक दल या उम्मीदवार चुनाव आयोग के नियमों का उल्लंघन करता था, तो शेषन तुरंत कार्रवाई करते थे। इससे नेताओं और राजनीतिक दलों में चुनाव आयोग के प्रति सम्मान की भावना बढ़ी और चुनावों की गरिमा बनी रही।

टी एन शेषन ने मीडिया का भी कुशलता से उपयोग किया। उन्होंने चुनावी प्रक्रिया के हर पहलू को मीडिया में पारदर्शिता से प्रस्तुत किया, जिससे जनता को चुनाव आयोग पर विश्वास हुआ। मीडिया के माध्यम से उन्होंने चुनाव के नियमों और उनके उल्लंघन पर होने वाली कार्रवाई के बारे में जागरूकता फैलाई, जिससे जनता में चुनाव आयोग की छवि एक सशक्त और निष्पक्ष संस्था के रूप में स्थापित हुई।

टी एन शेषन ने भारतीय चुनाव प्रणाली को मजबूत और लोकतांत्रिक बनाने में अभूतपूर्व योगदान दिया। उनके कार्यकाल ने चुनाव आयोग को संविधान के द्वारा दी गई शक्तियों का सही उपयोग करने की प्रेरणा दी, जिससे यह संस्था निष्पक्षता और स्वायत्तता का पर्याय बन गयी। उनकी कड़ी नीतियों ने चुनावी प्रक्रिया को स्वच्छ, निष्पक्ष और पारदर्शी बनाया। शेषन के बाद इस परम्परा में धीरे-धीरे गिरावट आती गई। दुर्भग्य की बात है कि इस स्वस्थ परम्परा के स्वास्थ्य को बनाए रखने के पर्याप्त प्रयास राजनैतिक नेताओं के द्वारा नहीं किए गए। बिरू के अनुसार भारत की जनता ही अपनी संवेदनशीलता, जागरूकता और अपने सक्रिय प्रयासों के द्वारा, चुनावों में इसे एक अहम् मुद्दा बनाकर, इस आवश्यक परम्परा को रोगमुक्त एवं संदेह से परे रख सकती है।

चुनाव आयुक्त बनने के पूर्व शेषन, अपने समकालीन नौकरशाहों में, औरों जैसे एवं सामान्य से नौकरशाह ही रहे परन्तु चुनाव आयुक्त के रूप में उनका कार्य एक मिसाल बन गया. इससे यह संकेत मिलता कि भारत की नौकरशाही बहुत मज़बूत और सक्षम है और यदि सरकारी संस्थाओं के प्रमुख अपने कार्य को संविधान की मूल भावना के अनुरूप करें तो इनके पास पर्याप्त संवैधानिक अधिकार हैं और ये संस्थाएं अलोकतांत्रिक प्रवृत्तियों पर प्रभावी अंकुश रख सकती हैं और भारत के समग्र एवं संतुलित विकास में बहुत महत्त्वपूर्ण भूमिका निभा सकती हैं.

37.

राजनैतिक झंझावात

1991 से 2004 तक के भारतीय आम चुनाव भारत की राजनीति में नए-नए मोड़ लेकर आए। इस काल में भारतीय राजनीति में कई महत्वपूर्ण बदलाव हुए, जिनमें गठबंधन-राजनीति का उदय, आर्थिक उदारीकरण की शुरुआत, क्षेत्रीय दलों का सशक्तीकरण और मतदाताओं की बदलती प्राथमिकताएँ शामिल थीं। यह समय भारतीय राजनीति में अस्थिरता, गठबंधन सरकारों और बड़े आर्थिक परिवर्तनों का प्रदर्शक रहा।

1991 में भारत गंभीर आर्थिक संकट का सामना कर रहा था, और विदेशी मुद्रा भंडार घटने के कारण देश दिवालिया होने की कगार पर था। 1991 का आम चुनाव भारतीय राजनीति और अर्थव्यवस्था के लिए एक ऐतिहासिक क्षण था। यह चुनाव अस्थिरता और चुनौतियों से भरा हुआ था। इस दौरान राजीव गांधी की हत्या हुई, जिससे कांग्रेस पार्टी के प्रति सहानुभूति का माहौल बना और कांग्रेस ने बहुमत प्राप्त किया। पी वी नरसिंह राव ने प्रधानमंत्री का पद संभाला, और उनके नेतृत्व में आर्थिक सुधारों की शुरुआत हुई।

नरसिंह राव सरकार ने अंतरराष्ट्रीय मुद्राकोष के सहयोग से आर्थिक उदारीकरण, निजीकरण, और वैश्वीकरण की नीति को अपनाया। भारतीय अर्थव्यवस्था को विदेशी निवेश के लिए खोला गया, जिससे देश में रोजगार के अवसर और विकास की संभावनाएं बढ़ीं। इन सुधारों ने भारत की अर्थव्यवस्था को लाइसेंस राज से मुक्त होने के मार्ग को प्रशस्त किया और इसे वैश्विक अर्थव्यवस्था से जोड़ा।

1996 का आम चुनाव भारतीय राजनीति के लिए निर्णायक मोड़ साबित हुआ। इस चुनाव में भारतीय जनता पार्टी (भाजपा) ने सबसे अधिक सीटें जीतीं, लेकिन वह बहुमत से दूर रही। इसके परिणामस्वरूप गठबंधन राजनीति की शुरुआत हुई। अटल बिहारी वाजपेयी को प्रधानमंत्री बनाया गया, लेकिन उनकी सरकार केवल 13 दिनों तक ही चली।

इसके बाद संयुक्त मोर्चा, जो जनता दल और अन्य क्षेत्रीय दलों का गठबंधन था, ने एच डी देवगौड़ा के नेतृत्व में सरकार बनायी। देवगौड़ा के बाद, इंद्र कुमार गुजराल प्रधानमंत्री बने। इस चुनाव में क्षेत्रीय दलों की महत्ता बढ़ी और राष्ट्रीय स्तर पर उनका प्रभाव दिखाई देने लगा। यह चुनाव भारतीय लोकतंत्र में राजनीतिक स्थिरता की कमी का संकेत भी था और इसके बाद गठबंधन-सरकारों के बनने और गिरने का दौर शुरू हुआ।

1998 में भारत को एक और आम चुनाव का सामना करना पड़ा। इस चुनाव में भाजपा ने सबसे अधिक सीटें जीतीं और इस बार उसने अपने सहयोगी दलों के साथ मिलकर राष्ट्रीय जनतांत्रिक गठबंधन (एन डी ए) का गठन किया। अटल बिहारी वाजपेयी को फिर से प्रधानमंत्री बनाया गया। 1998 का चुनाव इस बात का संकेत था कि गठबंधन सरकारों में भी स्थायित्व संभव है, बशर्ते सहयोगी दलों के बीच उचित तालमेल हो। हालांकि, यह सरकार भी केवल 13 महीनों तक ही चल सकी, क्योंकि अन्नाद्रमुक (AIADMK) की नेता जयललिता ने अपना समर्थन वापस ले लिया, जिससे सरकार गिर गयी। 1998 का चुनाव भाजपा के लिए महत्वपूर्ण था, क्योंकि इसने उसे राष्ट्रीय स्तर पर एक मजबूत विकल्प के रूप में प्रस्तुत किया, और एन डी ए की अवधारणा को लोकप्रियता दिलायी। इसके बाद 1999 में एक बार फिर से मध्यावधि चुनाव का आयोजन हुआ।

1999 के आम चुनावों में भाजपा और एन डी ए गठबंधन ने कारगिल युद्ध के बाद एक राष्ट्रवादी भावना को लेकर चुनाव में हिस्सा लिया। इस चुनाव में भाजपा ने कारगिल युद्ध में मिली सफलता और राष्ट्रीय सुरक्षा को मुख्य मुद्दा बनाया। एन डी ए को इस चुनाव में बहुमत मिल, और अटल बिहारी वाजपेयी की सरकार ने पूरे पांच साल तक कार्यकाल पूरा किया।

इस कार्यकाल में वाजपेयी सरकार ने कई आर्थिक सुधार किए, जिनमें राष्ट्रीय राजमार्ग विकास परियोजना और ग्रामीण सड़कों के निर्माण जैसी योजनाएं शामिल थीं। इसके साथ ही, वाजपेयी सरकार ने शिक्षा, स्वास्थ्य और ग्रामीण विकास में सुधार की दिशा में कई महत्त्वपूर्ण क़दम उठाए। यह पहला अवसर था जब एक गठबंधन सरकार ने अपना पूरा कार्यकाल पूरा किया, जिससे गठबंधन राजनीति में स्थिरता का विश्वास बढ़ा।

2004 का आम चुनाव भारतीय राजनीति के लिए एक आश्चर्यजनक मोड़ लेकर आया। एन डी ए सरकार ने “इंडिया शाइनिंग” का नारा देकर चुनाव प्रचार किया था,

लेकिन ग्रामीण और ग़रीब मतदाताओं ने कांग्रेस का समर्थन किया। कांग्रेस ने सोनिया गांधी के नेतृत्व में संयुक्त प्रगतिशील गठबंधन (यू पी ए) का गठन किया और इस गठबंधन को वामपंथी दलों का समर्थन भी प्राप्त हुआ। सोनिया गांधी ने प्रधानमंत्री के पद को अस्वीकार कर के डॉ मनमोहन सिंह को प्रधानमंत्री पद के लिए चुना, जो कि भारतीय राजनीति का एक ऐतिहासिक निर्णय था।

डॉ मनमोहन सिंह के नेतृत्व में यू पी ए सरकार ने कई जनकल्याणकारी योजनाओं की शुरुआत की, जिनमें महात्मा गांधी राष्ट्रीय ग्रामीण रोजगार गारंटी अधिनियम (मनरेगा) और राष्ट्रीय ग्रामीण स्वास्थ्य मिशन प्रमुख थे। इस सरकार ने सामाजिक और आर्थिक मुद्दों पर ध्यान केंद्रित किया और समाज के निचले वर्गों के विकास के लिए प्रयास किए। इस चुनाव के पश्चात देश में आर्थिक सुधारों को लागू किया गया, जिससे भारत की अर्थव्यवस्था में क्रांतिकारी सुधार हुए और इसे वैश्विक स्तर पर पहचान मिली।

बिरू का दृढ़ विश्वास है कि राज्य का औचित्य अपने नागरिकों के कल्याण में निहित होता है, यदि कोई राज्य अपने नागरिकों के जनकल्याण के मूल उद्देश्य को पूरा नहीं करता तो उसके होने का औचित्य ही समाप्त हो जाता है। स्वतंत्र भारत में लोकतंत्र को अपनाया गया है। लोकतंत्र के सर्वमान्य क्षेत्र हैं– राजनैतिक लोकतंत्र, सामजिक लोकतंत्र एवं आर्थिक लोकतंत्र। भारत के जन-जीवन में केवल राजनैतिक लोकतंत्र ही कुछ हद तक प्रभावी दिखाई पड़ता है और वह भी मात्र चुनावों के सन्दर्भ में; परन्तु आर्थिक रूप से समाज के एक प्रतिशत लोगों के पास देश का अधिकाँश धन संचित हो गया है और दस प्रतिशत जनता निपट निर्धनता का जीवन जी रही है तथा सामाजिक रूप से भारतीय समाज अभी भी धर्म और जाति के स्वार्थजनित खानों में विभक्त है जो असमानता और शोषण को बढ़ावा देते हैं।

यद्यपि सकल घरेलू उत्पाद में भारत का स्थान विश्व में सम्मानजनक है परन्तु प्रति व्यक्ति आय में भारत का स्थान अभी भी विश्व के निर्धनतम देशों में है। भारत का समाज आर्थिक आधार पर विभिन्न स्तरों में बँटा हुआ जिनके मध्य की दूरी को कम कर पाना बहुत मुश्किल लग रहा है। सामाजिक दृष्टि से तो भारत अभी भी अभेद्य ऊर्ध्व-खानों (तथाकथित जातियों) में विभाजित है, जिनमें नीचे के खाने से ऊपर के खाने में जाना वर्तमान परिस्थितियों में असंभव-सा प्रतीत हो रहा है।

सच्चे लोकतंत्र की स्थापना के लिए सामाजिक, आर्थिक और राजनीतिक न्याय जनित समानता, स्वतंत्रता और बंधुत्व अत्यंत आवश्यक हैं। शोषणकारी जाति, धर्म और वर्ग के दृढ़ एवं अनुदार विभाजनों के साथ लोकतंत्र का सह-अस्तित्व संभव ही नहीं है।

यदि लोकतंत्र की सच्ची भावना को बनाए रखना है, तो इन विभाजनों को समाप्त करना होगा। लोकतंत्र की सुरक्षा और मजबूती के लिए सामाजिक, आर्थिक और राजनीतिक लक्ष्यों की प्राप्ति हेतु संवैधानिक तरीकों का पालन करना अत्यंत आवश्यक है। डॉ भीमराव अंबेडकर ने असंवैधानिक तरीकों को "अराजकता का व्याकरण" कहा था, जो यह दर्शाता है कि चाहे हमारे उद्देश्य कितने भी उचित क्यों न हों, उनको प्राप्त करने के लिए हिंसा और बल प्रयोग को त्यागना अनिवार्य है। डॉ अंबेडकर का यह विचार भारतीय लोकतंत्र को एक स्थिर और सुदृढ़ ढांचे में बनाए रखने के लिए अत्यधिक प्रासंगिक है।

संवेदनशील भारतीयों के लिए एक प्रमुख चिंता यह है कि इतिहास में कई बार भारत की स्वतंत्रता स्वार्थ, विश्वासघात, षड्यंत्र और कुछ अपनों की दग़ाबाजी के कारण नष्ट हुई थी। सत्ता के निकट रहने वाले ये लोग विदेशी आक्रमणकारियों के ख़िलाफ़ युद्ध के नाज़ुक क्षणों में देश की प्रतिरोधक क्षमता को कमज़ोर कर देते थे। स्वतंत्रता प्राप्त करने के बावजूद, भारत ने सामाजिक, राजनीतिक और आर्थिक विभाजनों के कारण अपेक्षित प्रगति नहीं की है क्योंकि उपर्युक्त विभाजनों के साथ-साथ व्यापक स्वार्थ, अहंकार और अज्ञानता राष्ट्र के विकास में बाधक बने हुए हैं।

भारत ने अपने इतिहास में कई बार अपनी संप्रभुता खोयी है। जाति और धर्म के आंतरिक विभाजनों के अलावा, आज भी ऐसे कई स्वार्थी राजनीतिक दल, दबाव-समूह और विचारक हैं जिनके पास अलोकतांत्रिक, स्वार्थी और शोषणकारी एजेंडा है। इन चुनौतियों के बीच, भारत की स्वतंत्रता और लोकतंत्र की रक्षा के लिए सतत सतर्कता, निष्पक्षता, उच्च स्तर की सामर्थ्य और दृढ़ इच्छा-शक्ति की आवश्यकता है।

इतिहास हमें सिखाता है कि जब भी शासकों ने जनता की इच्छा की अवहेलना की है या लोकतांत्रिक परंपराओं और संस्थाओं को कमज़ोर करने का प्रयास किया है, इसके गंभीर परिणाम हुए हैं। ऐसी कार्रवाइयों ने जनता के बीच अशांति पैदा की और सत्ता में बैठे लोगों को इसकी भारी क़ीमत चुकानी पड़ी। शासकों के द्वारा अपने निर्णय जबरन जनता पर थोपने के प्रयासों ने जनता के लिए जहाँ भारी कष्ट उत्पन्न किए हैं, वहीं निर्णयकर्ताओं तथा उनके सहयोगियों के लिए भी अतिगंभीर प्रतिकूल परिणाम उत्पन्न किए हैं।

बिरू के अनुसार विधानमंडलों को ऐसे कानून बनाने चाहिए जो सभी भारतीयों के व्यापक हित में हों, कार्यपालिका को इन कानूनों को पूरी निष्ठा और दक्षता के साथ लागू करना चाहिए, और न्यायपालिका को इन कानूनों की व्याख्या इस प्रकार करनी चाहिए जिससे जनता के हितों का संरक्षण हो। कार्यपालिका के प्रत्येक अंग— मंत्री, प्रशासक, प्रबंधक और पुलिसजन को ऐसे निर्णय लेने चाहिए जो समाज के समग्र कल्याण को

बढ़ावा दें, और यह कार्य वैध संस्थाओं के द्वारा पारित कानूनों के अनुसार होना चाहिए। भारत के लोकतंत्र की सच्ची शक्ति तभी स्थापित हो सकती है जब जनता के व्यापक हितों का संवैधानिक और लोकतांत्रिक रूप से पोषण हो और प्रत्येक नागरिक को न्याय, स्वतंत्रता, समानता और बंधुत्व का वास्तविक अनुभव प्राप्त हो।

राज्य का कार्य उसकी सरकार, संस्थाओं और विभागों के अधिकारियों एवं कर्मचारियों के माध्यम से संचलित होता है, चाहे उसका स्वरूप या नाम कुछ भी हो और लोकतान्त्रिक व्यवस्था में राज्य के कार्य का मूल उद्देश्य जनता की सेवा होना चाहिए। प्रत्येक नागरिक की बुनियादी आवश्यकताओं—जैसे भोजन, जल, वायु, चिकित्सा सेवा, आवास, और शिक्षा की सहज उपलब्धता को प्राथमिकता दी जानी चाहिए ताकि उसके जीवन की रक्षा हो सके और वह अपने विकास हेतु उचित आसानी से उचित प्रयास कर सके। इसके उपरांत, जनता की समग्र समृद्धि को बढ़ावा देने के लिए, सभी स्तरों से, प्रयास किए जाने चाहिए।

ज्ञान, जो सशक्तीकरण का मूल आधार है, लोगों की मुक्ति और स्थायी सुख के लिए अत्यंत महत्वपूर्ण है और इसके लिए विभिन्न क्षेत्रों में निरंतर अनुसंधान और स्वतंत्र चिंतन का होना आवश्यक है। अतः यह अत्यावश्यक है कि राज्य की समस्त शक्ति और संसाधन जन-कल्याण के माध्यम से राष्ट्र के समग्र विकास के लिए लगाए जाएं। विधायिका, कार्यपालिका, और न्यायपालिका— सभी को संविधान के आदर्शों के अनुरूप जनता के हितों की रक्षा करनी चाहिए ताकि भारत एक सशक्त, समृद्ध, और न्यायपूर्ण समाज बन सके।

जनता के कल्याण को सुनिश्चित करने के लिए सरकारी निकायों को जनता के हितों को सर्वोच्च प्राथमिकता देनी चाहिए। सरकारी अधिकारियों को समाज के प्रत्येक स्तर पर सामाजिक, आर्थिक और राजनैतिक न्याय सुनिश्चित करने के लिए तत्पर रहना चाहिए। विचार, अभिव्यक्ति, विश्वास, धर्म और उपासना की स्वतंत्रता को बनाए रखना चाहिए; समानता के दर्जे और अवसरों को बढ़ावा देना चाहिए; और व्यक्ति की गरिमा और राष्ट्रीय एकता को बनाए रखने के लिए बंधुत्व की भावना को प्रोत्साहित करते रहना चाहिए।

सरकारी निकायों में पारदर्शिता, ईमानदारी और दक्षता अत्यंत महत्वपूर्ण हैं, जिनका सभी सरकारी अंगों— विधायी, कार्यकारी और न्यायिक तथा सभी विभागों, संगठनों, संस्थानों, निकायों, कार्यालयों और अधिकारियों के प्रत्येक स्तर पर पालन होना आवश्यक है। स्वार्थ, अपराध, भ्रष्टाचार, कदाचार, लापरवाही और जनउपेक्षा को रोकने के लिए शीर्ष से लेकर निम्न स्तर तक कठोर और निष्पक्ष प्रयास किए जाने आवश्यक हैं ताकि भारत के

संविधान में परिकल्पित कुशल प्रशासन की नींव सुदृढ़ हो सके।

सरकार के सभी अंगों, संस्थानों और कार्यालयों के कार्य की आवश्यकतानुसार नियमित रूप से समीक्षा की चाहिए, जिससे उनकी जनसेवा की प्रभावशीलता का समुचित मूल्यांकन हो सके। मूल्यांकन के आधार पर अच्छे कार्यों को प्रोत्साहन मिलना चाहिए और असंतोषजनक कार्यों के लिए सुधारात्मक उपाय किए जाने चाहिए। यदि सुधार निरंतर विफल होते हैं तो दोषी अधिकारी एवं कर्मचारी के विरुद्ध शीघ्र न्यायोचित कार्यवाई करके प्रभावी और अनुकरणीय दंड का दिया जाना चाहिए।

इसके साथ ही सभी सरकारी अंगों, संस्थानों, संगठनों, कार्यालयों और अधिकारियों के कार्यों के लिए स्पष्ट चार्टर बनाए जाने चाहिए, जो लोकतांत्रिक शासन में उनकी विशिष्ट भूमिकाओं के अनुरूप हों। इन चार्टरों का कड़ाई से पालन किया जाना चाहिए और इन्हें सार्वजनिक जानकारी के लिए प्रमुख स्थानों पर प्रदर्शित किया जाना चाहिए। पर्यवेक्षी अधिकारियों को यह सुनिश्चित करना चाहिए कि इन चार्टरों का प्रभावी क्रियान्वयन हो।

चुनावों के अब तक के अनुभव से बिरू को लगा कि स्वस्थ लोकतंत्र हेतु कार्यपालिका, विधायिका और न्यायपालिका के मध्य, संदेहों और आशंकाओं से परे के शक्ति-प्रथक्करण की आवश्यकता है, अत: यह आवश्यक हो जाता है कि शासन के इन तीनों अंगों में से कोई भी एक अंग अन्य किसी एक या दोनों अंगों को दबा कर अपेक्षाकृत अधिक शक्तिशाली न हो पाए। प्रबंध इस तरह से हों की किन्हीं दो अंगों का गठजोड़ ऐसा न हो पाए कि तीसरे अंग को महत्त्वहीन हो जाना पड़े।

कार्यपालिका और विधायिका के स्वार्थगत गठजोड़ से विधायिका पर कार्यपालिका का दबाव बढ़ जाएगा और आगे चल कर कार्यपालिका निरंकुश हो जाएगी। कार्यपालिका के अधिक शक्तिशाली होने से वह विधायिका से मनचाहे संविधान संशोधन करा के न्यायपालिका को भी दबाव में ले लेगी।

सूचना-क्रांति के युग में कि यदि कुछ धनकुबेर, सभी प्रमुख मीडिया केन्द्रों पर कब्जा कर लें तब क्या होगा? जनता तक किसी भी बात की सचाई पहुँच ही नहीं पाएगी, बस सत्ताधारी दल के द्वारा गढ़ी गयी कहानियां (Narratives) पहुँचेगी।

इसके अतिरिक्त यदि कार्यपालिका और धनकुबेरों का गठबंधन हो जाएगा तो कार्यपालिका के द्वारा धनकुबेरों को को अधिक सहूलियतें देना एवं धनकुबेरों के द्वारा चुनावों में सत्ताधारी दल की मदद करने का चक्रीय (cyclic) क्रम आरम्भ हो जाएगा। ऐसा भी संभव है कि धनकुबेर धंधा प्राप्त करने की आशा में राजनैतिक दलों को चन्दा दें

और जीतने वाले दल से अपने लिए बेईमानी से धंधे को प्राप्त करें।

इसीप्रकार यह भी संभव है कि सत्ताधारी राजनैतिक दल द्वारा कोई आरोप लगा कर किसी धनकुबेर को गिरफ़्तार कर लिया जाए और उससे चन्दा वसूल कर उसे जेल से रिहा किया जाए। फिर उसका हाल दिखाकर अन्य धनकुबेरों से सत्ताधारी दल के द्वारा धन की वसूली की जाए। बिरू यह भी सोचते हैं सूचना जगत में धन का महत्त्व बहुत अधिक बढ़ गया है।

सरकारी एजेंसियां अगर सत्ताधारी राजनैतिक दल के पक्ष में ही कार्यवाई करें तो क्या होगा? क्या होगा ? यदि ये एजेंसियां एक पार्टी के आरोपित व्यक्तियों के विरुद्ध कोई कार्यवाई न करें और अन्य पार्टियों के पदाधिकारियों को गिरफ़्तार कर लें और लम्बे समय तक जेल में बंद कर दिया जाए, बाद में उनके विरुद्ध साक्ष्य न मिलें और लम्बे समय बाद न्यायालय उनको बरी कर दे। क्या होगा यदि सत्ताधारी दल लांड्री मशीन की तरह काम करने लगे? क्या होगा? यदि चुनाव की प्रक्रिया के दौरान चुनाव आयोग पक्षपात करने लगे। यदि ऐसा होता है तो लोकतंत्र जीवित नहीं रह पाएगा।

भारत के लोकतंत्र की स्थिति से बिरू ख़ुश नहीं थे लेकिन वे प्रत्येक चुनाव में सक्रिय रहकर लोकतंत्र की रक्षा और भारत के विकास के लिए अपने स्तर से प्रचार और प्रसार किया करते थे। वे खुलकर किसी एक राजनैतिक दल का समर्थन करने की बजाए अपनी जान-पहचान के लोगों में लोकतंत्र और देश के विकास के सम्बन्ध में विचार-विमर्श के द्वारा अपने लोकतान्त्रिक दायित्वों का निर्वहन करते रहे। उन्होंने प्रत्येक चुनाव में अपना वोट डाला था।

बिरू का मानना है कि वर्तमान समय में मतदाताओं को लोकतंत्र में सहभागिता करने के अवसर केवल मतदान के समय ही मिलते हैं। मतदान के बाद अगले मतदान के होने तक उसे लोकतान्त्रिक प्रक्रिया में भाग लेने का कोई अवसर नहीं मिलता।

बीरू को लगता है कि लोकतंत्र में सुचारू रूप से योगदान करने के लिए मतदाता हेतु अन्य अवसर भी उपलब्ध कराए जाने चाहिए जैसे कि – जनमत संग्रह (referendum) और वापस बुलाना (recall) आदि। चूँकि लोकतंत्र में लोक (जनता) संप्रभु (sovereign) होता है अत: उसके अधिकारों को सर्वोच्च प्राथमिकता दी जानी चाहिए।

38.
देश से विदेश की ओर

बिरू के परिवार में अब केवल उनके पुत्र प्रकाश की शादी होना बाकी थी। प्रकाश के लिए कई रिश्ते देखे गए, पर बात नहीं बन पाई। एक बार बिरेन्द्र प्रसाद नैनीताल में मोहन राम जी की बेटी की शादी में गए थे। मोहन राम जी की मंझली बेटी उन्हें प्रकाश से विवाह करने के लिए पसंद आ गयी। उन्होंने प्रकाश और रज्जू की माँ को भी लड़की दिखायी। सबको वह लड़की पसंद आई और रिश्ता तय हो गया और अप्रैल 1994 में प्रकाश का विवाह धूमधाम से संपन्न हुआ। इस शादी में पूरा परिवार इकट्ठा हुआ था।

प्रकाश की शादी बिरेन्द्र प्रसाद के परिवार का अंतिम मुख्य सामाजिक काम था। अब सभी बच्चे अपनी-अपनी ज़िम्मेदारियों को भली-भांति निभा रहे हैं। बिरेन्द्र प्रसाद और दमयंती समय-समय पर उनके पास जाते रहते हैं। अल्मोड़ा में उनका रहना अब काफी कम हो गया है। वे अक्सर गर्मियों में अल्मोड़ा आ जाते हैं और बाकी समय दिल्ली या कलकत्ता में बच्चों के साथ बिताते हैं।

बिरेन्द्र प्रसाद जी का बेटा हरीश (हरीशंकर टम्टा) सन् 1994 में ऑस्ट्रेलिया में कंप्यूटर इंजीनियर बन गया था। सन् 1996 में हरीश ने अपने पिता जी और माता जी को ऑस्ट्रेलिया बुलाया। उसने वहाँ की सरकार से अपने पिता और माँ की विदेश यात्रा और नागरिकता के संबंध में आवश्यक प्रक्रियाएं पूरी कीं और उनके दामाद ने उनका पासपोर्ट बनवाने में मदद की। हरीश ने ऑस्ट्रेलिया जाने के लिए उनका तीन महीने का वीजा बनवाया और हवाई जहाज के टिकट के लिए रुपयों की व्यवस्था की। उसने उन्हें नवंबर के महीने में आस्ट्रेलिया आने की सलाह दी।

22 नवंबर की रात को उन्हें 9 बजे इंदिरा गांधी एयरपोर्ट पहुँचाना था, जहाँ से उनकी फ्लाइट थी। उन्हें एयरपोर्ट छोड़ने के लिए उनकी बेटी और दामाद आए थे। अंतरराष्ट्रीय

फ्लाइट में एक यात्री को केवल 40 किलोग्राम तक के सामान को ही विमान में निशुल्क ले जाने की अनुमति होती है, इसलिए उन लोगों ने आवश्यकता के अनुसार सीमित सामान लिया था। रात 10 बजे के बाद, सुरक्षा जांच के बाद उन्हें हवाई अड्डे के अंदर प्रवेश करने की अनुमति मिली। अंदर जाकर पता चला कि उनकी फ्लाइट रात 11 बजे उड़ान भरेगी। सभी यात्रियों को प्रतीक्षालय में बिठाया गया। रात्रि लगभग 10:20 बजे यात्रियों के नाम पुकारे गए और उन्हें जहाज के अंदर बुलाया गया। वहाँ गाइड सब को रास्ता दिखा रहे थे।

उस समय बिरेन्द्र प्रसाद और उनकी पत्नी दमयंती, दोनों बहुत ख़ुश थे, लेकिन पहली बार हवाई जहाज में बैठने की वजह से बिरू को थोड़ी घबराहट भी हो रही थी। जहाज के उड़ान भरने के पूर्व यात्रियों को सीट बेल्ट बांधने के लिए कहा गया। बिरेन्द्र प्रसाद की सीट जहाज के लगभग बीचो-बीच थी। जहाज में, पायलटों के कॉकपिट के पीछे, यात्रियों के सामने एक टीवी-स्क्रीन लगी थी, जिस पर जहाज की स्थिति और उड़ान के बारे में जानकारी दी जा रही थी। विमान में अधिकतर यात्री भारतीय थे, जिससे बिरू को थोड़ी सहजता महसूस हुई।

दिल्ली से लगभग मध्य रात्रि में उड़कर उनका विमान भारतीय समयानुसार सुबह करीब 5:30 बजे सिंगापुर में उतरा। सभी यात्रियों को विमान से उतरने के लिए कहा गया क्योंकि वहाँ उनकी फ्लाइट बदलने वाली थी। उन्हें बताया गया कि सिंगापुर का एयरपोर्ट उस समय दुनिया का दूसरा सबसे बड़ा एयरपोर्ट था और देखने में भी यह बहुत विशाल और सुंदर प्रतीत हो रहा था। उनके साथ देहरादून से एक सहयात्री भी था, जिससे यात्रा के दौरान उनकी बातचीत होती रही। सभी यात्रियों को प्रतीक्षालय में बिठाया गया, प्रतीक्षालय में बैठे हुए उन्होंने देखा कि वहाँ एक पंजाबी दंपत्ति और उनका छोटा बेटा भी उनकी अगली फ्लाइट के यात्री थे। कुछ देर प्रतीक्षालय में रुकने के बाद उन्हें सिंगापुर एयरलाइंस के विमान में बैठाया गया। इस बार उनकी सीट खिड़की के पास थी, जो यात्रा के दौरान बाहरी दृश्यों को देखने का सुखद अवसर दे रही थी।

भारतीय समय के अनुसार लगभग 8:00 बजे उनके जहाज ने सिंगापुर से उड़ान भरी। जब उन्होंने खिड़की से बाहर देखा, तो जहाज समुद्र के ऊपर उड़ रहा था और यह दृश्य अद्भुत लग रहा था। जहाज में समय-समय पर नाश्ता-पानी दिया जा रहा था। अधिकांश यात्री शराब, वाइन आदि का आनंद ले रहे थे, लेकिन बिरेन्द्र प्रसाद और उनकी पत्नी, दमयंती, ने जूस पीने का ही निर्णय किया। एयर होस्टेस प्राय: अंग्रेजी में बात कर रही थीं। बिरेन्द्र प्रसाद उनकी बातें थोड़ी-बहुत ही समझ पा रहे थे। बिरेन्द्र प्रसाद उनसे खाने-पीने की कोई चीज़ मँगवाने में कुछ झिझक रहे थे, लेकिन दमयंती उनसे थोड़ा-बहुत बातचीत

कर पा रही थीं और आवश्यक चीज़ें मँगवाने में सफल हो रही थीं। सिंगापुर एयरलाइंस का जहाज भारतीय एयरलाइंस के जहाज की तुलना में उन्हें अधिक सुविधाजनक लगा।

भारतीय समय के अनुसार रात के 8:30 बजे उनका जहाज ऑस्ट्रेलिया के सिडनी एयरपोर्ट पर उतरा। उनके रास्ते में एक जाँच अधिकारी बैठा था, उसने उन्हें आगे जाने का संकेत दिया। आगे दो और जाँच अधिकारी मिले, जिन्होंने उनके सामान की जाँच की और सूटकेस को उलट-पुलट कर देखना शुरू किया। इस पर दमयंती को कुछ गुस्सा आ गया और उन्होंने उन अधिकारियों से कहा कि वे सामान को वापस सही ढंग से सूटकेस में रखें। उनके सामान में उनके घर के पेड़ के अखरोट भी थे, जिन्हें वो अपने बेटे हरीश के लिए लाए थे। ये अखरोट एक प्लास्टिक की थैली में थे। जाँच अधिकारियों ने उस थैली को बाहर निकाला और उसे डस्टबिन में फेंक दिया। बिरेन्द्र प्रसाद ने उन्हें समझाने की बहुत कोशिश की, पर उन्होंने उनकी बात को नज़रअंदाज़ कर दिया। दमयंती उन पर बहुत नाराज़ हुईं। इस सब में उन्हें एयरपोर्ट से बाहर आने में काफी समय लग गया।

एयरपोर्ट के बाहर हरीश पत्नी सहित उनका इंतजार कर रहे थे। एयरपोर्ट के अंदर उन्हें देर हो जाने के कारण हरीश और उसकी पत्नी को चिंता हो रही थी। इसके बाद वह दोनों हरीश के घर एस फील्ड चले गए। उस समय ऑस्ट्रेलिया में स्थानीय समयानुसार तीन बजे थे। घर पहुँचकर उन्होंने खाना खाया और फिर आराम किया। सिंगापुर से ऑस्ट्रेलिया तक की यात्रा लगभग 9 घंटे लंबी रही।

दो दिन बाद हरीश ने उन्हें सिडनी का प्रसिद्ध ओपेरा हाउस दिखाया और वहाँ के बाज़ारों में भी घुमाया। उन्होंने वहाँ की स्थानीय रेलगाड़ियाँ भी देखीं, जिनके दरवाजे यात्रियों के पास आने पर आवश्यकतानुसार अपने आप खुलते और बंद हो जाते हैं। हरीश का एस फील्ड में किराये का मकान है और वहाँ अधिकांश लोग चीनी और भारतीय समुदाय के हैं। एस फील्ड के पास एक बहुत बड़ा पार्क है, जहाँ लोग सुबह-शाम सैर करने जाते हैं। वहाँ की सड़कें बहुत साफ़-सुथरी और सुव्यवस्थित हैं।

भारतीय लोग वहाँ पर आपस में मिलजुल कर रहते हैं और भारतीय पर्व जैसे दीपावली और होली आदि को सामूहिक रूप से मनाते हैं। सप्ताहांत पर अक्सर किसी भारतीय परिवार के घर में स्थानीय भारतीय लोगों की पार्टियाँ आयोजित होती हैं, जहाँ उनके मित्र इकट्ठा होते हैं। बारी-बारी से यह सिलसिला चलता रहता है और इस प्रकार एक आत्मीय और सामुदायिक भावना को बनाए रखा जाता है।

ऑस्ट्रेलिया एक अनूठा और भौगोलिक दृष्टि से विशिष्ट देश है, जिसके चारों ओर समुद्र है। इसके पूर्व में प्रशांत महासागर और पश्चिम में हिंद महासागर हैं। 26 जनवरी,

1788 को इंग्लैंड से पहला समुद्री जहाज सिडनी पहुंचा था और उसी दिन इस देश की नींव पड़ी। इस ऐतिहासिक दिन की स्मृति में हर वर्ष 26 जनवरी को ऑस्ट्रेलिया में "ऑस्ट्रेलियन डे" मनाया जाता है, जो उनके राष्ट्र का प्रतीक पर्व है।

ऑस्ट्रेलिया में अंग्रेजी शासन प्रणाली है और इसे छह राज्यों (स्टेट्स) में विभाजित किया गया है। सिडनी, जो समुद्र के किनारे बसा है, विश्वभर के देशों से समुद्री और हवाई मार्गों के माध्यम से जुड़ा हुआ है। यहाँ प्रतिदिन सैकड़ों जहाजों का आवागमन होता रहता है। सिडनी की भू-आकृति समतल नहीं है; यहाँ की ज़मीन थोड़ी ऊँची-नीची है, और समुद्र का पानी कई स्थानों पर धरती में भीतर तक आता दिखाई देता है, जिससे यह क्षेत्र और भी सुंदर प्रतीत होता है।

सिडनी का विश्वप्रसिद्ध हार्बर ब्रिज, जो 1932 में बनकर तैयार हुआ था, यहाँ का एक प्रमुख आकर्षण है। इसकी लंबाई 503 मीटर है, और यह पुल दोनों ओर की ज़मीन को जोड़ता है। इस पर केवल छोटे वाहन, जैसे कार आदि, ही चल सकते हैं। सिडनी की पुरानी बस्ती में ऊँची-ऊँची बहुमंजिला इमारतें हैं और टी वी टावर, ओपेरा हाउस, मोनोरेल, शॉपिंग सेंटर और एक्वेरियम जैसी अद्भुत संरचनाएँ देखकर ऐसा लगता है मानो हम किसी स्वर्गीय नगरी में हों। यहाँ का टी वी टावर अत्यंत ऊँचा और प्रभावशाली है, और सिडनी में मकान, सड़कें और रेल-लाइनें बहुत ही सुंदर और सुव्यवस्थित तरीके से बनाई गई हैं। ऑस्ट्रेलिया में अधिकांश कार्य इलेक्ट्रॉनिक और कंप्यूटर सिस्टम से संचालित होते हैं। रेलवे स्टेशनों पर टिकट लेने के लिए मशीनें लगी होती हैं, जहाँ यात्री बटन दबाकर और पैसे डालकर अपना टिकट निकाल सकते हैं।

सिडनी की सड़कों पर उतर-चढ़ाव स्वाभाविक हैं और सड़कों के मिलने और मोड़ पर जो स्थान हैं, वे अत्यंत सुन्दर ढंग से सजाए गए हैं। यहाँ हर मोड़ और चौराहे पर आवश्यक संकेतक लगे होते हैं। ऑस्ट्रेलिया की सड़कों पर गाड़ी के ड्राइवरों को हॉर्न बजाने की आवश्यकता शायद ही कभी पड़ती हो। यहाँ चौराहों पर कैमरे लगे होते हैं, जो वाहन चालकों की परिवहन एवं यातायात के नियमों के उल्लंघन आदि को रिकॉर्ड कर लेते हैं। इस रिकॉर्ड के आधार पर यातायात पुलिस जुर्माना तय करती है और यहाँ का जुर्माना भारत के मुकाबले काफी अधिक होता है।

गाड़ी की हर सीट पर बेल्ट बांधना अनिवार्य है और बच्चों के लिए विशेष सीट होती है जिसमें सुरक्षा के प्रबंध होते हैं। कार में चलते समय बच्चे को गोद में रखने पर जुर्माना लगता है। ऑस्ट्रेलिया में हर काम नियमों के अनुसार होता है और नियम का उल्लंघन करने पर सख़्त जुर्माना भरना पड़ता है। यहाँ घरेलू नौकर रखना अत्यंत महँगा होता है,

इसलिए अधिकांश लोग अपने काम स्वयं ही करते हैं।

ऑस्ट्रेलिया के शॉपिंग सेंटर आकार में बड़े और विस्तृत हैं, जहाँ सामाजिक जीवन में प्रयुक्त होने वाला प्राय: प्रत्येक प्रकार का सामान उपलब्ध होता है। ग्राहक अपनी ज़रूरत का सामान ख़ुद पसंद करके उठाते हैं और पेमेंट काउंटर पर ले जाकर बिल बनवाते हैं। जो ग्राहक स्वयं सामान नहीं उठा सकते, उनकी मदद शॉपिंग सेंटर के कर्मचारी करते हैं। यहाँ की व्यवस्था अत्यंत आधुनिक और सुविधाजनक है।

शहर में सड़कों पर पैदल-पथ पार करने के लिए कई स्थानों पर स्वचालित सिग्नल लाइट्स लगी होती हैं। यह प्रणाली पैदल यात्रियों की सुरक्षा और सुगमता को सुनिश्चित करती है। कार-पार्किंग के लिए भी यहाँ स्वचालित व्यवस्था होती है। यहाँ पेट्रोल पंप पर भी लोग अपनी गाड़ी में ख़ुद ही पेट्रोल भरते हैं। मशीन में पैसे डालकर पेट्रोल भरने की यह प्रणाली बेहद सुव्यवस्थित है।

ऑस्ट्रेलिया की सड़कों और सार्वजनिक स्थानों पर स्वच्छता का विशेष ध्यान रखा जाता है। सड़कों पर या सार्वजनिक जगहों पर कूड़ा तो दूर, कागज का एक छोटा टुकड़ा भी दिखाई नहीं देता। हर व्यक्ति अपने से सम्बंधित कूड़ा, कूड़ेदान में ही डालता है, और यदि कोई व्यक्ति कूड़ा अन्यत्र फेंकते हुए पाया जाता है, तो उस पर जुर्माना लगाया जाता है। घरों के अंदर और बाहर प्लास्टिक की थैलियों वाले कूड़ेदानों की व्यवस्था होती है। म्युनिसिपैलिटी की गाड़ियाँ नियमित रूप से निर्धारित समय पर आती हैं और घर-घर से कूड़ा उठाती हैं। गाड़ी का ड्राइवर और उसके सहायक बड़ी फुर्ती से कूड़े को इकट्ठा कर, गाड़ी में डालकर उसे ले जाते हैं।

ऑस्ट्रेलिया में प्रायः सभी मध्यम वर्गीय परिवारों के पास निजी कार होती है। यहाँ टैक्सी का उपयोग महँगा पड़ता है, इसलिए लोग प्रायः अपनी कार का ही उपयोग करते हैं। यहाँ की हवा साफ़ और शुद्ध है और गाड़ियों के चलने से भी अधिक धुआँ नहीं उठता। यहाँ पर्यावरण की शुद्धता का विशेष ध्यान रखा जाता है और घरों के आस-पास पर्याप्त संख्या में छायादार वृक्ष लगे हैं। यहाँ अधिकांश घरों में किचन गार्डन होते हैं और यहाँ के पार्कों में कई प्रकार के सुंदर फूल खिले रहते हैं, जिन्हें अत्यंत करीने से उगाया गया होता है। शहर से कुछ दूरी पर घने जंगल शुरू हो जाते हैं, जो दूर-दूर तक फैले होते हैं।

खाने-पीने की चीजें यहाँ अपेक्षाकृत सस्ती हैं। यहाँ दूध, दही, मक्खन, जूस और फलों की भरपूर उपलब्धता है। यहाँ के आलू भारत में मिलने वाले आलुओं की अपेक्षा बड़े आकार के होते हैं। भारत में मिलने वाली लगभग सभी सब्जियाँ यहाँ मिल जाती हैं, परंतु इनका स्वाद भारतीय सब्जियों जितना अच्छा नहीं होता है। भारतीय सामान जैसे आटा,

चावल, दाल, गरम मसाला, धूप आदि सभी कुछ यहाँ की इंडियन दुकानों में उपलब्ध होता है, लेकिन यह सामान इंडिया की तुलना में काफी महँगा होता है। ऑस्ट्रेलिया के बाजारों में लगभग 70% सामान चीन से आयतित होता है। मांसाहारी लोगों के लिए यहाँ गाय, सूअर, भैंस, मछली, मटन और चिकन की प्रचुरता है, जिससे मांसाहारी भोजन की उपलब्धता आसान हो जाती है।

एस फील्ड में रहने वाले विदेशियों में चाइनीज लोग अधिक संख्या में हैं और उनके बाद भारतीयों की आबादी है। ऑस्ट्रेलिया एक ऐसा देश है, जहाँ विश्व के लगभग सभी देशों के लोग निवास करते हैं। यहाँ पर चिकित्सा सुविधाएँ बहुत मँहगी हैं और रेल, बस जैसे सार्वजनिक परिवहन का किराया भी अधिक है। भारतीय लोग बताते हैं कि उनकी तनख़्वाह का लगभग एक-चौथाई हिस्सा यहाँ आयकर के रूप में कट जाता है। यहाँ भारतीय परिवारों में प्रायः पति-पत्नी दोनों काम करते हैं, तभी वे यहाँ के मध्यम स्तर की अच्छी ज़िन्दगी जी पाते हैं।

ऑस्ट्रेलिया में चौबीसों घंटे बिजली और पानी की आपूर्ति होती है। यहाँ की जनसंख्या काफी कम है, इसलिए सरकार ने उन लोगों के लिए रोज़गार की व्यवस्था की है जिन्होंने ऑस्ट्रेलिया की नागरिकता प्राप्त कर ली है। जो बच्चा यहाँ जन्म लेता है, उसे यहाँ की नागरिकता स्वत: ही मिल जाती है और उसके माता-पिता को बच्चे के लालन-पालन के लिए चिल्ड्रन अलाउंस भी मिलता है।

यहाँ बुज़ुर्गों के लिए जगह-जगह आश्रम बने हैं और विभिन्न पार्कों में लोगों के घूमने और आराम करने की अच्छी सुविधाएँ हैं। एस फील्ड पार्क में कई देशों के लोग टहलते हुए या बैठे हुए दिख जाते हैं। ऑस्ट्रेलियाई लोग अनुशासनप्रिय होते हैं। जब वे अपने कुत्तों को घुमाने ले जाते हैं, तो कुत्तों की गंदगी को तुरंत पॉलीथीन के बैग में भरकर पास के कूड़ेदान में डाल देते हैं। यहाँ के लोग मिलते समय प्राय: मुस्कुराकर अभिवादन करते हैं। एक दिन पार्क में बिरेन्द्र प्रसाद की मुलाकात एक युवा सरदार जी से हुई, जिन्होंने उनके पैर छुए और ऐसा करके सरदार जी बहुत प्रसन्न हुए।

ऑस्ट्रेलिया में लोग अपने घरों का वह सामान, जिसे वे इस्तेमाल नहीं करना चाहते, घर के बाहर रख देते हैं, और ज़रुरतमंद लोग उसे उठा लेते हैं। यहाँ पुराने या ख़राब सामान की मरम्मत कराना महँगा पड़ता है, इसलिए वे लोग उस अच्छे-खासे सामान को भी बाहर रख देते हैं, जिसे भारत में लोग प्राय: मरम्मत कराकर फिर से उपयोग में ले आते हैं। ऑस्ट्रेलिया में रेल, रेल के डिब्बे, गाड़ियाँ और कारें अत्याधुनिक हैं। छोटे-छोटे कामों के लिए भी यहाँ मशीनें होती हैं। यहाँ बाल कटाने का खर्च 15 से 20 डॉलर तक होता है।

ऑस्ट्रेलिया के पहाड़ी इलाकों में बर्फ़ भी गिरती है। यहाँ गर्मी का मौसम नवम्बर से शुरू होता है, बारिश का सीजन मार्च से आता है और ठंड का मौसम जून से शुरू हो जाता है। भारत और ऑस्ट्रेलिया के समय में 5-6 घंटे का अंतर है।

सिडनी से वे लोग कैनबरा भी गए, जो ऑस्ट्रेलिया की राजधानी है और सिडनी से लगभग 285 किलोमीटर दूर है। हरीश का एक दोस्त कैनबरा में नौकरी करता है, उसने अपने घर में उनके ठहरने की व्यवस्था की थी। रास्ते में प्राय: जंगल ही जंगल दिखाई देते हैं और केवल कभी-कभी मकान और दुकानें नज़र आती हैं। यह शहर प्राचीन है और समुद्र के किनारे बसा हुआ है। यहाँ की जनसंख्या घनी है और यह क्षेत्र औद्योगिक रूप से विकसित है। कैनबरा का गवर्नर हाउस बहुत सुंदर है। कैनबरा में एक रेडियो स्टेशन भी है, जहाँ से हर रविवार को भारत की खबरें अंग्रेजी, हिंदी और उर्दू में प्रसारित होती हैं। यहाँ से भारतीय फिल्मी गाने भी सुनने को मिलते हैं, जिससे प्रवासी भारतीयों का अपने देश से जुड़ाव बना रहता है।

हरीश ने उनके लिए तीन महीने का वीजा बनवाया था, बाद में उसने इसे एक महीने के लिए और बढ़वा दिया। इस प्रकार, वो करीब चार महीने ऑस्ट्रेलिया में रहकर मार्च 1997 के अंत में भारत लौट आए। भारत में एयरपोर्ट पर उनके दामाद और बेटी उन्हें लेने आए थे।

39.

कारगिल युद्ध एवं संसद भवन पर आतंकवादी कार्यवाही

बिरू जब अपनी बेटी के पास अलीगढ़ रह रहे थे तो एक बार उनके दामाद ने उनसे पूछा कि क्या वह सेना के एक बलिदानी के सम्मान-कार्यक्रम में सम्मिलित होना चाहेंगे? बिरू एक सैनिक रह चुके थे और अंग्रेजों से देश के आज़ाद होने के समय देश की रक्षा हेतु सेना में भर्ती होकर देश की सेवा का चुके थे अत: वह तुरंत तैयार हो गए। पूरे राष्ट्रीय सम्मान के साथ अलीगढ़ के एक सुदूर गाँव में सेना के उस बलिदानी, जिसने कारगिल युद्ध में वीरगति पाई थी, को पुलिस की रायफलों की गड़गड़ाहट के बीच हजारों अश्रुपूर्ण आँखों द्वारा ससम्मान अंतिम विदाई दी गयी। बिरू की नम आखों में कारगिल युद्ध के समाचार एक-एक कर तैरने लगे।

वर्ष 1999 में भारत को पाकिस्तान के ख़िलाफ़ कारगिल में एक युद्ध लड़ना पड़ा, जो दोनों देशों के बीच एक महत्वपूर्ण सैन्य संघर्ष था। यह युद्ध जम्मू-कश्मीर के कारगिल जिले की ऊँची पहाड़ियों पर लड़ा गया और मई 1999 से जुलाई 1999 तक चला। इस युद्ध में भारत ने विजय प्राप्त की और इसे "ऑपरेशन विजय" के नाम से भी जाना जाता है।

कश्मीर मुद्दा 1947 में भारत-पाकिस्तान के विभाजन से ही दोनों देशों के बीच विवाद का मुख्य कारण बना हुआ है। 1947, 1965, और 1971 के युद्धों के बाद भी कश्मीर-विवाद का समाधान नहीं हो सका। पाकिस्तान हमेशा से कश्मीर के मुद्दे को अंतरराष्ट्रीय स्तर पर उठाता रहा है और भारत के इस क्षेत्र को अस्थिर करने की कोशिशें करता रहा है। कारगिल युद्ध इसी लंबे समय से चले आ रहे कश्मीर-विवाद का परिणाम था।

कारगिल युद्ध से पहले, 1998 में, भारत और पाकिस्तान दोनों ने परमाणु परीक्षण किए थे, जिससे दोनों देशों के बीच के पारस्परिक अविश्वास में वृद्धि हुई थी। इसके बावजूद,

फरवरी 1999 में दोनों देशों के बीच लाहौर घोषणा-पत्र पर हस्ताक्षर किए गए जिसे शांति-वार्ता की दिशा में एक महत्वपूर्ण क़दम घोषित किया गया। इसी बीच, पाकिस्तान के सैन्य नेतृत्व ने भारत के विरुद्ध एक गुप्त योजना बनाई, जिसका उद्देश्य कश्मीर के कारगिल क्षेत्र में घुसपैठ कर भारतीय क्षेत्र पर कब्जा करना था।

पाकिस्तान ने यह मान लिया था कि सर्दियों के दौरान भारत के सैनिक कारगिल सेक्टर की ऊँचाई वाली पोस्टों को खाली छोड़ देते हैं, जिससे इस क्षेत्र में घुसपैठ करना आसान हो जाएगा। पाकिस्तान की योजना थी कि कारगिल की ऊँचाइयों पर कब्जा करके भारत की रणनैतिक स्थिति को कमज़ोर किया जाए और कश्मीर मुद्दे पर अंतरराष्ट्रीय ध्यान आकर्षित किया जाए। इसके साथ ही, पाकिस्तान सियाचिन ग्लेशियर पर अपनी पकड़ को मजबूत करने की भी कोशिश कर रहा था, जो दोनों देशों के बीच एक और विवादित क्षेत्र था।

मई 1999 में, भारतीय गड़रियों ने कारगिल की ऊँचाइयों पर पाकिस्तानी सैनिकों और घुसपैठियों की गतिविधियाँ देखीं। जल्द ही पता चला कि पाकिस्तानी सेना और घुसपैठिए नियंत्रण रेखा के अंदर 5-10 किलोमीटर तक घुस चुके थे और उन्होंने भारत के क्षेत्र में स्थित कई ऊँची पहाड़ियों पर कब्जा जमा लिया था।

भारतीय सेना ने पाकिस्तान की इस घुसपैठ का जवाब देने के लिए 26 मई 1999 को "ऑपरेशन विजय" की शुरुआत की। यह अभियान बेहद चुनौतीपूर्ण था, क्योंकि दुश्मन ऊँचाई वाली पोस्टों पर स्थित था और भारतीय सेना को नीचे से ऊपर की ओर चढ़ाई करते हुए युद्ध करना था। इस मुश्किल अभियान में भारतीय वायुसेना ने भी "ऑपरेशन सफेद सागर" के तहत महत्वपूर्ण भूमिका निभाई, जिसमें पाकिस्तानी ठिकानों पर हवाई हमले किए गए। भारतीय सेना ने टाइगर हिल, तोलोलिंग और अन्य महत्वपूर्ण पहाड़ी पोस्टों पर फिर से कब्जा कर लिया, जो इस युद्ध के निर्णायक मोर्चे थे।

कारगिल के उक्त पर्वत शिखरों का क्षेत्र दुर्गम है, अत्यंत ऊँचाई पर स्थित है, भारी बर्फ़बारी होती रहती है और अत्यधिक ठण्ड पड़ती है। उस समय पाकिस्तान की रणनैतिक स्थिति भारत से बहुत बेहतर थी, क्योंकि पाकिस्तान के सैनिक, भारतीय क्षेत्र में अतिक्रमण करके पहले से ही ऊँचाई के स्थानों पर क़ाबिज़ हो गए थे जब ठण्ड के मौसम के आने पर भारतीय सेना के जवान वहाँ से नीचे के स्थानों पर, हमेशा की तरह, उतर आए थे। उन ऊँचे स्थानों पर पहुँचने के लिए भारतीय सेना को दुर्गम हिमशिखरों पर नीचे से ऊपर की ओर चढ़ाई करनी थी। इसके अलावा, ख़राब ठंडा मौसम भी एक बड़ी चुनौती था। अत्यधिक ठंड, ऊँचाई के कारण ऑक्सीजन की कमी और भारी बर्फ़बारी ने भारतीय सैनिकों के लिए युद्ध की परिस्थितियों को और भी कठिन बना दिया था।

इस युद्ध के दौरान भारत ने कूटनैतिक रूप से पाकिस्तान को अंतरराष्ट्रीय स्तर पर अलग-थलग कर दिया और विश्व समुदाय ने पाकिस्तान की इस घुसपैठ की कड़ी निंदा की। जुलाई 1999 तक भारतीय सेना ने कारगिल की अधिकांश महत्वपूर्ण पोस्टों को पुनः हासिल कर लिया। 26 जुलाई 1999 को भारत ने कारगिल युद्ध में अपनी निर्णायक जीत की घोषणा की। इस दिन को अब हर साल "कारगिल विजय दिवस" के रूप में मनाया जाता है, जो भारतीय सेना के साहस और अद्वितीय बलिदान का प्रतीक बन गया है।

कारगिल युद्ध में भारतीय सेना ने न केवल अपनी रणनैतिक कौशल का परिचय दिया, बल्कि दुर्गम और ऊँचाई वाली पोस्टों पर दुश्मन को पराजित कर पाकिस्तानी सेना को वापस खदेड़ दिया। इस जीत ने भारतीय सेना की क्षमता और दृढ़ संकल्प को वैश्विक स्तर पर प्रमाणित किया। इसके बाद भारत ने अपनी सीमाओं की सुरक्षा को और सुदृढ़ किया और रक्षा संबंधी नीतियों में बड़े बदलाव किए, ताकि भविष्य में ऐसी घुसपैठों का सामना प्रभावी ढंग से किया जा सके। यह युद्ध भारत के लिए न केवल एक सैन्य जीत थी, बल्कि इसने भारत को वैश्विक मंच पर एक मजबूत और निर्णायक राष्ट्र के रूप में स्थापित किया।

कारगिल युद्ध के विषय में सोचते हुए बिरू को वह दुर्भाग्य पूर्ण दिन भी याद आ गया जब भारत की संसद पर कुछ आतंकवादियों द्वारा हमला किया गया था। 13 दिसंबर 2001 का दिन भारतीय लोकतंत्र के इतिहास में एक गहरे आघात के रूप में दर्ज है। संसद पर हुए इस दुस्साहस पूर्ण हमले ने देश को झकझोर दिया और देश की तत्कालीन सुरक्षा-व्यवस्था पर कई सवाल खड़े किए। हमला संसद-सत्र के समाप्ति के कुछ ही समय बाद हुआ, जब कई सांसद और सुरक्षाकर्मी परिसर में मौजूद थे। आतंकवादी सफेद एम्बेसडर कार में आए, जो देखने में सरकारी वाहन की तरह प्रतीत हो रही थी। वे संसद भवन के प्रवेश द्वार तक पहुँचे और सुरक्षा कर्मियों पर गोलीबारी शुरू कर दी। यह हमला कुछ ही मिनटों में तीव्र और घातक बन गया। आतंकवादियों ने संसद परिसर के भीतर बम विस्फोट करने और अधिक से अधिक जनहानि करने का प्रयास किया, परंतु सुरक्षा बलों ने तत्काल कार्रवाई करते हुए आतंकवादियों को परिसर के भीतर प्रवेश करने से रोक दिया। आतंकवादियों के हमले एवं सुरक्षा बलों की कार्यवाई के दौरान पांच आतंकवादी मारे गए और नौ सुरक्षा कर्मी वीरगति को प्राप्त हुए।

इस हमले का मुख्य उद्देश्य भारतीय लोकतंत्र के प्रतीक स्थल पर हमला करके देश में भय और अव्यवस्था फैलाना था। माना जाता है कि हमले के पीछे जैश-ए-मोहम्मद और लश्कर-ए-तैयबा जैसे आतंकवादी संगठनों का हाथ था, जिनका उद्देश्य भारतीय सरकार को दबाव में लाना और आतंकवाद को बढ़ावा देना था। संसद पर हमले के दौरान संसद

परिसर के बाहर तैनात सुरक्षाकर्मियों ने तुरंत मोर्चा संभाला और आतंकियों को संसद में प्रवेश करने से रोका। इस घटना के बाद भारतीय सुरक्षा तंत्र में कई सुधार किए गए। संसद की सुरक्षा को और मजबूत किया गया और पूरे देश में सुरक्षा मानकों को उन्नत किया गया। संसद भवन और अन्य महत्वपूर्ण स्थलों पर सुरक्षा उपकरणों और प्रक्रियाओं का पुनर्मूल्यांकन किया गया और उन्हें आधुनिक तकनीकों से सुसज्जित किया गया।

इस हमले के बाद अफ़ज़ल गुरु को मुख्य आरोपी के रूप में गिरफ़्तार किया गया और उस पर संसद हमले की साजिश रचने का आरोप लगाया गया। अफ़ज़ल गुरु को 2002 में निचली अदालत ने फांसी की सजा सुनाई, जिसे उच्चतम न्यायालय ने 2004 में बरकरार रखा। हालाँकि, अफ़ज़ल गुरु का मामला विवादों में रहा और इसकी वैधता को लेकर कई तर्क-वितर्क हुए। अंततः 9 फरवरी 2013 को तिहाड़ जेल में अफ़ज़ल गुरु को फांसी दे दी गई।

संसद पर हमले ने भारतीय राजनीति, समाज और अंतर्राष्ट्रीय संबंधों पर गहरा प्रभाव छोड़ा। इस घटना के बाद भारत ने आतंकवाद के ख़िलाफ़ अपनी नीतियों को और सख्त किया और पाकिस्तान पर दबाव बढ़ाया, क्योंकि माना जा रहा था कि इस हमले के पीछे सीमा पार से आतंकवादी संगठन सक्रिय हैं। भारत-पाक संबंधों में तनाव बढ़ा और भारतीय जनता में भी आतंकवाद के प्रति जागरूकता बढ़ी।

कारगिल युद्ध कर संसद पर हुए हमले पर गंभीरता पूर्वक विचार करने से बिरू को लगा कि भारत की सुरक्षा के लिए यह आवश्यक है कि देश अपने बाह्य और आतंरिक शत्रुओं से सजग रहे और उनकी खुली और छद्म दोनों तरह की गतिविधिओं पर सतर्क दृष्टि रखे। इनमें ज़रा सी भी लापरवाही से देश की सुरक्षा और संप्रभुता को ख़तरा उत्पन्न हो सकता है। देश के दुश्मन बहुत शातिर और धूर्त हैं अत: उनकी प्रत्यक्ष गतिविधियों और अप्रत्यक्ष चालों का जवाब बहुत सतर्कता, चालाकी और हिम्मत से देना होगा। स्वतन्त्रता, समानता और बंधुत्व की त्रिवेणी तभी सुचारु ढंग से प्रवाहित होगी जब हमारा देश बाह्य शत्रुओं और आतंरिक विघटनकारी शक्तियों से सुरक्षित हो सकेगा।

40.

कलकत्ता, जहाँ सूर्योदय कुछ पहले होता है

बेटे कुंदन की आई पी एस सेवा का काडर पश्चिम बंगाल होने के कारण बिरू को कई बार कलकत्ता जाने का अवसर मिला और वहाँ उन्होंने कई बार लंबी अवधि तक प्रवास किया। कुंदन ने उन्हें कलकत्ता के लगभग सभी प्रमुख धार्मिक स्थलों का भ्रमण कराया। वहाँ के संतों से उन्होंने व्यक्ति, संसार और ईश्वर के गहन विषयों पर चर्चा की, जो उनकी आध्यात्मिक, राजनैतिक और सामाजिक समझ को समृद्ध करने वाला अनुभव रहा।

कलकत्ता लंबे समय तक भारत का औद्योगिक केंद्र रहा है, और आज भी यह भारत के सबसे व्यस्ततम और सबसे पुराने बंदरगाहों में से एक, कलकत्ता बंदरगाह का मुख्यालय है। यह बंदरगाह पूर्वी भारत का एक प्रमुख वाणिज्यिक केंद्र है। ब्रिटिश शासनाधीन भारत की राजधानी रह चुका कलकत्ता आज भी अपने सांस्कृतिक, साहित्यिक और ऐतिहासिक योगदान के कारण भारत का प्रमुख महानगर है। इस शहर की आत्मा इसके जीवन, कला, साहित्य, और संगीत में बसती है, जबकि इसके ऐतिहासिक स्थल और धरोहरें इसकी भव्यता और गौरवशाली इतिहास को संजोए हुए हैं। चाहे स्वतंत्रता-संग्राम का इतिहास हो, साहित्य और कला का योगदान हो या धर्म और संस्कृति का प्रसार, कलकत्ता ने जीवन के प्रत्येक संवेदनशील क्षेत्र में अपनी विशिष्ट पहचान बनाई है।

पश्चिम बंगाल की बौद्धिक, धार्मिक और आध्यात्मिक प्रतिभा विश्व में अपनी अलग पहचान रखती है। यह भूमि अद्वितीय मस्तिष्कों की जननी रही है, यहाँ के नोबेल पुरस्कार विजेताओं ने अंतरराष्ट्रीय स्तर पर पश्चिम बंगाल और भारत का नाम रोशन किया। गुरुदेव रवींद्रनाथ ठाकुर, जिन्होंने 1913 में साहित्य के क्षेत्र में नोबेल पुरस्कार प्राप्त कर पहले गैर-

यूरोपीय नोबेल विजेता होने का गौरव प्राप्त किया, पश्चिम बंगाल की बौद्धिक क्रांति के एक प्रमुख ध्वजवाहक हैं।

विश्व को पश्चिम बंगाल का योगदान केवल नोबेल पुरस्कारों तक ही सीमित नहीं है, यह भूमि आध्यात्मिकता और दार्शनिकता का भी केंद्र रही है। यहाँ से सम्बंधित श्री चैतन्य महाप्रभु, श्री रामकृष्ण परमहंस, स्वामी विवेकानंद और श्री प्रभुपाद जैसे संतों और गुरुओं ने ऐसी आध्यात्मिक शिक्षाएँ दीं जो न केवल पश्चिम बंगाल, बल्कि पूरे विश्व में मानवीय चेतना के स्तर को उठाने का कार्य करती रही हैं। उनकी उच्च स्तरीय चेतना ने अनगिनत लोगों को प्रेरणा दी है और उनकी शिक्षाओं ने समाज को भक्ति, प्रेम, करुणा और सेवा के मार्ग पर अग्रसर किया है।

बिरू सोचते हैं कि यह कैसी विडम्बना है कि इस अक्षय आध्यात्मिक, बौद्धिक और सांस्कृतिक, संपदा के होने के बावजूद, पश्चिम बंगाल राजनैतिक, सामाजिक और आर्थिक समस्याओं और चुनौतियों से जूझ रहा है। उपजाऊ भूमि और स्वास्थ्यवर्धक जलवायु होने के बावजूद यहाँ से ग़रीबी, सामाजिक भेदभाव और राजनीतिक स्वार्थ समाप्त नहीं हो सके हैं। ये समस्याएँ बंगाल के समाज की आभामय आत्मा पर छाया-सी डालती रहती हैं और इसके आतंरिक ज्ञान के प्रकाश को भी धूमिल करती रहती हैं।

पश्चिम बंगाल के सामाजिक जीवन के इन्द्रधनुष में उच्च बौद्धिक ज्ञान के विभिन्न चमकदार रंगों के साथ ही अति आत्मसंतुष्टि, अति संयम और किंचित जड़ता के धूसर रंग भी परिलक्षित होते हैं जिनके कारण इस इन्द्रधनुष की आभा कुछ मध्यम हो जाती है। ऐसा लगता है, जैसे कि यहाँ के भौतिक जीवन में सामान्य व्यक्तियों (Common men) का प्रयास अक्सर केवल मूलभूत आवश्यकताओं की पूर्ति होने तक ही सीमित रह जाता है और किसी प्रकार यदि यह आवश्यकताएं पूरी हो जाएं, तो वे प्राय: और अधिक प्राप्ति की आकांक्षा के प्रति लगाव नहीं रखते। अतीत के गौरव और वर्तमान की चुनौतियों के बीच झूलते हुए, पश्चिम बंगाल एक ऐसा प्रदेश है जो अपने बौद्धिक और आध्यात्मिक धरोहर को तो संजोए है, किंतु भौतिक जीवन में प्रगति हेतु वंछित स्तर से उत्सुक एवं प्रयत्नशील नहीं लग रहा है।

बिरू को लगता है पश्चिम बंगाल के जनसाधारण के सार्वजनिक जीवन में भी अति आत्मसंतुष्टि, अतिसंयम और किंचित जड़ता के रंग गहराई से रचे–बसे हैं। यहाँ सामान्य जीवन की गति अपेक्षाकृत धीमी है। व्यापार और उद्योग के छोटे-बड़े कार्यस्थलों में लम्बे दोपहर के भोजन के अवकाश की परम्परा और सरकारी कार्यालयों में मुखर-सी सुस्त कार्यशैली पश्चिम बंगाल के सामान्य दैनिक जीवन की परिचायक-सी हैं। कई बार ऐसा भी

देखा जाता है कि किसी दरोगा ने खाना खाने के लिए अपना टिफिन खोलना प्रारम्भ कर दिया है और इसी बीच अगर उसके एस पी का फोन आ जाता है तो अपने एस पी को यह बताकर कि उसने अपना टिफिन खोल लिया है, वह खाना शुरू कर देता और अपना खाना पूरा खाने के बाद ही अपने एस पी से काम के बारे में पूछता है। आश्चर्यजनक सहनशीलता के साथ बंगाल की अधिकांश जनता इस आरामदायक परन्तु धीमी जीवन-शैली को अपनाए हुए है, मानो जीवन की लय में सामूहिक रूप से किंचित आलस्य जनित सुख की धारा रच-बस गई हो।

पश्चिम बंगाल जो सांस्कृतिक, धार्मिक और बौद्धिक संपन्नता से समृद्ध है, आज अपने ऐतिहासिक गौरव और समकालीन राजनैतिक, सामजिक एवं आर्थिक चुनौतियों के बीच खड़ा है। इसके अद्वितीय अतीत की झलक यहाँ की कला, साहित्य और आध्यात्मिकता में स्पष्ट दिखाई देती है, फिर भी यह क्षेत्र कई प्रकार की सामाजिक, राजनीतिक और आर्थिक समस्याओं से जूझ रहा है। पश्चिम बंगाल ने, युगों से, महान दार्शनिकों, विचारकों, कवियों और आध्यात्मिक गुरुओं को पोषित किया है, लेकिन ऐसा लगता है कि सांस्कृतिक और बौद्धिक उन्नति के बावजूद पश्चिम बंगाल के लोग औद्योगिक विकास और आर्थिक स्थिरता को उचित प्राथमिकता नहीं दे सके, जो इसके आर्थिक समृद्धि के लिए आवश्यक थी। इस संतुलनहीनता का परिणाम आज भी राज्य के सामाजिक, राजनैतिक एवं आर्थिक जीवन में देखा जा सकता है।

पश्चिम बंगाल के सामान्य लोग जो ग़रीबी, बेरोज़गारी, आर्थिक विषमता, और संसाधनों की कमी जैसी कठिनाइयों से जूझ रहे हैं, केवल वर्तमान शासकीय और प्रशासनिक असफलताओं के परिणाम नहीं भोग रहे हैं, बल्कि ये समस्याएँ दीर्घकालीन शोषण और अनुचित शासकीय नीतियों का परिणाम हैं। औपनिवेशिक काल में बंगाल के संसाधनों का अंधाधुंध दोहन, स्वतंत्रता-प्राप्ति के बाद की स्वार्थगत राजनैतिक उथल-पुथल और वामपंथी राजनैतिक नेताओं के द्वारा की गयी वामपंथ की स्वार्थगत एवं अपरिपक्व व्याख्या के परिणामस्वरूप हुई औद्योगिकीकरण की उपेक्षा ने बंगाल के आर्थिक परिदृश्य को जर्जर कर दिया है। यहाँ की आध्यात्मिक और बौद्धिक संपन्नता के बावजूद उचित एवं आवश्यक कार्य-संस्कृति, औद्योगिक विकास और आधारभूत ढांचे की कमी इस क्षेत्र को, देश के विकसित क्षेत्रों से पीछे करती रही है।

बिरू जब इन समस्याओं के समाधान के विषय में सोचते हैं तो उन्हें लगता है कि पश्चिम बंगाल की समस्याओं का समाधान केवल आर्थिक नीतियों में बदलाव से संभव नहीं है; इसके लिए एक बहुआयामी दृष्टिकोण, श्रम एवं उद्यमिता के प्रति जनजागरण और संयमित-क्रांतिकारी बदलाव की आवश्यकता है। यह बदलाव ऐसा हो जो बंगाल की

आध्यात्मिक और बौद्धिक धरोहर को सहेजते हुए आवश्यक भौतिक, औद्योगिक और आर्थिक विकास की ओर इस क्षेत्र एवं देश को उन्मुख कर सके।

औद्योगिक संरचनाओं का आधुनिकीकरण, आधारभूत ढांचे में सुधार और व्यवसायों के लिए अनुकूल वातावरण तैयार कर, राज्य की आर्थिक क्षमता का समुचित उपयोग किया जा सकता है। बंगाल को अपनी सांस्कृतिक विरासत के साथ क़दम से क़दम मिलाते हुए कौशल विकास, उद्यमिता और व्यवसाय को बढ़ावा देने वाले नीति-निर्माण में अग्रसर होना होगा, ताकि यह ऐतिहासिक भूमि पुनः आर्थिक विकास के मार्ग पर गतिशील हो सके और एक उज्ज्वल भविष्य की दिशा में प्रगति कर सके।

बिरू मानते रहे हैं कि प्रगति की यात्रा में केवल ज्ञान ही पर्याप्त नहीं है। ज्ञान जितना महत्त्वपूर्ण होता है उसे धरातल पर स्पष्ट दिखने वाले कार्यों के साथ जोड़ना भी उतना ही आवश्यक होता है, ताकि वह मानवजीवन में वास्तविक परिवर्तन ला सके। बिना कार्य के ज्ञान व्यर्थ है, और बिना ज्ञान (समझ और अंतर्दृष्टि) के किया गया कार्य विनाशकारी हो सकता है। बंगाल, जो अपनी बौद्धिक और आध्यात्मिक विरासत के लिए प्रसिद्ध है, को अपनी उद्देश्यपूर्ण कर्म की भावना को पुनर्जीवित करना होगा। यहाँ के संतों और दार्शनिकों की शिक्षाएँ, जिन्होंने सदैव अर्थ, धर्म और कर्म के उचित समन्वय पर ज़ोर दिया है, को जनजीवन से सम्बद्ध कार्यों में उतारना होगा और स्वामी विवेकानंद के सुझाए कर्मयोग के मार्ग का अनुसरण करना होगा।

अंततः, पश्चिम बंगाल विरोधाभासों की भूमि है—यह ऐसा स्थान है जहाँ उच्च स्तर का बौद्धिक और आध्यात्मिक ज्ञान; सामाजिक, राजनैतिक और आर्थिक चुनौतियों के साथ सह-अस्तित्व में है। इस क्षेत्र ने दुनिया को महान आध्यात्मिक अंतर्दृष्टि, अतुलनीय ज्ञान, उत्कृष्ट कलात्मक क्षमता और अत्यंत उपजाऊ भूमि दी है। पश्चिम बंगाल में आध्यात्मिक और भौतिक प्रगति की अपार संभावनाएँ निहित हैं; आवश्यकता है तो केवल उन संभावनाओं पर कार्य करने की इच्छाशक्ति विकसित करने की एवं तत्परता से उसके अनुरूप कार्य करने की, ताकि यहाँ के विशाल ज्ञान-भंडार और उर्वरक क्षमता को सार्थक प्रगति में परिवर्तित किया जा सके। बीरू का दृढ विशवास है कि ज्ञान और कर्म के उचित मेल से ही पश्चिम बंगाल फिर से समग्र प्रगति की राह पर अग्रसर हो सकेगा, चिंतन एवं कार्य दोनों ही क्षेत्रों में एक अग्रणी भूमिका निभा सकेगा एवं एक ऐसा भविष्य गढ़ सकेगा जो इसके अतीत का सम्मान करता हो और आने वाले कल की संभावनाओं को कार्यरूपी परिणाम में परिणित कर सके।

41.

भारतीय दर्शन, संस्कृति और सभ्यता

कलकत्ता प्रवास के दौरान, जब भी बिरेन्द्र प्रसाद जी को किसी मंदिर में जाने का अवसर मिला, वह उन मंदिरों के पुजारियों और संतों से मानव-जीवन, जीवन के उद्देश्य, तथा धर्म, अर्थ, काम और मोक्ष के बारे में चर्चा करते थे। उनके पुत्र कुंदन के उच्च सरकारी पद के कारण सभी विद्वान, पुजारी और संत उन्हें पर्याप्त समय देते थे और उनके प्रश्नों के उत्तर विस्तार से देकर उन्हें अच्छी तरह समझाते थे। उनसे बिरेन्द्र प्रसाद जी ने वेदान्त की विभिन्न शाखाओं और उनके चिंतन के तरीकों के बारे में गहन जानकारी प्राप्त की। यह जानकर उन्हें सुखद आश्चर्य हुआ कि वेदान्त दर्शन में वर्तमान समय की सभी समस्याओं के सटीक और सहज समाधान मौजूद हैं। यह और भी अधिक चकित करने वाला है कि हम उन सिद्धांतों को समझने और अपने जीवन में उतारने का प्रयास क्यों नहीं करते?

कलकत्ता के वेदांत दर्शन के विद्वानों ने बिरेन्द्र प्रसाद जी को बताया कि वेदान्त दर्शन का सार यह है कि सभी व्यक्ति मूल रूप से समान हैं, और सबका एकमात्र आधार है—ब्रह्म। वेदांत दर्शन के अनुसार ब्रह्म सत्य है और जगत मिथ्या है परन्तु मिथ्या क़ा अर्थ असत्य नहीं होता है। मिथ्या का अर्थ होता है जैसा दिखता है, वास्तव में वैसा न होना। ब्रह्म की शक्ति माया के द्वारा संसार की उत्पत्ति ब्रह्म से ही होती है। संसार परिवर्तनशील है। समय के साथ इसमें विकार उत्पन्न हो जाते हैं। ब्रह्म सत्य, ज्ञान (चेतन) और अनंत है। ब्रह्म सत्य है, चेतन है और आनंद है। संसार, भौतिक नियमों से संचलित होता है, और संसार में रहते हुए भौतिक नियमों की उपेक्षा नहीं की जानी चाहिए। मोक्ष का अर्थ है ज्ञान की प्राप्ति अर्थात् अज्ञानता का नाश।

अज्ञानता के कारण व्यक्ति अहंकार से ग्रसित होता है, जिससे उसमें स्वार्थ, आलस्य, मोह, क्रोध और अन्य विकार उत्पन्न होते हैं। अहंकार और उससे उत्पन्न स्वार्थ के कारण

वह स्वयं को दूसरों से अलग समझने लगता है। इसी अज्ञानता के कारण व्यक्ति और समाज को दुःख झेलना पड़ता है। वेदांत दर्शन के अनुसार, ज्ञान प्राप्त करने से अज्ञानता दूर होती है और व्यक्ति ज्ञान के प्रकाश में जीवन का सही मार्ग खोज पाता है।

वह कार्य उचित होता है जिससे मानवता का भला हो। जो भी कार्य किया जाए वह परहित में हो, इससे बड़ा कोई धर्म नहीं है और परपीड़ा से बड़ा कोई अधर्म नहीं है। धर्म, जीवन जीने का सुविचारित तरीका है। जो कार्य परहित में होते हैं वह धर्म की दृष्टि से उचित होते हैं और जो कार्य परपीड़ा के होते हैं वह अधर्म के कार्य होते हैं।

इन विद्वानों ने बिरेन्द्र प्रसाद जी को वेदों के महावाक्यों यथा—'सर्वं खलु इदं ब्रह्म', 'तत् त्वम् असि' एवं 'अहं ब्रह्मास्मि' की विस्तृत व्याख्याओं के माध्यम से वेदों में निहित स्वतंत्रता, समानता एवं बधुत्व की अवधारणा को स्पष्ट किया। उनके अनुसार देशकाल के अनुसार समाज में विभिन्न पंथों का प्रादुर्भाव होता है और उनके अनुसार लोग जीवन में अपने-अपने कार्य करते हैं। परन्तु प्रत्येक कार्य को परहित की कसौटी पर खरा उतरना होगा तभी वह कार्य धर्म के अनुसार होना कहलाएगा।

जब व्यक्ति निस्वार्थ भाव से, विश्व-कल्याण के उद्देश्य से कार्य करता है, तो समाज में सामंजस्य और सौहार्द स्थापित होता है। इससे शांति का वातावरण निर्मित होता है और व्यक्तिगत तथा सामाजिक उन्नति संभव होती है। इस प्रक्रिया का परिणाम अंततः व्यक्तिगत और सामाजिक उन्नति एवं आनंद के रूप में प्राप्त होता है।

इस प्रकार, वेदान्त दर्शन व्यक्ति और समाज दोनों के लिए समानता, स्वतंत्र चिंतन, सामाजिक सौहार्द, समृद्धि और जीवन में आनंद का मार्ग प्रशस्त करता है। यह दर्शन वर्तमान जीवन की सभी जटिलताओं के समाधान का एक सरल और सार्थक मार्ग है, जो हमें आत्म-ज्ञान, सामूहिक उन्नति और परम आनंद की दिशा में प्रेरित करता है।

अब तक के अपने जीवन और अनुभवों पर जब बिरेन्द्र प्रसाद जी ने विचार किया तो उन्हें अपने देश की विविधता अत्यंत प्रिय लगी। इस विविधता ने उन्हें वेदवाक्य 'एको हं बहुस्याम' की याद दिलाई, जिसका अर्थ है कि सारा चराचर जगत एक और केवल एक ब्रह्म का ही विस्तार है। अगर भगवान राम में ब्रह्म की शक्ति थी, तो असुर रावण में भी वही शक्ति शिव (ब्रह्म) से प्राप्त थी। रावण को पराजित करने के लिए राम को उससे भी अधिक कठिन आराधना करनी पड़ी थी। यह सिद्ध करता है कि किसी भी बड़े कार्य को करने के लिए सुनियोजित ढंग से कड़ी मेहनत करने की आवश्यकता होती है। जितना महान कार्य करना होता है, उसको करने लिए उतने ही उच्च स्तर का प्रयास हमको करना पड़ता है।

विद्वानों ने उनको यह भी समझाया कि संस्कृति एक गतिक (Dynamic) अवधारणा

है जिसमें समय के साथ परिवर्तन होते रहते हैं। किसी समय-अवधि में भी किसी देश की संस्कृति में सकारात्मक एवं नकारात्मक दोनों प्रवृत्तियों का समावेश होता है और समय के साथ इनका अनुपात बदलता रहता है। किसी विशेष समय-अवधि में इन दोनों प्रवृत्तियों के अनुपात से उस समय-अवधि की संस्कृति का आकलन किया जा सकता है। भारत की संस्कृति में पूर्व वैदिक काल, उत्तर वैदिक काल, मौर्य काल, गुप्ता काल, मध्य काल एवं आधुनिक काल की समय-अवधियों में बदलाव आते रहे हैं।

किसी देश की संस्कृति उसके लोगों की जीवन शैली होती है। यह संस्कृति उस देश के साहित्य, कला, संगीत, रीति-रिवाज, अनुष्ठान, रंगमंच और सामाजिक जीवन से परिलक्षित होती है। किसी देश की संस्कृति, उस देश की परिस्थितियों पर निर्भर होती है और समय के साथ इसकी गुणवत्ता में विकास अथवा ह्रास होता रहता है। संस्कृति की गुणवत्ता में होने वाला विकास अथवा ह्रास उस देश की भौगोलिक परिस्थितियों, ऐतिहासिक घटनाओं और स्थानीय लोगों के प्रयासों पर निर्भर करता है। इसे समझने के लिए उस देश के दर्शन, साहित्य और सोच का गहन अध्ययन आवश्यक है। समय-समय पर देश की संस्कृति का मूल्यांकन, शाश्वत मानवीय मूल्यों के आधार पर, होते रहना चाहिए अन्यथा इसके विकास का प्रवाह या तो अवरुद्ध हो जाता है अथवा प्रतिगामी हो जाता है।

किसी समय, देशकाल की तात्कालिक परिस्थितियों के कारण सती, बाल-विवाह, पर्दा, कन्या-भ्रूण हत्या आदि की प्रथाएं समाज के कुछ व्यक्तियों के द्वारा आवश्यक समझी गईं होंगी और शेष व्यक्तियों के द्वारा किसी मजबूरी वश इनका विरोध नहीं किया गया होगा, परन्तु प्रत्येक देश-काल के लिए यह प्रथाएं उपयोगी नहीं हो सकतीं। समय के बदलने के साथ भारत में भी इन प्रथाओं में परिवर्तन की आवश्यकता को महसूस किया गया और इनको दूर करने के प्रयास किए गए।

यहाँ यह भी उल्लेखनीय है कि जब-जब किसी कुप्रथा के विरुद्ध गंभीर आवाज़ें उठी, समाज के एक हिस्से ने इनके समर्थन में भी आवाजें उठाईं और इन कुप्रथाओं को समाप्त करने में समाज के सुधारवादी विचारों वाले हिस्से को दीर्घकालिक संघर्ष करने पड़े। अत: समाज के प्रबुद्ध नागरिकों का यह दायित्व है की वह समाज में विकसित होते रहने वाली नकारात्मक प्रवृत्तियों पर निरंतर नज़र रखें और उनको नियंत्रित एवं समाप्त करने की कोशिश करते रहें।

भारतीय लोगों ने अपनी भौगोलिक परिस्थितियों, बाहरी संपर्कों और प्रगति के लिए किए गए प्रयासों के माध्यम से एक विशिष्ट जीवन शैली विकसित की। यह जीवन-शैली भारतीय दर्शन, साहित्य, कला, संगीत, नृत्य और नाट्य रूपों में स्पष्ट रूप से दिखाई

देती है। भारत की प्राचीन संस्कृति की प्रमुख सकारात्मक विशेषताएँ हैं: ज्ञान के प्रति प्रेम, स्वतंत्र सोच, अभिव्यक्ति की स्वतंत्रता, अन्य मतों के प्रति सहिष्णुता, समावेशिता, प्रतिकूल परिस्थितियों का सामना करने का साहस, समानता की भावना, बंधुत्व, कमज़ोर और निर्धन के प्रति सहानुभूति, मानवता और जीव-जगत के प्रति प्रेम और करुणा आदि।

भारत की प्राचीन संस्कृति की सकारात्मक प्रवृत्तियों में न केवल सभी जीवित प्राणियों के प्रति प्रेम है, बल्कि निर्जीव वस्तुओं के प्रति भी अपनेपन की प्रवृत्ति विद्यमान है। भारत की प्राचीन संस्कृति जीवन की वास्तविक परिस्थितियों में कर्म, प्रगति एवं संतुष्टि की शिक्षा देती है। यह ईश्वर के प्रति आस्था, धर्म में विश्वास, और रीति-रिवाजों के सम्मान की भावना को भी प्रकट करती है। इसके साथ ही भारतीय संस्कृति में कतिपय नकारात्मक प्रवृत्तियाँ भी दृष्टिगोचर होती हैं।

भारतीय संस्कृति, विश्व की सबसे प्राचीन और समृद्ध संस्कृतियों में से एक है। प्रारंभ से ही भारत दर्शन, विज्ञान, साहित्य, कला, नाटक, संगीत और अन्य सांस्कृतिक क्षेत्रों में अग्रणी रहा है। दर्शन के क्षेत्र में, भारतीय दर्शन की सभी प्रमुख शाखाओं का पर्याप्त विकास ईसा पूर्व छठी शताब्दी तक हो गया था, जबकि शेष विश्व उस समय तक दर्शन के क्षेत्र में बाल्यकाल में ही था। भारत ने चिकित्सा के क्षेत्र में सुश्रुत और चरक जैसी प्रतिभाओं को जन्म दिया, गणित के क्षेत्र में भारत में भास्कर, वराहमिहिर और ब्रह्मगुप्त जैसे महान गणितज्ञों का उदय हुआ, आर्यभट्ट जैसे खगोलशास्त्री और पाणिनि जैसे व्याकरणविद् भारत की सांस्कृतिक धरोहर हैं। भरत मुनि को नाटक, नृत्य और संगीत का जनक माना जाता है। प्राचीनकाल और मध्यकाल में रचित संस्कृत साहित्य, आज भी विश्व के सर्वोत्तम साहित्यों में माना जाता है। अन्य भारतीय भाषाओं का साहित्य भी प्राचीन काल से ही अत्यंत समृद्ध रहा है, जो भारत की सांस्कृतिक विविधता और विषयों की गहराई को दर्शाता है।

भारत एक विशाल देश है, जिसकी आबादी विश्व में द्वितीय स्थान पर है। इसकी विविधताएँ अद्वितीय हैं और इसकी सभ्यता विश्व की प्राचीनतम सभ्यताओं में से एक है। परिणामस्वरूप, इसकी समस्याएँ भी अत्यधिक जटिल और व्यापक हैं, उन्हें समझना और उनका समाधान खोजना आसान नहीं है। हम इस देश के नागरिक हैं, और इसलिए इसकी संस्कृति को सही रूप में समझकर, इसकी समस्याओं की जटिलता को भली-भाँति पहचान कर, हमें ही उनके समाधान के लिए प्रयास करने होंगे।

जब अंग्रेज भारत आए, तो यह दुनिया का सबसे समृद्ध देश था। सर थॉमस रो, जो ब्रिटिश राजा का प्रतिनिधित्व कर रहे थे और जहांगीर के शासनकाल में भारत आए थे, ने

लिखा है कि भारत समृद्ध और सम्पन्न था और यह सभी आवश्यक वस्तुओं का उत्पादन कर रहा था। वह इस बात को लेकर उलझन में थे कि व्यापार हेतु यूरोप से भारत को क्या निर्यात किया जा सकता है?

शाहजहाँ के शासनकाल तक, भारत वैश्विक सकल घरेलू उत्पाद में लगभग एक-तिहाई का योगदान देता था। मौर्य और गुप्त साम्राज्यों के दौरान, भारत का वैश्विक सकल घरेलू उत्पाद में योगदान और भी अधिक रहा होगा, क्योंकि उस समय शेष विश्व, अपेक्षाकृत अविकसित और निर्धन था। प्रारंभिक मध्यकाल तक, भारत की आर्थिक स्थिति वैश्विक स्तर पर सर्वोच्च बनी रही, और सांस्कृतिक क्षेत्रों में भी भारत अग्रणी रहा।

हालांकि, यूरोपीय संस्कृति और अर्थव्यवस्था ने बाद के मध्यकाल में गति पकड़ी और आधुनिक युग में अपने चरम पर पहुंच गई। इसी अवधि में, विशेष रूप से ब्रिटिश उपनिवेशवाद के कारण भारतीय अर्थव्यवस्था और संस्कृति को गहरा आघात लगा। ब्रिटिश शासन के दौरान भारतीय संसाधनों की अंधाधुंध लूट और अत्यधिक दोहन के कारण भारत को अपार नुकसान हुआ।

अंग्रेजों ने भारत में अंग्रेजी भाषा दी और नई शिक्षा प्रणाली लागू की, सड़कों और रेलवे का निर्माण किया और संचार के आधुनिक साधन स्थापित किए। उन्होंने आधुनिक विज्ञान और प्रौद्योगिकी की शुरुआत की और भारतीयों को यूरोपीय दर्शन और संस्कृति से परिचित कराया। ये कार्य मुख्यतः भारतीय संसाधनों की लूट को सुनिश्चित करने के लिए किए गए। अंग्रेजों के शासन की शुरुआत में भारत का विश्व की सकल घरेलू उत्पाद में योगदान 27% था, लेकिन जब उन्होंने भारत छोड़ा, तो यह घटकर 2 % से भी कम रह गया था।

स्वतंत्रता प्राप्ति के बाद भारतीय अर्थव्यवस्था ने पुनः गति पकड़ी है और भारतीय संस्कृति के कई अन्य क्षेत्रों में भी विकास का नया दौर शुरू हुआ है। वर्तमान में, भारत सबसे अधिक संख्या में इंजीनियर, मेडिकल स्नातक, खगोलशास्त्री, वैज्ञानिक और गणितज्ञ तैयार कर रहा है। संस्कृति के अन्य क्षेत्रों में भी भारत धीरे-धीरे अपना खोया हुआ गौरव पुनः प्राप्त कर रहा है और विश्व-मंच पर अपनी विशिष्ट पहचान पुनः स्थापित कर रहा है।

वैश्विक स्तर पर उसी चीज़ की मांग होती है जो अन्य देशों में निर्मित उस चीज़ से अपेक्षाकृत गुणवत्ता में उच्च और लागत में कम होती है, इसलिए देश में दी जा रही शिक्षा, कुशलता एवं तकनीक के स्तर को लगातार सुधारते रहने के प्रयास करने होंगे, तभी हम उच्च गुणवत्ता की वस्तुएं अपेक्षाकृत कम लागत में निर्मित कर पाएंगे, और तभी भारत विश्व की उच्च स्तर की अर्थव्यवस्था वाला देश बन पाएगा।

भारतीयों के उच्च बौद्धिक स्तर, बहादुरी और जीवंत संस्कृति की प्रशंसा करते समय

यह नहीं भूलना चाहिए कि भारत को लगभग एक हजार वर्षों तक विदेशी शासकों की आधीनता सहनी पड़ी। इन शासकों ने न केवल भारत की अर्थव्यवस्था को छिन्न-भिन्न किया, बल्कि उसकी सांस्कृतिक धरोहर को भी कमज़ोर करने का प्रयास किया।

जब कोई देश पराधीन होता है, तो वहाँ के लोगों का जीवन उसके शासकों के द्वारा नियंत्रित होता है। इसके परिणामस्वरूप देश की अर्थव्यवस्था और संस्कृति को गंभीर क्षति पहुँचती है। विदेशी शासक जानते थे कि यदि पराधीन लोगों के साहस और स्वाभिमान को बढ़ने दिया गया, तो उनके शासन के लिए ख़तरा उत्पन्न हो सकता है इसलिए, उन्होंने भारतीय संस्कृति को अपमानित करने और इसे कमज़ोर करने का सुनियोजित ढंग से प्रयास किया।

एक ओर, विदेशी शासक भारतीय संस्कृति की अवहेलना करने में लगे रहे, और दूसरी ओर, उन्होंने अपनी संस्कृति की श्रेष्ठता स्थापित करने का हर संभव प्रयास किया। वे यह सिद्ध करना चाहते थे कि वे एक श्रेष्ठ जाति (Higher race) से संबंधित हैं, और अपने शासन को बनाए रखने के लिए उन्होंने 'श्वेत व्यक्तियों का बोझ' ('White men's burden') जैसी अवधारणाएँ गढ़ीं। इन विचारों का उद्देश्य हमारे देश की संपत्ति को लूटना और उसकी संस्कृति पर आधिपत्य स्थापित करना था। ऐसे समय में, देश के लोगों को साहस और संगठित प्रयासों के द्वारा विदेशी शासकों की कुत्सित सोच पर विजय प्राप्त करने का मार्ग खोजना पड़ता है।

किसी भी विचार या भौतिक संरचना में आत्म-विनाश के बीज अंतर्निहित होते हैं। किसी भी विचार का जन्म होते ही उसके नष्ट होने की प्रक्रिया भी शुरू हो जाती है और इसी प्रकार जब कोई मूर्त संरचना निर्मित होती है, तो उसका विघटन भी उसके निर्मित हो जाने के क्षण से ही प्रारंभ हो जाता है। किसी विचार के लुप्त होने या किसी भौतिक संरचना के विघटन की गति आंतरिक और बाहरी कई कारकों पर निर्भर करती है। इन विघटनकारी कारकों को रोकने और उस विचार अथवा भौतिक संरचना को कुछ स्थायित्व प्रदान करने के लिए मानवीय प्रयास आवश्यक होते हैं। यह कार्य केवल सतत सुविचारित एवं सुनियोजित मानवीय प्रयासों से ही संभव है।

भारतीय इतिहास का अध्ययन करने पर यह स्पष्ट होता है कि विदेशी ताकतों ने भारतीय शासकों के ख़िलाफ़ अपनी लड़ाइयाँ मुख्यतः भारतीय शासकों के परिवार के ही कुछ स्वार्थी एवं अति महत्वाकांक्षी सदस्यों, रिश्तेदारों और सेना कमांडरों की षड्यंत्रकारी गतिविधियों, साज़िशों और विश्वासघाती कृत्यों के कारण जीतीं। इसके अतिरिक्त, भारतीय शासकों की हार का एक बड़ा कारण यह भी था कि उनकी सेनाओं के हथियार हमलावरों

की सेनाओं की तुलना में पुराने और कमज़ोर थे; उन्होंने विश्व की प्रगति की रफ़्तार से अपनी रफ़्तार नहीं मिलाई ; भारतीय शासकों ने युद्ध की तकनीकों और रणनीतियों में अनुसंधान एवं विकास को पर्याप्त महत्व नहीं दिया, जिससे उनकी सैन्य शक्ति विदेशी आक्रमणकारियों की शक्ति की तुलना में कमज़ोर पड़ी और आम जनता भी उन शासकों के प्रति उदासीन बनी रही क्योंकि वे भारतीय शासक सामान्य जनता के सामाजिक, आर्थिक और राजनीतिक कल्याण में अपेक्षित रुचि नहीं लेते थे।

भारतीय सुरक्षाबलों की क्षमता को सुधारकर बाह्य ख़तरों से और भारत के लोगों को आर्थिक, सामाजिक एवं राजनीतिक रूप से सशक्त बनाकर आतंरिक ख़तरों से भारतीय संस्कृति की रक्षा की जा सकती है। भारतीय संस्कृति को आतंरिक ख़तरों से बचाने के लिए, भारतीय समाज की दयनीय स्थिति के कारणों को दूर कर इसे पर्याप्त सबल एवं सक्षम बनाना, समाज में वैज्ञानिक दृष्टिकोण को बढ़ावा देना, समाज में मौज़ूद विभाजनकारी एवं शोषणकारी प्रवृत्तियों की पहिचान कर उनका गंभीरता एवं ज़िम्मेदारी के साथ विरोध करना आवश्यक है। देश की संस्कृति की रक्षा हेतु आवश्यक है कि समाज के द्वारा निरंतर ऐसे प्रयास किए जायं जिससे प्रत्येक नागरिक की मानवीय गरिमा सुनिश्चित हो सके, लोगों को अवसरों की समानता मिल सके और समाज के सभी वर्गों को उत्पादन एवं विकास के लाभ में उचित हिस्सेदारी मिल सके।

भारत की संस्कृति के संवर्धन हेतु देश में एक ऐसी व्यवस्था की आवश्यकता है जहाँ समाज के सबसे निचले स्तर पर मौजूद व्यक्ति को भी देश के प्राकृतिक संसाधनों एवं विकास का न्यायोचित लाभ मिल सके। इसके लिए देश में अवसरों में समानता के सिद्धांत को निरंतर सुनिश्चित किया जाना चाहिए क्योंकि समय के साथ समाज में असमानता स्वत: बढ़ती है। इसके साथ ही देश के अमीर वर्ग के लोगों को, वंचित वर्गों के लोगों की आवश्यकताओं के प्रति जागरूक रहना चाहिए और समानता सुनिश्चित करने का प्रयास करते रहना चाहिए। इस हेतु सामान्यतः सरकार को और विशेष रूप से नागरिक समाज को सतर्क रहना चाहिए, ताकि सामाजिक, राजनीतिक और आर्थिक क्षेत्रों में अलोकतांत्रिक, आपराधिक, विभाजनकारी और अनैतिक प्रवृत्तियों का समय रहते दृढ़ता के साथ दमन हो सके। दर्शन की विभिन्न शाखाओं में उल्लिखित शाश्वत मानवीय मूल्यों, मानवीय गरिमा, भाईचारे और सदियों पुराने ज्ञान की मानवीय और नैतिक समझ के अनुसार जीवन में अपने कार्यों को करके भारतीय संस्कृति को जहाँ बाहरी एवं भीतरी ख़तरों से संरक्षित किया जा सकता है वहीं उसे उचित प्रकार से संवर्धित भी किया जा सकता है।

42.

‘हम भारत के लोग’

बिरेन्द्र प्रसाद जी को कलकत्ता में आयोजित सेमिनारों में, उनके बेटे की ख्याति के कारण, अक्सर आमंत्रित किया जाता था। इन सेमिनारों में विद्वानों के द्वारा प्रस्तुत किए गए विचारों के आलोक में पढ़ने पर उन्हें अब तक पढ़ी गई पुस्तकों में सबसे अधिक उपयोगी पुस्तक भारत का संविधान लगी और संविधान में भी सबसे महत्त्वपूर्ण लगी उसकी प्रस्तावना।

उनको लगा कि भारत के संविधान की प्रस्तावना के प्रारंभिक चार शब्द “हम भारत के लोग” पढ़ने और सुनने वाले के हृदय में स्फूर्ति, उत्साह, आशा और आनंद का संचार करते हैं। ये शब्द भारत में लोकतंत्र को अपनाने के विचार को औपचारिक रूप से पहली बार प्रस्तुत करते हैं, जिसमें समानता, स्वतंत्रता और बंधुत्व की भावना समाहित है।

उनको अहसास हुआ कि भारत के संविधान की प्रस्तावना एक रक्तहीन क्रांति की सफलता की औपचारिक घोषणा है जो सदियों से भारत भूमि में चल रही थी और जिसने उन लाखों लोगों की आकांक्षाओं को अभिव्यक्ति दी है, जो सदियों से इसके साकार होने की प्रतीक्षा कर रहे थे। प्रस्तावना में उल्लेखित वाक्यांश “हम भारत के लोग” में शब्द “हम” को बिना किसी विशेषण के प्रस्तुत किया गया है, जिसका तात्पर्य यह है कि लोकतंत्र भारत के प्रत्येक व्यक्ति के लिए है—चाहे वह किसी भी सामाजिक, आर्थिक या राजनीतिक स्थिति, विश्वास, धर्म, लिंग या आयु का हो।

भारतीय के संविधान की प्रस्तावना के साकार होने ने एक झटके से भारत के लोगों को सार्वभौमिक वयस्क मताधिकार (Adult Universal Franchise) दे दिया जो इससे पहले इस भूमि पर कभी नहीं दिया गया। संविधान की प्रस्तावना ने देश में सामाजिक, आर्थिक या राजनीतिक स्थिति, विश्वास, धर्म, लिंग या आयु के प्रतिबंधों की सीमा को पार कर सब लोगों को सामान घोषित किया और उन्हें सामान अधिकार दिए, भले ही यह

अधिकार अभी मात्र सिद्धांत के रूप में स्वीकृत हों और उनको ज़मीनी धरातल पर कार्य रूप में परणित करने में अभी समय लगे।

उपनिषदों में यद्यपि, व्यक्तियों के मध्य समानता का उल्लेख कई स्थानों पर अंकित है परन्तु भारतीय समाज में इस विचार को मुखर मान्यता नहीं मिली। भारतीय समाज के तथाकथित सवर्ण वर्ग के किसी भी राजनैतिक, सामाजिक या धार्मिक व्यक्ति के द्वारा मानवीय समानता को इतने स्पष्ट रूप से कभी भी घोषित नहीं किया गया, जितने स्पष्ट रूप में भारत के संविधान ने किया। वैदिक काल के बाद से संविधान के बनने तक, सैकड़ों साल की समय अवधि में भारत में धार्मिक, राजनैतिक एवं सामाजिक न्याय में समानता की इतनी मुखर घोषणा इससे पूर्व कभी नहीं हुई थी।

भारत में ऐसा होना अभूतपूर्व था। यह क्षण भारतीय सामाजिक और राजनीतिक विकास-यात्रा में एक ऐतिहासिक उत्थान-बिंदु था, जिसने भारत की एकता और लोकतांत्रिक मूल्यों को पुन: स्थापित किया। पूर्व वैदिक काल के पश्चात भारतीय समाज कई अभेद्य उर्ध्व खानों में विभाजित रहा। संविधान की प्रस्तावना ने सैधांतिक रूप से ही सही, सब नागरिकों को सामान घोषित कर, इतिहास रच दिया। अब आवश्यकता यह है कि प्रस्तावना के आदर्शों को भारत के नागरिक अपने जीवन में उतारें, उन पर चलकर दिखाएं।

भारतीय संविधान को संविधान सभा के उत्कृष्ट विचारकों द्वारा तैयार किया गया था, जो भारतीय समाज के विभिन्न वर्गों, धर्मों, विश्वासों और क्षेत्रों का प्रतिनिधित्व करते थे। यद्यपि संविधान की मूल शब्दावली अंग्रेजी में है और यह पश्चिमी शासन प्रणालियों से ली गयी प्रतीत होती है, परन्तु वास्तविकता यह है कि प्रस्तावना की भावना मूल रूप से भारतीय ज्ञान परंपरा, वैदिक साहित्य और बौद्धिक धरोहर से प्राप्त हुई है और यह प्राचीन भारतीय दर्शन पर आधारित है। यह मानवता को उन्नत करने के लिए लोगों को सशक्त बनाने का उद्देश्य प्रस्तुत करती है, जिसका वैदिक पुरुषार्थ—धर्म, अर्थ, काम और मोक्ष—की अवधारणाओं के साथ आत्मीय स्तर पर गहरा सामंजस्य है।

भारत के संविधान की प्रस्तावना, संविधान के मूल स्रोत, संप्रभु, मुख्य हितधारकों और अंतिम लाभार्थियों की पहचान कराती है: ये हैं 'भारत के लोग'। यह संविधान के उद्देश्य, मार्गदर्शक सिद्धांतों और लोकतांत्रिक दर्शन को प्रस्तुत करती है, जो इसके निर्माताओं के अनुभवों और गहन सोच को प्रतिबिंबित करता है। जब किसी सन्दर्भ में संविधान का कोई प्रावधान किसी को कुछ अस्पष्ट प्रतीत होता है तब उसकी उचित व्याख्या करने के सम्बन्ध में प्रस्तावना का अत्यधिक महत्व है क्योंकि यह उस विचारधारा

और सिद्धांतों को दर्शाती है जो भारत के शासनतंत्र के आधार हैं।

संविधान की प्रस्तावना, 'भारत के लोगों' के सामूहिक ज्ञान और आकांक्षाओं का प्रतीक है। यह नागरिकों को सशक्त करती है और उन्हें अज्ञानता और दुःख से मुक्त करने के मार्ग पर अग्रसर करती है, जो वैदिक पुरुषार्थ- धर्म, अर्थ, काम और मोक्ष की मूल अवधाणाओं के अनुरूप है। भारतीय संविधान की प्रस्तावना के लोकतांत्रिक विचारों की जड़ें यद्यपि प्राचीन भारतीय साहित्य से जीवन-ऊर्जा पाती रही हैं और भारतीय संस्कृति और प्राचीन शासन-प्रणालियों में गहराई तक समाई हुई हैं, लेकिन यथार्थ में यह प्रस्तावना अपने पूर्ववर्ती ग्रंथों में लिखित भावों और विचारों से भी कहीं आगे बढ़ जाती है।

संविधान की प्रस्तावना में निहित आदर्श मानव जीवन के लिए सर्वोत्तम मूल्य हैं, जो न्याय, स्वतंत्रता, समानता और बंधुत्व के उच्चतम आदर्शों को अपने में समाहित किए हैं। प्रस्तावना संविधान की आत्मा का प्रतिबिंब है, जो एक स्वतंत्र राष्ट्र की कल्पना को साकार करने और उसके मूल्यों को सुनिश्चित करने का मार्गदर्शन करती है।

संविधान की प्रस्तावना सरकार और नागरिक दोनों के कार्यों की उपयुक्तता का मानदंड प्रस्तुत करती है, जो उनके निर्णयों एवं कार्यों की गुणवत्ता को परखने का आधार बनती है। स्वतंत्रता प्राप्ति के बाद से प्रस्तावना में निहित आदर्शों को साकार करने के प्रयास तो हुए हैं, लेकिन लक्ष्य अभी भी अधूरे हैं। सामाजिक, आर्थिक और राजनीतिक न्याय; विचार, अभिव्यक्ति, विश्वास, धर्म और उपासना की स्वतंत्रता; स्थिति और अवसर की समानता; और बंधुत्व की भावना, जो व्यक्ति की गरिमा और राष्ट्रीय एकता को सुनिश्चित करती है, आज भी चुनौती के रूप में व्यवस्था-तंत्र के सामने है।

जब बिरेन्द्र प्रसाद, संविधान के आदर्शों को प्राप्त करने में हुई प्रगति के बारे में सोचते हैं तो उन्हें लगता है कि संविधान के 'हम भारत के लोग' का आदर्श अब तक पूरी तरह साकार नहीं हो पाया है, क्योंकि अधिकांश नागरिक स्वयं को भारतीय कहने की बजाय ख़ुद को अपनी क्षेत्रीय, धार्मिक और जातीय पहचानों से अधिक जोड़ते हैं- यथा बंगाली, पंजाबी, असमी, नागा, मैत्तेई, कुकी, हिन्दू, मुसलमान, सिख, ब्राह्मण, क्षत्रिय आदि। हमारा समाज आज भी धर्म, जाति, आर्थिक स्थिति, पेशा और लिंग के आधार पर विभाजित है, जो कमज़ोर व्यक्तियों के शोषण के बीजों को पनपने का अवसर देता है। समाज में एकता की भावना अधिकतर युद्ध या आपदाओं के समय ही परिलक्षित होती है।

समाजवाद की दृष्टि से भारत अभी भी पिछड़ा हुआ है, जहाँ व्यक्तिवाद और भौतिकवाद की प्रवृत्तियाँ बढ़ती जा रही हैं। धर्मनिरपेक्षता भी अभी अधूरी है, क्योंकि भारत की राजनीति और समाज में धर्म का प्रभाव अब भी गहराई से व्याप्त है। अधिकाँश

राजनीतिक दल अभी भी धर्म और जातिगत आधार पर ध्रुवीकरण की राजनीति करते हैं।

यहाँ जीवन के कई क्षेत्रों में अभी तक अलोकतांत्रिक प्रथाएं जारी हैं, जिन्हें अक्सर स्वार्थी राजनैतिक नेताओं के द्वारा पोषित किया जाता है। गणराज्य की अवधारणा अल्पसंख्यकों को बहुसंख्यकों की तानाशाही से सुरक्षा देती है, फिर भी समाज में तथाकथित उच्च जाति के व्यक्तियों के द्वारा तथाकथित निम्न जाति के व्यक्तियों और अल्पसंख्यकों का शोषण जारी है। सांप्रदायिक दंगों, ऑनर किलिंग और भीड़ द्वारा हिंसा कारित करने आदि की घटनाएँ आज भी यदा-कदा घटित होती रहती हैं। समाज में असमानताएं अब भी प्रचलित हैं और भारतीय व्यवस्था तथाकथित निचले तबके के लोगों को सामाजिक न्याय देने में अब तक सफल नहीं हो पाई है। धर्म, जाति और उपजाति के आधार पर भेदभाव की जड़ें समाज में अभी भी बहुत गहरी हैं।

कई आर्थिक सुधारों के लागू होने और सकल घरेलू उत्पाद (जी डी पी) में वृद्धि होने के बावजूद, देश की अधिकाँश जनता अभी भी ग़रीब है और समाज में आर्थिक असमानता प्रत्येक वर्ष बढ़ती ही जा रही है, जो संवैधानिक आदर्शों के विपरीत है।

भुखमरी से होने वाली मौतें, किसानों की कर्ज़ के चलते आत्महत्याएँ, कुपोषण, मिलावट, बँधुआ मजदूरी, बाल-श्रम, स्कूल से बाहर होते बच्चे, यौन शोषण और वेश्यावृत्ति जैसी समस्याएँ समाज में आर्थिक आधार पर निचले स्तर के व्यक्तियों में निर्धनता के निरंतर बने रहने की भयावहता को उजागर करती हैं। भीड़ के द्वारा अल्पसंख्यक समुदाय के व्यक्तियों के विरुद्ध हिंसा के खुलकर किए जा रहे प्रयोग, अपराधियों के महिमामंडन के प्रदर्शन और बढ़ते सांप्रदायिक तनाव, विचार और अभिव्यक्ति की स्वतन्त्रता के मौलिक अधिकारों के लिए बढ़ते हुए ख़तरे का संकेत हैं।

संविधान की प्रस्तावना भारत के लोगों की आशाओं और आकांक्षाओं की प्रतीक है, जो हमारे राष्ट्र को शांति, समृद्धि और सद्भाव की ओर ले जाने हेतु मार्गदर्शक है। वर्तमान समय की चुनौतियाँ, हमारे इन आदर्शों के प्रति हमारे संकल्प को सशक्त बनाने का आह्वान करती हैं ताकि हम एक ऐसे भारत का निर्माण कर सकें जो सच में "हम भारत के लोग" की भावना को साकार कर सके।

सार्वभौमिक वयस्क मताधिकार के बावजूद, चुनावी खर्च की निरंतर तेजी से बढ़ती ऊँचाई ने ग़रीब और सीमित संसाधनों वाले उम्मीदवारों को चुनावी प्रक्रिया में साधनहीन-सा कर दिया है। निजी काले और सफ़ेद धन तथा पाशविक इंसानी शक्ति (Muscle Power) का चुनावों में प्रभाव बढ़ता जा रहा है और अमीर लोग पैसे और अन्य साधनों से वोट ख़रीदने और लूटने की कोशिश में जुटे हुए हैं। राजनीतिक, धार्मिक एवं अन्य

स्वार्थगत दबाव और विभाजन की रणनीतियों का सहारा लेकर अपने समर्थन के आधार को मजबूत करते हैं और विरोधी विचारों को दबाने के प्रयास में उनकी असहमति को अक्सर राष्ट्र-विरोधी तक घोषित कर देते हैं।

संविधान की प्रस्तावना में उल्लिखित समानता का आदर्श अब भी अधूरा है, क्योंकि सामाजिक और आर्थिक असमानताएँ जीवन के प्रत्येक क्षेत्र में स्पष्ट रूप से मौजूद हैं। बंधुत्व का आदर्श, छद्म राष्ट्रवाद और सांप्रदायिकता की काली छायाओं में लुप्त हो गया सा प्रतीत हो रहा है। कड़े कानूनों के बावजूद, मानव गरिमा के साथ विभिन्न छद्म आधारों पर समझौते निरंतर जारी हैं; असुरक्षित कार्य परिस्थितियों में मजदूरों की मौतें, हाथ से मैला उठाने की कुप्रथा, जातिगत अत्याचार, बंधुआ मजदूरी, बाल-श्रम, ऑनर किलिंग और यौन शोषण जैसी घटनाओं की ख़बरें समाचार पत्रों में प्रकाशित होती रहती हैं। राष्ट्रीय अखंडता को कश्मीर, पंजाब और पूर्वोत्तर के कुछ क्षेत्रों में समय-समय पर चलने वाले अलगाववादी आंदोलनों से निरंतर चुनौती मिलती रहती है।

भारतीय लोकतंत्र में अनेक खामियाँ हैं, फिर भी भारतीय उपमहाद्वीप के अन्य देशों और कई विकसित राष्ट्रों की तुलना में यह अधिक स्थिर और सशक्त है। स्वतंत्रता प्राप्ति के पश्चात भारत ने अनेक कठिनाइयों का सामना करने के बावजूद लोकतंत्र को बचाए रखा है, जबकि भारत के पड़ौसी देश ऐसा नहीं कर पाए। भारत में छोटी-से-छोटी समस्याएँ भी चुनावों में महत्त्वपूर्ण मुद्दा बनती रही हैं और उनके कारण चुनावों में जनता के द्वारा सरकारें तक बदली जाती रही हैं।

भारतीय लोकतंत्र ने समय-समय पर आंतरिक और बाहरी दोनों प्रकार के ख़तरों का सामना किया है और यह जनमानस में गहराई से स्थापित है। प्रस्तावना में निहित आदर्श भारतीयों के सशक्तीकरण और विकास के मार्गदर्शक हैं। सरकारें यद्यपि अक्सर इन आदर्शों को पूरा करने में विफल रहती हैं, इसके बावजूद, संविधान के संवैधानिक ढाँचे और प्रस्तावना के मूल दर्शन पर आधारित होने के कारण भारतीय व्यवस्था में आशा की ज्योति निरंतर प्रज्ज्वलित हो रही है।

इन क्षेत्रों में हुई असफलताओं का मुख्य दोष उस सरकारी तंत्र में है जो संविधान के मूल दर्शन को प्रभावी रूप से लागू करने के लिए उत्तरदायी है। इसके अतिरिक्त, वे नागरिक भी दोषी हैं, जो अपने प्रतिनिधियों का चयन अपने स्वार्थगत एवं संकीर्ण आधारों पर करते हैं, न कि उनकी लोकतांत्रिक योग्यता, मानवोचित कार्यों और उपलब्धियों के आधार पर। जब चुने हुए प्रतिनिधि भ्रष्टाचार या अन्य गलत कामों में लिप्त होते हैं, तो उनके ऐसे मतदाता या तो आँख मूँद लेते हैं या यह सब कुछ देखते हुए भी मौन बने रहते हैं। भारतीय

बुद्धिजीवी वर्ग भी अपनी ज़िम्मेदारी निभाने में असफल रहा है; वे सरकार की कमियों को ठीक से उजागर नहीं कर पाते और उनकी अलोकतांत्रिक नीतियों के प्रभाव के प्रति जनता को शिक्षित करने में कमज़ोर साबित होते हैं।

इसी प्रकार, लोकतंत्र का चौथा स्तंभ—मीडिया भी अपनी भूमिका में खरा नहीं उतर पाया है। स्वार्थवश कई बार मीडिया सत्ता में मौजूद सरकार की कमियों और अलोकतांत्रिक प्रथाओं पर पर्याप्त जांच-पड़ताल और ख़ुलासा नहीं करता, जिससे लोकतंत्र के आदर्शों की रक्षा कमज़ोर हो जाती है। इस स्थिति में सुधार के लिए जनता, बुद्धिजीवी वर्ग, मीडिया, और सरकारी तंत्र सभी को मिलकर प्रयास करने होंगे ताकि भारतीय लोकतंत्र में संविधान की प्रस्तावना के आदर्श वास्तविकता में साकार हो सकें। मीडिया को कार्पोरेट जगत के आधिपत्य से भी बचाना होगा क्योंकि यदि सत्ता पक्ष, कार्पोरेट जगत और मीडिया का स्वार्थों पर आधारित गठबंधन हो गया तो लोकतंत्र की निर्मम हत्या किश्तों में होती रहेगी और जनता असहाय सी खड़ी तमाशा जैसा देखती रहेगी।

मीडिया, जो लोकतंत्र का चौथा स्तंभ है, को यह सुनिश्चित करना चाहिए कि सत्ता के सभी केंद्र, संगठन, राजनेता, कार्यालय, सरकारी अधिकारी अपनी-अपनी लोकतान्त्रिक ज़िम्मेदारियों का ईमानदारी, लगन, मेहनत और निष्ठा से निर्वहन करें, ताकि जनता का कल्याण सुनिश्चित हो सके। देश के नागरिकों को जागरूक होना चाहिए और जनहित को प्रभावित कर अकने वाले मामलों में उनके द्वारा सार्वजनिक रूप से खुलकर विचार-विमर्श करना चाहिए और केवल उन नेताओं का समर्थन करना चाहिए जो लोकतांत्रिक मूल्यों का आदर करते हैं, संविधान और कानून का पालन करते हैं, और व्यक्तिगत हितों से ऊपर उठकर जनहित के लिए कार्य करते हैं।

43.

कहाँ से चले कहाँ तक पहुँचे

भारत के संविधान की प्रस्तावना का मर्म और उसके मूल्यों का गहन मूल्यांकन करने के लिए, भारत के राजनीतिक-सामाजिक इतिहास पर एक दृष्टि डालना आवश्यक है। प्राचीन भारतीय राजनैतिक साहित्य में कई स्थानों पर इस तथ्य का उल्लेख है कि प्राचीन काल में देश में कई गणराज्य अस्तित्व में थे। गणराज्यों में शासन-प्रबंधन और सामाजिक जीवन में लोकतांत्रिक मानदंडों का पालन किया जाता था, जबकि राजतंत्रों में भी आम जनता से जुड़े प्रशासनिक मामलों में सामान्यतया लोकतांत्रिक परंपराएँ देखने को मिलती थीं, यद्यपि सत्ता के उत्तराधिकार और राजपरिवारों के विशेषाधिकारों के मामलों में कुछ अपवाद भी दृष्टिगोचर होते थे।

लोकतांत्रिक मूल्यों की आधारशिला प्राचीन भारत में वैदिक काल तक जाती है। स्वतंत्रता, समानता और बंधुत्व के लोकतांत्रिक सिद्धांत वैदिक काल से ही भारतीय जीवन और प्रथाओं में समाहित थे। वैदिक युग में 'सभा' और 'समिति' जैसी संस्थाएँ विधायी, सामाजिक और धार्मिक कार्यों के संचलन के लिए सक्रिय थीं। छठी शताब्दी ईसा पूर्व में गौतम बुद्ध ने स्पष्ट रूप से कहा कि राज्य सामाजिक अनुबंधों से उत्पन्न होते हैं, न कि किसी दैवीय हस्तक्षेप से। इस सिद्धांत के आधार पर प्राचीन भारत के गणराज्यों और राजतंत्रों में विस्तृत लोकतांत्रिक प्रक्रियाओं का पालन किया जाता था।

बौद्ध साहित्य, कौटिल्य का अर्थशास्त्र, मौर्य साम्राज्य का साहित्य, अशोक के शिलालेख और यूनानी इतिहासकारों के वृत्तांत प्राचीन उत्तर-भारत में लोकतांत्रिक प्रणालियों के अस्तित्व की पुष्टि करते हैं। दक्षिण-भारत में भी चोल वंश के शासनकाल में लोकतांत्रिक व्यवस्था के उत्कृष्ट उदाहरण मिलते हैं, जहाँ शहरों में प्रशासन एवं प्रबंधन हेतु संवैधानिक व्यवस्थाएं प्रचलित थीं और ग्रामीण तथा शहरी दोनों क्षेत्रों में लोकतांत्रिक सिद्धांतों एवं प्रणालियों का पालन किया जाता था। गौतम बुद्ध और कौटिल्य दोनों का

मानना था कि गणराज्य तभी पनप सकते हैं जब वे लोकतांत्रिक मूल्यों का पालन करते हैं।

बौद्ध भिक्षु संघों ने, आतंरिक प्रशासन के कार्यों में, उस युग में आधुनिक संसदों की तरह कार्य किया और संसदीय प्रक्रियाओं के समान नियमों का पालन किया—जिनमें बैठक-व्यवस्था, प्रस्ताव प्रस्तुत करना, कोरम, अनुशासन, मतपत्र द्वारा मतदान, निंदा प्रस्ताव आदि शामिल थे। यह उस समय की राजनीतिक संस्थाओं में अपनाई गई व्यवस्थाओं को भी दर्शाता है।

कौटिल्य ने तर्क दिया कि राजतन्त्र के राज्यों की अपेक्षा गणराज्य श्रेष्ठ होते हैं क्योंकि ये रिश्वत, धोखाधड़ी और जातिगत प्रतिद्वंद्विताओं के माध्यम से उत्तराधिकार के संकटों को हल नहीं करते हैं और अक्षम शासकों के शासन को रोकते हैं। उन्होंने राजाओं को यह सलाह दी कि वे गणराज्यों की एकता को बनाए रखने के लिए न्यायपूर्ण आचरण अपनाएँ और संधियों के बीच संतुलन बनाए रखें। इतिहास गवाह है कि, राजनीतिक नेताओं की स्वार्थी महत्वाकांक्षाओं ने प्रतिद्वंद्विता, युद्ध, सत्ता के अधिग्रहण, भाई-भतीजावाद और व्यक्तिगत लाभ के लिए झूठे प्रचार को बढ़ावा दिया है। धर्म, जाति और वर्ग के विभाजन के कारण जनता के शोषण, राजनैतिक भ्रष्टाचार, प्रशासनिक संस्थाओं में रिश्वतखोरी और धोखाधड़ी जैसे प्रजातंत्र की भावना के विरोधी कारक प्राचीन काल में भी लोकतंत्र के लिए ख़तरा थे और आज भी हैं।

भारत के लोकतंत्र को इस समय भी ऐसे ही कई ख़तरों का सामना करना पड़ रहा है। जनता की लोकतांत्रिक मूल्यों के प्रति अज्ञानता और उदासीनता भी आज भारत के लोकतंत्र के लिए एक प्रमुख चुनौती है, जो हमारे लोकतंत्र और स्वतंत्रता को और अधिक संकट में डाल रही है। इसी कारण, प्रस्तावना में उल्लिखित आदर्शों को समझना और उनका पालन करना अत्यंत आवश्यक हो जाता है ताकि लोकतंत्र के ये मूल्य हर नागरिक के जीवन में वास्तविकता का रूप ले सकें।

प्राचीन इतिहास के अध्ययन से यह स्पष्ट होता है कि भारत की पश्चिमी सीमाओं पर स्थित गणराज्यों ने विदेशी आक्रमणकारियों का सफलतापूर्वक प्रतिरोध किया। तीसरी शताब्दी ईसा पूर्व में यूनान का शासक सिकंदर, भारत पर अपने दुर्धर्ष आक्रमण के बावजूद, देश की मुख्यभूमि में प्रवेश करने में असफल रहा और इसका मुख्य कारण भारत की पश्चिमी सीमा पर मजबूत गणराज्यों की सुदृढ़ रक्षा प्रणाली का होना था। आक्रमण के समय, इन गणराज्यों की पूरी जनसंख्या, अपने व्यवसायगत कार्यों को छोड़ कर अपने राज्य की रक्षा के लिए संगठित हो जाती थी और देशहित में समर्पित सैनिकों की तरह कार्य करने लगती थी।

इन गणराज्यों में जातिव्यवस्था या तो थी ही नहीं या बहुत शिथिल थी और सुशासित

गणराज्य शक्तिशाली प्रतिद्वंद्वी साबित होते थे, जिन्हें हराना अत्यंत कठिन था। जब ये गणराज्य नष्ट कर दिए गए और उनके उपयुक्त विकल्प की व्यवस्था नहीं की गयी, तब बाहरी आक्रमणकारियों ने देश की कमजोरी का लाभ उठाकर भारत के अंदर तक प्रवेश करने में सफलता प्राप्त की।

कौटिल्य ने अपने *अर्थशास्त्र* में राजा (जो आधुनिक संदर्भ में विभिन्न देशों की सरकारों के प्रमुख, प्रधानमंत्री या राष्ट्रपति के समतुल्य था) के गुणों का विस्तार से वर्णन किया है। कौटिल्य के अनुसार, राजा का प्रमुख कर्तव्य 'प्रजापालन' होना चाहिए, अर्थात् राजा को जनता का संरक्षक होना चाहिए। इतिहास में कुछ राजाओं ने इस सिद्धांत का पालन करते हुए जन-कल्याण को प्राथमिकता दी, जबकि अधिकाँश राजाओं ने व्यक्तिगत विलासिता और शक्ति-संचयन को अपना उद्देश्य बना लिया। मौर्य साम्राज्य, विशेषकर चन्द्रगुप्त, अशोक और इसके बाद विक्रमादित्य के शासन-काल में, कल्याणकारी राज्य के उत्कृष्ट उदाहरण प्रस्तुत किए गए, जिनमें जनहित को पर्याप्त महत्त्व दिया गया।

पिछले 2400 वर्षों में यूनानी, शक, हूण, मुस्लिम, मंगोल, पुर्तगाली, ब्रिटिश, फ्रांसीसी, डच जैसे कई विदेशी आक्रमणकारियों ने भारत पर आक्रमण किए। उन्होंने भारत की संपत्ति को लूटा, भारतीय जनमानस को अपमानित किया और आतंक फैलाने के लिए क़त्लेआम कर के भारत में अपने साम्राज्य स्थापित किए। विडंबना यह है कि व्यापारी के रूप में अँगरेज़ भारत आए थे, परंतु भारत के समाज में व्याप्त अमानवीय व शोषणकारी अभेद्य जाति-व्यवस्था और कट्टर धार्मिक रूढ़िवादिता के कारण हो चुके समाज के सख़्त विभाजन की वजह से एवं विभिन्न राजाओं के अहंकार, स्वार्थजनित मतभेद तथा लालच की वजह से अंग्रेजों के लिए भारत के विभिन्न शासकों को एक-एक करके पराजित करने हेतु अनुकूल वातारण मिला और वे अपनी 'बांटो और राज करो' की नीति का कुशलता से उपयोग करते हुए आवश्यकतानुसार कुछ शासकों को मित्र घोषित कर के, शेष शासकों को, एक के बाद एक पराजित करते हुए अंततः लगभग सम्पूर्ण भारत के शासक बन गए।

इन विदेशी आक्रमणों ने प्राकृतिक संसाधनों से समृद्ध, ज्ञान के भण्डार और व्यक्तिगत साहस और वीरता से परिपूर्ण नागरिकों के देश, भारत, को तबाह कर दिया। विशाल मानव-संसाधन और भौतिक संसाधनों के बावजूद, भारतीय राजाओं की सेनाएँ आंतरिक रूप से विभाजित रहीं, और उनमें देश-काल के अनुरूप प्रभावी नेतृत्व, आधुनिक हथियारों, सुरक्षा उपायों और सैन्य प्रशिक्षण की कमी रही। उनके पास युद्ध के लिए न तो कोई विशेष उद्देश्य था, न उत्साह और न ही जनसमर्थन। युद्धों के निर्णायक क्षणों में भारतीय सेनाएं

प्राय: अपने शासनतंत्र के भीतर के सत्ता केन्द्रों से ही बड़े-बड़े धोखे खाती रहीं।

भारत की अर्थव्यवस्था का पतन अंग्रेजों के कंपनी शासन के अधीन शुरू हुआ और ब्रिटिश औपनिवेशिक शासन के उत्तरार्ध में यह पतन और भी तेज़ तथा गंभीर हो गया। अंग्रेज़ी शासन के दौरान उनकी अदूरदर्शिता, लापरवाही एवं कुप्रबंधन के कारण बंगाल में कई अकाल पड़े, जिन्होंने लाखों भारतीयों को ग़रीबी और भुखमरी की चपेट में डाल दिया। उपलब्ध आंकड़ों के अनुसार, मुगल साम्राज्य के दौरान और ब्रिटिश शासन से पहले भारत की प्रति व्यक्ति जी डी पी स्थिर रही, परंतु ब्रिटिश उपनिवेशवाद के चलते इसमें गिरावट आई। 1750 में वैश्विक औद्योगिक उत्पादन में भारत का योगदान लगभग 25% था, जो 1947 तक घटकर 2% से भी कम रह गया, जबकि इसी समय अवधि में ब्रिटेन का यह योगदान अत्यधिक बढ़ गया था।

भारत के संविधान को अपनाने से पहले, भारतीय समाज, विशेषकर वैदिक और मौर्य काल को छोड़कर, जन्म पर आधारित वर्ण-व्यवस्था और सैकड़ों जातियों एवं हजारों उपजातियों के मजबूत खानों में दृढ़ता से विभाजित रहा। आज के दौर में लोकतांत्रिक सिद्धांत, न्यायसंगत सत्ता और संसाधनों का विकेंद्रीकरण, शक्तियों का नियमानुसार हस्तांतरण और कुशल प्रशासन न केवल देश की सुरक्षा, शांति, और स्थिरता के लिए बल्कि उसके सतत व समग्र विकास और जनकल्याण के लिए भी अत्यंत आवश्यक हैं।

विश्व का राजनैतिक इतिहास यह दर्शाता है कि प्रत्येक समाज में पारस्परिक विपरीत प्रवृत्तियाँ सदैव विद्यमान रहती हैं परन्तु इनकी मात्रा, तीव्रता और घनत्व में परिवर्तन होता रहता है। एक ओर लोकतांत्रिक प्रवृत्तियाँ होती हैं, जो नि:स्वार्थ, मानवतावादी, समावेशी, तथा एकताकारी होती हैं, और दूसरी ओर अलोकतांत्रिक प्रवृत्तियाँ होती हैं, जो स्वार्थी, विभाजनकारी और विखंडनकारी एवं मानवतावाद की विरोधी होती हैं। समय के साथ अलोकतांत्रिक प्रवृत्तियाँ स्वाभाविक रूप से बढ़ने लगती हैं, और इन्हें नियंत्रित करने के लिए शासनतंत्र के स्तर से गंभीर प्रयास अनिवार्य हो जाते हैं। इसी प्रकार, लोकतांत्रिक मूल्यों को पुष्ट करने के लिए भी विशेष प्रयासों की आवश्यकता होती है।

जब शासनतंत्र अपने इस दायित्व का निर्वहन उचित ढंग से नहीं करता है तो जनता को अपने स्तर से प्रयास करने होते हैं। वर्तमान समय में जनता के स्तर ऐसे प्रयास सामान्यतया चुनाव के माध्यम से किए जा सकते हैं। जब चुनाव-प्रक्रिया इस उद्देश्य में सफल नहीं हो पाती तब जन-क्रांति ही एकमात्र मार्ग बचेगा।

भारतीय इतिहास पर दृष्टिपात करने से स्पष्ट होता है कि समाज में अलोकतांत्रिक प्रवृत्तियाँ—जैसे विखंडन, स्वार्थ और विभाजन—प्रारंभिक वैदिक काल में नियंत्रित थीं,

किंतु उत्तर वैदिक काल में वे प्रमुख रूप से उभरने लगीं। मौर्य काल, विशेषकर सम्राट चंद्रगुप्त और अशोक के शासनकाल में, इन अलोकतांत्रिक प्रवृत्तियों पर पुन: पर्याप्त नियंत्रण क़ायम किया गया और समाज में समरसता बढ़ाई गई। परंतु बाद में इन प्रवृत्तियों में वृद्धि हुई तथा ब्रिटिश शासन के शुरुआती दौर में ये अलोकतांत्रिक प्रवृत्तियाँ पुनः अत्यंत प्रबल हो गईं और समाज पर गहरा प्रभाव छोड़ने लगीं।

स्वतन्त्रता मिलने के बाद इन अलोकतांत्रिक प्रवृत्तियों पर कुछ नियंत्रण पाया गया है लेकिन वर्तमान काल की प्रवृत्तियों को देखकर यह आशंका उत्पन्न होती है कि आने वाले समय में अलोकतांत्रिक प्रवृत्तियों यह नियंत्रण कुछ कमज़ोर पड़ सकता है अत: देश के नागरिकों और मानवता के समर्थकों को इन अलोकतांत्रिक प्रवृत्तियों को बढ़ने न देने के प्रयासों को लगातार करते रहना होगा।

हमारे पूर्वजों ने देश की स्वतंत्रता हेतु संघर्ष, विभिन्न मोर्चों पर, लंबे समय तक, लगातार किया। उन्होंने विदेशी शासकों से प्रार्थना करने से लेकर सविनय अविज्ञा आन्दोलन, उग्र आन्दोलन, हिंसक संघर्षों से होते हुए औपचारिक युद्धों को करने तक (जैसे नेताजी सुभाष चंद्र बोस के नेतृत्व में आज़ाद हिंद फ़ौज के प्रयास) के प्रयासों से देश की स्वतंत्रता को प्राप्त किया था। स्वतंत्रता संग्राम में चरम दक्षिणपंथ से लेकर चरम वामपंथ तक की विभिन्न विचारधाराएँ और सुधारवादी आंदोलन शामिल थे। इस संघर्ष में भारत के सभी क्षेत्रों, समाज के सभी वर्गों, जातियों, धर्मों, नस्लों, आर्थिक स्तरों और विचारधाराओं के लोग एक साथ जुड़े थे।

स्वतंत्रता हमारे पूर्वजों के द्वारा दीर्घकाल तक किए गए संघर्ष से प्राप्त एक अमूल्य धरोहर है, और इसे किसी भी क़ीमत पर ख़तरे में नहीं डाला जा सकता। स्वतंत्रता की यह अमानत हमारे पूर्वजों के संघर्षों और बलिदानों का परिणाम है। इसलिए, भारतीय जनमानस की मुक्ति और कल्याण के लिए स्वतंत्रता, समानता और बंधुत्व की त्रिवेणी की सुरक्षा और उसमें विकास हेतु सतत प्रयासों का किया जाना परम आवश्यक है।

भारत का संविधान, जिसकी प्रस्तावना उसका केंद्रीय दर्शन है, सरकार और प्रशासनिक अधिकारियों के लिए सर्वोच्च मार्गदर्शक कानूनी दस्तावेज़ है। संविधान की प्रस्तावना के आदर्शों को सही अर्थों में लागू करने के लिए यह अनिवार्य है कि शासन के सभी अंगों, संस्थानों, संगठनों, विभागों, कार्यालयों और अधिकारियों के कार्यों में लोकतंत्र का समुचित रूप से पालन हो। भारत की जनता को भी अपने विचारों और कार्यों में लोकतांत्रिक सिद्धांतों को आत्मसात करना होगा। जनता का यह कर्तव्य है कि वह संविधान के मूल आदर्शों की रक्षा हेतु सजग और सक्रिय रहे, क्योंकि एक सशक्त और समृद्ध भारत का निर्माण संविधान की प्रस्तावना के आदर्शों को पूर्ण रूप से अपनाने से ही संभव है।

44.

इतिहास की सीख और आगे की राह

बिरेन्द्र प्रसाद जी कभी-कभी अपनी बेटी मीना के घर कुछ दिन रहने के लिए चले जाते थे। वहाँ उनके दामाद, शेखर, नियमित रूप से साहित्यिक, सामाजिक और राजनैतिक विषयों पर विद्वानों के साथ औपचारिक गोष्ठियाँ आयोजित करते रहते थे। इन गोष्ठियों में बिरेन्द्र प्रसाद जी भी भाग लिया करते थे। उनको विद्वानों के मध्य होने वाले विचार-विमर्श को सुनना बहुत अच्छा लगता था। वे प्राय: उन विद्वानों से, गोष्ठियों के बाद भी, विचार-विमर्श करते थे ताकि उन तथ्यों और विचारों को अच्छी तरह से समझा जा सके जो गोष्ठियों में उन्हें कुछ कठिन लगते थे।

इन गोष्ठियों में शामिल होकर बिरेन्द्र प्रसाद जी ने विद्वानों से यह विस्तार से जाना और समझा कि भारत, जो अपनी सांस्कृतिक विविधता, ऐतिहासिक धरोहर और समृद्ध परंपराओं के लिए विश्वभर में विख्यात है, आज वास्तव में एक महत्त्वपूर्ण मोड़ पर खड़ा है। यद्यपि विभिन्न क्षेत्रों में देश ने उल्लेखनीय प्रगति की है, फिर भी एक समृद्ध, मानवीय और न्यायसंगत भारत का सपना अभी भी लाखों नागरिकों के लिए अधूरा है। इस अधूरे सपने की जड़ में वर्तमान में दो प्रमुख चुनौतियाँ हैं: धर्मनिरपेक्ष समाज का सशक्तीकरण और राजनैतिक शुचिता।

ये दोनों चुनौतियाँ न केवल भारत के संविधान की प्रस्तावना में निहित आदर्शों को साकार करने के लिए आवश्यक हैं, बल्कि वे एक ऐसे समाज के निर्माण के लिए भी महत्वपूर्ण हैं जहाँ प्रत्येक नागरिक को उसकी संपूर्ण क्षमता तक विकसित होने का अवसर मिले। इन आदर्शों को हासिल करने के लिए भारत को एकजुट होकर प्रयास करना होगा ताकि संविधान में संकल्पित न्यायसंगत, समावेशी, समृद्ध और ख़ुशहाल भारत का सपना साकार हो सके।

एकोऽहं बहुस्याम, सर्वं खलु इदं ब्रह्म, तत् त्वम् असि आदि वेदों के महावाक्यों में श्रद्धा रखने वाले देश भारत की प्रेरणा-शक्ति उसकी विविधता, स्वतन्त्रता, समानता और बंधुत्व में निहित है। यह देश विभिन्न धर्मों, भाषाओं और संस्कृतियों का संगम-स्थल है और 'विविधता में एकता' का प्रतीक रहा है। यह विविधता कभी-कभी तनाव का कारण भी बन जाती है, विशेषकर जब विषय धर्म से संबंधित हो। धर्मनिरपेक्ष समाज को सुनिश्चित करना, जहाँ सभी नागरिकों को, उनके धार्मिक विश्वासों की परवाह किए बिना, समानता और सम्मान प्राप्त हो, भारत के सामाजिक और आर्थिक विकास के लिए अत्यंत आवश्यक है। भारतीय संदर्भ में धर्मनिरपेक्षता का अर्थ है राज्य (शासन) के द्वारा सभी धर्मों के साथ समान व्यवहार करना है और इसका अर्थ किसी धर्म, व्यक्तियों के समूह अथवा व्यक्ति विशेष की तुष्टीकरण कदापि नहीं है।

धर्मनिरपेक्षता की अवधारणा हमारे संविधान में निहित है, जो प्रत्येक नागरिक को धार्मिक स्वतंत्रता की गारंटी देती है और धर्म के आधार पर किसी भी प्रकार के भेदभाव को निषिद्ध करती है। धर्मनिरपेक्षता के पालन को समय-समय पर विभिन्न प्रकार की चुनौतियों का सामना भी करना पड़ता है। भारत में विभिन्न स्थानों पर, यदाकदा, सांप्रदायिक तनाव और धार्मिक असहिष्णुता, समाज के ताने-बाने को कमज़ोर करने का प्रयास करते रहते हैं। धर्मनिरपेक्ष समाज, सामाजिक सद्भावना और भाईचारे की आधारशिला है, जो देश के आर्थिक विकास के लिए भी अत्यधिक महत्वपूर्ण है।

इसके विपरीत, सांप्रदायिक संघर्ष और धार्मिक भेदभाव से समाज में अशांति, आर्थिक गिरावट और हिंसा जैसी समस्याएँ उत्पन्न हो सकती हैं, जैसा कि देश के विभिन्न हिस्सों में देखने को प्राय: मिलता रहता है। इसलिए, धर्मनिरपेक्ष समाज का निर्माण, श्रम सुधार तथा लैंगिक समानता को सुनिश्चित करना केवल संविधान का पालन नहीं ही है, बल्कि ये भारत की स्थिरता, प्रगति और समृद्धि का मार्ग प्रशस्त करते हैं। जब देश के प्रत्येक नागरिक को गरिमापूर्ण रोजगार, धार्मिक समानता और न्याय मिलेगा, तो निस्संदेह भारत अपने सामाजिक और आर्थिक विकास की ऊँचाइयों को छू सकेगा।

भारत में धर्मनिरपेक्षता को सुदृढ़ बनाने के लिए व्यापक दृष्टिकोण और बहुआयामी प्रयासों की आवश्यकता है, जिसमें कानूनी, शैक्षिक और सामाजिक स्तर पर प्रयास शामिल

हों। न्यायपालिका की भूमिका यहाँ अहम हो जाती है, क्योंकि न्याय का आधार यह होना चाहिए कि कानून सभी नागरिकों पर समान रूप से लागू हों, चाहे उनके धार्मिक विश्वास कुछ भी हों। इसी के साथ, सरकार का धर्म के मामलों में तटस्थ रहना भी आवश्यक है—सरकार के द्वारा न तो किसी धर्म को विशेषाधिकार देना चाहिए, न किसी धर्म के व्यक्तियों के लिए तुष्टीकरण की नीति प्रयोग में लानी चाहिए और न ही किसी धर्म के ख़िलाफ़ भेदभाव करना चाहिए।

धर्मनिरपेक्षता को बनाए रखने के लिए शिक्षा एक प्रभावी माध्यम हो सकती है। स्कूलों, विद्यालयों और विश्वविद्यालयों में सहिष्णुता, आपसी सम्मान और समझ के मूल्यों को प्रारंभ से ही छात्रों में विकसित करना आवश्यक है। पाठ्यक्रम में विभिन्न धार्मिक समुदायों के योगदान को प्रमुखता दी जानी चाहिए ताकि छात्र देश की बहुलतावादी धरोहर पर गर्व करें और एकता का मूल्य समझ सकें। शिक्षा का उद्देश्य केवल स्कूली ज्ञान का प्रसार ही नहीं, बल्कि संवेदनशीलता और समानता के प्रति जागरूकता का निर्माण भी होना चाहिए।

नागरिक समाज, सामुदायिक नेता और मीडिया संगठन भी धर्मनिरपेक्षता को बढ़ावा देने में महत्वपूर्ण भूमिका निभा सकते हैं। ये समूह धार्मिक कट्टरता का विरोध कर सकते हैं और विभिन्न धर्मों के व्यक्तियों के बीच संवाद और समझ को प्रोत्साहित कर सकते हैं। सांस्कृतिक और धार्मिक विविधता का उत्सव मनाने, अंतर-धार्मिक संवाद और सामुदायिक कार्यक्रमों के माध्यम से इन विभाजनों को दूर करने और एकता को मजबूत करने जैसे उपाय इस दिशा में सहायक सिद्ध हो सकते हैं।

देश की वर्तमान परिस्थितियों में सांप्रदायिकता और धार्मिक असहिष्णुता के कारणों को समझना और उन्हें दूर करना अत्यंत आवश्यक है। सांप्रदायिक संघर्षों के पीछे कुछ नेताओं और व्यापारियों की स्वार्थगत महत्वाकांक्षाएं, नागरिकों में आर्थिक असमानता, शिक्षा का अभाव और राजनीतिक दुरुपयोग जैसे कई कारण होते हैं। समावेशी विकास, गुणवत्तापूर्ण शिक्षा और सुशासन के माध्यम से इन समस्याओं का समाधान करना अत्यंत आवश्यक है ताकि सांप्रदायिक तनाव की स्थिति उत्पन्न न हो सके।

धर्मनिरपेक्षता को बनाए रखने के लिए उन राजनीतिक नेताओं को भी ज़िम्मेदार ठहराना आवश्यक है, जो धार्मिक आधार पर घृणा और विभाजन को प्रोत्साहित करते हैं। राजनीतिक लाभ के लिए धर्म का दुरुपयोग न केवल धर्मनिरपेक्षता को कमज़ोर करता है, बल्कि लोकतंत्र की नींव को भी संकट में डालता है।

यह अत्यंत महत्वपूर्ण है कि भारत में राजनीतिक-विमर्श, विकास, सुशासन और

नागरिकों के कल्याण पर केंद्रित रहे, न कि विभाजनकारी धार्मिक या जातीय मुद्दों पर। धर्मनिरपेक्षता की जड़ें केवल कानूनी या शैक्षिक प्रणाली में ही नहीं, बल्कि नागरिकों के मानसिक और सांस्कृतिक विकास में भी होनी चाहिए। एक धर्मनिरपेक्ष, न्यायप्रिय और समृद्ध समाज का निर्माण तभी संभव है जब सभी नागरिक स्वतंत्रता, समानता, सहिष्णुता और भाईचारे के मूल्यों को अपने जीवन का आधार बनाएं।

वर्तमान समय में देश के राजनीतिक दलों में आंतरिक लोकतंत्र की कमी है। प्राय: सभी राजनैतिक दल, परिवार वाद या अधिनायकवाद से ग्रसित हैं। प्राय: सभी राजनैतिक दलों में शीर्ष पर एक नेता होता है जिसका दल पर एकाधिकार होता है और दल के शेष उच्च पदों हेतु नेता, दल के कार्यकर्ताओं के द्वारा नहीं चुने जाते हैं, बल्कि दल के अधिनायक या उसके करीबी नेताओं के समूह द्वारा तय कर दिए जाते हैं। फिर दल के आतंरिक चुनावों का नाटक-सा होता है जिनमें इन तय कर दिए गए नेताओं को चयनित घोषित कर दिया जाता है।

इस प्रकार प्राय: सभी राजनैतिक दल कार्पोरेट संस्था या परिवार की तरह चलाए जाते हैं जिनमें किसी साधारण कार्यकर्ता को नीचे के स्तर से ऊपर के स्तर तक जाने में कई अलोकतांत्रिक उपायों का सहारा लेना पड़ता है। सभी राजनैतिक दल एक दूसरे के विरुद्ध आरोप तो लगाते रहते हैं परन्तु राजनीतक दल प्राय: आतंरिक लोकतंत्र की व्यवस्था को बनाने और उसे क़ायम रखने हेतु कारगर क़दम नहीं उठाते।

स्वतंत्र और निष्पक्ष चुनाव लोकतंत्र की आधारशिला हैं, इसलिए चुनाव से सम्बंधित चुनाव-तंत्र, अधिकारी एवं कर्मचारी, प्रक्रियाएं तथा नियम-उपनियम में शत-प्रति-शत पारदर्शिता और विश्वसनीयता सुनिश्चित करना अत्यंत आवश्यक है। चुनावों में किसी भी प्रकार की धांधली, संदेह या शिकायत को चुनाव की मशीनरी के द्वारा पारदर्शी तरीकों से यथाशीघ्र दूर किया जाना चाहिए ताकि जनता का विश्वास लोकतांत्रिक प्रणाली में बना रहे।

देश की विधानसभाओं और लोकसभा का चुनाव, वर्तमान परिस्थितियों में, इतना अधिक ख़र्चीला हो गया है कि पढ़ा-लिखा सामान्य व्यक्ति चुनाव लड़ने की हिम्मत तक नहीं कर सकता। यह स्थित बहुत दुर्भाग्यपूर्ण है। जो लोग यह चुनाव लड़ना चाहते हैं, वे अक्सर किन्हीं धनी व्यक्तियों, व्यापारियों या औद्योगिक समूहों से आर्थिक सहायता प्राप्त करते हैं। आर्थिक सहायता देने वाले लोग प्रत्याशी के जीतने पर बदले में अपने अवैध कामों में उससे सहायता की अपेक्षा रखते हैं।

निर्वाचित होते ही नेतागण, अगली बार फिर से चुने जाने की प्राथमिकता में अवैध

धन संग्रहित करने के प्रयास शुरू कर देते हैं, जिससे भ्रष्ट राजनेताओं और भ्रष्ट उद्योगपतियों के मध्य भ्रष्टाचार का एक अंतहीन दुष्चक्र उत्पन्न हो जाता है जिसमें राजनीतिक करियर को बनाए रखने के लिए, समय के साथ, राजनेता की निजी धन पर निर्भरता बढ़ती जाती है और उद्योग में वृद्धि के लिए उद्योगपतियों की राजनेताओं पर निर्भरता बढ़ती जाती है। भ्रष्ट उद्योगपतियों और भ्रष्ट राजनेताओं के मध्य बने इस दुष्चक्र को तोड़ने के लिए आवश्यक है कि चुनावों में किसी भी प्रकार के निजी धन के प्रयोग को समाप्त किया जाए।

देश के विभिन्न सत्ता केन्द्रों में राजनैतिक सत्ता केंद्र अत्यधिक प्रभावशाली होते हैं। राजनीति में व्याप्त यह भ्रष्टाचार न केवल शासन को प्रभावित करता है, बल्कि राज्य प्रणाली के अन्य सभी सत्ता केंद्रों में भी फैलता है। यदि राजनैतिक नेतृत्व ईमानदार रहे, तो वह पूरे तंत्र में भ्रष्टाचार को कम करने की क्षमता रखता है।

चुनावों में व्यय किए गए काले या सफ़ेद धन की वजह से धन की उगाही का एक सिलसिला चल पड़ता है और लगभग सभी तरह के आर्थिक भ्रष्टाचारों का यह एक सबसे प्रभावी आधार हो जाता है। भ्रष्टाचार के इस सबसे प्रभावी आधार को समाप्त किए बगैर देश से भ्रष्टाचार के विरुद्ध किसी प्रभावी कार्यवाई का किया जाना संभव ही नहीं है।

यदि एक ऐसा वातावरण निर्मित करना है, जहाँ शिक्षित, नैतिक और सेवा-भावना वाला व्यक्ति चुनाव जीत सके, तो सबसे पहले हमें सभी चुनावों को धन के प्रभाव से मुक्त करना होगा और अनैतिक राजनेताओं, भ्रष्ट नौकरशाहों और अपराधियों के बीच के गठजोड़ को तोड़ना होगा। ये दोनों कार्य सर्वोच्च प्राथमिकता पर होने चाहिए, ताकि भारतीय लोकतंत्र का आधार मजबूत हो सके।

चुनाव सम्बन्धी भ्रष्टाचार सत्ता के केन्द्रों अर्थात मंत्रियों, राजसेवकों, विधायकों और न्यायतंत्र को भ्रष्ट करने की क्षमता रखता है अत: शासन, प्रशासन और समाज के मानवोचित संचलन हेतु इस भ्रष्टाचार को जड़ से नष्ट करने की अनिवार्यता है। देश से भ्रष्टाचार को समाप्त करने के लिए आवश्यक है कि सार्वजनिक पदों के लिए सभी चुनावों का वित्तपोषण केवल सरकारी धन से हो। सभी उम्मीदवारों को समान अवसर प्रदान किए जाएं और यह कानूनी रूप से सुनिश्चित किया जाए कि वे निजी वित्तपोषण का सहारा न ले सकें।

45.

शिक्षा और रोज़गार

बिरेन्द्र प्रसाद जी को सदैव इस बात का मलाल रहा कि उनको औपचारिक शिक्षा प्राप्त करने का पर्याप्त अवसर नहीं मिला। उनको इस बात का भी दुःख रहा कि उन्हें रोज़गार ढूँढने के लिए बहुत कोशिशें करनी पड़ीं और जो भी काम उन्हें मिला उसमें वेतन सही नहीं मिला। उन्होंने कौशल-विकास हेतु कोशिशें कीं परन्तु इसमें भी कई दिक्कतें आईं। कुशलता हासिल करने के बाद भी उपयुक्त काम आसानी से नहीं मिले और लगभग हर समय आर्थिक तंगी रही। जी तोड़ मेहनत करने के बाद भी वह अपनी बेटी मीना को मेडिकल-शिक्षा दिलाने की हिम्मत नहीं जुटा सके और अपने बेटे हरीश को मैनेजमेंट की पढ़ाई करने हेतु अहमदाबाद नहीं भेज सके।

ऐसा केवल उनके साथ ही नहीं हुआ, बल्कि यह प्रत्येक आम भारतीय व्यक्ति के हृदय की व्यथा है। उनका मानना है कि शिक्षा और रोज़गार व्यक्ति के विकास के लिए बहुत आवश्यक हैं और यह राज्य का उत्तरदायित्त्व है कि उसके सभी नागरिकों को पर्याप्त शिक्षा और उचित रोज़गार मिलें। यदि कोई राज्य अपने इन दायित्वों को पूरा करने में सक्षम नहीं है तो वह राज्य बने रहने का अधिकार खो देता है।.

बिरेन्द्र प्रसाद जी का मानना है कि शिक्षा मनुष्य में मनुष्यत्व उत्पन्न करती है और उसके सर्वांगीण विकास के लिए अनिवार्य है। शिक्षा, प्रगति और नागरिक-सशक्तीकरण की आधारशिला है। मानव होने के नाते शिक्षा व्यक्ति का स्वाभाविक मौलिक अधिकार है और यह राज्य का उत्तरदायित्व है कि वह अपने नागरिक को गुणवत्ता पूर्ण उतनी शिक्षा उपलब्ध कराए जितना वह व्यक्ति प्राप्त करना चाहता है। शिक्षा वह कुंजी है जो नागरिकों के लिए अवसरों के द्वार खोलती है, नवाचार को प्रोत्साहित करती है, और आर्थिक विकास को प्रेरित करती है।

हाल के दशकों में देश की साक्षरता-दर में हुए सराहनीय सुधार के बावजूद, भारत को अब भी शिक्षा के क्षेत्र में कई गंभीर समस्याओं और चुनौतियों का सामना करना पड़ रहा है। गुणवत्तापूर्ण शिक्षा तक पहुँच, अभी भी सभी छात्रों की नहीं है। छात्र के निवास-स्थान के भूगोल, सामाजिक-आर्थिक स्थिति और लिंग तथा जाति के आधार पर, छात्रों हेतु गुणवत्तापूर्ण शिक्षा की उपलब्धता में काफी अंतर है। जहाँ शहरी क्षेत्रों में अक्सर बेहतर शैक्षणिक सुविधाएँ उपलब्ध होती हैं, वहीं ग्रामीण, दुर्गम और शहर से दूर स्थित क्षेत्रों में अभी भी अवसंरचना की कमी, प्रशिक्षित शिक्षकों की कमी और संसाधनों की अनुपलब्धता जैसी समस्याएँ बनी हुई हैं।

शिक्षा न केवल लोगों को ज्ञान, कौशल और आत्मविश्वास से सशक्त बनाती है, बल्कि उनके सामाजिक, आर्थिक और राजनैतिक स्तर को ऊँचा उठा कर राष्ट्र के विकास में योगदान देने हेतु उन्हें सक्षम भी बनाती है। यह समाज में समरसता को भी प्रोत्साहित करती है, क्योंकि यह विभिन्न पृष्ठभूमियों से आए नागरिकों में साझा पहचान और मूल्यों की भावना को पोषित करती है।

इसके अतिरिक्त, 21वीं सदी की अर्थव्यवस्था में भारत की आर्थिक प्रगति के लिए शिक्षा एक आवश्यक घटक है। सबसे पहले, सरकार को स्कूलों की बुनियादी सुविधाओं और संसाधनों में सुधार के लिए निवेश करना होगा, विशेष रूप से ग्रामीण और उपेक्षित क्षेत्रों में। इसमें अधिक स्कूलों का निर्माण, शिक्षण सामग्री की पर्याप्त उपलब्धता और स्कूलों को बिजली, स्वच्छ पानी और स्वच्छ वातावरण जैसी बुनियादी सुविधाओं की पहुँच सुनिश्चित करना शामिल है। शिक्षा के समस्त कार्यक्रमों में महिलाओं की शिक्षा-व्यवस्था को उचित प्राथमिकता का दिया जाना भी बहुत आवश्यक है।

नागरिकों के शिक्षण, प्रशिक्षण और विकास में शिक्षक अत्यधिक महत्वपूर्ण भूमिका निभाते हैं। वे शिक्षा व्यवस्था की रीढ़ होते हैं; और उनके कौशल, ज्ञान और शिक्षा के प्रति समर्पण का सीधा प्रभाव छात्रों के सीखने पर पड़ता है। निरंतर व्यावसायिक विकास-कार्यक्रम, बेहतर वेतनमान, और चुनौतीपूर्ण परिस्थितियों में कार्यरत शिक्षकों के लिए प्रोत्साहन की योजनाएँ शिक्षा की गुणवत्ता में सुधार का मार्ग प्रशस्त कर सकती हैं। एक उत्कृष्ट शिक्षक न केवल ज्ञान का संप्रेषण करता है बल्कि छात्रों के भविष्य को आकार देने में भी सहायक होता है। इसलिए शिक्षकों का उपयुक्त सशक्तीकरण और उन्हें आधुनिक आवश्यकताओं के अनुकूल समय–समय पर प्रशिक्षित किए जाते रहना भी अत्यंत आवश्यक होता है।

समय की आवश्यकताओं के अनुसार विभिन्न विषयों के पाठ्यक्रमों का अद्यतन किया जाना भी आवश्यक है। इसमें लगातार शोध एवं विकास, आधुनिक तकनीकों

का समावेश, आलोचनात्मक चिंतन और समस्या-समाधान, कौशल का विकास, तथा रचनात्मकता और उचित नवाचार को प्रोत्साहन देना शामिल होना चाहिए। माध्यमिक स्तर पर व्यावसायिक प्रशिक्षण और करिअर परामर्श उपलब्ध कराने से छात्रों को भविष्य के लिए उचित निर्णय लेने में मदद मिल सकती है।

शिक्षा तक बच्चों की आसान पहुँच सुनिश्चित करने और उसकी गुणवत्ता में सुधार के अलावा, उन सामाजिक बाधाओं को भी दूर करना आवश्यक है, जो बच्चों को स्कूल जाने से रोकती हैं। लिंग भेद, बालश्रम, बाल-विवाह, और शिक्षा के प्रति समाज की उदासीनता जैसी बाधाएँ शिक्षा प्राप्त करने में अवरोध उत्पन्न करती हैं। ऐसे कार्यक्रम जो लैंगिक समानता को बढ़ावा देते हैं, शिक्षा के महत्व को जन-जागरूकता के माध्यम से प्रसारित करते हैं और वंचित परिवारों को आर्थिक सहायता प्रदान करते हैं, यह सुनिश्चित करने में सहायक हो सकते हैं कि प्रत्येक बच्चा शिक्षा का अधिकार प्राप्त कर सके।

शिक्षा के क्षेत्र में नागरिक समाज, गैर-सरकारी संगठन और निजी क्षेत्र की भूमिका भी कम महत्वपूर्ण नहीं है। ये संगठन सरकार के प्रयासों को सुदृढ़ बना सकते हैं, नीतिगत सुधारों की वकालत कर सकते हैं और उन शैक्षिक कार्यक्रमों को लागू कर सकते हैं, जो समाज के हाशिए पर रहने वाले वर्गों को समाविष्ट करते हैं। ये समूह विशेष रूप से सुदूर और वंचित व्यक्तियों के क्षेत्रों में संसाधनों और जागरूकता के प्रसार में सहायक होते हैं, जिससे शिक्षा का अधिक व्यापक प्रभाव समाज पर पड़ता है।

किसी देश की प्रगति इस तथ्य पर निर्भर करती है कि वह अपने नागरिकों को निशुल्क शिक्षा, गरिमापूर्ण रोजगार, विकास के लिए उपयुक्त वातावरण, विचार और अभिव्यक्ति की स्वतंत्रता प्रदान करने में कितना सफल हो पाया है। यदि उपर्युक्त मूल व्यवस्थाएं सुनिश्चित कर दी जाएं तो अन्य आवश्यक व्यवस्थाएं जैसे कि भोजन, स्वास्थ्यप्रद आवास-व्यवस्था, उचित चिकित्सा व्यवस्था, प्रदूषण रहित वातावरण, बाह्य आक्रमणकारियों एवं राज्य के अपराधियों से सुरक्षा और धर्मनिरपेक्ष एवं स्वतंत्र समाज की स्थापना आदि भी सुनिश्चित हो सकेंगी।

एक तेजी से बढ़ती ज्ञान-आधारित वैश्विक अर्थव्यवस्था में, वे देश जो शिक्षा, शोध और कौशल विकास में निवेश करते हैं, प्रतिस्पर्धा में आगे रहने और सफलता प्राप्त करने के लिए बेहतर स्थिति में होते हैं।

यह सुनिश्चित करने के लिए कि भारत के प्रत्येक बच्चे को निशुल्क गुणवत्तापूर्ण शिक्षा प्राप्त हो, कई ठोस क़दम उठाए जाने की आवश्यकता है। अपने नागरिकों में निवेश करके, धर्मनिरपेक्षता के सिद्धांतों को सुदृढ़ बनाए रखते हुए और यह सुनिश्चित करके कि प्रत्येक बच्चे को गुणवत्तापूर्ण निशुल्क एवं अनिवार्य शिक्षा मिले, भारत एक ऐसा भविष्य निर्मित

कर सकता है जो समृद्ध, न्यायपूर्ण और सभी नागरिकों के लिए समावेशी हो, जिससे देश और उसके नागरिकों का सर्वांगीण विकास संभव हो सके।

शिक्षा हेतु आवश्यक धन की व्यवस्था तीन तरह से की जा सकती है **एक**— कार्पोरेट जगत और अधिक समृद्ध नागरिकों पर लगने वाले करों में आवश्यक वृद्धि करके, **दो**— शिक्षा प्राप्त करने के लिए शिक्षार्थी को ब्याजरहित दीर्घ अवधि का ऋण देकर जिसकी वसूली व्यवसाय या नौकरी करने के बाद ही की जाए एवं ऋण की वसूली की किश्तें आसान हों एवं **तीन**— नौकरी एवं व्यवसाय आदि करने पर विशेष शिक्षा-कर लगा कर। इन तीनों प्रावधानों को आवश्यकतानुसार लागू किए जाने से प्रत्येक नागरिक को आसानी से शिक्षा उपलब्ध कराना संभव हो सकेगा। जब शिक्षार्थी अध्ययन करते समय शिक्षा के शुल्क से मुक्त होगा तभी वह मन लगाकर पढ़ सकेगा और देश, समाज और मानवता के विकास में मानवोचित सहयोग दे सकेगा।

भारत जैसे विशाल और विविधता से भरे देश में सभी नागरिकों के लिए निशुल्क और अनिवार्य शिक्षा सुनिश्चित करना न केवल एक नैतिक अनिवार्यता है, बल्कि राष्ट्र के सर्वांगीण विकास की पूर्व-शर्त भी है।

भारत में रोजगार संकट का एक मुख्य कारण देश की श्रमशक्ति के पास उपलब्ध कौशल और नौकरी के बाज़ार की आवश्यकताओं के बीच का अंतर है। जब प्रत्येक नागरिक को विकास हेतु अवसर की समानता और गरिमापूर्ण रोजगार मिलेगा, तभी देश सामाजिक और आर्थिक विकास की दिशा में सुदृढ़ क़दम बढ़ा सकेगा। भारत जैसे विशाल देश में, जहाँ जनसंख्या 1.3 अरब से अधिक है, सभी नागरिकों के लिए गरिमापूर्ण रोजगार सुनिश्चित करना एक अत्यंत महत्त्वपूर्ण परन्तु चुनौती भरा कार्य है।

देश के तकनीकी एवं अन्य विश्वविद्यालयों से हर वर्ष लाखों स्नातक व परास्नातक छात्र अपनी पढ़ाई पूरी कर के, रोज़गार की तलाश हेतु, निकलते हैं, लेकिन उनमें से अधिकाँश छात्रों के पास उद्योगों में काम करने के लिए आवश्यक कौशल की कमी होती है, विशेष रूप से प्रौद्योगिकी, विनिर्माण और सेवाक्षेत्रों में। इस अंतर को पाटने के लिए शिक्षा-प्रणाली के पुनर्गठन और उसे अर्थव्यवस्था की आवश्यकताओं के साथ अधिक निकटता से जोड़ने की आवश्यकता है।

यदि देश को प्रगति के मार्ग पर बढ़ना है, तो इस चुनौती की उपेक्षा नहीं की जा सकती। इसके अतिरिक्त, अल्परोजगारी की समस्या भी उतनी ही गंभीर है, जहाँ लोग ऐसे कार्यों में लगे होते हैं जो उनकी क्षमताओं, शिक्षा या संभावनाओं का पूर्ण उपयोग नहीं करते। असंगठित और अस्थिर नौकरियों का बढ़ता चलन, इस समस्या को और गहरा कर देता है, जिससे जनसंख्या का एक बड़ा हिस्सा आर्थिक अस्थिरता में फँसा रहता है।

स्वतन्त्रता प्राप्त करने के पश्चात भारत में यद्यपि ग़रीबी रेखा से नीचे जीवन-यापन करने वाले व्यक्तियों की संख्या में कुछ कमी अवश्य आई है, लेकिन अमीर और ग़रीब व्यक्तियों के बीच की खाई प्रतिवर्ष बढ़ती ही जा रही है, जो राज्य के नीति निर्देशक सिद्धांतों की भावना के विपरीत है। राज्य का कर्त्तव्य है कि वह ग़रीबी और असमानता को समाप्त करने को प्राथमिकता दे और यह सुनिश्चित करे कि समाज के सभी वर्ग विकास से उचित रूप से लाभान्वित हों और समय के साथ विभिन्न वर्गों के बीच की असमानताओं को कम किया जा सके।

इस हेतु व्यावसायिक प्रशिक्षण और कौशल-विकास के कार्यक्रमों का विस्तार करना और उन्हें अधिक सुलभ बनाना आवश्यक है, विशेष रूप से हाशिए पर रहने वाले समुदायों के लिए। इस संदर्भ में सार्वजनिक-निजी क्षेत्रों की भागीदारी एक महत्वपूर्ण भूमिका निभा सकती है, जहाँ उद्योग और शैक्षणिक संस्थान मिलकर ऐसे पाठ्यक्रम तैयार कर सकते हैं, जो वर्तमान और भविष्य के उद्योगों की आवश्यकताओं को पूरा करें। इसके अतिरिक्त, निरंतर सीखने और उन्नयन को बढ़ावा देना चाहिए ताकि देश के श्रमिक, तकनीकी कार्यबल (Technical manpower) और उद्यमी तेजी से बदलते आर्थिक परिदृश्य के अनुकूल एवं सक्षम हो सकें। इस प्रकार, भारत का प्रगति-पथ गरिमापूर्ण रोजगार, कौशल विकास और शिक्षा के माध्यम से ही प्रशस्त हो सकता है।

मजदूर और कारखाने एक दूसरे पर निर्भर होते हैं। कारखाने चलेंगे तो मजदूर को काम मिलेगा, उसे वेतन मिलेगा और देश का विकास होगा। इसी प्रकार मजदूर यदि स्वस्थ, कुशल एवं शिक्षित होगा, जो उचित वेतन मिलने से ही संभव है, तो उत्पादन बढ़ेगा और कारखाने के मालिकों का लाभ भी बढ़ेगा। इन दोनों की प्रगति से आमजनता को उच्च गुणवत्ता की वस्तुएं उचित दाम पर मिल सकेंगी और अंतरराष्ट्रीय बाज़ार में देश का निर्यात बढ़ेगा जिसका लाभ सम्पूर्ण देश को होगा।

श्रम-सुधार, गरिमापूर्ण रोजगार के सृजन के लिए एक अनुकूल वातावरण बनाने में अत्यंत महत्वपूर्ण भूमिका निभाते हैं। इसमें श्रम-कानूनों को सरल बनाना शामिल है ताकि व्यवसायों पर अनावश्यक बोझ कम हो सके, लेकिन साथ ही श्रमिकों के अधिकारों की सुरक्षा और उनके मानवीय सम्मान को भी सुनिश्चित किया जा सके। इसके अतिरिक्त, सामाजिक सुरक्षा के उपायों, जैसे स्वास्थ्य-बीमा, बेरोजगारी-भत्ता और पेंशन को अनिवार्य और सशक्त बनाना भी अत्यंत आवश्यक है, ताकि संगठित और असंगठित दोनों क्षेत्रों के श्रमिकों के लिए सुरक्षा का एक मजबूत तंत्र उपलब्ध हो सके और वे जीवन की असुरक्षाओं एवं अनिश्चितताओं से मुक्ति पा सकें।

इसके साथ ही, रोजगार क्षेत्र में व्याप्त लैंगिक असमानता की समस्या को दूर करना

भी अत्यंत आवश्यक है। महिलाएँ, जो देश की जनसंख्या में लगभग पचास प्रतिशत हैं, लेकिन वे देश के कार्यबल में पर्याप्त प्रतिनिधित्व नहीं रखतीं। समान कार्य के लिए उन्हें वेतन भी प्राय: अपने पुरुष सहकर्मियों की तुलना में कम मिलता है। उनको शिक्षा, कौशल विकास और ऐसी नीतियों के माध्यम से सशक्त करना नितांत आवश्यक है, जो उनके जीवन और कार्य के बीच संतुलन बनाने में सहायक हों। यह न केवल उनके आर्थिक स्वावलंबन के लिए, बल्कि राष्ट्र की समग्र प्रगति के लिए भी नितांत आवश्यक है।

रोजगार केवल जीवनयापन का साधन नहीं है; यह मानव-गरिमा, सामाजिक स्थिरता और आर्थिक विकास की आधारशिला है। भारत में अब तक हुए आर्थिक विकास के बावजूद, उपलब्ध कार्यबल में वांछित शिक्षा और कौशल का अभाव है तथा पर्याप्त संख्या में नौकरियाँ भी सृजित नहीं हो पाई हैं, जिससे बड़ी संख्या में श्रमशक्ति को रोजगार देने में कठिनाई हो रही है।

गरिमापूर्ण रोजगार का अर्थ केवल नौकरी प्राप्त करने से नहीं है; इसमें उचित वेतन, सुरक्षित और स्वस्थप्रद कार्य-स्थितियाँ एवं विकास तथा उन्नति के अवसर शामिल होते हैं। यदि भारत को प्रगति करनी है, तो यह आवश्यक है कि प्रत्येक नागरिक को ऐसा कार्य मिले, जो उसे गरिमा के साथ जीवनयापन करने, अर्थव्यवस्था में योगदान देने और अपने परिवार को सहारा देने का अवसर दे। इसके लिए शिक्षा, शोध और कौशल विकास में निवेश, श्रम सुधार, और गुणवत्तापूर्ण नौकरियों के सृजन को प्रोत्साहित करने वाली नीतियाँ आवश्यक हैं।

46.

इतना मुश्किल भी नहीं है

बिरू का मानना है कि राज्य की उत्पत्ति दैवीय नहीं है, वरन राज्य का निर्माण व्यक्तियों के द्वारा व्यक्तियों के कल्याण के लिए किया गया है। यदि कोई राज्य अपने नागरिकों का कल्याण नहीं कर सकता तो उसके औचित्य पर प्रश्न चिन्ह लग जाता है। लम्बे समय तक अल्मोड़ा जनपद में राजस्व अमीन रह चुके बिरेन्द्र प्रसाद जी का मानना है कि जिला स्तर पर, प्रशासनिक एवं कार्यकारी अधिकारी जनता और राज्य के बीच सेतु का कार्य करते हैं। ये अधिकारी सामाजिक शांति बनाए रखने, व्यक्तियों की और उनकी संपत्ति की सुरक्षा सुनिश्चित करने, कानूनों को लागू करने, और राज्य की योजनाओं को ढ़ंग से लागू करने व उनकी उचित निगरानी करने के लिए उत्तरदायी होते हैं।

ज़मीनी स्तर पर किए गए प्रशासनिक कार्य के अपने विस्तृत अनुभव से बिरेन्द्र प्रसाद जी जानते हैं कि राज-काज में भ्रष्ट राजनीतिज्ञों, बेईमान प्रशासकों और अपराधियों के बीच प्राय: एक ख़तरनाक गठजोड़ बन जाता है, जो समाज, अर्थव्यवस्था और शासन के लिए एक गंभीर ख़तरा उत्पन्न करता है। यह गठजोड़ भ्रष्ट तरीकों से धन अर्जित करने, अपनी स्वार्थगत सत्ता को मजबूत करने और कमज़ोर वर्गों के व्यक्तियों को सतत रूप से आधीन बनाए रखने का प्रयास करता है। इस गठजोड़ को समाप्त करने के लिए सतत सतर्कता बनाए रखना और प्रभावी कार्रवाई को, समय पर, करते रहना नितांत आवश्यक है।

वे सोचते हैं कि यद्यपि कार्यपालिका पर विधायी निगरानी आवश्यक है ताकि जनता की सामूहिक इच्छाओं का प्रतिनिधित्व हो सके परन्तु संवैधानिक रूप से स्थापित कानून के शासन को बनाए रखने के लिए, सभी प्रशासनिक एवं कार्यकारी अधिकारियों को सामान्यतया एवं जिला स्तर के अधिकारियों को विशेषतया, स्वार्थी राजनैतिक हस्तक्षेप से बचाया जाना चाहिए।

सरकारी अधिकारियों की नियुक्तियों, पदस्थापनाओं, स्थानांतरणों, पदोन्नतियों,

पुरस्कारों और दंडों के निर्णय समयबद्ध ढंग से और पारदर्शी रूप से, इस कार्य हेतु गठित स्वायत्त निकायों के द्वारा लिए जाने चाहिए। इन निकायों में सत्ताधारी और विपक्षी दलों दोनों के सदस्य शामिल हों, ताकि इनकी निष्पक्षता और कार्यकुशलता सुनिश्चित की जा सके। स्वतंत्रता के बाद हुए समाजिक और प्रशासनिक परिवर्तनों को सार्थक दिशा में ले जाने हेतु, प्रशासनिक कार्यप्रणाली में गतिशीलता, निष्पक्षता, स्वायत्तता और संवैधानिकता की भावना को सुदृढ़ किया जाना आवश्यक है।

वह पुन: सोचते हैं कि संविधान की प्रस्तावना में उल्लिखित वाक्य, "हम भारत के लोग" का शब्द "हम", देश के सभी नागरिकों का प्रतिनिधित्व करता है, इनमें 80 प्रतिशत से अधिक नागरिक समाज के निम्न और मध्यम वर्ग से होते हैं। ये लोग सदियों से विभिन्न रूपों में शोषण सहते आए हैं। वे अपने परिवारों की बुनियादी आवश्यकताओं को पूरा करने और व्यक्तिगत, पारिवारिक तथा सामाजिक ज़िम्मेदारियों का निर्वाह करने के लिए दिन-रात अथक परिश्रम करते हैं। उनकी आवश्यकताएं प्राय: बहुत सीमित और सरल होती हैं। इनकी मूल इच्छाएँ होती हैं- अपने परिवार के लिए रोटी, कपडा एवं मकान की उचित एवं सरल व्यवस्था; शांति व सुरक्षा, और अपने सामाजिक कर्तव्यों को बिना किसी जटिलता व परेशानी के कर पाना।

ग्रामीण क्षेत्र में अमीन का कार्य एक लम्बे समय तक करते रहने की वजह से बिरेन्द्र प्रसाद को यह अनुभव हो गया था कि जब सामान्य नागरिकों को समस्याओं का सामना करना पड़ता है, तो उनकी उम्मीद स्थानीय पुलिस थाने के या तहसील स्तर के कार्यकारी (Executive) अधिकारियों से होती है। वे शायद ही कभी इससे उच्च स्तर के अधिकारियों तक अपनी आवाज़ पहुँचाने का साहस कर पाते हैं। अर्थात, इन सामान्य नागरिकों के जीवन में जिन सरकारी अधिकारियों की भूमिका सबसे महत्वपूर्ण होती है, वे हैं तहसील स्तर के और पुलिस थानों के अधिकारी। यही अधिकारी सरकारी नीतियों, कानूनों और योजनाओं को ज़मीनी स्तर पर लागू करते हैं। उनका काम सीधे तौर पर आमजनता के जीवन को प्रभावित करता है।

संविधान और उसकी प्रस्तावना में उल्लिखित उच्च आदर्शों की वास्तविकता में परिणति इसी स्तर की प्रशासनिक कार्य-संस्कृति पर निर्भर करती है। इन अधिकारियों को जनता की समस्याओं के प्रति संवेदनशील, सहानुभूति पूर्ण, और समयबद्ध रूप से ज़िम्मेदार बनाया जाना चाहिए, ताकि शासन के आदर्श, विचार, वादे और घोषणाएं जमीनी स्तर पर सार्थक क्रियाओं में बदल सकें।

आज के परिप्रेक्ष्य में, जो व्यक्ति कुछ नहीं है (अर्थात सामान्य नागरिक है) उसके कष्टों

और तकलीफ़ों को सामान्यतया कोई भी नेता या अधिकारी नहीं सुनता। वर्तमान समय में सामान्य जन के काम की तुलना में तो प्राय: अपराधियों के काम अधिक आसानी से हो जाते हैं। आजकल किसी भी सरकारी अधिकारी या नेता से उचित और कानूनी सेवाएँ प्राप्त करने के लिए सामान्य व्यक्ति को कोई न कोई विशेषता अर्जित करनी होती है, यह अर्जित विशेषता आर्थिक, राजनीतिक, सामाजिक क्षेत्र की हो सकती है अथवा शासन व प्रशासन के अधिकारियों के लिए किसी प्रकार की समस्या को उत्पन्न करने वाली (Nuisance causing) भी हो सकती है।

आजकल सामान्य नागरिकों के लिए, शासन के अधिकारियों से, कानूनी रूप से मान्य सेवाएँ प्राप्त करना तक अत्यधिक कठिन और समय-साध्य काम हो गया है। इन कामों को कराने के लिए भी कई बार आम नागरिक को रिश्वत तक देनी पड़ जाती है। यह प्रक्रिया न केवल आम नागरिक के बहुमूल्य समय और राज्य के संसाधनों को बर्बाद करती है, आम नागरिक हेतु आर्थिक बोझ बढ़ाती है और आम नागरिकों की मानवीय गरिमा को भी ठेस पहुँचाती है। यदि प्रशासनिक अंतःक्रियाओं एवं बाह्य कार्य-प्रणालियों को सरल बनाया जाए, तो नागरिक अधिक प्रभावी ढंग से राष्ट्र निर्माण में अपना रचनात्मक योगदान दे सकेंगे।

अधिकारीगण प्राय: जनता की समस्याओं को किसी न किसी बहाने से टालने का प्रयास करते हैं। जबकि उनके द्वारा जनता की अधिकांश वास्तविक समस्याएँ शीघ्रता, संवेदनशीलता और निष्पक्षता के साथ तत्काल हल की जा सकती हैं और इनको हल करने के लिए अतिरिक्त प्रयासों एवं अतिरिक्त वित्तीय संसाधनों की आवश्यकता भी नहीं होती है। इन कामों के संपन्न हो जाने से आम जनता को तत्काल दीर्घकालिक कष्टों से राहत मिल सकती है एवं उनका बहुमूल्य समय नष्ट होने से बच सकता है जिसका सदुपयोग देशहित के अनेक प्रकार के कामों में किया जा सकता है।

जिला स्तर के अधिकारियों को प्राथमिकता के आधारपर यथाशीघ्र लोगों की समस्याओं और शिकायतों को संवेदनशीलता के साथ सुनना और तत्परता एवं सहानुभूति के साथ उनका समाधान करना चाहिए। यह उनकी व्यक्तिगत ज़िम्मेदारी होनी चाहिए कि वे उन सभी प्रकार की उन बाधाओं को दूर करें, जो आम नागरिकों और प्रशासन के बीच संवाद में रुकावट डालती हैं—चाहे वे बाधाएं औपचारिक हों या अनौपचारिक।

इसके साथ ही, जवाबदेही की ऐसी व्यवस्थाएँ होनी चाहिए, जो यह सुनिश्चित करें कि अगर अधिकारी अपने कर्तव्यों का सही ढंग से निर्वहन करने में असफल होते हैं, तो उन्हें, क़ानून के अंतर्गत, शीघ्र उत्तरदायी ठहरा कर दण्डित किया जा सके। इस प्रकार की जवाबदेही न केवल अधिकारियों की कार्यक्षमता को बढ़ाएगी, बल्कि जनता में प्रशासन के प्रति विश्वास और सम्मान भी कायम रख सकेगी। यह व्यवस्था लोकतंत्र के सुचारू रूप

से चलने के लिए अत्यावश्यक है।

उच्च प्रशासनिक अधिकारियों को यह सुनिश्चित करना चाहिए कि सरकार के द्वारा बनाई गयी योजनाओं का कार्यान्वयन पूर्णतया सफल हो और लाभार्थियों पर कोई भी अनावश्यक बोझ न पड़े। चूँकि अभी भी देश में सबको शिक्षा नहीं मिल पाई है और नागरिकों में आवश्यक जानकारियों का अभाव है, इसलिए सरकार के द्वारा बनाई गयी योजनाओं के कार्यान्वयन के सम्बन्ध में सभी आवश्यक औपचारिकताओं को पूरा कराने की ज़िम्मेदारी सम्बंधित अधिकारियों पर होनी चाहिए, न कि सम्बंधित नागरिक पर, ताकि योजनाओं के लाभ प्राप्त करने में नागरिक को किसी प्रकार की असुविधा न हो। यदि किसी सरकारी योजना के कार्यान्वयन में सफलता नहीं मिलती है, तो संबंधित अधिकारियों का उत्तरदायित्व निर्धारित कर शीघ्र ही उन्हें इस लापरवाही हेतु दंडित किया जाना चाहिए।

प्रशासन के वरिष्ठ अधिकारियों के द्वारा ऐसी व्यवस्था बनाई जाए ताकि उनके कनिष्ठ अधिकारीगण द्वारा जनता की समस्याओं का हल, बिना विलम्ब किए, तत्काल निकालें और इनके अतिरिक्त जिन जटिल समस्याओं के समाधान हेतु किसी विशेष कानूनी प्रक्रिया के पालन की आवश्यकता होती है, वहाँ संबंधित विशेषज्ञों से यथाशीघ्र परामर्श लेकर समाधान निकाले जाएं, यद्यपि, ऐसी समस्याएँ अपेक्षाकृत बहुत कम संख्या में होती हैं।

इसी सन्दर्भ में बिरू सोचते हैं कि सर्वोच्च नयायालय के न्यायाधीशों के द्वारा बार-बार यह घोषित करने के बावजूद कि न्याय मिलने में विलम्ब होने से न्याय का महत्त्व ख़त्म हो जाता है, भारत में न्याय पाना बहुत ही खर्चीला है और यह अत्यधिक विलम्ब से मिल पाता है। यहाँ वकीलों की फीस बहुत ज़ियादा है और न्यायालय की प्रक्रियाएं बहुत ही मंहगी एवं लंबी हैं। अत: निर्धन व्यक्ति को न्याय मिल पाने की संभावना भारत में शून्य के बराबर है। न्याय पाने के निर्धन व्यक्ति के प्रयास प्राय: न्याय के रास्ते पर कुछ ही क़दम चलकर दम तोड़ देते हैं। भारत के विद्वान न्यायाधीशों और कानूनविदों के द्वारा कानूनी प्रक्रियाओं की जटिलताओं को ख़त्म करने और इन प्रक्रियाओं में लगने वाले अत्यधिक दीर्घ समय को लघु करने हेतु सफल प्रयास किए जाने चाहिए ताकि निर्धन व्यक्तियों को शीघ्र एवं बिना धन का व्यय किए न्याय सुलभ हो सके।

बिरेन्द्र प्रसाद जी को इस विडम्बना पर भी आश्चर्य होता है कि जेलों में बंद सिद्धदोष अपराधियों तक को भोजन, आश्रय और चिकित्सा जैसी आवश्यक सुविधाएँ शासन के द्वारा प्रदान की जाती हैं; जबकि नागरिकों में से एक बड़ी संख्या ऐसे व्यक्तियों की है जो निरपराध हैं परन्तु निर्धन होने के कारण उन्हें सामान्यतया यह सुविधाएँ सुचारुरूप से उपलब्ध नहीं हो पातीं हैं और इन्हें प्राप्त करने के लिए उन्हें अत्यधिक परिश्रम करना पड़ता

है तथा अनेक कठिनाइयों का सामना करना पड़ता है।

यहाँ यह उल्लेखनीय है कि नेताओं के द्वारा दावा यह किया जाता है कि वे जनता के सेवक हैं और सम्पूर्ण शासन एवं प्रशासनतंत्र देश के नागरिकों के लिए निर्मित किया गया है और कि लोककल्याण के लिए ही शासन करने वाले राजनैतिक नेताओं व प्रशासन के अधिकारियों एवं कर्मचारियों को वेतन व सुविधाएं दी जा रही हैं। परन्तु वर्तमान प्रजातांत्रिक व्यवस्था में प्रजा पर शासन-तंत्र बुरी तरह हावी है और तंत्र के बोझ से प्रजा कराह रही है।

बिरेन्द्र प्रसाद जी को लगता है कि मानव-जीवन में वास्तविक विकास और सच्चा सुख तभी संभव है जब अज्ञानता का उन्मूलन हो, स्वतंत्र चिंतन को प्रोत्साहन मिले और स्वतंत्रता, समानता और बंधुत्व के साथ लोकतांत्रिक आदर्शों का पालन हो। भारत के संविधान की प्रस्तावना भारतीय जनता की संप्रभु इच्छा का प्रतीक है, और इसके सिद्धांतों को लागू करना भारत के लोगों के जनकल्याण, सुख और समृद्धि के लिए नितांत आवश्यक है। उनका दृढ़ विश्वास है कि प्रत्येक नागरिक और विशेष रूप से सरकारी अधिकारियों को संविधान की प्रस्तावना को भली-भाँति समझना चाहिए तथा सभी महत्त्वपूर्ण सरकारी कार्यक्रमों के प्रारंभ में प्रस्तावना का पाठ अनिवार्य रूप से किया जाना चाहिए।

इसी आत्ममंथन के बीच बिरेन्द्र प्रसाद जी का ध्यान अपने परिवार की ओर चला गया। उनकी धर्मपत्नी दमयंती, स्वस्थ और प्रसन्नचित्त रहती हैं; उनका बड़ा बेटा राजेंद्र, बनारस में एक सफल एवं सम्मानीय डॉक्टर है; उससे छोटा बेटा कुंदन, पश्चिम बंगाल में आई पी एस अधिकारी के रूप में, एडीशनल डी जी पुलिस, के पद पर कलकत्ता में तैनात है; उससे छोटी बेटी, मीना, भारत सरकार की आई सी ए आर में वरिष्ठ वैज्ञानिक के पद पर कार्यरत है; उससे छोटा बेटा, हरीश, ऑस्ट्रेलिया में सॉफ़्टवेयर इंजीनियर है; उससे छोटा बेटा, प्रेम, चाय बागान में मैनेजर है; और उनका सबसे छोटा बेटा, प्रकाश, रेल विभाग में वरिष्ठ पद पर इंजीनियर है। सभी बच्चे अपने-अपने क्षेत्र में आदर और सम्मान के साथ अपने-अपने कर्तव्यों का सफलता पूर्वक निर्वहन कर रहे हैं।

इस बार कलकत्ता आने पर कुछ दिनों के बाद बिरेन्द्र प्रसाद जी को सर्दी-ज़ुकाम की शिकायत हुई, जो घर पर रहकर इलाज कराने पर ठीक नहीं हो रही थी। इसलिए कुंदन जी ने उन्हें साल्टलेक के एक अस्पताल में भर्ती करा दिया। अस्पताल के शानदार कमरे के आरामदायक बिस्तर पर लेटे हुए बिरेन्द्र प्रसाद जी सोच रहे हैं कि केवल कक्षा चार तक की औपचारिक शिक्षा प्राप्त वह क्या इतने समृद्ध और संतुष्ट जीवन के सच में अधिकारी थे?

●●●

रचना से प्राप्त कुछ विचार-अमृत

1. प्रगति की यात्रा में केवल ज्ञान ही पर्याप्त नहीं है। ज्ञान जितना महत्त्वपूर्ण होता है उसे धरातल पर स्पष्ट दिखने वाले कार्यों के साथ जोड़ना भी उतना ही आवश्यक होता है, ताकि वह मानवजीवन में वास्तविक परिवर्तन ला सके। बिना कार्य के ज्ञान व्यर्थ है, और बिना ज्ञान (समझ और अंतर्दृष्टि) के किया गया कार्य विनाशकारी हो सकता है।
2. किसी भी विचार या भौतिक संरचना में आत्म-विनाश के बीज अंतर्निहित होते हैं। किसी भी विचार का जन्म होते ही उसके नष्ट होने की प्रक्रिया भी शुरू हो जाती है और इसी प्रकार जब कोई मूर्त संरचना निर्मित होती है, तो उसका विघटन भी उसके निर्मित हो जाने के क्षण से ही प्रारंभ हो जाता है। किसी विचार के लुप्त होने या किसी भौतिक संरचना के विघटन की गति आंतरिक और बाहरी कई कारकों पर निर्भर करती है। इन विघटनकारी कारकों को रोकने और उस विचार अथवा भौतिक संरचना को कुछ स्थायित्व प्रदान करने के लिए मानवीय प्रयास आवश्यक होते हैं। यह कार्य केवल सतत सुविचारित एवं सुनियोजित मानवीय प्रयासों से ही संभव है।
3. अज्ञानता के कारण व्यक्ति अहंकार से ग्रसित होता है, जिससे उसमें स्वार्थ, आलस्य, मोह, क्रोध और अन्य विकार उत्पन्न होते हैं। अहंकार और उससे उत्पन्न स्वार्थ के कारण वह स्वयं को दूसरों से अलग समझने लगता है। इसी अज्ञानता के कारण व्यक्ति और समाज को दुःख झेलना पड़ता है। वेदांत दर्शन के अनुसार, ज्ञान प्राप्त करने से अज्ञानता दूर होती है और व्यक्ति ज्ञान के प्रकाश में जीवन का सही मार्ग खोज पाता है।
4. शिक्षा मनुष्य में मनुष्यत्व उत्पन्न करती है और उसके सर्वांगीण विकास के लिए अनिवार्य है। शिक्षा, प्रगति और नागरिक-सशक्तीकरण की आधारशिला है। मानव होने के नाते शिक्षा व्यक्ति का स्वाभाविक मौलिक अधिकार है और यह राज्य का उत्तरदायित्व है कि वह अपने नागरिक को गुणवत्ता पूर्ण उतनी शिक्षा उपलब्ध कराए जितना वह व्यक्ति प्राप्त करना चाहता है। शिक्षा वह कुंजी है जो नागरिकों के लिए अवसरों के द्वार खोलती है, नवाचार को प्रोत्साहित करती है, और आर्थिक विकास को प्रेरित करती है।

5. वह कार्य उचित होता है जिससे मानवता का भला हो। जो भी कार्य किया जाए वह परहित में हो, इससे बड़ा कोई धर्म नहीं है और परपीड़ा से बड़ा कोई अधर्म नहीं है। धर्म, जीवन जीने का सुविचारित तरीका है। जो कार्य परहित में होते हैं वह धर्म की दृष्टि से उचित होते हैं और जो कार्य परपीड़ा के होते हैं वह अधर्म के कार्य होते हैं।
6. देशकाल के अनुसार समाज में विभिन्न पंथों का प्रादुर्भाव होता है और उनके अनुसार लोग जीवन में अपने-अपने कार्य करते हैं। परन्तु प्रत्येक कार्य को परहित की कसौटी पर खरा उतरना होगा तभी वह कार्य धर्म के अनुसार होना कहलाएगा।
7. इतिहास हमें सिखाता है कि जब भी शासकों ने जनता की इच्छा की अवहेलना की है या लोकतांत्रिक परंपराओं और संस्थाओं को कमज़ोर करने का प्रयास किया है, इसके गंभीर परिणाम हुए हैं। ऐसी कार्रवाइयों ने जनता के बीच अशांति पैदा की और सत्ता में बैठे लोगों को इसकी भारी क़ीमत चुकानी पड़ी। शासकों के द्वारा अपने निर्णय जबरन जनता पर थोपने के प्रयासों ने जनता के लिए जहाँ भारी कष्ट उत्पन्न किए हैं, वहीं निर्णयकर्ताओं तथा उनके सहयोगियों के लिए भी अतिगंभीर प्रतिकूल परिणाम उत्पन्न किए हैं।
8. वर्तमान समय में मतदाताओं को लोकतंत्र में सहभागिता करने के अवसर केवल मतदान के समय ही मिलते हैं। मतदान के बाद अगले मतदान के होने तक उसे लोकतान्त्रिक प्रक्रिया में भाग लेने का कोई अवसर नहीं मिलता। लोकतंत्र में सुचारू रूप से योगदान करने के लिए मतदाता हेतु अन्य अवसर भी उपलब्ध कराए जाने चाहिए जैसे कि – जनमत संग्रह (referendum) और वापस बुलाना (recall) आदि। चूँकि लोकतंत्र में लोक (जनता) संप्रभु (sovereign) होता है अत: उसके अधिकारों को सर्वोच्च्च प्राथमिकता दी जानी चाहिए।
9. पश्चिम बंगाल के सामाजिक जीवन के इन्द्रधनुष में उच्च बौद्धिक ज्ञान के विभिन्न चमकदार रंगों के साथ ही अति आत्मसंतुष्टि, अति संयम और किंचित जड़ता के धूसर रंग भी परिलक्षित होते हैं जिनके कारण इस इन्द्रधनुष की आभा कुछ मध्यम हो जाती है। ऐसा लगता है, जैसे कि यहाँ के भौतिक जीवन में सामान्य व्यक्तियों (Common men) का प्रयास अक्सर केवल मूलभूत आवश्यकताओं की पूर्ति होने तक ही सीमित रह जाता है और किसी प्रकार यदि यह आवश्यकताएं पूरी हो जाएं, तो वे प्राय: और अधिक प्राप्ति की आकांक्षा के प्रति लगाव नहीं रखते। अतीत के गौरव और वर्तमान की चुनौतियों के बीच झूलते हुए, पश्चिम बंगाल एक ऐसा प्रदेश है जो अपने बौद्धिक और आध्यात्मिक धरोहर को तो संजोए है, किंतु भौतिक जीवन में प्रगति हेतु वंछित स्तर से उत्सुक एवं प्रयत्नशील नहीं लग रहा है।

10. पश्चिम बंगाल विरोधाभासों की भूमि है—यह ऐसा स्थान है जहाँ उच्च स्तर का बौद्धिक और आध्यात्मिक ज्ञान; सामाजिक, राजनैतिक और आर्थिक चुनौतियों के साथ सह-अस्तित्व में है। इस क्षेत्र ने दुनिया को महान आध्यात्मिक अंतर्दृष्टि, अतुलनीय ज्ञान, उत्कृष्ट कलात्मक क्षमता और अत्यंत उपजाऊ भूमि दी है। पश्चिम बंगाल में आध्यात्मिक और भौतिक प्रगति की अपार संभावनाएँ निहित हैं; आवश्यकता है तो केवल उन संभावनाओं पर कार्य करने की इच्छाशक्ति विकसित करने की एवं तत्परता से उसके अनुरूप कार्य करने की, ताकि यहाँ के विशाल ज्ञान-भंडार और उर्वरक क्षमता को सार्थक प्रगति में परिवर्तित किया जा सके।

11. चराचर जगत एक और केवल एक ब्रह्म का ही विस्तार है। अगर भगवान राम में ब्रह्म की शक्ति थी, तो असुर रावण में भी वही शक्ति शिव (ब्रह्म) से प्राप्त थी। रावण को पराजित करने के लिए राम को उससे भी अधिक कठिन आराधना करनी पड़ी थी। यह सिद्ध करता है कि किसी भी बड़े कार्य को करने के लिए सुनियोजित ढंग से कड़ी मेहनत करने की आवश्यकता होती है। जितना महान कार्य करना होता है, उसको करने लिए उतने ही उच्च स्तर का प्रयास हमको करना पड़ता है।

12. वैश्विक स्तर पर उसी चीज़ की मांग होती है जो अन्य देशों में निर्मित उस चीज़ से अपेक्षाकृत गुणवत्ता में उच्च और लागत में कम होती है, इसलिए देश में दी जा रही शिक्षा, कुशलता एवं तकनीक के स्तर को लगातार सुधारते रहने के प्रयास करने होंगे, तभी हम उच्च गुणवत्ता की वस्तुएं अपेक्षाकृत कम लागत में निर्मित कर पाएंगे, और तभी भारत विश्व की उच्च स्तर की अर्थव्यवस्था वाला देश बन पाएगा।

13. भारतीय के संविधान की प्रस्तावना के साकार होने ने एक झटके से भारत के लोगों को सार्वभौमिक वयस्क मताधिकार (Adult Universal Franchise) दे दिया जो इससे पहले इस भूमि पर कभी नहीं दिया गया। संविधान की प्रस्तावना ने देश में सामाजिक, आर्थिक या राजनैतिक स्थिति, विश्वास, धर्म, लिंग या आयु के प्रतिबंधों की सीमा को पार कर सब लोगों को सामान घोषित किया और उन्हें सामान अधिकार दिए, भले ही यह अधिकार अभी मात्र सिद्धांत के रूप में स्वीकृत हों और उनको ज़मीनी धरातल पर कार्य रूप में परणित करने में अभी समय लगे।

14. भारतीय संविधान को संविधान सभा के उत्कृष्ट विचारकों द्वारा तैयार किया गया था, जो भारतीय समाज के विभिन्न वर्गों, धर्मों, विश्वासों और क्षेत्रों का प्रतिनिधित्व करते थे। यद्यपि संविधान की मूल शब्दावली अंग्रेजी में है और यह पश्चिमी शासन प्रणालियों से ली गयी प्रतीत होती है, परन्तु वास्तविकता यह है कि प्रस्तावना की भावना मूल रूप से भारतीय ज्ञान परंपरा, वैदिक साहित्य और बौद्धिक धरोहर से प्राप्त हुई है और यह प्राचीन भारतीय दर्शन पर आधारित है। यह मानवता को उन्नत

करने के लिए लोगों को सशक्त बनाने का उद्देश्य प्रस्तुत करती है, जिसका वैदिक पुरुषार्थ—धर्म, अर्थ, काम और मोक्ष—की अवधारणाओं के साथ आत्मीय स्तर पर गहरा सामंजस्य है।

15. संविधान की प्रस्तावना, 'भारत के लोगों' के सामूहिक ज्ञान और आकांक्षाओं का प्रतीक है। यह नागरिकों को सशक्त करती है और उन्हें अज्ञानता और दुःख से मुक्त करने के मार्ग पर अग्रसर करती है, जो वैदिक पुरुषार्थ- धर्म, अर्थ, काम और मोक्ष की मूल अवधाणाओं के अनुरूप है। भारतीय संविधान की प्रस्तावना के लोकतांत्रिक विचारों की जड़ें यद्यपि प्राचीन भारतीय साहित्य से जीवन-ऊर्जा पाती रही हैं और भारतीय संस्कृति और प्राचीन शासन-प्रणालियों में गहराई तक समाई हुई हैं, लेकिन यथार्थ में यह प्रस्तावना अपने पूर्ववर्ती ग्रंथों में लिखित भावों और विचारों से भी कहीं आगे बढ़ जाती है।

16. सार्वभौमिक वयस्क मताधिकार के बावजूद, चुनावी खर्च की निरंतर तेजी से बढ़ती ऊँचाई ने ग़रीब और सीमित संसाधनों वाले उम्मीदवारों को चुनावी प्रक्रिया में साधनहीन-सा कर दिया है। निजी काले और सफ़ेद धन तथा पाशविक इंसानी शक्ति (Muscle Power) का चुनावों में प्रभाव बढ़ता जा रहा है और अमीर लोग पैसे और अन्य साधनों से वोट ख़रीदने और लूटने की कोशिश में जुटे हुए हैं। राजनैतिक, धार्मिक एवं अन्य स्वार्थगत दबाव और विभाजन की रणनीतियों का सहारा लेकर अपने समर्थन के आधार को मजबूत करते हैं और विरोधी विचारों को दबाने के प्रयास में उनकी असहमति को अक्सर राष्ट्र-विरोधी तक घोषित कर देते हैं।

17. लोकतंत्र का चौथा स्तंभ—मीडिया भी अपनी भूमिका में खरा नहीं उतर पाया है। स्वार्थवश कई बार मीडिया सत्ता में मौजूद सरकार की कमियों और अलोकतांत्रिक प्रथाओं पर पर्याप्त जांच-पड़ताल और ख़ुलासा नहीं करता, जिससे लोकतंत्र के आदर्शों की रक्षा कमज़ोर हो जाती है। इस स्थिति में सुधार के लिए जनता, बुद्धिजीवी वर्ग, मीडिया, और सरकारी तंत्र सभी को मिलकर प्रयास करने होंगे ताकि भारतीय लोकतंत्र में संविधान की प्रस्तावना के आदर्श वास्तविकता में साकार हो सकें। मीडिया को कार्पोरेट जगत के आधिपत्य से भी बचाना होगा क्योंकि यदि सत्ता पक्ष, कार्पोरेट जगत और मीडिया का स्वार्थों पर आधारित गठबंधन हो गया तो लोकतंत्र की निर्मम हत्या किश्तों में होती रहेगी और जनता असहाय सी खड़ी तमाशा जैसा देखती रहेगी।

18. बौद्ध साहित्य, कौटिल्य का अर्थशास्त्र, मौर्य साम्राज्य का साहित्य, अशोक के शिलालेख और यूनानी इतिहासकारों के वृत्तांत प्राचीन उत्तर-भारत में लोकतांत्रिक प्रणालियों के अस्तित्व की पुष्टि करते हैं। दक्षिण-भारत में भी चोल वंश के

शासनकाल में लोकतांत्रिक व्यवस्था के उत्कृष्ट उदाहरण मिलते हैं, जहाँ शहरों में प्रशासन एवं प्रबंधन हेतु संवैधानिक व्यवस्थाएं प्रचलित थीं और ग्रामीण तथा शहरी दोनों क्षेत्रों में लोकतांत्रिक सिद्धांतों एवं प्रणालियों का पालन किया जाता था। गौतम बुद्ध और कौटिल्य दोनों का मानना था कि गणराज्य तभी पनप सकते हैं जब वे लोकतांत्रिक मूल्यों का पालन करते हैं।

19. कौटिल्य ने अपने 'अर्थशास्त्र' में राजा (जो आधुनिक संदर्भ में विभिन्न देशों की सरकारों के प्रमुख, प्रधानमंत्री या राष्ट्रपति के समतुल्य था) के गुणों का विस्तार से वर्णन किया है। कौटिल्य के अनुसार, राजा का प्रमुख कर्तव्य 'प्रजापालन' होना चाहिए, अर्थात् राजा को जनता का संरक्षक होना चाहिए। इतिहास में कुछ राजाओं ने इस सिद्धांत का पालन करते हुए जन-कल्याण को प्राथमिकता दी, जबकि अधिकाँश राजाओं ने व्यक्तिगत विलासिता और शक्ति-संचयन को अपना उद्देश्य बना लिया। मौर्य साम्राज्य, विशेषकर चन्द्रगुप्त, अशोक और इसके बाद विक्रमादित्य के शासन-काल में, कल्याणकारी राज्य के उत्कृष्ट उदाहरण प्रस्तुत किए गए, जिनमें जनहित को पर्याप्त महत्त्व दिया गया।

20. विदेशी आक्रमणों ने प्राकृतिक संसाधनों से समृद्ध, ज्ञान के भण्डार और व्यक्तिगत साहस और वीरता से परिपूर्ण नागरिकों के देश, भारत, को तबाह कर दिया। विशाल मानव-संसाधन और भौतिक संसाधनों के बावजूद, भारतीय राजाओं की सेनाएँ आंतरिक रूप से विभाजित रहीं, और उनमें देश-काल के अनुरूप प्रभावी नेतृत्व, आधुनिक हथियारों, सुरक्षा उपायों और सैन्य प्रशिक्षण की कमी रही। उनके पास युद्ध के लिए न तो कोई विशेष उद्देश्य था, न उत्साह और न ही जनसमर्थन। युद्धों के निर्णायक क्षणों में भारतीय सेनाएं प्राय: अपने शासनतंत्र के भीतर के सत्ता केन्द्रों से ही बड़े-बड़े धोखे खाती रहीं।

21. भारतीय इतिहास पर दृष्टिपात करने से स्पष्ट होता है कि समाज में अलोकतांत्रिक प्रवृत्तियाँ—जैसे विखंडन, स्वार्थ और विभाजन—प्रारंभिक वैदिक काल में नियंत्रित थीं, किंतु उत्तर वैदिक काल में वे प्रमुख रूप से उभरने लगीं। मौर्य काल, विशेषकर सम्राट चंद्रगुप्त और अशोक के शासनकाल में, इन अलोकतांत्रिक प्रवृत्तियों पर पुन: पर्याप्त नियंत्रण क़ायम किया गया और समाज में समरसता बढ़ाई गई। परंतु बाद में इन प्रवृत्तियों में वृद्धि हुई तथा ब्रिटिश शासन के शुरुआती दौर में ये अलोकतांत्रिक प्रवृत्तियाँ पुनः अत्यंत प्रबल हो गईं और समाज पर गहरा प्रभाव छोड़ने लगीं। स्वतन्त्रता मिलने के बाद इन अलोकतांत्रिक प्रवृत्तियों पर कुछ नियंत्रण पाया गया है लेकिन वर्तमान काल की प्रवृत्तियों को देखकर यह आशंका उत्पन्न होती है कि आने

वाले समय में अलोकतांत्रिक प्रवृत्तियों यह नियंत्रण कुछ कमज़ोर पड़ सकता है अत: देश के नागरिकों और मानवता के समर्थकों को इन अलोकतांत्रिक प्रवृत्तियों को बढ़ने न देने के प्रयासों को लगातार करते रहना होगा।

22. वर्तमान समय में देश के राजनैतिक दलों में आंतरिक लोकतंत्र की कमी है। प्राय: सभी राजनैतिक दल, परिवार वाद या अधिनायकवाद से ग्रसित हैं। प्राय: सभी राजनैतिक दलों में शीर्ष पर एक नेता होता है जिसका दल पर एकाधिकार होता है और दल के शेष उच्च पदों हेतु नेता, दल के कार्यकर्ताओं के द्वारा नहीं चुने जाते हैं, बल्कि दल के अधिनायक या उसके करीबी नेताओं के समूह द्वारा तय कर दिए जाते हैं। फिर दल के आतंरिक चुनावों का नाटक-सा होता है जिनमें इन तय कर दिए गए नेताओं को चयनित घोषित कर दिया जाता है।

23. देश की विधानसभाओं और लोकसभा का चुनाव, वर्तमान परिस्थितियों में, इतना अधिक ख़र्चीला हो गया है कि पढ़ा-लिखा सामान्य व्यक्ति चुनाव लड़ने की हिम्मत तक नहीं कर सकता। यह स्थित बहुत दुर्भाग्यपूर्ण है। जो लोग यह चुनाव लड़ना चाहते हैं, वे अक्सर किन्हीं धनी व्यक्तियों, व्यापारियों या औद्योगिक समूहों से आर्थिक सहायता प्राप्त करते हैं। आर्थिक सहायता देने वाले लोग प्रत्याशी के जीतने पर बदले में अपने अवैध कामों में उससे सहायता की अपेक्षा रखते हैं।

24. देश के विभिन्न सत्ता केन्द्रों में राजनैतिक सत्ता केंद्र अत्यधिक प्रभावशाली होते हैं। राजनीति में व्याप्त यह भ्रष्टाचार न केवल शासन को प्रभावित करता है, बल्कि राज्य प्रणाली के अन्य सभी सत्ता केंद्रों में भी फैलता है। यदि राजनैतिक नेतृत्व ईमानदार रहे, तो वह पूरे तंत्र में भ्रष्टाचार को कम करने की क्षमता रखता है।

25. चुनावों में व्यय किए गए काले या सफ़ेद धन की वजह से धन की उगाही का एक सिलसिला चल पड़ता है और लगभग सभी तरह के आर्थिक भ्रष्टाचारों का यह एक सबसे प्रभावी आधार हो जाता है। भ्रष्टाचार के इस सबसे प्रभावी आधार को समाप्त किए बगैर देश से भ्रष्टाचार के विरुद्ध किसी प्रभावी कार्यवाई का किया जाना संभव ही नहीं है।

26. यदि एक ऐसा वातावरण निर्मित करना है, जहाँ शिक्षित, नैतिक और सेवा-भावना वाला व्यक्ति चुनाव जीत सके, तो सबसे पहले हमें सभी चुनावों को धन के प्रभाव से मुक्त करना होगा और अनैतिक राजनेताओं, भ्रष्ट नौकरशाहों और अपराधियों के बीच के गठजोड़ को तोड़ना होगा। ये दोनों कार्य सर्वोच्च प्राथमिकता पर होने चाहिए, ताकि भारतीय लोकतंत्र का आधार मजबूत हो सके।

27. चुनाव सम्बन्धी भ्रष्टाचार सत्ता के केन्द्रों अर्थात मंत्रियों, राजसेवकों, विधायकों और न्यायतंत्र को भ्रष्ट करने की क्षमता रखता है अत: शासन, प्रशासन और समाज के

मानवोचित संचलन हेतु इस भ्रष्टाचार को जड़ से नष्ट करने की अनिवार्यता है। देश से भ्रष्टाचार को समाप्त करने के लिए आवश्यक है कि सार्वजनिक पदों के लिए सभी चुनावों का वित्तपोषण केवल सरकारी धन से हो। सभी उम्मीदवारों को समान अवसर प्रदान किए जाएं और यह कानूनी रूप से सुनिश्चित किया जाए कि वे निजी वित्तपोषण का सहारा न ले सकें।

28. देश के तकनीकी एवं अन्य विश्वविद्यालयों से हर वर्ष लाखों स्नातक व परास्नातक छात्र अपनी पढ़ाई पूरी कर के, रोज़गार की तलाश हेतु, निकलते हैं, लेकिन उनमें से अधिकाँश छात्रों के पास उद्योगों में काम करने के लिए आवश्यक कौशल की कमी होती है, विशेष रूप से प्रौद्योगिकी, विनिर्माण और सेवाक्षेत्रों में। इस अंतर को पाटने के लिए शिक्षा-प्रणाली के पुनर्गठन और उसे अर्थव्यवस्था की आवश्यकताओं के साथ अधिक निकटता से जोड़ने की आवश्यकता है।

29. मजदूर और कारखाने एक दूसरे पर निर्भर होते हैं। कारखाने चलेंगे तो मजदूर को काम मिलेगा, उसे वेतन मिलेगा और देश का विकास होगा। इसी प्रकार मजदूर यदि स्वस्थ, कुशल एवं शिक्षित होगा, जो उचित वेतन मिलने से ही संभव है, तो उत्पादन बढ़ेगा और कारखाने के मालिकों का लाभ भी बढ़ेगा। इन दोनों की प्रगति से आमजनता को उच्च गुणवत्ता की वस्तुएं उचित दाम पर मिल सकेंगी और अंतरराष्ट्रीय बाज़ार में देश का निर्यात बढ़ेगा जिसका लाभ सम्पूर्ण देश को होगा।

30. गरिमापूर्ण रोज़गार का अर्थ केवल नौकरी प्राप्त करने से नहीं है; इसमें उचित वेतन, सुरक्षित और स्वस्थप्रद कार्य-स्थितियाँ एवं विकास तथा उन्नति के अवसर शामिल होते हैं। यदि भारत को प्रगति करनी है, तो यह आवश्यक है कि प्रत्येक नागरिक को ऐसा कार्य मिले, जो उसे गरिमा के साथ जीवनयापन करने, अर्थव्यवस्था में योगदान देने और अपने परिवार को सहारा देने का अवसर दे। इसके लिए शिक्षा, शोध और कौशल विकास में निवेश, श्रम सुधार, और गुणवत्तापूर्ण नौकरियों के सृजन को प्रोत्साहित करने वाली नीतियाँ आवश्यक हैं।

31. राज्य की उत्पत्ति दैवीय नहीं है, वरन राज्य का निर्माण व्यक्तियों के द्वारा व्यक्तियों के कल्याण के लिए किया गया है। यदि कोई राज्य अपने नागरिकों का कल्याण नहीं कर सकता तो उसके औचित्य पर प्रश्न चिन्ह लग जाता है।

32. संविधान की प्रस्तावना में उल्लिखित वाक्य, "हम भारत के लोग" का शब्द “हम”, देश के सभी नागरिकों का प्रतिनिधित्व करता है, इनमें ८० प्रतिशत से अधिक नागरिक समाज के निम्न और मध्यम वर्ग से होते हैं। ये लोग सदियों से विभिन्न रूपों में शोषण सहते आए हैं। वे अपने परिवारों की बुनियादी आवश्यकताओं को पूरा करने और व्यक्तिगत, पारिवारिक तथा सामाजिक ज़िम्मेदारियों का निर्वाह

करने के लिए दिन-रात अथक परिश्रम करते हैं। उनकी आवश्यकताएं प्राय: बहुत सीमित और सरल होती हैं। इनकी मूल इच्छाएँ होती हैं- अपने परिवार के लिए रोटी, कपडा एवं मकान की उचित एवं सरल व्यवस्था; शांति व सुरक्षा, और अपने सामाजिक कर्तव्यों को बिना किसी जटिलता व परेशानी के कर पाना।

33. आज के परिप्रेक्ष्य में, जो व्यक्ति कुछ नहीं है (अर्थात सामान्य नागरिक है) उसके कष्टों और तकलीफ़ों को सामान्यतया कोई भी नेता या अधिकारी नहीं सुनता। वर्तमान समय में सामान्य जन के काम की तुलना में तो प्राय: अपराधियों के काम अधिक आसानी से हो जाते हैं। आजकल किसी भी सरकारी अधिकारी या नेता से उचित और कानूनी सेवाएँ प्राप्त करने के लिए सामान्य व्यक्ति को कोई न कोई विशेषता अर्जित करनी होती है, यह अर्जित विशेषता आर्थिक, राजनैतिक, सामाजिक क्षेत्र की हो सकती है अथवा शासन व प्रशासन के अधिकारियों के लिए किसी प्रकार की समस्या को उत्पन्न करने वाली (Nuisance causing) भी हो सकती है।

34. सरकार के द्वारा बनाई गयी योजनाओं के कार्यान्वयन के सम्बन्ध में सभी आवश्यक औपचारिकताओं को पूरा कराने की ज़िम्मेदारी सम्बंधित अधिकारियों पर होनी चाहिए, न कि सम्बंधित नागरिक पर, ताकि योजनाओं के लाभ प्राप्त करने में नागरिक को किसी प्रकार की असुविधा न हो। यदि किसी सरकारी योजना के कार्यान्वयन में सफलता नहीं मिलती है, तो संबंधित अधिकारियों का उत्तरदायित्व निर्धारित कर शीघ्र ही उन्हें इस लापरवाही हेतु दंडित किया जाना चाहिए।

35. न्याय पाने के निर्धन व्यक्ति के प्रयास प्राय: न्याय के रास्ते पर कुछ ही क़दम चलकर दम तोड़ देते हैं। भारत के विद्वान न्यायाधीशों और कानूनविदों के द्वारा कानूनी प्रक्रियाओं की जटिलताओं को ख़त्म करने और इन प्रक्रियाओं में लगने वाले अत्यधिक दीर्घ समय को लघु करने हेतु सफल प्रयास किए जाने चाहिए ताकि निर्धन व्यक्तियों को शीघ्र एवं बिना धन का व्यय किए न्याय सुलभ हो सके।

36. जेलों में बंद सिद्धदोष अपराधियों तक को भोजन, आश्रय और चिकित्सा जैसी आवश्यक सुविधाएँ शासन के द्वारा प्रदान की जाती हैं; जबकि नागरिकों में से एक बड़ी संख्या ऐसे व्यक्तियों की है जो निरपराध हैं परन्तु निर्धन होने के कारण उन्हें सामान्यतया यह सुविधाएँ सुचारुरूप से उपलब्ध नहीं हो पातीं हैं और इन्हें प्राप्त करने के लिए उन्हें अत्यधिक परिश्रम करना पड़ता है तथा अनेक कठिनाइयों का सामना करना पड़ता है।

37. नेताओं के द्वारा दावा यह किया जाता है कि वे जनता के सेवक हैं और सम्पूर्ण शासन एवं प्रशासनतंत्र देश के नागरिकों के लिए निर्मित किया गया है और कि लोककल्याण के लिए ही शासन करने वाले राजनैतिक नेताओं व प्रशासन के

अधिकारियों एवं कर्मचारियों को वेतन व सुविधाएं दी जा रही हैं। परन्तु वर्तमान प्रजातांत्रिक व्यवस्था में प्रजा पर शासन-तंत्र बुरी तरह हावी है और तंत्र के बोझ से प्रजा कराह रही है।

38. मानव-जीवन में वास्तविक विकास और सच्चा सुख तभी संभव है जब अज्ञानता का उन्मूलन हो, स्वतंत्र चिंतन को प्रोत्साहन मिले और स्वतंत्रता, समानता और बंधुत्व के साथ लोकतांत्रिक आदर्शों का पालन हो।

39. विश्व का राजनैतिक इतिहास यह दर्शाता है कि प्रत्येक समाज में पारस्परिक विपरीत प्रवृत्तियाँ सदैव विद्यमान रहती हैं परन्तु इनकी मात्रा, तीव्रता और घनत्व में परिवर्तन होता रहता है। एक ओर लोकतांत्रिक प्रवृत्तियाँ होती हैं, जो नि:स्वार्थ, मानवतावादी, समावेशी, तथा एकताकारी होती हैं, और दूसरी ओर अलोकतांत्रिक प्रवृत्तियाँ होती हैं, जो स्वार्थी, विभाजनकारी और विखंडनकारी एवं मानवतावाद की विरोधी होती हैं। समय के साथ अलोकतांत्रिक प्रवृत्तियाँ स्वाभाविक रूप से बढ़ने लगती हैं, और इन्हें नियंत्रित करने के लिए शासनतंत्र के स्तर से गंभीर प्रयास अनिवार्य हो जाते हैं। इसी प्रकार, लोकतांत्रिक मूल्यों को पुष्ट करने के लिए भी विशेष प्रयासों की आवश्यकता होती है।

40. भारत के संविधान की प्रस्तावना एक रक्तहीन क्रांति की सफलता की औपचारिक घोषणा है जो सदियों से भारत भूमि में चल रही थी और जिसने उन लाखों लोगों की आकांक्षाओं को अभिव्यक्ति दी है, जो सदियों से इसके साकार होने की प्रतीक्षा कर रहे थे। प्रस्तावना में उल्लेखित वाक्यांश "हम भारत के लोग" में शब्द “हम” को बिना किसी विशेषण के प्रस्तुत किया गया है, जिसका तात्पर्य यह है कि लोकतंत्र भारत के प्रत्येक व्यक्ति के लिए है—चाहे वह किसी भी सामाजिक, आर्थिक या राजनैतिक स्थिति, विश्वास, धर्म, लिंग या आयु का हो।

www.ingramcontent.com/pod-product-compliance
Lightning Source LLC
LaVergne TN
LVHW100353181026
850499LV00037B/449
* 9 7 8 9 3 6 9 3 9 1 8 7 5 *